SARAH ARMSTRONG

davon fliegen

SARAH ARMSTRONG

davon fliegen

ROMAN

Aus dem Englischen
von Ute Brammertz

DIANA

Von Sarah Armstrong sind im Diana Verlag erschienen:
Nachts schwimmen
Davonfliegen

Der Verlag weist ausdrücklich darauf hin, dass im Text enthaltene externe Links vom Verlag nur bis zum Zeitpunkt der Buchveröffentlichung eingesehen werden konnten. Auf spätere Veränderungen hat der Verlag keinerlei Einfluss. Eine Haftung des Verlags ist daher ausgeschlossen.

FSC
www.fsc.org
MIX
Papier aus verantwortungsvollen Quellen
FSC® C083411

Verlagsgruppe Random House FSC® N001967

Die Originalausgabe erschien 2016 unter dem Titel *Promise*
bei Pan Macmillan Australia Pty Ltd, Sydney, New South Wales, Australia

Redaktion: Anja Freckmann
Umschlaggestaltung: t.mutzenbach design, München
Umschlagmotiv: © Elisabeth Ansley/Trevillion Images
und L. Kramer/shutterstock.com
Satz: Leingärtner, Nabburg
Druck und Bindung: CPI books GmbH, Leck
Printed in Germany

ISBN 978-3-453-29193-5

www.diana-verlag.de
Besuchen Sie uns auch auf www.herzenszeilen.de
Dieses Buch ist auch als E-Book lieferbar.

Für meine geliebte Mutter,
Marion Armstrong.

All die verlorenen Kinder gleiten wie Sterne
in ein mitternachtschwarzes Meer.

Catherine Bateson, *The Vigilant Heart*

1

Es war nach Mitternacht, als der große weiße Lieferwagen nebenan in die Einfahrt bog. Anna stand in ihrer dunklen Küche, um sich ein Glas Wasser zu holen. Die Scheinwerfer des Lieferwagens erhellten die Einfahrt, und die beiden Männer traten ins Licht. Einer war schlank und rasselte mit einem Schlüsselbund, der andere erinnerte an einen stiernackigen Rugbyspieler und stand breitbeinig da.

Prima, dachte Anna. *Meine neuen Nachbarn sind Schlägertypen.*

Sie blieb an der Spüle stehen und beobachtete, wie die Männer Stirnlampen aufsetzten und klappernd die Hecktüren des Lieferwagens öffneten. Sie arbeiteten schweigend und effizient, beförderten prall gefüllte Müllsäcke und Pappkartons durch das weit offen stehende Gittertor und den Gartenweg entlang. Der Rugbyspieler trug, den Weg seitwärts entlanglaufend, ganz allein eine große Matratze, sodass nur seine Beine und die wippende Matratze zu sehen waren.

Anna schüttete das restliche Wasser ins Spülbecken und trocknete sich die Hände ab. Eine gute Nachbarin würde hinübergehen und ihre Hilfe anbieten, selbst wenn es verdammt noch mal mitten in der Nacht war. Eine gute Nachbarin wie ihre Mutter würde ein paar Kartons tragen und zeigen, dass sie von der freundlichen, anpackenden Sorte war, jemand, der Menschen nicht nach dem Äußeren beurteilte.

Das Nachbarhaus hatte zwei Monate lang leer gestanden, und es hatte Anna überrascht, wie beunruhigend sie die Stille gefunden hatte. Jetzt erkannte sie, wie tröstlich die Geräusche der herumwerkelnden Helen gewesen waren. Die beiden Häuser hatten dünne Holzwände und waren erbärmlich isoliert, sodass Anna immer gehört hatte, wie Helen von einem Zimmer ins andere gegangen war. Sie hatte gewusst, dass jemand in der Nähe war und ein geschäftiges, zufriedenes Leben führte, ohne jedoch ständig Umgang mit ihrer Nachbarin pflegen zu müssen. Sie hatten einander über den Zaun zugewinkt und ein paar freundliche Worte gewechselt, und etwa einmal im Monat hatten sie sich bei einer Tasse Tee zusammengesetzt. Anna hätte sich kein besseres nachbarschaftliches Miteinander wünschen können.

Im Dunkeln ging sie um den Küchentisch. Sie war froh, dass nebenan wieder jemand wohnen würde, aber vermutlich hätte sie sich nicht gerade diese beiden Kerle ausgesucht.

Eine Männerstimme drang laut durch das offene Fenster. »Du musst bloß Köder auslegen. Das wird ihnen in ein paar Tagen den Garaus machen.«

Sie sah nach draußen. Wovon redete er? Von Mäusen? Kakerlaken?

Der schlanke Mann durchquerte das Scheinwerferlicht mit einem Getränkekühlschrank auf der Schulter, als handele es sich um eine leere Kiste. Auf halbem Weg zur Haustür drehte er sich zu Annas Haus, sodass der Strahl der Stirnlampe in ihre Richtung leuchtete. Sehen konnte er sie in der dunklen Küche doch nicht, oder?

»Na, wie wär's denn mit selbst gebackenem Kuchen für die neuen Nachbarn?« Sein Tonfall war eigentlich freundlich, aber er stand da, als warte er auf eine Antwort, sein Körper vom Scheinwerferlicht angestrahlt, das Gesicht im Schatten des

Kühlschranks. Mit glühenden Wangen trat sie vom Fenster zurück, und bis sie die Sprache wiedergefunden hatte, war er im Haus verschwunden, und sie vernahm Gelächter und das Schlagen von Türen.

Früher hatte sie angenommen, jeder habe einen gewissen Hang zum Voyeurismus, aber ihr Dad hatte ihr widersprochen. Er sagte, bei *ihm* sei das nur so, weil er wie alle Polizisten immer die Augen nach möglichem Ärger offen hielt. Jedes Mal, wenn sie mit ihrem Bruder Luke Samstagabend zum Chinesen gingen oder in den Veteranenverein, saß ihr Dad mit dem Rücken zur Wand und ließ den Blick durch den Raum schweifen.

»Immer rausfinden, wo die Ausgänge sind«, erklärte er ihnen. »Ihr müsst wissen, wie ihr rauskommt, falls ihr schnell wegmüsst.«

Anna zerbrach sich eigentlich nie sonderlich den Kopf darüber, dass es Ärger geben könnte, und sie fand extra *nicht* heraus, wo sich die Ausgänge befanden. Aber andere Menschen im Bus oder in einem Café zu beobachten gab ihr das Gefühl, unsichtbar zu sein, eine Weile abzuschalten. Ein bisschen wie Fernsehen. Reality-TV.

Sie ging ins Bett und strampelte mit den Füßen die Decke von sich. Es war erst November, aber die Nächte waren bereits viel zu warm. Sie lauschte den Männern nebenan und dachte an das Abendessen morgen mit Daves Kindern. Eigentlich heute, denn es war nach Mitternacht. Sie war noch nicht bereit, sie kennenzulernen. Es war doch bestimmt noch zu früh. Anna fand die Vorstellung unerträglich, stundenlang seinen Kindern gegenüberzusitzen und Small Talk zu versuchen, während die Kinder Anna ausgiebig musterten, was ihr gutes Recht war. Die prüfenden Blicke von Kindern, besonders von Teenagern, waren ausgesprochen schwer zu ertragen. Sie erinnerte sich noch daran, wie sie als Teenager stillschweigend die Freunde ihres Dads analysiert hatte.

Endlich spürte sie, wie sie der Schlaf überkam, während die Männer nebenan immer noch in dem Lieferwagen herumschepperten.

Als sie aufwachte, war da Babygeschrei, ein dünnes Jammern, das von nebenan herüberwehte. Sie sah auf die Uhr – drei Uhr morgens – und stand auf, um zur Toilette zu gehen. Mit geschlossenen Augen tastete sie sich durch das dunkle Haus. Sich erfolgreich einen Weg um die Möbel zu bahnen war ein kleiner, lächerlicher Triumph, den sie sich gönnte.

Bei ihrer Rückkehr ins Schlafzimmer weinte das Baby immer noch. Wann war es gekommen? Sie stand am Fenster und sah im Schein der Straßenlaterne einen Karton auf dem Gartenweg und einen kaputten Plastikstuhl, der umgekippt vor den Eingangsstufen lag. Der Lieferwagen war verschwunden.

Leise Schritte bewegten sich durch das Nachbarhaus, und in Helens ehemaligem Nähzimmer ging Licht an. Jetzt das Zimmer des Babys, wo die Mutter es wiegte und tätschelte, ein weiches Köpfchen streichelte. Anna erinnerte sich, wie der Mann sie am Fenster bemerkt hatte, und stellte sich vor, ihnen als kleinen, freundlichen Scherz einen Kuchen vorbeizubringen – den Bananenkuchen mit der klebrigen Glasur, den ihre Mutter jeden Sonntag gebacken hatte und der dann die Woche über scheibenweise in ihren Lunchboxen landete. Als junges Mädchen hatte Anna die Beständigkeit ihres Zuhauses niemals infrage gestellt, seine Behaglichkeit und Vertrautheit. Sie war davon ausgegangen, dass es immer auf sie warten würde, dass es mühelos und ganz natürlich um sie vier gewachsen war. Nach dem Tod ihrer Mutter wurde ihr bewusst, dass es ihre Mutter gewesen war, die ihr Zuhause erschaffen hatte, und sie erkannte, wie leicht es zerstört werden konnte.

Sie kletterte ins Bett zurück und rollte sich auf die Seite, ein Ohr ins Kopfkissen gedrückt. Das Kind weinte immer noch.

2

Als sie am Morgen aufwachte, war es fast noch dunkel. Sie wollte unbedingt wieder einschlafen, aber nebenan trampelten kleine Füße durch den Flur. Durchs Fenster sah sie, dass der Karton auf dem Gartenweg durchweicht war und sich allmählich auflöste, der Beton auf der Auffahrt war dunkel und nass. Den Regen hatte sie gar nicht gehört. Sie musste tiefer als angenommen geschlafen haben.

In der Küche schob sie die Hintertür auf und bückte sich zu dem Terrakottatopf auf der obersten Stufe. Endlich waren die Schnittlauchsamen aufgegangen. Ein Dutzend grüne Stängel lugte durch die Pflanzenerde, manche etwas gebeugt unter der Last des winzigen schwarzen Samens, der wie ein Hut an ihrer Spitze steckte.

Sie kochte eine Kanne Tee und setzte sich auf die Hintertreppe in die ersten Sonnenstrahlen. Zwei winzige graue Skinke huschten in das Beet zu ihren Füßen. Luke und sie hatten diese Tiere früher oft beobachtet. Eine Zeit lang war sie als Kind auf den Umstand fixiert gewesen, dass sie den Schwanz bei Gefahr abwerfen und sich einfach einen neuen wachsen lassen konnten. Einer der Skinke verharrte in einem Sonnenfleck, und Anna konnte den Puls an seinem Hals schlagen sehen.

Sie wollte wirklich, dass die Sache mit Dave funktionierte, und verstand nicht, warum er es sich in den Kopf gesetzt hatte, dass sie seine Kinder schon jetzt kennenlernte. Vielleicht um die Kinder zu beruhigen? Oder sich selbst? Doch sie wusste, dass es zu früh war. Dave und sie waren noch nicht lange genug zusammen, um es zu verkraften, falls seine Kinder sie nicht mochten. Ein ungutes Treffen könnte ihre Beziehung leicht zum Scheitern verurteilen.

Sie goss ihre Topfpflanzen – der Regen hatte nur den ersten Zentimeter Erde durchtränkt – und zupfte etwas Unkraut aus. Löwenzahnsamen waren durch den Garten geschwebt und hatten überall gekeimt.

Kurz nach sieben schwang Helens Hintertür krachend auf, und ein Kind – vielleicht vier Jahre alt – schoss die Hintertreppe hinunter, ließ sich auf das hohe Gras fallen und zerrte schreiend an den Beinen seiner grünen Hose. Anna wusste nicht zu sagen, ob es sich um einen Jungen oder ein Mädchen handelte.

Eine Frau erschien, jung und spindeldürr, in einem übergroßen weißen T-Shirt. Sie bückte sich langsam und hob ein gewaltiges Stück orangefarbenen Stoff vom Boden auf – vielleicht ein Laken oder ein Bettbezug – und trug es zur Wäscheleine, wo sie es mit Klammern befestigte.

Das Kind warf sich nach hinten ins Gras, und das Geschrei wurde immer lauter. Die Frau achtete nicht auf das Kind, sondern hängte weiter das Laken auf. Anna zwang sich, wegzusehen und ins Haus zu gehen. Sie steckte zwei Scheiben in den Toaster und schnitt eine Avocado auf. Sie würde sich einen Vorhang zulegen müssen oder einfach aufhören, in den Nachbargarten zu schauen. Wenigstens hatte das Kind zu schreien aufgehört.

»Hallo?«, erklang eine Stimme von draußen. Es war die junge Mutter. Sie sah über den Zaun und lächelte zu Anna hoch.

Anna trat nach draußen und war schon auf dem Weg die Treppe hinunter, als sie bemerkte, dass sie immer noch eine Avocadohälfte in der Hand hielt. Sie lächelte. »Hallo.«

Jetzt erkannte Anna, dass die Frau ein hübsches, herzförmiges Gesicht hatte. Doch ihre Haut war aschfahl. Ihre langen, dunklen Haare waren auf einer Seite mit einem Dutzend schief sitzender Haarklammern hochgesteckt.

»Willkommen in der Nachbarschaft«, sagte Anna. Zigarettenrauch stieg über den Zaun nach oben.

»Danke.« Das Lächeln in ihrem Gesicht wirkte zittrig. »Entschuldigen Sie, aber haben Sie vielleicht ein Glas Milch? Ich habe heute Vormittag kein Auto, und sie will unbedingt Milch haben.«

Das Kind saß mit gegrätschten Beinen im Gras und beobachtete die Frauen. Es hatte ungepflegte blonde Haare, die in alle Richtungen abstanden.

»Deshalb der Tobsuchtsanfall.« Die Stimme der Frau war hoch und ein wenig rau.

»Ja, natürlich. Einen Moment.«

Im Haus holte Anna die Milch in der Plastikflasche aus der Innenseite der Kühlschranktür. Sie war mehr als halb voll. Anna goss sich etwas davon für ihren Tee in eine Tasse ab und eilte dann die Treppe hinunter. Während sie die Flasche über den morschen Lattenzaun reichte, bereitete ihr dieser Akt der Hilfsbereitschaft ein wohliges Gefühl, auch wenn sie sich andererseits Sorgen machte, dass die Frau sich nun vielleicht ermuntert fühlen würde, ständig um Dinge zu bitten.

»Danke. So viel brauche ich aber gar nicht.« Die Frau lächelte weiter und zog an ihrer Zigarette. Die Vorstellung, dass in ihrem vogelhaften Körper ein Kind herangewachsen sein sollte, fand Anna unglaublich.

»Behalten Sie den Rest«, sagte Anna. »Ist schon gut.« Sie hörte, wie der Toast im Toaster hochsprang. Ihr blieb genau noch eine halbe Stunde, um sich fertig zu machen und zur Bushaltestelle zu kommen.

»Haben Sie sie gekannt?«, fragte die andere. »Die alte Frau, die gestorben ist?«

»Helen? Ja, habe ich.« Anna sah zu dem Kind, das sie immer noch beobachtete und Gras auszupfte. »Haben Sie auch noch ein Baby?«

Die Frau hustete. »Herrgott, nein.«

»Oh. Ich dachte, ich hätte nachts ein Baby gehört.«

»Nein, das war die da. Wie immer, verdammt noch mal.«

Das Mädchen erschien neben der Mutter und zerrte heftig an ihrem T-Shirt, sodass es der Frau von der mageren Schulter rutschte.

»Ich will fernsehen«, jammerte die Kleine.

»Warte doch!«, fuhr die Frau sie an und zog sich das T-Shirt wieder über die Schulter. Ihre schmalen Fingerspitzen waren bläulich verfärbt, als wäre ihr kalt.

»Hallo«, begrüßte Anna das kleine Mädchen. »Ich heiße Anna.«

Das Kind blickte aus hellen Augen starr empor, die abstehenden Ohren mit giftgrünen Steckern geschmückt. An den kurzen Haaren war unbeholfen herumgeschnippelt worden.

»Wie heißt du?«, erkundigte sich Anna.

Als das Mädchen nichts erwiderte, nahm die Mutter die Zigarette in die Hand, mit der sie die Milch hielt, und gab der Kleinen einen leichten Klaps auf den Hinterkopf. »Sei doch nicht schüchtern.«

Die Worte der Mutter schienen nicht bis zu dem Mädchen durchzudringen, und Anna fragte sich schon, ob es ein wenig zurückgeblieben war. Die Stimme und das Weinen in der Nacht hatten sehr babyhaft geklungen. Doch da machte das Mädchen den Mund auf, und seine Stimme war klar.

»Ich heiße Charlie.« Ihr Blick war so direkt, dass Anna das Gefühl hatte, ebenso unverblümt gemustert zu werden, wie sie es selbst bei dem Mädchen und der Mutter getan hatte. Jegliches kindliche Gespräch, das Anna im Sinn gehabt hatte, war wie weggeblasen.

Das Mädchen streckte die Hand aus, um den alten, rauen Lattenzaun zwischen ihnen zu berühren. »Haben Sie einen Hund?«

»Nein. Jetzt nicht mehr. Früher schon, als ich noch klein war.« Anna stellte sich Splitter vor, die sich in weiche Haut bohrten. *Fass den Zaun nicht an,* wollte sie sagen. »Er hieß Buddy.«

»Was für ein Hund war er?« Die schmalen Schultern des Mädchens waren knallrot von zu viel Sonne und schälten sich.

»Eine Promenadenmischung«, erwiderte Anna. »Weißt du, eine Mischung aus verschiedenen Hunderassen. Er ist weggelaufen, als ich zehn war. Und ich habe ihn schrecklich vermisst.« Zu ihrem Entsetzen spürte sie einen Kloß im Hals. Sie sah kurz zu Boden und blinzelte Tränen zurück. Mist.

»Wir schaffen uns auf keinen Fall einen Hund an«, erklärte die Mutter. »Sie hat keinen blassen Schimmer, wie viel Arbeit die verdammten Drecksviecher machen.« Sie zog an ihrer Zigarette und drehte den Kopf, um den Rauch nach hinten zu blasen. Ihre Hand zitterte ein wenig, und Anna fragte sich, ob sie krank war. War sie deshalb so dünn? Oder konnten es Drogen sein? Was für Leute hatte Oliver da nebenan einquartiert?

Das Mädchen blickte zu Anna auf. »Buddy …«, sagte es, als spürte es, dass Anna mittlerweile ganz anderen Gedanken nachhing.

»Ja. Deine Mum hat recht. Hunde machen viel Arbeit. Ich musste jeden Tag mit Buddy Gassi gehen und seine Wasserschüssel reinigen …«

Das Mädchen blickte weg, in den Garten, und zupfte an der einen Schulter an den sich schälenden Hautfetzen. Anna konnte seine Gedanken erraten: dass Anna eine typische Erwachsene war und Partei für ihre Mutter ergriff.

Die Mutter sah Anna mit hochgezogenen Augenbrauen an.

Das Mädchen drehte sich wieder zu ihr. »Nella hatte ihren Hund Percy.«

»Oh«, sagte Anna. »Wer ist Nella?«

Die Mutter schüttelte den Kopf. »Wirst du endlich mit dieser verfluchten Nella aufhören?«

Charlie marschierte zur Wäscheleine und verschwand hinter dem Laken, das ihre Mutter aufgehängt hatte.

»Tja, dann.« Lächelnd trat Anna einen Schritt zurück. »Ich muss mich für die Arbeit fertig machen.« Jetzt würde ihr nicht genug Zeit zum Duschen bleiben. Warum um alles in der Welt verbrachte sie den halben Morgen auf der Hintertreppe?

»Was arbeiten Sie?«, fragte die Mutter.

»Ich bin Grafikdesignerin.«

»Oh. Schön. Dann waren Sie in der Schule wohl gut in Kunst?«

»Ja, genau.«

Das Mädchen zog an dem Laken. Eine Wäscheklammer fiel herunter.

»Und Sie gehen jeden Tag in die Arbeit, oder?«, fragte die Mutter.

Warum wollte sie das wissen? »Manchmal arbeite ich von zu Hause.«

»Ich heiße übrigens Gabby. Haben Sie zufälligerweise einen Rasensprenger, Anna?«

»Nein. Ich habe eigentlich keinen Rasen.« In der Mitte von Annas Garten befand sich ein großes Quadrat aus rissigem Beton, und Anna hatte jeden Zentimeter Erde außen herum bepflanzt. »Aber Helen hatte einen Sprenger. Schauen Sie mal beim Wasserhahn nach.« Der gelbe Rasensprenger lugte neben der Schlauchtrommel hervor.

Gabby drehte sich um. »Oh. Richtig. Gut.«

Helen hatte den Sprenger fast nie benutzt. Sie hatte alles per Hand gegossen, einschließlich des Rasens, der seit Helens Tod nicht mehr gemäht worden war.

»Vielen Dank.« Gabby hob die Milchflasche zum Gruß und drehte sich zum Haus um. Das Mädchen ging durch das Gras auf seine Mutter zu, immer einen Fuß direkt vor den anderen setzend, als balanciere es auf einem Seil. Die zu kurze grüne Hose rutschte ihm vom Hintern.

Anna fragte sich, was die beiden den ganzen Tag machen würden. Fernsehen? Auspacken? In Helens Haus herumwandern? Versuchen, sich dort einzuleben, und sich dabei immer wieder die Frage stellen, in welchem Zimmer Helen gestorben war?

Ein paar Blüten von Helens Rosen waren ideal zum Pflücken, ihre großen roten, samtigen Knospen öffneten sich gerade. Die zwei Monate, die das Haus nach Helens Tod leer gestanden hatte, war Anna jeden Abend vorne durchs Gartentor gegangen, um den Garten zu gießen. Es war ein wenig merkwürdig gewesen, uneingeladen auf die andere Seite des Zauns zu treten, aber sie konnte Helens Rosen nicht eingehen lassen.

Anna war auf dem Weg zur Bushaltestelle, Rucksack auf dem Rücken, als Dave anrief.

»Hallo«, sagte sie. »Ich wollte dich anrufen, sobald ich in der Arbeit bin.«

»Ich habe gleich eine Sitzung und bin dann den ganzen Tag lang bei Gericht.« Am Telefon war seine Stimme würdevoller als gewöhnlich. »Ich wollte dir nur kurz sagen, dass die Kinder sich endlich für ein Restaurant für heute Abend entschieden haben.« Er telefonierte im Gehen. »Such das Blue Monkey in Randwick raus. Leider ist es ein Thailänder.«

Ein Flugzeug im Landeanflug donnerte über sie hinweg. Sie wartete, bis es vorüber war.

»Weißt du ... eigentlich finde ich, dass es besser wäre, wenn ich nicht käme. Ich halte es für zu früh, sie kennenzulernen.«

Er schwieg. Durch sein Handy erklang ein *Ping*. Ein Aufzug.

»Es wäre besser, wenn wir erst einmal länger zusammen wären«, sagte sie. »Damit sie spüren, wie fest das mit uns ist.«

Sie bog um die Ecke und lief über die Straße. Wenn sie sich nicht beeilte, würde sie den Bus verpassen.

Er seufzte. »Okay, okay. Also ... es hört sich an, als hättest du nicht das Gefühl, dass das mit uns was sonderlich Festes ist.«

»Na ja, es ist so fest, wie es nach sechs oder wie lange ist es ... sieben Wochen ... eben sein kann ...« Sie fragte sich besorgt, ob er sich nicht unrealistische Vorstellungen von ihrer Beziehung machte. Was seltsam war angesichts der Tatsache, dass er den ganzen Tag mit dem Rechtswesen, mit Beweisführung und rationalem Denken zu tun hatte.

In der Ferne sah sie ihren Bus und lief schneller. Dann blieb sie stehen. Sie konnte dieses Gespräch nicht führen, während sie im 310er stadteinwärts fuhr. »Ich bin mir nicht sicher, ob deine Kinder überhaupt so wild darauf sind, mich kennenzulernen.«

»Okay, ganz wie du willst«, sagte er. »Aber lass es meine Sorge sein, ob meine Kinder dich kennenlernen wollen oder nicht.«

Sie spürte, wie sich eine Kluft zwischen ihnen auftat. Da war es wieder, dieses leichte Zaudern, das sie schon früher empfunden hatte.

Mist. Single zu sein war so viel einfacher. »Es fühlt sich an, als würden wir auf etwas Festes *zusteuern* …«, sagte sie.

Dieses ganze Gerede über Abstufungen von fest war verrückt. Was zum Teufel bedeutete *fest* überhaupt? Sie sah zu, wie ihr Bus an der Haltestelle hielt.

»Sieh mal, ich bin glücklich, Dave. Ich bin *echt* glücklich, was uns betrifft. Wir stehen nur erst am Anfang, das ist alles.« Sie wollte, dass die Sache mit Dave funktionierte. Seit Ben hatte sie nicht mehr so empfunden, was noch ein Grund mehr war, die Sache nicht zu vermasseln, indem man die Dinge überstürzte. »Es eilt doch nicht, oder?«

»Nein, es eilt nicht«, antwortete er. »Alles bestens. Mach dir keine Sorgen.« Seine Fröhlichkeit klang aufgesetzt. »Schönen Tag noch«, fügte er hinzu. »Wir reden später. Ich muss wirklich los. Meine Sitzung fängt gleich an.«

Sie legte auf und ging langsam zur Bushaltestelle. Ihr war ein wenig übel. Hatte sie die Sache gerade eben in den Sand gesetzt? Vor dem Halal-Metzger ließ sie sich auf die Bank sinken und suchte in ihrer Tasche nach einer Haarspange. Während sie sich die Haare zu einem unordentlichen Dutt hochsteckte, stellte sie sich vor, wie sie von oben aussah: eine siebenunddreißigjährige Frau, die still dasaß und auf den nächsten Bus wartete; um die Ecke ihr heruntergekommenes Haus, in dem sie zur Miete wohnte; in Redfern ein ordentlicher Schreibtisch, der auf sie wartete und auf dem sich die Arbeit stapelte. Eine kinderlose Frau, die – jedenfalls allem Anschein nach – wahrscheinlich auch nie welche haben würde. Eine Frau, deren größtes Vergnügen darin bestand, aus Ablegern und billigen Pflanzen aus dem Baumarkt einen Garten heranzuziehen.

Ihr fehlte jeglicher Ehrgeiz. Das wusste Anna über sich, und sie wusste, dass manche Leute es als Makel erachteten.

Dieses Leben jetzt ist der Rest meines Lebens, dachte sie. Mit zwanzig war noch alles möglich gewesen, aber davon abgesehen hatte sie damals fest geglaubt, eines Tages Mutter zu werden. Selbst mit dreißig hatte sie Hunderte unterschiedlicher Pfade gespürt, denen ihr Leben folgen könnte. Jetzt ging sie davon aus, dass ihr Leben – mehr oder weniger – so wie jetzt weiterverlaufen würde. Vielleicht würde sie immer am Anfang oder Ende einer Beziehung stehen. Trotzdem war es doch ein gutes, simples Leben. Gewiss doch.

Sie kam zu spät zur Arbeit und widmete sich gleich einem Telefonat mit einer neuen Kundin, Vita, einer Wellness-Bloggerin. Statt sich Notizen zu machen, stellte Anna fest, dass sie Schnittlauch zeichnete, die schlanken Stängel und die kleinen, vollgepackten Knospen, die, wie sie wusste, kommen würden. Anna gab zustimmende Geräusche von sich, während Vita immer weiter davon redete, wie sauber und frisch das Design werden müsse, und Anna warf einen Blick auf ihr Handy für den Fall, dass da eine Nachricht von Dave war. Nichts.

Als sie bei Einbruch der Dunkelheit nach Hause kam, war die Luft immer noch mild. Das Mädchen lief hinten im Garten herum und hüpfte über den Sprenger, während ihm das T-Shirt an Bauch und Rücken klebte. Charlie rutschte über das lange Gras und trampelte auf einem Stapel dunkler, nasser Pappkartons herum. Die Plastikmilchflasche stand auf dem Gartenweg, immer noch halb voll. Annas Herz zuckte beim Anblick roter Flecken im Gras zusammen, dann sah sie, dass es sich um Rosenblütenblätter handelte. Helens Rosenblüten waren alle abgerissen worden und lagen achtlos im Garten verstreut.

3

Nachdem Anna die Nachrichten angeschaut hatte, bereitete sie einen Hühnchensalat zu und goss sich ein Glas Wein ein. Sie stellte sich Dave mit seinen Kindern im Restaurant vor. Sie hatte Fotos von den elfjährigen Zwillingen gesehen, ein Mädchen und ein Junge, beide weißblond wie ihre Mutter. Er hatte einmal bei einem Strandspaziergang am Bondi Beach auf seine Exfrau gedeutet, die dort am Wasser entlanggejoggt war. Aus der Ferne hatte sie in ihrer schwarzen Sportkleidung ernst ausgesehen und auf eine knochige Art schön. Anna mischte das Dressing in den Salat und überlegte, dass sie einfach zu dem verfluchten Abendessen hätte gehen sollen. Vielleicht hätte sie ihre Sache ja gut gemacht, und die beiden Teenager hätten sie herzlich und witzig gefunden. Als sie sich auf das Sofa vor dem Fernseher sinken ließ, klopfte es leise an der Hintertür.

Auf der obersten Stufe stand das Nachbarskind in einem rosafarbenen Schlafanzug mit kurzer Hose. Als Anna die Glastür aufschob, schenkte das Mädchen ihr ein schmales, angespanntes Lächeln.

»Charlie!« Der Garten hinter dem Mädchen lag vollständig im Dunkeln. Es musste über den Zaun geklettert oder durch das Tor hinten gekommen sein. »Komm rein.«

Das Mädchen trippelte auf Zehenspitzen barfuß über den Fußabtreter und stand auf dem Linoleumboden, die Arme dicht an die Seiten gepresst, die dünnen Schultern ein wenig hochgezogen.

»Alles in Ordnung?« Anna ging neben dem Kind in die Hocke. Charlies kleine Füße waren dreckig, und sie roch nach Zigarettenrauch. Mit einer Hand umklammerte sie eine kleine Plastikpuppe mit lilafarbenen Haaren.

»Ich habe Bunny verloren.« Sie sah Anna mit ihrem starren, beunruhigenden Blick an.

»Ist Bunny ein Spielzeug?«

Das Mädchen nickte.

»Wo ist deine Mummy?«

Sie antwortete nicht.

»Wer ist bei dir zu Hause?« Anna stellte sich Charlies Mutter vor, die vor dem Fernseher schlief, ohne zu ahnen, dass ihr Kind durch die Tür in die Nacht verschwunden war.

Charlie rieb mit einem Finger über die hölzerne Tischplatte. »Hast du Kekse? Ich hab Hunger.«

»Ja, sicher. Ich hole dir einen.« Anna stand auf. »Wer ist bei dir zu Hause?«

»Mummy ist weg, und ich kann Bunny nicht finden.« Ihre Unterlippe bebte. »Kannst du ihn suchen?«

»Ich hole dir jetzt erst mal einen Keks.« Sie fand eine ungeöffnete Packung Iced Vovos, die ihr Vater bei seinem letzten Besuch mitgebracht hatte. Charlie nahm sich einen Keks und betrachtete ihn prüfend, bevor sie ein riesiges Stück abbiss. Kokosnussraspel fielen zu Boden. Sie kaute seelenruhig, den Blick unverwandt auf Anna gerichtet. Ihre kurzen Haarbüschel wiesen einen ähnlichen Farbton wie ihre Haut auf, was sie seltsam ausgewaschen aussehen ließ.

»Wo ist deine Mummy?«, fragte Anna erneut.

»Sie kommt bald nach Hause.«

»Und dein Daddy?«

Das Mädchen zuckte mit den Schultern, während es sich zwei weitere Kekse aus der Packung holte. »Hast du Dosenobst?«

»So was wie Pfirsiche aus der Dose, meinst du?«

Das Mädchen nickte, stetig kauend.

»Nein, tut mir leid. Habe ich nicht.«

»Das gibt's immer bei Nella.«

»Lass uns mal sehen, ob wir deine Mummy finden können.« Ihr blieb im Grunde keine Wahl. Sie musste nach nebenan gehen. Anna hatte eine schreckliche Vision, die Mutter tot vorzufinden. Gabby war dünn genug, um ein Junkie zu sein. »Komm«, sagte sie zu Charlie und griff nach ihrem Handy.

»Was ist das?« Das Mädchen deutete zum Tisch und zu der Skizze von dem Schnittlauch, die Anna nach Hause mitgenommen hatte.

»Eine kleine Zeichnung von einer Pflanze, die ich draußen im Garten habe.« Sie nickte in Richtung des Gartens.

Das Mädchen berührte die Zeichnung mit dem Finger und folgte dann Anna zur Haustür. Anna schlüpfte in ihre Turnschuhe und trat nach draußen. Charlie blieb auf dem Gartenweg zurück, machte nur kleine Schritte. Anna wartete und streckte die Hand nach ihr aus. Charlie zögerte nicht. Die Hand des Mädchens fühlte sich in Annas staubig und unglaublich klein an, wie die einer Puppe.

Das Gartentor quietschte, und der Lichtsensor sprang an, als sie die Eingangsstufen hochstiegen. Anna hoffte, dass der Mann nicht da wäre. Seit der vergangenen Nacht hatte sie ihn weder gesehen noch gehört.

Anna klopfte an die Tür. »Hallоооо?«, rief sie. »Hallo, Gabby, sind Sie da?«

Charlie stand reglos neben Anna. Um sie herum auf der Veranda lagen ein Haufen auseinandergefalteter Kartons und eine zusammengerollte Windel. Trug das Mädchen noch Windeln?

Anna spähte durchs Fenster. Im Schein des Fernsehers erblickte sie den Umriss eines Sessels, und in den Flur fiel ein schwacher Lichtschein aus dem Zimmer, das wohl Charlie gehörte.

Anna wollte wirklich nicht hineingehen. Doch was, wenn die Mutter dort drinnen war und es ihr nicht gut ging? Wenn sie womöglich eine Überdosis erwischt hatte? Anna war flau im Magen, als sie versuchte, den Türknauf zu drehen. Es war abgesperrt.

»Durch welche Tür bist du rausgekommen?«

»Hintertür.«

»Okay. Gehen wir nach hinten.«

Die Hintertür stand sperrangelweit offen. Am Fuß der Treppe hielt Anna inne. Der Flur war dunkel, abgesehen von dem flimmernden Schein des Fernsehers und dem Licht, das aus dem Zimmer des Mädchens fiel. Sie erklomm die Stufen, blieb im Türrahmen stehen und beugte sich vor.

»Hallo? Gabby? Ich bin's, Anna von nebenan. Ich habe Charlie bei mir.«

Widerwillig trat Anna in den halbdunklen Flur.

»Hallo?«, rief sie erneut. Sie tastete nach dem Lichtschalter und legte sich etwas zurecht, falls der Mann erscheinen sollte: *Ihre Tochter hat bei mir geklopft. Ich habe mir Sorgen gemacht. Was ist los?*

In der Küche stapelte sich schmutziges Geschirr im Spülbecken, und auf Helens altem Resopaltisch befanden sich zwei prall gefüllte schwarze Müllsäcke. Anna durchquerte den Flur, Charlie im Schlepptau. Der Teppich unter ihren Füßen war eigenartig weich. Sie gingen an Charlies Zimmer vorbei, wo sich auf dem Boden eine Matratze und überall verstreute

Kleidung befanden. Am Boden leuchtete ein rosafarbenes Nachtlicht.

Der riesige Fernseher im Wohnzimmer war lautlos gestellt, ein Dauerwerbesender lief. Anna warf einen Blick in Helens altes Schlafzimmer. Ihr Kleiderschrank und die Frisierkommode standen immer noch da, aber das Bett war verschwunden. Auf dem Boden lag eine Doppelmatratze, das Laken halb ab, sodass ein schmuddeliger Matratzenschoner hervorlugte.

Wo in aller Welt war Charlies Mutter? War sie bloß kurz weggegangen? War etwas Schreckliches passiert? Anna kämpfte die aufkeimende Angst in ihren Eingeweiden nieder. Sie erinnerte sich an die Geschichte von zwei Kleinkindern, die tagelang in ihrer Wohnung überlebt hatten, nachdem ihr alleinerziehender Vater kurz einkaufen gegangen und von einem Auto überfahren worden war.

»Wo ist dein Zimmer?«, fragte sie Charlie, obwohl sie es längst wusste.

Das Mädchen zog an Annas Hand. »Komm!«

In ihrem Zimmer kniete Charlie sich hin und grinste zu Anna hoch. »Das ist mein Elfenschloss.« Als Kind hätte Anna so ein Plastikschloss in knalligem Pink mit spitzen Türmen und dreieckigen Flaggen geliebt. »Mummy hat es mir geschenkt.«

»Wow!« Anna ließ sich auf die Knie sinken und berührte einen Turm. Ein süßlicher, synthetischer Geruch stieg ihr in die Nase. Konnte das Plastik parfümiert sein? Doch gewiss nicht. »Wie alt bist du, Charlie?«

Charlie drehte an einer kleinen Kurbel, um eine lilafarbene Zugbrücke herunterzulassen. »Fünf.«

»Aha.« Sie sah ein gutes Stück jünger als die fünfjährige Tochter von Annas Freundin Emily aus.

Charlie blickte auf. »Wie alt bist du?«

»Siebenunddreißig.«

Das Mädchen nickte nüchtern, je eine kleine Plastikprinzessin in den Händen. Mit einer deutete es über Annas Schulter. »Das ist dein Fenster.«

Anna drehte sich um. Durch Charlies Fenster erblickte sie ihre eigene Küche, mit dem neuen Papierlampenschirm und einer blauen Flasche auf dem Fensterbrett. Ihr war nicht klar gewesen, wie gut man bei ihr hereinschauen konnte.

»Hast du mich da vorhin gesehen, wie ich mir etwas zu essen gekocht habe? Bist du deshalb rübergekommen?«

»Ich habe gesehen, wie du was Rotes gegessen hast.«

»Paprika.« Ein Auto fuhr die Straße herunter. Herrgott, Anna hoffte, dass nicht gleich Gabby oder der Mann nach Hause käme und sie hier vorfände. Was zum Teufel trieb sie im Haus fremder Leute?

Charlie legte die Prinzessinnen weg und hob ein paar Kleidungsstücke vom Boden auf. »Ich habe mich bettfertig gemacht.« Der Stimme nach war sie den Tränen nahe. »Und ich *brauche* Bunny.«

»Wie sieht Bunny denn aus?«

Das Mädchen sah zur Decke hoch. »Grau. Ein Hase.«

Anna hob die Steppdecke vom Bett, da schlug ihr der Ammoniakgeruch von Urin entgegen.

Es war ein gemeiner Gedanke, das wusste Anna, aber wenn das Zimmer des Mädchens auf der anderen Seite des Hauses läge und sein Fenster zu den anderen Nachbarn hinausginge, dann hätte sich das Mädchen dort Hilfe geholt – bei dem alten Ehepaar, das Anna manchmal sah, wenn es seine beiden kleinen Hunde ausführte –, und die beiden müssten jetzt mit dem Verschwinden der Mutter umgehen. Und wären zweifellos besser dazu geeignet.

Anna sah etwas Graues und Flauschiges unter einem pinkfarbenen Kleidungsstück hervorlugen. »Ist das Bunny?«

Charlie riss das Stofftier an sich und hielt es an die Brust gedrückt. Das Mädchen sah inmitten des Chaos aus Kleidung und Spielsachen schrecklich klein und zerbrechlich aus. Es betrachtete Anna mit einem starren Lächeln, und wieder regte sich Unruhe in Annas Brust.

Anna ließ ihre Stimme unbeschwert und fröhlich klingen. »Ich werde deiner Mummy eine Nachricht schreiben, damit sie weiß, dass du bei mir zu Hause bist. Okay?«

»Ohhhh …« Sie biss auf ihrer Lippe herum.

»Ja«, sagte Anna mit Nachdruck. »Ich lasse dich hier nicht allein zurück.«

Anna war zwar nicht gerade begeistert, in die Sache hineingezogen worden zu sein, aber sie war auch nicht verantwortungslos. Sie führte Charlie durch die Haustür nach draußen und kritzelte eine Nachricht auf Helens Notizblock, der sich immer noch im Zählerkasten befand. Dann klemmte sie den Zettel in die Wettertür.

Als sich Anna und Charlie auf ihrem Sofa niederließen, wurden dem Mädchen allmählich die Augen schwer. Es aß zwei weitere Kekse und eine Handvoll getrockneter Aprikosen. Der Stoffhase, der unter seinem Arm klemmte, roch nach Bier.

Anna saß neben der Kleinen, versuchte aber nicht, ein Gespräch anzufangen. Was sagte man zu einem Kind, dessen Eltern verschwunden waren? Falls die Mutter oder der Vater bis zum Morgen nicht auftauchten, würde Anna wohl bei der Polizei anrufen müssen. Kurz darauf schlief Charlie ein, eine halb aufgegessene Aprikose in der Hand.

Anna nahm Charlie die Aprikose ab und hob ihre Beine auf das Sofa. Herrgott, das Mädchen stank nach Zigarettenrauch! Das arme Kind. Und seine Beine waren mit blauen Flecken übersät. Was hatte es angestellt? Die kurze Schlafanzughose rutschte an seinem Oberschenkel hoch, und da sah Anna ihn:

einen dunkelvioletten Kreis, nein, zwei Halbkreise, die fast miteinander verbunden waren. Zahnabdrücke und ein kleines Stück Schorf. Eine Bisswunde.

Anna fiel auf die Fersen zurück, das Blut pochte in ihren Ohren. War das ein Menschenbiss? Jemand oder etwas hatte das Mädchen so fest gebissen, dass es geblutet hatte. Sie biss sich leicht in den Unterarm und verglich den Abdruck mit dem auf Charlies Bein. Die beiden waren praktisch gleich groß.

Einen Moment presste sie die Finger fest auf ihre Augenlider. Ihre Gedanken überschlugen sich. Dann holte sie eine Baumwolldecke aus dem Wäscheschrank und breitete sie über dem Mädchen aus. Es schien viel Zeit zu verstreichen, während sie auf dem Boden kniete, Charlies sich hebende und senkende Brust beobachtete und überlegte, ob es sich tatsächlich um einen menschlichen Biss handeln konnte.

In der fünften Klasse hatte Anna einen Jungen gebissen. Gordon Patterson hatte sie das ganze Schuljahr über gehänselt, und eines Tages, als er ihr eine Ohrfeige verpasste, packte sie seinen Arm und versenkte die Zähne darin. Es bestand kein Zweifel daran, dass Beißen brutal war. Ab einem gewissen Alter konnte es nicht mehr versehentlich passieren. Man musste sich entscheiden, jemanden zu beißen, und man musste eine Zeit lang zubeißen, bis jemand blutete.

Draußen schlug knallend eine Autotür zu, und Anna zog die Gardine beiseite. Ein Auto fuhr davon, und Gabby öffnete ihr Gartentor. Anna trat auf die Veranda. »Ich habe Charlie hier!«, rief sie.

Gabby war ganz in Schwarz gekleidet, die Haare zu einem festen Pferdeschwanz zurückgebunden. »Oh? Wie ist das denn passiert?«, fragte sie gedehnt.

Anna konnte ihr billiges Parfum aus mehreren Metern Entfernung riechen. Gabby ging zu dem niedrigen Lattenzaun zwischen ihnen. Sie wankte auf ihren Stöckelschuhen. War sie betrunken? Wie sehr wünschte Anna in diesem Moment, Helen würde immer noch nebenan wohnen.

»Sie hat bei mir geklopft.«

Gabby verzog das Gesicht und stöckelte auf ihren Stilettos den Weg hinauf. »Tut mir leid.« Die Druckluftbremsen eines Lasters dröhnten auf der nahen Hauptstraße. »Normalerweise klappt es gut, sie kurz allein zu lassen.«

Wer zum Teufel lässt eine Fünfjährige allein? Und wer zum Teufel hat sie gebissen? Gabby musste von dem Biss wissen. Es war einfach unmöglich, dass er ihr entgangen war. Und wenn es Gabby gewesen war, die sie gebissen hatte? Oh, was für ein Albtraum!

»Schläft sie?«, fragte Gabby. Ihre Augen waren dick mit Schwarz umrandet, was sie noch blasser als bei ihrer ersten Begegnung aussehen ließ.

»Ja.« Drei Teenager gingen laut lachend den Gehweg auf der anderen Straßenseite entlang.

Gabby kramte in ihrer kleinen Handtasche. »Scheiße«, stöhnte sie. »Sie haben keine Zigarette, oder?« Sie war definitiv bekifft.

»Nein.«

Gabby versuchte, die Tasche zu schließen. »Geben Sie sie mir einfach über den Zaun rüber.« Ihre Stimme war tonlos. »Oder soll ich reinkommen und sie holen?«

Die Atmosphäre zwischen ihnen war angespannt.

Anna drehte sich zum Haus um. »Ich hole sie.«

Charlie regte sich nicht, als Anna sie vom Sofa hochhob. Sie war warm, ihre Glieder hingen schlaff herab. Als Anna die Haustür erreichte, fuhr das Mädchen hoch und setzte sich in ihren Armen auf.

»Ist schon gut«, sagte Anna. »Ich bringe dich nur zu deiner Mummy. Sie ist zu Hause.«

»Okay«, flüsterte das Mädchen. Charlie hatte einen schlechten Atem, er roch nicht nur säuerlich, sondern ein wenig faulig. Anna stieg vorsichtig im Dunkeln die Treppe hinunter, Charlies Arme fest um den Hals. Sie ging nebenan durchs Gartentor und reichte Gabby das Mädchen. Charlie barg das Gesicht an der Schulter ihrer Mutter.

»Danke«, sagte Gabby. Als sie sich von Anna wegdrehte, fuhr ein Auto vorbei und erleuchtete den bleichen Stamm des einzeln stehenden Gummibaums am Straßenrand. Es war ein trostloses, einsames Geräusch: ein Auto, das in die Nacht fuhr. Anna beobachtete, wie die Frau und das Kind im Haus verschwanden und die Tür hinter ihnen zuging.

Sie wachte um drei Uhr auf – die Stunde der Schlaflosigkeit –, lag im ersten Augenblick reglos da und lauschte angestrengt, falls es ein Geräusch von nebenan gewesen war, das sie geweckt hatte. Doch da war nur das Verkehrsbrummen der M1. Die Luft fühlte sich zäh an wie Brei. Die meisten Menschen starben gegen drei Uhr morgens, und sie konnte das gut nachvollziehen. Der Tag hatte seinen absoluten Tiefpunkt erreicht.

Ihre Mutter war um 3.30 Uhr gestorben, aber Anna hatte es erst im Morgengrauen erfahren, als ihr Dad sie geweckt hatte, indem er sich auf ihre Bettkante setzte. Anna war aufgefallen, dass er nach Pfefferminzzahnpasta gerochen hatte und angekleidet gewesen war.

»Mum ist nicht mehr bei uns«, hatte er gesagt.

Sie hatte sich halb aufgesetzt. »Wo ist sie denn dann?«

»Tot. Sie ist tot.«

Und Annas Kopf war angeschwollen, bis er das Zimmer zu füllen schien, während ihr das Blut in den Ohren gepocht hatte.

Sie ist tot.

Von dem Moment an war jahrelang alles um sie herum ein klein wenig aus dem Lot gewesen: die Form der Haustür, der Geruch ihres Zimmers. Selbst das Wasser schoss irgendwie falsch aus dem Hahn in der Küche hervor. Und sie wurde den Gedanken nicht los, dass Luke zehn Jahre mit ihrer Mutter gehabt hatte, während es bei Anna nur acht gewesen waren. Diese beiden zusätzlichen Jahre würde sie niemals bekommen.

4

Auf einen Ellbogen gestützt, kritzelte Anna vor sich hin. Sie sollte sich ein neues Logo für eine IT-Firma ausdenken und hatte das Papier mit Kreisen übersät, allesamt Versionen der Anschalttaste ihres Laptops.

Sie war allein im Büro. Russell und Monica waren mit einem neuen Kunden im Besprechungsraum, und Clay hatte Grippe. Sie kritzelte weiter und brachte eine klischeehafte Version der Initialen der Firma zustande. Auf der Suche nach Inspiration klickte sie sich zur Homepage der Firma, dann, noch bevor sich die Seite ganz aufgebaut hatte, tippte sie in das Google-Suchfeld: *Kind gebissen.* Sie startete noch eine Suche und noch eine, bis auf ihrem riesigen Bildschirm ein Foto von einem Kindergesicht zu sehen war: eine dunkle, blutunterlaufene Bisswunde an einer Pausbacke, die Augen mit einem schwarzen Balken unkenntlich gemacht. Die Haut des Kinds war grau, und Anna wurde von kaltem Entsetzen durchflutet, als ihr in den Sinn kam, dass es sich um ein Autopsiefoto handeln könnte. Mit einem Engegefühl in der Brust schloss sie den Tab, stand von ihrem Computer auf und trat ans Fenster.

Sie richtete den Blick auf das Backsteingebäude gegenüber, beruhigend banal und solide. Der Horror schwang in dem Foto mit, jene Momente, als sich der Biss ereignet hatte. Sie stellte sich kleine Beine vor, um sich tretend, kleine Hände.

Wenn das Kind auf dem Foto tot war, wie war er oder sie gestorben? Nicht an dem Biss.

Ein Lieferwagen gab ein warnendes Piepsen von sich, während er rückwärts die Gasse entlangfuhr, und aus dem Besprechungsraum drang Gelächter. Russell und Monica kamen heraus, Mappen in den Armen, für den Kunden ein strahlendes, breites Lächeln voller Elan aufgesetzt. Anna kehrte an ihren Schreibtisch zurück, zu den schlampigen Bleistiftkritzeleien.

»Kaffee, Anna?«, rief Monica von der Tür.

»Nein danke, Mon.« Sie warf einen Blick auf ihren Monitor mit dem Bildschirmschoner und sah wieder das Foto von dem Kind dort, als wäre es in den Bildschirm eingebrannt.

Sie hatte am Morgen gerade hinten im Garten gegossen, als ein dunkelhaariger Mann über den Zaun rief. »Hi!«

Es war der dünne Kerl aus der Nacht des Einzugs. Sein Gesicht mit den hohen Wangenknochen war attraktiv, aber angespannt, als wären die Muskeln erstarrt. Er legte die Hände auf den Zaun und sprach leise, als griffe er ein eben unterbrochenes Gespräch wieder auf. »Na, wie geht's?«

»Mir geht es gut, danke.« Sie stellte sich vor, im gleichen Plauderton zu erwidern: *Beißen Sie Ihre Tochter?*

»Die alte Badewanne …« Er hob das Kinn in Richtung des hinteren Zauns, wo Anna Wasserlilien in der verrosteten gelben Wanne angepflanzt hatte. Der Mann roch nach Aftershave und hatte die glänzende Haut eines Menschen, der sich gerade eben rasiert hatte.

»Ja?«

»Kann ich sie haben?« Er wirkte, als würde er am liebsten über den Zaun klettern und sie sich holen.

»Sie gehört meinem Vermieter. Und er will sie behalten.« Sie hatte keine Ahnung, ob Jack – der in Shanghai lebte – die Wanne behalten wollte. Aber Anna wollte sie behalten. Letztens war ein grüner Laubfrosch eingezogen, und jeden Tag saß er an einer anderen Stelle der Wanne, lächerlich glänzend und gesund aussehend, die kleinen Füße mit ihren Saugnäpfen fest an dem gelben Email.

»Ach so.« Er lächelte und musterte sie von Kopf bis Fuß, besonders ihr T-Shirt und ihre Boxershorts und nackten Füße. »Ich habe Sie doch glatt für eine Hausbesitzerin gehalten.«

»Vielleicht *bin* ich ja Hausbesitzerin, aber ich wohne eben zufälligerweise nicht in meinem eigenen Haus.« Für wen zum Teufel hielt sich dieser Kerl?

»Wer würde denn nicht im eigenen Haus wohnen, wenn man schon eines hat?« Er lächelte sie an, aber es wirkte eher spöttisch als freundlich. »Wie ich höre, waren Sie gut mit der alten Frau befreundet«, fügte er hinzu. »Ein paar von ihren Sachen sind nämlich noch hier.« Die Art, wie er sie ansah, war zu selbstsicher, zu intim. Irgendwie erinnerte es sie an Charlie.

»Was für Sachen?« Sie hielt den Schlauch über die Schwertlilien.

»Papiere und Bücher. Sieht so aus, als hätten ihre Kinder nicht ordentlich ausgemistet.«

»Papiere?«

»Alte Rechnungen ... Ärztekram. Ich werde es alles wegschmeißen. Es sei denn, Sie wollen rüberkommen und es sich holen.«

Ein paar Tage nach Helens Tod war ihr Haus nicht mehr wiederzuerkennen gewesen. Ihr Sohn Oliver räumte wahllos stapelweise Bücher und gefaltete Wäsche auf die Veranda und sagte Anna, sie solle sich nehmen, was sie haben wollte. Im Handumdrehen waren die kleinen Entscheidungen widerrufen worden, die Helen über die Jahrzehnte getroffen hatte, die feinsinnige Ordnung ihrer Habseligkeiten, die Helen und ihre Sicht der Dinge repräsentiert hatte.

»Das sollten Sie mit Oliver besprechen«, erwiderte sie.

Der Mann sah zu ihrer Hintertür. »Und Sie leben hier allein?«

Eigentlich wollte sie es ihm nicht sagen. »Ja.«

»Keine Kinder?« Er hob die Augenbrauen.

Das geht Sie einen Scheißdreck an, hätte sie am liebsten gesagt. »Nein.«

Er nickte langsam und betrachtete die Rückseite des Hauses. »Viel Platz für einen alleine.« Er lächelte. »Wie ich höre, waren Sie Charlies Retterin in der Not, sind auf Ihrem Schlachtross angeritten gekommen.«

Sie wollte sich in kein Gespräch verwickeln lassen. »Tut mir leid, aber die Badewanne ist nicht zu haben.«

Er nickte. »Geben Sie mir Bescheid, wenn Sie Ihre Meinung ändern.«

»Okay.« Sie wandte sich wieder den Schwertlilien zu.

Anna fand es verblüffend, dass sich wildfremde Menschen dazu berechtigt fühlten, sie nach ihren Fortpflanzungsplänen und ihrer Fruchtbarkeit zu befragen. *Wollen Sie Kinder? Machen Sie mal lieber hinne, meine Liebe, wenn es noch klappen soll!* Die Frage kam meist von Menschen, die Kinder hatten, als gäbe ihnen das eine Sondergenehmigung, ihre Nase in anderer Leute Angelegenheiten zu stecken. Ihr Dad, der Gute, stellte die Frage nie. In ihren Zwanzigern war Anna einfach davon ausgegangen, dass sie eines Tages Babys bekommen würde. Doch sie hatte nur drei Beziehungen gehabt, die länger als ein halbes Jahr gehalten hatten, und nur einer der drei Männer wollte Kinder. Ben und Anna hatten sogar ein paar Monate lang versucht, schwanger zu werden, der Sex war besonders aufregend gewesen, und dann war er von einem Surfurlaub nach Hause gekommen und hatte ihr erklärt, dass Schluss sei. Und das war's gewesen.

Dave teilte es ihr früh mit – in der ersten Nacht, in der sie miteinander geschlafen hatten –, dass er eine Sterilisation hinter sich hatte. Mit ihm war Anna dabei, in die Kinderlosigkeit abzudriften. Und vielleicht würde es auch dabei bleiben. Sie sehnte sich nicht so sehr nach Kindern, wie manche Frauen es taten, und würde nicht alles daransetzen, es doch noch hinzubekommen. Das eine Mal, als sie schwanger gewesen war, mit neunzehn, hatte sie abgetrieben. Wenn sie wirklich ein Kind hätte haben wollen, hätte sie eines. Ein siebzehnjähriges.

Auf dem Heimweg von der Bushaltestelle ging Anna an Helens Haus vorbei, wo ein glänzender schwarzer Pick-up in der Einfahrt parkte. Die Geräusche einer Kindersendung dröhnten aus dem Haus.

Anna betrat ihr dunkles Haus und schlüpfte aus den Turnschuhen. Helen hatte immer gescherzt, dass sie zwei alte Jungfern seien, die nebeneinanderwohnten, aber auf Anna hatte es den Anschein gemacht, als hätte Helen eine Spur zu herzlich darüber gelacht. Anna war gern in einer Beziehung, hatte aber keine Angst davor, Single zu sein. Im Grunde war sowieso jeder allein, fand sie, und kreiste im Laufe der Jahre nur um andere Menschen herum. Andere nahmen sie manchmal als reserviert wahr, das wusste Anna. Sie hingegen hielt sich für selbstgenügsam.

In der Küche goss sie sich ein Glas Chardonnay ein und versuchte, die Geräusche von nebenan zu ignorieren, aber sie fühlte sich, als habe sie ein Radargerät, das auf das Nachbarhaus gerichtet war und sich nicht abschalten ließ. Sie erinnerte sich, in einer Univorlesung gehört zu haben, dass die Nähe zu Leid Menschen zum Helfen veranlasste. Würde jemand ein ertrinkendes Kind sehen, würde er stehen bleiben und helfen, wohingegen er einem Kind in Not am anderen Ende der Welt nicht helfen würde, selbst wenn es möglich wäre.

Ihr Handy klingelte, während sie vor dem offenen Kühlschrank stand und den welken, ungenießbaren Salat von gestern Abend betrachtete. Dave rief an.

»Hey«, sagte er. »Bist du zu Hause?«

Sie war erleichtert über die Herzlichkeit in seiner Stimme. »Ja«, antwortete sie. »Ich bin gerade nach Hause gekommen.«

»Lust auf Besuch?«

»Was? Jetzt?« Sie konnte nicht anders, als in den Kühlschrank zu grinsen.

»Ja. Ich stehe vor deinem Haus.«

Sie machte die Haustür auf. Er stand auf dem Gehweg, an einen Telegrafenmast gelehnt, das Anzugjackett an einem Finger über die Schulter gehängt, als posiere er für eine Modezeitschrift.

Sie lachte, als er den Gartenweg entlangkam. »Warum hast du nicht einfach geklopft?« Er tauchte sonst nie aus heiterem Himmel bei ihr auf und arbeitete immer bis spät. Es war ein wenig verwirrend, ihn an einem Werktagabend zu sehen.

»Für den Fall, dass dir nicht nach Besuch ist.« Er küsste sie – er schmeckte nach etwas Zuckrigem – und ließ die Aktentasche im Haus gleich neben der Tür fallen. Dave war groß und schlaksig und bewegte sich gemächlich, wie ein Hollywood-Cowboy. Einmal hatte sie ihn *den Mann mit den Schlangenhüften* genannt, und er hatte lachend abgewunken, aber sie fand, dass es gut die Art beschrieb, wie er durchs Leben glitt. Er hatte die Leichtigkeit eines Privilegierten an sich, allerdings ohne das ganze Drumherum.

Sie tippte darauf, dass er Anwalt wider Willen war, weil sein Vater und Großvater und älterer Bruder Anwälte waren. Und jetzt kam er nicht mehr aus diesem Beruf raus, weil er die Hypothek für seine Wohnung abbezahlen und seine Kinder finanziell unterstützen musste. An den Wochenenden trug er löchrige T-Shirts und Badeshorts, und wenn Anna ihn einmal unter der Woche zu Gesicht bekommen hatte, waren das Hemd und der Anzug zerknittert, seine Ledertasche zu abgewetzt, um hip zu sein, die Haare ein kleines bisschen zu zerzaust.

Sie schenkte ihm ein Glas Wein ein. »Als du angerufen hast, habe ich gerade mit dem Gedanken gespielt, mir einen überbackenen Toast zu machen.«

Er lächelte. »Perfekt.« Dann ließ er sich auf einen Stuhl an ihrem Küchentisch plumpsen und knöpfte seinen Hemdkragen auf.

Sie spürte seinen Blick auf sich ruhen, während sie an der Arbeitsplatte Käse in Scheiben schnitt und Brot mit Butter bestrich. Einer von ihnen würde den gestrigen Abend ansprechen müssen. Warum nicht sie?

»Wie war nun das Abendessen mit den Kindern?« Sie hob ein Stück Käse auf, das zu Boden gefallen war.

»Gut.« Er hielt inne. »Tut mir leid, falls ich gestern Vormittag ein bisschen kurz angebunden gewesen sein sollte.« Seine Augen waren müde. Sie wusste, dass er mitten in einem schwierigen Fall steckte.

»Nein …«

Er lächelte. »Ich habe mir schon Sorgen gemacht, dass du mir auf sanfte Weise den Laufpass gibst.«

Lächelnd schüttelte sie den Kopf. »Nein.« Dabei wusste sie nur zu gut, wie zerbrechlich Beziehungen in den ersten Monaten waren und dass eine Unvorsichtigkeit das Ganze aus der Bahn werfen konnte.

Er nahm einen großen Schluck Wein. »Mein Prozess ist erst mal gegessen.«

»Gegessen? Ach, Mist.«

Er kniff einen Moment die Augen zusammen. »Ja. Mist ist noch milde ausgedrückt.«

»Warum denn?« Er arbeitete an dem Mordfall gegen einen Mann aus Manly, dessen Freundin im vergangenen Jahr tot in ihrem Wagen aufgefunden worden war. Damals hatten sämtliche Zeitungen so exzessiv darüber berichtet, dass Anna irgendwann aufgehört hatte, die Artikel zu lesen.

»Einer der Geschworenen hat beschlossen, im Internet seine eigenen Recherchen über den Angeklagten anzustellen, und hat dann ein paar anderen Geschworenen von seinen Entdeckungen erzählt.« Dave verdrehte die Augen. »Verfluchter Vollidiot. Wie dem auch sei. Jedenfalls habe ich jetzt erst mal genug Zeit, die Füße hochzulegen und Toast mit überbackenem Käse zu essen. Und ich habe einen Wahnsinnshunger.«

Anna stellte den Ofen an, da schlang Dave von hinten die Arme um sie und legte das Kinn auf ihre Schulter.

»Ich habe dich beim Abendessen vermisst«, sagte er. »Aber es kann nachgeholt werden, wann immer du so weit bist.«

Sie küssten sich. Der Weingeschmack an ihm war aufregend. Sie schaltete den Ofen ab und ließ sich von Dave zum Schlafzimmer führen. Auf dem Weg durch den Flur nahm er ihr Gesicht in die Hände und küsste sie leidenschaftlich. Als sie das erste Mal miteinander geschlafen hatten, hatte er mehr als ein Mal gesagt, wie gern er küsste. Für Dave ging es beim Sex um das Vorher, nicht den Höhepunkt. Bei ihrem ersten Mal war er noch nicht einmal gekommen, was ihn nicht gestört zu haben schien.

Sie wachte im Dunkeln auf, als er über sie hinweg nach seinem Handy griff.

»Wie spät ist es?«, fragte sie. Es könnte längst Mitternacht sein.

»Acht.« Er warf sich auf die Matratze zurück und ließ die Finger sanft auf ihrem Oberschenkel kreisen. »Ich mache den überbackenen Toast fertig. Ich bin am Verhungern.«

»Super.« Sie knipste die Leselampe an, während er aus dem Bett stieg. Er war so lang und schlank und hatte überall leichte Sommersprossen, sogar auf dem Hintern, der bestimmt nie in die Sonne kam. Nachdem er die Unterhose angezogen hatte, verschwand er in die Küche.

Sie reckte die Arme, während ein Flugzeug grollend in Richtung Flughafen über das Haus hinwegdonnerte. Beziehungen waren nach dem Sex vorübergehend immer so viel einfacher. Zweifellos dank der irreführenden Flut an Hormonen.

Dave gefiel es, dass sie ein Mensch war, der sich bei allem Zeit ließ, das wusste sie. Ein gewisser Grad an Ruhe war für ihn offensichtlich das einzige Gegenmittel angesichts des hektischen Treibens der City. Allerdings fragte sie sich, was er von gewissen anderen Eigenheiten hielte, die sie an sich hatte. Beispielsweise davon, dass sie sich bei Unkraut entschuldigte, wenn sie es auszupfte. Das hatte sie von ihrer Großmutter geerbt, die in ihrem Denken – für eine überzeugte Christin – sehr animistisch gewesen war.

»Willst du Senf auf deinem Toast?«, rief Dave aus der Küche.

Sie schwang die Beine aus dem Bett. »Nein danke.«

Während sie auf dem Boden nach ihrer Unterwäsche suchte, ertönte nebenan ein lautes Poltern. Sie spitzte die Ohren. War da eine Tür zugeschlagen worden? Wieder ertönte ein Krachen, dann schrie ein Mann mehrmals etwas Unverständliches, und ein Kind – Charlie – weinte.

Anna zog sich rasch ihre Unterhose und ein T-Shirt an und eilte in die Küche, wo Dave gerade das Backblech in den Ofen schob.

»Hast du das gehört?«, fragte sie.

Er sah auf. »Das Geschrei nebenan?«

»Da ist eine neue Familie eingezogen. Das kleine Mädchen ist gestern Abend an meiner Hintertür aufgetaucht. Sie hatten es allein gelassen, es kam hier hereinspaziert … Es hatte eine Bisswunde am Bein, eine richtige Bisswunde. Ich wollte dir davon erzählen, aber …«

»Ein Biss von einem Menschen?« Er warf ihr einen Blick zu.

»Ich glaube schon.«

Das Weinen schlug in schrilles Geschrei über, und Anna spürte ein Prickeln auf der Haut. Sie trat ans Fenster. Im Zimmer des Mädchens war das Licht eingeschaltet, aber das Schreien schien aus dem vorderen Teil des Hauses zu kommen.

Dave trat dicht hinter sie. »Wie alt ist das Kind?«

»Fünf«, erwiderte sie.

Im Badezimmer ging das Licht an, und es ertönte ein dumpfer Knall, als würde etwas gegen eine Wand geschleudert.

Das Kind schrie. »Nein! Nein! Nein!« Noch ein Krachen, diesmal lauter.

Anna war wie gelähmt. Sie konnte nur den schrecklichen Geräuschen lauschen, die durch die Luft zu ihr drangen.

Dave packte sie am Arm. »Komm, lass uns rübergehen.«

Sie folgte ihm ins Schlafzimmer, das Blut rauschte in ihren Ohren. Während sie sich die Jeans anzog, schrie der Mann nebenan etwas, aber sie konnte nicht verstehen, was er sagte, außer »Fuck!« und dann »Erbärmlich!«. Sie hörte einen weichen Knall und wusste, dass er die Frau oder das Kind schlagen musste. Sie betete darum, es möge die Frau sein. Oh, welch schrecklicher Gedanke, aber das Kind war zu klein, viel zu klein. Sie erinnerte sich an die kleine Hand des Mädchens in ihrer.

Sie zwang sich, Dave durch die Haustür nach draußen und die Treppe hinunter zu folgen. Charlies Geschrei schallte laut durch die Nachtluft. Die anderen Nachbarn *mussten* es auch hören. Wo waren die? In allen Häusern, die sie sehen konnte, brannte Licht – in den hübschen Häusern und dem großen hässlichen Backsteinklotz auf der anderen Straßenseite –, aber niemand öffnete die Haustür oder sah aus dem Fenster.

Dave sprang die Stufen hoch und hämmerte an die Tür. Drinnen war das Schreien zu leisem Schluchzen abgeklungen. Dave hob die Faust, um erneut zu klopfen, und Anna sah, dass seine Hand zitterte. Die Tür ging auf, und Charlies Vater stand in Jeans und T-Shirt da. Er hielt die Tür mit einer Hand, sodass sie nur halb geöffnet war. Anna konnte gerade noch in den Flur hinter ihm spähen, der nur vom Licht aus dem Badezimmer erhellt wurde. Das Weinen hatte, abgesehen von etwas Geschniefe, aufgehört.

»Abend. Sie wünschen?« Die Stimme des Mannes klang sanft.

»Was ist hier los?«, wollte Dave wissen. »Wir haben ein Kind schreien gehört.«

»Ja.« Der Kerl war völlig entspannt, überhaupt nicht defensiv. Hinter ihm erschien Gabby im Flur. Sie hielt Charlie, ein Handtuch über dem Kopf des Mädchens. Charlie drehte das kleine, blasse Gesicht zur Haustür und winkte kurz, während ihre Mutter sie in den hinteren Teil des Hauses trug.

Der Mann lehnte am Türrahmen, als wäre er beim Plaudern in einer Kneipe.

»Kinder schreien eben«, sagte er. »Sie haben keine Kinder, oder?« Er zog eine Zigarettenpackung aus der Gesäßtasche.

»Doch, ich habe sehr wohl welche«, sagte Dave.

Anna roch etwas Vertrautes unter dem Gestank nach abgestandenem Zigarettenrauch. Urin.

»Aber Sie leben allein«, sagte er zu Anna. Er zündete die Zigarette an und blies ihnen Rauch entgegen.

»Man muss kein Kind haben, um zu wissen, wie sich ein verängstigtes Kind anhört«, sagte sie. »Es hat sich ganz danach angehört, als wäre jemand geschlagen worden.«

»Da irren Sie sich.« Er sah Anna geradewegs an. »Das war ich, als ich mit der Hand gegen die Wand geschlagen habe. Aus Frustration.« Er schniefte. »Und wenn Sie keine Kinder haben, Werteste, dann haben Sie keine Ahnung, wie das ist. Keine Ahnung. Eltern brüllen, Kinder schreien. Sie haben noch nie neben einer Familie gewohnt, das ist mal klar.«

»Ich habe *in* einer Familie gewohnt«, widersprach Anna. »Ich weiß über Familienleben Bescheid. Ich war selbst einmal ein Kind …«

Dave unterbrach sie. »Können wir bitte das Mädchen sehen?«

Warum zum Teufel sagt Dave bitte?, dachte Anna. *Dieser Mann hier prügelt und beißt seine Tochter.*

Der Kerl zog heftig an seiner Zigarette. Seine Fingernägel waren völlig abgekaut.

Dave wandte sich an Anna. »Wie heißt das Mädchen?«

Der Mann blies eine Rauchwolke aus. »Sie heißt Charlie, Mann. Sie haben sie gerade eben gesehen, als sie den Flur runter ist. Es geht ihr gut. Kümmern Sie sich einfach um Ihre eigenen Angelegenheiten. Machen Sie da weiter, wo Sie aufgehört haben.«

Er sah Anna direkt an und lächelte breit. *O Gott, er hatte sie beim Sex gehört.* Sein Blick glitt zu ihren Brüsten. Sie trug keinen BH. Sie verschränkte die Arme.

Daves Stimme wurde beschwichtigend, als spräche er mit einem Kind. »Lassen Sie uns Charlie einfach aus der Nähe sehen, damit wir uns vergewissern können, dass es ihr gut geht.«

»Ihr geht es prima.« Er redete langsam, sprach jedes Wort deutlich aus. »Und Sie geht das einen feuchten Kehricht an.« Mit einem leisen Klicken machte er ihnen die Tür vor der Nase zu.

»Komm.« Dave nahm Anna am Ellbogen.

Als sie neben ihm den Gartenweg entlangging, strich ihr Knie an Helens Rosmarinstrauch vorbei, und sein unpassend wohltuender Duft hüllte sie ein. Annas Haustür hatten sie sperrangelweit offen stehen lassen. Nachdem sie abgeschlossen hatte, zog sie die Vorhänge an den Fenstern zur Straße hin zu. Was konnte das für ein Geräusch gewesen sein, das aus dem Badezimmer gekommen war? War es wirklich bloß seine Hand an den Kacheln gewesen? Warum hatte das Mädchen ein Handtuch auf dem Kopf gehabt?

Dave setzte sich an den Küchentisch und griff nach seinem Weinglas. »Wir sollten jemanden einschalten. Du weißt schon, das Jugendamt.«

Sie setzte sich neben ihn. Auf einmal zitterten ihre Beine.

»Das ist ein großer Schritt ...« Was zum Teufel würde der Kerl nebenan tun, wenn eine Sozialarbeiterin vor seiner Tür aufkreuzte und Fragen wegen Kindesmisshandlung stellte?

Er ließ an seiner linken Hand einen Knöchel nach dem anderen knacken. »Es ist ein großer Schritt. Also erzähl mir von dem Biss.«

Anna goss sich Wein nach und trank einen Schluck. »Er ist an ihrem Bein. Ganz oben. Und er *sieht aus* wie ein Menschenbiss. Ich meine, ein Biss von einem Tier würde ganz anders aussehen. Es ist ein dunkler Bluterguss. Die Haut ist ein bisschen verletzt.«

»Wir müssen es melden. Den Biss und das, was wir heute Abend mit angehört haben.« Er rieb sich mit den Händen übers Gesicht. »Sie werden allerdings nichts unternehmen, es sei denn, es liegen schon mehrere Meldungen vor, die darauf hindeuten, dass das Mädchen gefährdet ist.«

»Dann werden sie heute Abend nicht vorbeikommen?«

Lächelnd schüttelte Dave den Kopf. »Das würde mich dann

doch überraschen. Aber die Polizei würde vielleicht vorbeikommen, wenn wir sie rufen.« Er sah zur Decke hinauf und nickte. »Ja. Ich glaube, wir sollten bei der Polizei anrufen. Die sind dazu verpflichtet, Meldung zu machen, und ... je mehr Meldungen dem Jugendamt vorliegen, desto wahrscheinlicher ist es, dass man der Familie tatsächlich einen Besuch abstattet.«

Anna ging zum Küchenfenster und zog es zu. Ihr Magen fühlte sich ölig an. Der Kerl nebenan würde wissen, dass sie die Polizei gerufen hatten, und er würde wissen, dass Anna die Bissverletzung gesehen hatte.

»Müssen wir *wirklich* die Polizei rufen?« Es war schön und gut für Dave, zu den Nachbarn hinüberzustürzen und die Polizei rufen zu wollen. Er musste nicht neben diesem Mann wohnen.

Er starrte sie an. »Ich weiß, dass es furchterregend ist, Anna. Aber man kann nicht mehr guten Gewissens dasitzen, wenn man weiß, dass das Kind nebenan in Schwierigkeiten steckt.«

Er hatte recht. *Verdammt.*

»Ja. Okay, ruf an.«

Dave wischte über das Display seines Handys. »Wie lautet die Adresse nebenan?«

»Ähm ... 72 Melford.« Sie dachte daran, wie die Kleine gewinkt hatte, während sie den Flur entlanggetragen wurde. »Und erwähne die Bisswunde und dass sie allein gelassen wurde.«

Er tippte eine Nummer in sein Handy. »Ich werde es erwähnen, aber wegen der Bisswunde wirst du beim Jugendamt anrufen müssen. Ich habe sie nicht gesehen.«

»Telefoniere im anderen Zimmer«, sagte sie. »Hier ist alles hellhörig.«

»Okay.« Er trug sein Handy und den Wein ins Wohnzimmer.

Anna legte das Brot in den Ofen. War es so seltsam, dass sie

Angst davor hatte, in diesen furchterregenden Schlamassel nebenan hineingezogen zu werden? Sie schloss die Augen. Ihr einfaches, ruhiges Leben war zu einem Albtraum geworden.

Ein paar Minuten später tauchte Dave wieder auf und legte sein Handy auf den Tisch. »Sie schicken jemanden vorbei.«

»Heute Abend?«

»Ja.«

Anna atmete tief aus. Erst einmal würde sie sich darauf konzentrieren, das Essen fertig zu bekommen. Sie hatte ein großes Glas Wein auf leeren Magen getrunken. »Möchtest du etwas Salat? Oliven?«

»Nein. Bloß viel Brot und viel Käse.« Dave schenkte sich Wein nach. »Hast du ein Foto von der Bisswunde gemacht?«

»Komm, lass uns ins Wohnzimmer gehen.« Sie zog die Toastscheiben aus dem Ofen und ließ sie auf zwei Teller gleiten. Der Käse war nicht ganz geschmolzen, egal. »Kannst du das hier tragen?« Sie reichte ihm ein Glas Oliven.

Er setzte sich neben sie aufs Sofa.

»Ich habe nicht daran gedacht, ein Foto zu machen. Ich meine, ich kenne das Kind nicht. Es hätte sich ein bisschen komisch angefühlt ... Ich hätte es aber tun sollen, oder?«

»Na ja, es wäre eine gute Idee gewesen. Und es ist dir nicht in den Sinn gekommen, das Jugendamt einzuschalten?«

»Ich ... wusste noch nicht einmal – weiß noch immer nicht –, ob der Biss von einem Menschen stammt. Von einem Erwachsenen. Das ist doch eine große Sache, einer Familie das Jugendamt auf den Hals zu hetzen.« Sie biss von dem Toast ab.

»Mhm.« Er griff nach dem Olivenglas und angelte sich eine Olive heraus.

Sein Tonfall war nicht zu deuten.

Sie aßen schweigend. Anna ging durch den Sinn, dass diese kleine Dosis an Realität ihre Beziehung wieder bis aufs Grundgestein bloßgelegt hatte. Ohne den Glanz von Sex und schlagfertigen Wortwechseln holte die Wirklichkeit sie ein: Dave wirkte verantwortlich und ernst – wie er zweifellos vor Gericht war –, und Annas Fehler und Unschlüssigkeit traten beschämend offen zutage.

»Was macht die Polizei, wenn sie zu so etwas gerufen wird?«, fragte sie.

Dave leckte sich die Finger. »Wahrscheinlich nichts. Du weißt schon, vorausgesetzt, es gibt keine Beweise für Misshandlung. Aber er wird wissen, dass sie Bescheid wissen. Und er wird wissen, dass die Leute hinhören.«

»Er wird wissen, dass *ich* hinhöre. Er könnte *hier* vorbeikommen.«

Er nickte langsam. »Ja. Du könntest eine Weile bei mir wohnen.«

»Vielleicht.«

Sie konnte sich nicht vorstellen, es länger als eine Nacht bei ihm zu Hause auszuhalten. Es war eine alte Wohnung in Strandnähe, völlig in Ordnung, aber vollgestopft mit Surfbrettern und Büchern und seltsamen Möbelstücken, die er auf Flohmärkten gekauft hatte, und das alles unter dem Kommando einer großen alten rotorangen Katze, die überall ihre Haare hinterließ. Und wer würde ihre Pflanzen gießen? Zum Teufel mit dem Kerl von nebenan. Anna legte ihren Toast auf den Teller zurück. Sie hatte keinen Hunger.

»Es ist wichtig, dass du *jedes Mal,* wenn du den Verdacht hast, dass dem Kind irgendein Schaden zugefügt wird, beim Jugendamt und der Polizei anrufst.« Er fuhr mit der Hand durch die Luft. »Es liegen wahrscheinlich bereits Meldungen bezüglich des Kinds vor. Ich kenne einen Fall, bei dem siebzehn Meldungen vorlagen, bevor das Jugendamt der Familie auch nur einen Besuch abgestattet hat. Wenn du also ein paarmal anrufst, gibt das vielleicht den Ausschlag, damit das Mädchen die Hilfe erhält, die es braucht.«

»Siebzehn Meldungen? Sie bekommen *siebzehn* Anrufe, weil ein Kind in Schwierigkeiten steckt, und unternehmen nichts?«

»So gut wie nichts.« Er leerte sein Weinglas. »Das ist eine Ressourcenfrage. Um die Kinder, die am stärksten gefährdet sind, kümmern sie sich zuerst.«

»Hat die Polizei gesagt, wie lange sie braucht?«

»Nein. Es könnte eine Weile dauern, je nachdem, was sonst noch los ist.« Er schraubte den Deckel wieder auf das Olivenglas. »Hast du was Süßes?«

»Trockenobst. Oder Kekse. Iced Vovos.«

Er richtete sich mit einem flüchtigen Lächeln auf. »Hört sich schon besser an!«

»In der Vorratskammer.«

Sie zog die Knie an, um die Übelkeit in ihrem Magen niederzukämpfen. Was würde der Kerl nebenan tun, wenn die Polizei auftauchte?

Dave erschien mit der Kekspackung. »Kennst du den Nachnamen des Kinds? Für deinen Anruf beim Jugendamt.«

»Nein.«

Er ließ sich aufs Sofa sinken und betrachtete die Kekse. »Sie sehen dünner aus, als ich sie in Erinnerung habe. Die Marshmallow-Schicht ist gar nicht so dick.«

»Ich kann doch schlecht rübermarschieren und nach ihrem Nachnamen fragen.«

»Nein.« Er biss von dem Keks ab.

»Ihre Adresse reicht also nicht? Wird die Polizei nicht ihren Namen herausfinden?«

»Es wäre besser, wenn du ihren vollständigen Namen kennst, wenn du beim Jugendamt anrufst.«

Sie erhob sich. »Ich rufe jemanden an, der ihn kennt.« Sie musste etwas unternehmen, ihm zeigen, dass sie in der Lage war zu handeln.

Er ging sofort an den Apparat. »Oliver Marshall.« Im Hintergrund waren Küchengeräusche zu vernehmen, jemand klapperte mit Besteck.

»Oh, hi! Hier spricht Anna. Ich wohne nebenan ... im Nachbarhaus Ihrer Mutter.« Sie ging ins Schlafzimmer, damit Dave das Telefonat nicht mit anhören musste.

»Richtig. Anna. Hi! Was kann ich für Sie tun?«

»Tut mir leid, dass ich so spät anrufe.« Ihr Mund war trocken. »Ähm ... ich ... mache mir ein wenig Sorgen, wie die Leute, an die Sie das Haus vermietet haben ... Sorgen darüber, wie sie mit ihrer Tochter umgehen, und für den Fall, dass ich jemanden deswegen anrufen muss, wüsste ich gern ihren Nachnamen.«

»Wie gehen sie denn mit ihrer Tochter um?«

»Es ist bloß ... Sie wissen schon. Bei mir haben die Alarmglocken geschrillt, und ich wäre gern vorbereitet.«

Er räusperte sich. »Na ja ...«

Sie versuchte, sich vorzustellen, wie Dave die Sache angehen würde.

»Was wissen Sie über sie?«, fragte sie. »Woher kommen sie?«

Er atmete lang aus. »Tja, der Typ ist der Cousin oder so was von einem Klempner, der manchmal für mich arbeitet. Ich weiß nichts über die Leute, aber es war ihnen recht, das Haus ohne Mietvertrag zu nehmen und bar zu bezahlen, was mir gereicht hat. Sie wissen ja, dass ich in ein paar Monaten anfangen werde, auf dem Grundstück zu bauen?«

»Ja. Das haben Sie erwähnt.«

Bald hätte Anna nebenan eine Baustelle und etwas später dann zwei zweistöckige Backsteinhäuser. Eines Tages würde ihr Haus auch abgerissen werden, und sie würde in einer Wohnung mit kleinem Balkon landen.

»Hören Sie, Anna, ich habe keine Ahnung, was mit dem Kind los ist, aber ich suche Ihnen den Namen heraus. Und es versteht sich ja wohl von selbst, dass Sie diesen Leuten nicht auf die Nase binden, von wem Sie ihn haben.« Oliver schaffte es bei jeder ihrer Unterhaltungen, herablassend zu wirken. Das war ihr schon bei ihrer allerersten Begegnung aufgefallen, als er bei Helen vorbeigeschaut hatte, um einen tropfenden Wasserhahn zu reparieren.

Sie hörte, wie die Schublade eines Aktenschranks aufglitt.

»Oh, stimmt ja«, sagte er. »Ich habe bloß die Personalien der Frau. Der Typ ... wie auch immer er heißt ... Harlan ... wollte, dass alles über sie läuft. Gabrielle Seybold. S-E-Y-B-O-L-D geschrieben.«

»Verstanden. Seybold. Ob das Mädchen wohl auch so heißt?«

»Keine Ahnung, Anna.« Er schloss den Aktenschrank. »Ist das dann alles?«

Er war dabei, sie abzuwimmeln.

»Ja. Danke.«

Anna saß auf dem Badewannenrand und machte zwei tiefe, bebende Atemzüge. Sie wählte die Nummer des Jugendamts und stemmte die Füße fest auf die kühlen Kacheln.

Die Frau am anderen Ende war beruhigend geschäftsmäßig. »Was kann ich für Sie tun?«

Anna beschrieb, wie Charlie am vergangenen Abend bei ihr aufgetaucht war und den Biss an ihrem Bein.

»Wie groß war der Biss?«, erkundigte sich die Frau.

»Na ja, ich glaube, er war so groß wie der Biss eines Erwachsenen. Ich habe mich selbst gebissen ...«, Sie hielt inne.

Hörte sich das ein wenig verrückt an?, »… also, ich meine, zum Vergleich, und er sah wie von einem Erwachsenen aus.«

»Und welche Farbe hatten die Blutergüsse um den Abdruck?« Die Frau tippte etwas.

»Oh. Recht dunkel. Violett-schwärzlich. Und die Haut war ein bisschen verletzt, und da war altes Blut …«

»Hat das Kind Ihnen etwas zu dem Biss erzählt?«

»Nein. Sie hat geschlafen.«

»Okay.«

Die Stimme der Frau blieb neutral, aber Anna wurde das Gefühl nicht los, dass sie Charlie hätte wecken und nachfragen sollen. Und sie hätte ein Foto machen sollen.

»Und wie kam es, dass sie bei Ihnen zu Hause war?«

»Sie ist einfach an meiner Hintertür aufgetaucht. Bei ihr zu Hause war niemand. Ich habe sie hinüber in ihr Haus gebracht und bin reingegangen, aber da war niemand. Die Leute sind gerade erst eingezogen.«

»An welchem Tag ist sie bei Ihnen zu Hause aufgetaucht?«

Anna fühlte sich im Laufe des Telefonats immer weniger zittrig. Die Frau hatte etwas Effizientes und Kompetentes an sich.

»Stand die Mutter unter Drogen, als sie zu Hause eintraf?«, fragte sie.

»Na ja … vielleicht. Sie schien ein bisschen … weggetreten.«

Die Frau erkundigte sich in allen Einzelheiten danach, was der Mann nebenan gesagt hatte, als Dave und Anna bei ihm geklopft hatten.

»Und wissen Sie, ob das Mädchen in die Schule oder in den Kindergarten geht?«

»Das weiß ich nicht«, sagte Anna. »Ich war tagsüber bei der Arbeit. Aber es sah nicht so aus, als würde es sich für die Schule fertig machen.«

»Okay.« Die Frau tippte weiter.

»Bei der Polizei haben wir auch angerufen.«

Mist. Bald würde die Polizei eintreffen.

»Alles klar. Das ist gut.«

»Was wird denn nun geschehen?«

»Ihre Meldung wird an die örtliche Dienststelle zur weiteren Einschätzung weitergeleitet. Und bitte rufen Sie wieder an, wenn es irgendeinen Hinweis darauf gibt, dass das Kind in Gefahr sein könnte.«

Anna legte auf und saß eine Weile da, lauschte den Geräuschen, die Dave beim Abwaschen machte. Wie viele Meldungen würden nötig sein, bis das kleine Mädchen nebenan Hilfe bekäme?

Sie bereitete sich gerade eine Tasse Kamillentee zu, als sie draußen ein Auto halten hörte. Durchs Fenster vorne sah sie einen Streifenwagen in der zweiten Reihe parken. Irgendwie wirkten die neonfarbenen Markierungen und die Blaulichtanlage auf dem Dach alles andere als beruhigend auf sie. Dave stand barfuß auf dem Gehweg und sprach kurz mit den Cops, einem Mann und einer Frau. Anna beobachtete sie durchs Fenster und hoffte, dass der Kerl nebenan nicht auch hinaussähe. Dave machte bei seiner Rückkehr ins Haus einen zufriedenen Eindruck.

»Sie werden es ebenfalls dem Jugendamt melden«, sagte er und goss sich ein Glas Wasser ein.

»Gut.« Sie warf ihren Teebeutel in den Biomüll. »Und wenn er etwas Verrücktes tut, sobald die Polizei fort ist?«

»Ich bin ja hier. Und wenn er das macht, dann ist er noch dümmer, als ich gedacht hätte.« Er spülte sein Glas aus. »Dein Haus ist sicher. Wir können gegebenenfalls wieder bei der Polizei anrufen. Uns wird nichts passieren. Außerdem denke ich, du solltest morgen bei mir übernachten.«

Mit einem Lächeln zog er sie in seine Arme. Einmal hatte er gesagt, er liebe es an ihr, dass sie so unabhängig sei. An diesem Abend kam sie sich alles andere als unabhängig vor. Tatsächlich brauchte sie ihn heute dringend bei sich.

Sie lag neben Dave im Bett. In ihren Adern kribbelte es immer noch, und während sie auf die Geräusche nebenan lauschte, fragte sie sich, was die Polizei gerade machte. Sie hörte nur, dass jemand durch den Flur ging und ab und an das Grollen einer Männerstimme. Die Cops mussten Charlie bereits zu Gesicht bekommen haben. Es musste ihr gut gehen.

Dave lag mit dem Rücken zu ihr, seine Atmung ging gleichmäßig und langsam. Sie schmiegte sich an ihn und drückte die Nase an seinen Rücken.

Annas Mutter und Vater waren immer eingeschritten, wenn sie Kinder sahen, die in Schwierigkeiten steckten. Selbst am Tag nach dem Tod ihrer Mutter hatte Annas Dad den Wagen wegen eines verloren aussehenden Kinds in der Byng Street angehalten. Anna hatte hinten gesessen – sie würde auf keinen Fall auf dem Platz ihrer Mum sitzen –, und ihr Dad hatte gewendet und war zu der Stelle zurückgefahren, wo das Kind, das noch ganz klein war, auf dem Gehweg gestanden hatte. Anna hatte im Wagen gewartet, während ihr Dad mit dem Jungen geredet hatte. Dann hatte er das Kind an der Hand genommen und angefangen, auf der Suche nach den Eltern nacheinander bei den umstehenden Häusern an die Tür zu klopfen, bis die beiden schließlich sogar um die nächste Ecke verschwanden. Da es im Auto heiß gewesen war, war Anna ausgestiegen und hatte sich auf den Gehweg gestellt. Sie würden zu spät kommen, um Luke von der Schule abzuholen. Aus irgendeinem dummen Grund hatte er darauf bestanden, in die Schule zu gehen. Nach zehn Minuten war ihr Dad endlich zurückgekommen und hatte erklärt, die Familie des Jungen sei zu Besuch bei seiner Tante, und er sei einfach unbemerkt hinten durchs Gartentor davonspaziert.

Anna hatte ihrem Vater nie gestanden, wie sehr sie es hasste, wenn er sich auf diese Weise einmischte. Sie wusste, dass er ihre Schüchternheit missbilligte, ihren Wunsch, den Kontakt mit Fremden auf ein Minimum zu beschränken. Er hatte einmal gesagt, wenn er beim Einsteigen in einen Bus oder Zug die Wahl zwischen einer leeren Bank und einem Platz beispielsweise neben einem alten Mann hätte, dann würde er immer den Platz neben dem Alten wählen, weil möglicherweise eine interessante Unterhaltung zustande käme. Anna war verblüfft und ein wenig beschämt gewesen, denn die Vorstellung, sich neben einen Fremden zu setzen und sich zu unterhalten, erfüllte sie mit Schrecken.

Nach zwanzig Minuten hörte sie, wie die Polizei davonfuhr. Dave schlief fest und atmete laut. Wach zu sein, während jemand neben einem schlief, war einsamer, als allein im Bett zu sein. Sie schloss die Augen, und ihr stieg Marihuanarauch in die Nase. Nebenan musste der Kerl oder Gabby wach sein. Der Rauch stieg durch die Spalten um Annas Schlafzimmerfenster.

Sie dachte daran, wie Charlie ihr zaghaft zugewinkt hatte. Was hatte das Winken zu bedeuten? *Mir geht's gut, mach dir keine Sorgen* oder *Bitte hilf mir, ich habe Angst, dass er mich noch umbringt?*

5

Anna lehnte sich mit dem ganzen Gewicht auf den Spaten, und das Blatt sank in die Erde. Ihr Dad hatte ihr beigebracht, wie man Löcher grub, aber vermutlich wäre er entsetzt zu sehen, dass sie in Badeschuhen arbeitete. Doch sie benötigte ja nur ein einziges tiefes Loch für den Sternjasmin, der sich nun schon seit einer Woche in einem Plastikeimer befand. Das Einpflanzen würde nur ein paar Minuten dauern, bevor sie in die Arbeit musste.

Sie kniete sich hin und grub die letzte lockere Erde mit den Händen heraus. Sie würde das Rankengewächs über die Badewanne hochziehen, damit der Frosch etwas Schatten bekäme. Eigentlich wäre es klüger, es in einem großen Terrakottatopf anzupflanzen, für den Fall, dass sie umziehen musste, falls ihr Vermieter sich entschied zu verkaufen. Oliver hatte ihm bereits mindestens ein Angebot gemacht. Doch Töpfe trockneten so schnell aus. Falls sie umziehen müsste, würde sie den verfluchten Jasmin eben ausbuddeln.

Wenn sie ein Eigenheim besäße, könnte sie einen richtigen Garten anlegen. Doch sie verdiente nicht genug, um sich eine Hypothek für ein Haus mit Garten leisten zu können. Noch nicht einmal für ein verwahrlostes winziges Häuschen wie dieses auf dem schmalsten Grundstück in der Straße, wo der Boden so schräg war, dass ein Ball, den man in der Küche fallen ließ, bis zur Haustür rollte. Noch nicht einmal für eine

Immobilie ganz weit drüben im Westen von Sydney oder wenigstens für eine Wohnung mit Garten.

Sie hielt den Topf schräg, und die Pflanze fiel in ihre Hand, eine befriedigende Last. Die Finger der einen Hand umfassten den Stamm, die andere Hand schob sie unter den Wurzelballen, damit die Erde nicht herunterfiel. Sie verstand, warum Leute gärtnerten, das Verlangen, irgendwie an der unablässigen Entfaltung der Natur beteiligt zu sein. Sie verspürte ein trotziges Triumphgefühl, wenn sie eine Pflanze erblickte, die aus einer Ritze im Weg hervorspross oder an einer der Backsteinmauern an der Außenwand ihres Büros.

Während sie so am Ende der Wanne hockte und die Erde um den frisch eingepflanzten Jasmin festdrückte, war sie vom Nachbarhaus aus nicht zu sehen. Als Dave um halb sieben Uhr morgens gegangen war, hatte der schwarze Pick-up von diesem Harlan nicht mehr vor dem Haus gestanden. Sie hasste es, dass Leute, die noch keine Woche nebenan wohnten, sie mit dem Gedanken spielen ließen, vielleicht woanders zu übernachten oder gar umzuziehen. Selbst jetzt – während sie Wasser auf den Jasmin tröpfelte – lauschte sie auf ihn. Die neuen Nachbarn zogen Annas Aufmerksamkeit von ihrem eigenen Leben ab, und es bestürzte sie, wie leicht ihr Leben aus dem Gleichgewicht gebracht worden war.

Sie wusch sich die Hände am Hahn hinter dem Haus und wischte sie an ihren Boxershorts ab. Als sie drinnen Brot in den Toaster steckte, klopfte es an der Haustür. Einen Moment lang stand sie da und spürte auf einmal ein Engegefühl in der Brust. Sie wollte die Tür nicht aufmachen. Am Fenster zog sie eine winzige Ecke der Gardine zurück. Es waren Charlie und ihre Mutter. Keine Spur von dem Mann.

Langsam öffnete sie die Tür. »Hallo.«

Sie suchte nach Blutergüssen an Charlie. Das Gesicht des

Mädchens war unversehrt. Es trug eine Strumpfhose und ein zu großes T-Shirt unter einem fleckigen rosafarbenen Balletttrikot mit Röckchen. Unter einem dünnen Arm steckte der Stoffhase.

Gabby kaute auf der Oberlippe herum. »Hi.«

»Hallo. Möchten Sie reinkommen?«, fragte Anna. Sie wünschte, sie wäre richtig angezogen.

Gabby setzte sich aufs Sofa, die Knie aneinandergepresst. Ihr haftete der Gestank von kaltem Rauch an, den starke Raucher verströmten. Charlie hockte sich neben ihre Mutter und spielte an der Quaste an einem von Annas Kissen herum. Ihre Fingernägel waren unbeholfen mit violettem Nagellack lackiert.

»Möchtest du vielleicht noch einen Keks, Charlie?«

Charlie nickte kurz.

»Sag *bitte*«, schalt Gabby. Sie bewegte den Mund auf eine seltsame, unkontrollierte Art, und Anna ging davon aus, dass sie bekifft war.

»Möchten Sie eine Tasse Tee und auch einen Keks, Gabby?« Anna fragte sich, wer von ihnen zuerst die Polizei erwähnen würde.

»Nein.« Gabby fuhr sich zweimal mit den Händen über die Oberschenkel ihrer Jeans.

Charlie folgte Anna in die Küche. Der Toast schnellte in die Höhe, als Anna sich hinkniete, um Charlie den Keks zu reichen und sie sich gut anzusehen. In dem rosafarbenen Oberteil des Ballettkostüms befand sich ein kleines Loch. Kreisrund, mit einem dunklen, geschmolzenen Rand. Es musste ein Brandloch von einer Zigarette sein.

Charlie lächelte Anna scheu an. Das Mädchen besaß den gleichen säuerlichen, ungewaschenen Geruch wie an dem Abend, als es an der Hintertür aufgetaucht war.

»Mein Dad mag diese Kekse auch gern«, sagte Anna, als sie die Packung auf den Küchentisch legte. »Deshalb habe ich sie da.«

Charlie hatte einen grünen Stein aus einem ihrer Ohrringe verloren, sodass sich in einem Ohrläppchen ein leerer Metallstecker befand.

Gabby erschien hinter Charlie und legte die Hände auf die Schultern ihrer Tochter, während Charlie sich den Keks in den Mund stopfte und Krümel zu Boden fielen.

»Sie denken, gestern Abend wäre etwas richtig Schlimmes passiert«, sagte Gabby.

Anna erhob sich. »Was ist denn passiert?« Ihre Stimme bebte.

»Sie brauchen sich keine Sorgen zu machen.« Gabby drückte Charlies Schultern und schenkte Anna ein leeres Lächeln. »Harlan ist jähzornig, das ist alles. Er schreit rum und schlägt mit Türen. Das ist alles …« Ihre Stimme verlor sich.

»Es war furchterregend.« Anna überlegte, dass sie dieses Gespräch wahrscheinlich nicht in Gegenwart von Charlie führen sollten, aber vielleicht tat es dem Mädchen gut zu wissen, dass auch jemand anders die Sache beängstigend fand.

Die Frau zuckte mit den Schultern.

Charlie griff nach dem nächsten Keks. Mit ihren schrecklichen violetten Nägeln.

»Möchtest du eine Banane, Charlie?«, fragte Anna.

Charlie nickte und griff nach der kleinen Banane, die Anna ihr anbot.

Gabby runzelte die Stirn. »Wir brauchen Ihr Essen nicht.«

»Ach ja … aber ich habe zu viele Bananen«, entgegnete Anna. »Sie tut mir einen Gefallen. Ehrlich.«

Charlie reichte Anna die Schale.

»Gabby, Sie und Charlie sollten diese Art von gewalttätigem Jähzorn und so ein Geschrei nicht ertragen müssen, und …«

Gabby verengte die Augen. »Erzählen Sie mir nicht, Sie wären noch nie angeschrien worden.«

»Nicht so.« In Annas Stimme schlich sich Vehemenz, die sie durch ein Lächeln abzumildern versuchte.

Die Frau zuckte wieder mit den Schultern. »Ich bin als Kind ständig angeschrien worden. Es ist nicht so wild.«

Anna fragte sich, ob Gabby dazu fähig wäre, ihre Tochter zu beißen.

Gabby stieß ihre Tochter mit der Hüfte an. »Dir geht's gut, oder, Charlie? Harlan ist bloß ein Griesgram.«

Charlie blickte mit großen Augen zu ihrer Mutter auf und kaute weiter. Das Mädchen hatte einen Schweißfilm auf der Stirn. Es war für den warmen Morgen zu dick angezogen.

»Kommen Sie nicht mehr so rüber«, sagte Gabby. »Und rufen Sie *nicht* die Cops. Alles ist in Ordnung. Okay?« Sie verzog wieder die Lippen auf diese seltsam unkontrollierte Art. »Ich sage Ihnen das zu Ihrem eigenen Besten. Und überhaupt macht es die Sache nur schlimmer.«

Macht es die Sache nur schlimmer. Was bedeutete das? Schlimmer für Charlie oder für Gabby?

»Ist wirklich alles okay?« Anna sprach leise. »Es gibt Menschen, die Ihnen helfen können. Orte, wo Sie sicher sind.«

Gabby lächelte, aber ihre Stimme war abweisend. »Alles ist gut. Aber vielleicht brauchen *Sie* ja Hilfe.«

Anna stieg die Röte ins Gesicht. Sie drehte sich um und ließ die Bananenschale in den Biomüll fallen.

Charlie tippte an Annas Hüfte. »Kann ich jetzt zum Spielen rüberkommen?« Anna konnte sie kaum hören. »Mein Schloss mitbringen?« Ihr Lächeln war ein wenig zu breit.

»Hör auf, Charlie«, sagte die Mutter mit gelangweilter Stimme. »Sie hat Besseres zu tun, als mit dir zu spielen.«

Anna ging in die Hocke und versuchte, nicht auf Gabby zu achten. »Leider muss ich in die Arbeit fahren.«

Das Mädchen umklammerte das letzte Stück Banane in seiner Hand und flüsterte: »Bitte.«

Anna schluckte. »Vielleicht ein andermal. Wenn deine Mummy einverstanden ist.« Anna blickte zu Gabby auf.

Gabby wischte Krümel von Charlies Ballettkostüm.

»Mal sehen. Gehen wir, Chuckie.« Sie packte Charlie an der Schulter und schob sie durch das Zimmer und aus der Haustür, ohne Anna eines weiteren Blickes zu würdigen.

Die Stimme ihres Dads am Telefon klang sachlich.

»Das war ganz richtig. Ruf einfach jedes Mal beim Jugendamt an, wenn du dir Sorgen machst ... Ich wette, die Mutter ist da keine Unbekannte.« Er hatte die sichere Art eines Menschen, der schon mit derlei Dingen zu tun gehabt hatte. »Erzähl ihnen einfach, was du gesehen hast. Keine Interpretationen.«

»In Ordnung. Danke, Dad.«

»Scheu dich nicht, dort anzurufen. Die haben ständig mit solchem Kram zu tun.«

War ihre Zurückhaltung so offensichtlich? »Nein, nein. Ich rufe an, wenn etwas passiert.«

»Bravo, Liebes.«

»Ich habe mir gedacht, ich komme dich vielleicht bald einmal übers Wochenende besuchen.«

»Das fände ich großartig, aber nicht dieses Wochenende, denn da feiert Bill seinen siebzigsten Geburtstag.« Seine Stimme hob sich. »Es sei denn, du möchtest mitkommen?«

»Oh, das hört sich lustig an, aber ich hätte dich lieber ganz für mich.«

Bill Malcolm war Dads Kollege auf dem Polizeirevier in Orange gewesen, und als ihr Dad in den Ruhestand getreten war, hatten die beiden gemeinsam eine Firma gegründet, die Lagermöglichkeiten anbot.

»Wie geht's Red?«

»Ach ja …« Er hustete. »Trevor glaubt, dass er vielleicht einen Tumor hat. Er wird ihn operieren …« Seine Stimme verlor sich.

»Oh, das tut mir leid.« Anna hatte ihrem Dad den Kelpie vor zehn Jahren geschenkt. »Wann ist die Operation?«

»In zwei Tagen.«

»Ich versuche, am übernächsten Wochenende zu kommen.«

»Das wäre großartig, Liebes.«

6

Der Bus rumpelte die Bondi Road hoch, und Anna drehte sich um, weil sie einen letzten Blick auf den dunklen Ozean und den cremefarbenen, beinahe vollen Mond erhaschen wollte. Sie war ein bisschen beschwipst und ein bisschen rührselig. Eine der wenigen Erinnerungen an ihre Mutter war, wie sie einmal im Sommer am Bondi Beach an der Hand ihrer Mum zum Meer gelaufen war. Anna erinnerte sich nicht an andere Leute, obwohl der Strand völlig überlaufen gewesen sein musste. Aber sie wusste noch, wie die Wellen an Annas Beinen gesogen und gezerrt hatten und wie völlig sicher sie sich mit ihrer Hand in der ihrer Mutter gefühlt hatte.

Der Bus passierte eine Reihe Wohnblocks. Fast überall waren die Fenster, die auf die Straße hinausgingen, erleuchtet. Früher hatte Anna beim Anblick solcher Fenster immer ein nostalgisches Gefühl gepackt, weil sie sich hinter jedem ein behagliches Zuhause vorstellte. Ein Zuhause, in dem eine Mutter Kinder zu Bett brachte. Jetzt blieb ihr Blick an den zugezogenen Vorhängen haften, und sie fragte sich, was sie verbargen.

Es war erst zehn Tage her, seitdem sie in der Küche gestanden und Harlan und seinen Kumpel dabei beobachtet hatte, wie sie den Möbelwagen entluden, und erst drei Nächte, seitdem Dave bei der Polizei angerufen hatte. Harlan war nicht da gewesen, oder zumindest nicht sichtbar, aber sie hatte Charlie nachts weinen gehört, dieses dünne babyhafte Weinen, das nie verstummte. Und nicht die geringsten Anzeichen, dass Gabby aufstand, um sie zu trösten. Diese Frau zerstörte etwas so Kostbares: die Liebe zwischen einer Mutter und ihrer Tochter. Anna und ihre Mutter hatten keine Wahl gehabt, ihnen war sie genommen worden.

Der Bus hielt an. Zwei Mädchen im Teenageralter stiegen ein und setzten sich, eingehüllt in eine Wolke aus Vanilleparfum, direkt vor Anna. Anna hatte sich mit ihrer Chefin Monica in Bondi zum Abendessen getroffen, und während des Hauptgangs hatte Mon eine lange, witzige Geschichte erzählt, wie sie in der Türkei ihren Koffer verloren hatte. Dann hatte Anna das Gespräch auf Charlie gebracht. Sie wollte die Perspektive eines anderen Menschen, die Perspektive einer Mutter, aber nach ein paar Minuten hatte Monica das Gespräch irgendwie auf das Problem gelenkt, das sie gerade mit einem Kunden hatten, der nicht zahlen wollte. Da Mon zwei Kinder hatte, hätte Anna damit gerechnet, dass ihre Sorge um Charlie größer sein würde. Vielleicht war die bloße Vorstellung für eine Mutter zu schrecklich.

Als Anna am Morgen den Garten gegossen hatte, war ihr klar geworden, dass Charlie sie durch den Zaun beobachtete, das kleine Gesicht an eine Lücke zwischen den Latten gedrückt. Die Kleine hatte kränklich ausgesehen, selbst ihre Lippen waren blass gewesen, und sie hatte etwas schrecklich Energieloses an sich gehabt.

Anna hatte ihr die Gardenie gereicht, die sie eigentlich auf ihren Schreibtisch in der Arbeit hatte stellen wollen. »Die ist für dich. Riech mal dran.«

Das Mädchen hatte daran geschnuppert, Anna ein schmales Lächeln geschenkt und ihr hinterhergesehen, als sie ins Haus gegangen war. Es war leicht zu ignorieren, was bei anderen

Menschen zu Hause vor sich ging, und das Stadtleben forcierte diese Ignoranz noch. Doch seitdem Anna einen Blick in Charlies Zuhause geworfen hatte, konnte sie nicht mehr wegsehen.

Sie trat durch ihre Haustür, ohne Licht einzuschalten. Harlans Pick-up parkte draußen. Beim Zähneputzen hörte sie ein rhythmisches Knirschen im Garten.

Sie ging durch das dunkle Haus in die Küche und sah in der schwachen Straßenbeleuchtung Charlie, die im Nachbargarten immer wieder gegen eine lose Latte im Zaun trat. Sie schien allein zu sein. Anna zwang sich, durch die Hintertür nach draußen und bis zum Zaun zu gehen.

»Charlie?«

Charlie hörte mit dem Treten auf. »Ich dachte, du wärst nicht da.« Ihre Stimme bebte.

Anna ging in die Hocke, auf Augenhöhe mit dem Mädchen. »Ist Mummy weggegangen?«

»Nein.« Der rechte Arm des Mädchens war angewinkelt, und es drückte ihn an die Brust.

»Ist jemand zu Hause?«

Charlie flüsterte. »Sie lassen mich nicht mehr rein, und ich will Bunny haben.« Sie versetzte dem Zaun einen halbherzigen Tritt.

Vorne im Haus schien Licht, und der Fernseher brabbelte.

»Sind Mummy und Daddy zu Hause?«

Charlie nickte mit einem Schniefen.

»Was ist mit deinem Arm los? Hast du ihn dir verletzt?«

Sie nickte. »Er tut echt weh.«

»Was ist passiert?«

Sie schwieg eine Weile. »Ich habe ihnen immer wieder gesagt, sie sollen mich reinlassen. Bunny ist drinnen.«

»Wo tut dein Arm weh?«

Sie deutete auf den Unterarm, in der Nähe des Handgelenks.

Anna konnte nicht das Geringste erkennen. »Ich werde eine Taschenlampe holen. Dann ist es hier draußen nicht so dunkel.«

Als Anna aufstand, sagte Charlie: »Und überhaupt ist er gar nicht mein Vater.«

»Harlan ist nicht dein Vater?«

Natürlich. Warum war Anna nicht darauf gekommen?

Charlie schüttelte den Kopf und drückte sich gegen den Zaun. Ihr Geruch war Anna mittlerweile vertraut.

»Wo ist dein Dad?«

»Ich habe keinen.«

»Oh. Aha.«

»Mummy weiß nicht, wer er ist.«

Ein Auto kam die Straße entlang, und einen panischen Moment lang fürchtete Anna, es wäre Harlan. Aber der war ja bereits da. Bloß ein paar Meter entfernt, im Haus.

Anna eilte mit einer Taschenlampe und ihrem Handy zurück. Sie reichte die Taschenlampe über den Zaun. Charlie leuchtete damit in einem Bogen um sich.

»Gib mir die Lampe noch mal kurz, damit ich mal deinen Arm ansehen kann.«

Anna richtete den Lichtstrahl auf Charlies Unterarm, wo sich ein ungleichmäßiger dunkelroter Bluterguss befand, in etwa so groß wie eine kleine Orange. Eine heiße Woge durchströmte sie. O Gott. Jetzt war sie hellwach, jegliche Spur von ihrem Schwips verschwunden.

»Das sieht schmerzhaft aus.«

»Mhm.«

»Kannst du die Hand öffnen und schließen? So?«

Charlies kleine Hand, die Anna an einen Seestern erinnerte, streckte sich und rollte sich zusammen, dann ließ das Mädchen den Arm sinken.

»Wie ist es passiert?« Anna lauschte auf Geräusche von nebenan, etwa falls Gabby oder Harlan durch den Flur kommen sollten.

Charlie leuchtete mit der Taschenlampe herum, ließ den Schein über die Rückseite des Hauses und dann die Treppe hinauf- und hinunterschweifen.

»Da unten«, sagte sie.

»Du hast ihn dir auf der Treppe verletzt?«

Charlie nickte zaghaft.

Anna lehnte kurz die Stirn an den Zaun. War das Mädchen die Stufen hinuntergestoßen worden? Sollte Anna wieder bei der Polizei anrufen?

Sie stellte sich vor, dass ein Polizist wie ihr Vater auftauchte. Gelassen, nett, einer, der Autorität verströmte. Doch Anna war allein zu Hause. Wenn sie bei der Polizei anrief, würde sie bei jemandem übernachten müssen, etwa bei ihrer Freundin Emily. Dave hatte die Kinder bei sich. Und was würde Harlan vielleicht mit ihrem Haus anstellen, während sie weg war?

»Wie lange bist du schon hier draußen?«, fragte sie.

»Lange.«

Und wenn sie vorhatten, das Mädchen die ganze Nacht draußen zu lassen? Das Jugendamt würde doch gewiss einschreiten, wenn ein Kind um elf Uhr abends ausgesperrt war.

»Wenn Nella klopft, darf ich nicht aufmachen«, sagte Charlie.

»Wer ist Nella?«

»Aus dem Wohnwagen nebenan.«

»Hast du in einem Wohnwagen gelebt?«

Charlie nickte. »Ich durfte nicht aufmachen, aber Nella hat sich durch die Tür hindurch mit mir unterhalten.«

Vielleicht hatte Nella auch beim Jugendamt angerufen.

»Ich rufe vielleicht Leute an, die herkommen sollen und mit deiner Mum und ihm darüber reden, dass sie dich nicht aussperren dürfen.«

»Wen?«

»Leute, die Kindern helfen.«

Charlie umklammerte die Taschenlampe. »Nein, nein, nein. Ich habe so viel Ärger gekriegt, als die Polizei kam.«

»Du hast Ärger bekommen?« Annas Magen verkrampfte sich. »Was für Ärger denn?«

»Es war meine Schuld.«

»Es war nicht deine Schuld. Wenn er dir wehtut, ist es nie deine Schuld.«

»Ruf sie nicht an!«

»Okay. Ich werde nicht bei der Polizei anrufen.«

Anna zog ihr Handy aus der Tasche. »Ich muss ein Foto von deinem Arm machen, Charlie. Halt still.«

Sie machte schnell ein Bild, aber es war zu dunkel. »Lass mich mit der Taschenlampe auf deinen Arm leuchten.« Sie machte ein zweites Foto. »Ich möchte auch dein Bein fotografieren.«

Charlie drehte sich gehorsam so hin, dass Anna mit der Taschenlampe die Bisswunde anstrahlen konnte. Die beiden halbkreisförmigen Blutergüsse waren jetzt grün. Während sie das Foto schoss, hörte sie im Nachbarhaus jemanden durch den Flur kommen. Die Hintertür ging auf, und Licht fiel auf den Rasen. Harlan stand im Türrahmen.

»Wo *zum Teufel* steckst du, Charlie? Ich habe dir doch gesagt, du sollst auf der Treppe bleiben!«

Charlie ließ die Taschenlampe ins Gras fallen, während Anna hinter dem Zaun kauerte. Sie konnte Harlan durch die Zaunlatten sehen. Er musste sie sehen können. Und er musste die Taschenlampe sehen, die über den Rasen strahlte.

»Komm rein! Sofort!«

Mit gesenktem Kopf stieg die Kleine die Stufen hoch. Sie sah nicht zu Anna zurück. Er packte sie am Arm und zerrte sie ins Haus. Die Tür knallte hinter ihnen zu.

Jetzt war das kleine Mädchen in dem Haus gefangen. Gefangen, wie es alle Kinder in ihren Familien waren, bis sie alt genug waren zu gehen. Sah Charlie hinaus und stellte sich ein anderes Leben vor? Anna erhob sich. Ihr war schlecht. Auf keinen Fall würde sie hinüberklettern und ihre Taschenlampe zurückholen. Die Lampe würde die ganze Nacht leuchten, bis die Batterie leer war.

Im Haus schickte sie die beiden Fotos per SMS an Dave. *Das Neueste von nebenan. Rufe gleich beim Jugendamt an. Er ist der Stiefvater, nicht der Vater.*

Sie wurde von zuschlagenden Autotüren und Männerstimmen geweckt. Durchs Fenster beobachtete sie, wie zwei Polizisten den Gartenweg nebenan entlanggingen. Das Jugendamt musste sie alarmiert haben. Mist. Würde Charlie in Schwierigkeiten geraten? Oder Anna? Die Polizisten klopften laut an die Tür, und sie hörte Gabbys Stimme. Würde die Polizei diesmal tatsächlich etwas unternehmen, wenn sie erst einmal Charlies Arm gesehen hatten? Würden sie sie mitnehmen?

Anna ging durchs Haus, um zu überprüfen, ob die Türen vorne und hinten abgesperrt und alle Fenster geschlossen waren. Sie kletterte ins Bett zurück. Da traf eine SMS von Dave ein.

Mist. Willst du herkommen?

Sie ertrug den Gedanken nicht, mit eingezogenem Schwanz vor Harlan davonzulaufen, während Charlie keine andere Wahl hatte, als dort zu bleiben.

Ich bleibe hier. Aber vielleicht morgen bei dir übernachten?

Natürlich. Kinder sind gegen 3 weg.

Während sie abwartete, was die Polizisten unternehmen würden, googelte sie mit dem Handy *Wann holt das Jugendamt Kinder aus der Familie*? Sie las die Geschichte von einem dreijährigen Jungen in Newcastle, dessen Mutter unter Mordanklage stand. Die Nachbarn und Kinderbetreuerinnen hatten sich mehrmals an das Jugendamt gewandt, aber man hatte ihn nicht aus der Familie genommen, und um regelmäßig nach ihm zu sehen, fehlte das nötige Personal. Anna schloss den Browser und stellte sich Charlie vor, die nebenan in ihrem Bett schlief, Bunny unter der Decke fest an sich gedrückt.

Nach einer halben Stunde gingen die Polizisten wieder. Ohne Charlie.

7

Sie wachte spät auf. Um zehn Uhr. Harlans Pick-up war weg, Gott sei Dank. Sie simste Dave und bat ihn anzurufen, sobald die Kinder gegangen waren.

Sicher, simste er zurück. *Wie ist die Lage heute Morgen?*

Alles ruhig. Sie scrollte wieder durch die Fotos auf ihrem Handy. Der Bluterguss an Charlies Arm sah kein bisschen weniger furchtbar aus.

Als sie Eier und Speck aus dem Kühlschrank holte, hörte sie ein Klappern aus dem Garten. Charlie war am Zaun und hantierte an einer losen Latte herum. Sie warf Annas Taschenlampe hinüber in den Kamelienstrauch, den verletzten Arm unbeholfen am Körper.

Dann erblickte Anna Harlan auf der Hintertreppe, wo er im Sitzen eine Zigarette rauchte und telefonierte. *Ach, Mist.* Gabby musste den Pick-up genommen haben. Charlie wanderte in Richtung des Gartens vor dem Haus, aus Annas Sicht.

Am Küchentisch sitzend, aß Anna ihr Rührei, trank dazu starken Tee und las die Samstagszeitung. Ihr Dad rief an, während sie gerade die Immobilienseiten durchforstete und sich zu teure Wohnungen mit Garten in Rosebery ansah.

»Hey, Annie!« Er klang ganz aufgekratzt.

»Hi, Dad.« Sie schlug die Zeitung zu.

»Luke hat gestern Abend angerufen. Cecily ist wieder schwanger!«

Das Entzücken in seiner Stimme versetzte ihr einen Stich. »Oh, wow! War das geplant?« Annas Bruder hatte bereits zwei Töchter, die jüngere erst neun Monate alt.

»Ach, so etwas binden sie mir doch nicht auf die Nase.«

Anna war ihrer ältesten Nichte einmal begegnet, als Luke und seine englische Ehefrau vor zwei Jahren zu Weihnachten angereist waren.

Sie senkte die Stimme. »Ich habe wieder wegen des Mädchens beim Jugendamt angerufen.«

»Was ist passiert?«

»Sie war um elf Uhr abends aus dem Haus ausgesperrt.«

»Armes Würmchen. Tja, du tust das Richtige, Liebes.«

»Und ich schätze mal, dass das Jugendamt die Polizei benachrichtigt hat, denn die ist nach Mitternacht aufgetaucht. Weißt du, Dad, ich habe Angst, dass er sie noch umbringt.« Ihre Kopfhaut prickelte. »Ich habe von einem kleinen Jungen in Newcastle gelesen, der gestorben ist, und seine Nachbarn haben sich Sorgen gemacht und wieder und wieder Meldung erstattet ... Er ist von seiner Mutter umgebracht worden.«

»Wie heißt der Kerl von nebenan?«

»Harlan Soundso.«

»Möchtest du, dass ich komme? Ich könnte mich einfach ins Auto setzen und zu dir fahren und eine Weile bei dir wohnen. Es gefällt mir nicht, dass du neben diesem Kerl wohnst.«

»Oh, ich glaube, der traut sich nur gegen Kleinere.«

Ihr Dad würde nichts gegen Harlan ausrichten können. Jetzt nicht mehr.

»Es ist okay, Dad.«

Sie würde ihm nicht erzählen, dass sie es sich angewöhnt hatte, vor dem Schlafengehen alle Fenster abzuschließen und ihr Telefon neben das Bett zu legen. Wenn sie vom Festnetz aus einen Notruf tätigte, ließe sich feststellen, wo sie war, ohne dass sie auch nur ein Wort von sich geben müsste.

Er seufzte. »Na ja, sag mir Bescheid, wenn ich kommen soll. Und ruf trotzdem weiter beim Jugendamt und bei der Polizei an. Im Moment bist du die Verteidigerin des kleinen Mädchens.«

»Aber ich habe zweimal bei ihnen angerufen, und die Polizei war zweimal da. Was muss noch passieren, damit das Jugendamt nach ihr sieht? Dave hat gesagt, er weiß von Kindern, denen nach *siebzehn* Meldungen noch kein Besuch abgestattet wurde.«

Er schwieg eine Weile. »Kinder können bemerkenswert zäh sein. Sie sind Überlebenskünstler.«

Waren Anna und Luke das? Überlebenskünstler?

»Ja, sicher. Überleben ist eine Sache. Aber ist das Ziel nicht, dass sie gedeihen?«

Seine Stimme klang bedrückt. »Ja.«

Dachte er, Anna sei gut gediehen? Sie war beinahe vierzig, ohne Ehemann, kinderlos und wohnte in einem in seinen Augen schäbigen alten Haus zur Miete.

»Wie dem auch sei«, sagte er. »Ich habe mir gedacht, vielleicht fliege ich zu Luke und Cecily. Gönne mir weiße Weihnachten. Für deinen Flug bezahle ich auch, wenn du mitkommst. Derzeit läuft das Geschäft gut.«

»Oh, Dad, das ist lieb von dir. Aber das ist doch so teuer. Und ich habe über Weihnachten nur zwei Wochen frei.«

»Ich möchte, dass du mitkommst, Annie.«

»Gib mir ein bisschen Bedenkzeit.«

Sie fragte sich, wie Luke es fände, wenn sie ihn beide gleichzeitig heimsuchen würden. Sie würde ihm eine E-Mail schreiben.

»Spar du dein Geld für die Anzahlung auf ein Haus auf«, sagte er.

Nachdem sie aufgelegt hatten, kochte sich Anna eine frische Kanne Tee und sah nach nebenan. Dort war es ruhig. Vielleicht waren sie unterwegs. Sie würde jedenfalls nächsten Samstag ganz früh aufbrechen und über die Berge zu ihrem Dad fahren. Sie könnten über seine London-Idee reden und zum Mount Canobolas fahren, wie sie es früher immer gemacht hatten. Die ruhige und stabile Gegenwart ihres Dads war genau das, was sie brauchte.

Am späten Nachmittag saß Anna am Küchentisch und fertigte eine Skizze von einem Grashüpfer an, den sie tot auf der Hintertreppe gefunden hatte. Während sie ihren Bleistift spitzte, hörte sie nebenan Geschrei. Ihr Herz flatterte. *Nein. Nicht noch mehr.*

Sie erhob sich, den Bleistift in der Hand, und sah durchs Fenster Harlan, der sich bei der Wäscheleine über Charlie beugte. Er hatte Charlies T-Shirt mit einer Hand gepackt und schrie: »Jetzt reicht's! Ich habe die Schnauze voll von dir!«

Seine andere Hand war erhoben, zur Faust geballt. Charlie hatte das Gesicht verzogen, als rechnete sie mit einem Schlag. Anna machte einen Schritt auf die Tür zu und ging dann zurück, um ihr Handy zu suchen. Die Polizei. Sie wischte über das Display, als Charlie aufschrie.

Harlan hielt sie kopfüber an den Fußknöcheln und schüttelte sie heftig. Charlies Kopf wackelte unkontrolliert, und sie ruderte mit den Armen durch die Luft.

»Hör auf zu zappeln, oder ich lass dich verflucht noch mal fallen!«

Anna riss die Tür auf. »Aufhören! Aufhören! Aufhören!«, rief sie.

Ihre Stimme war nicht laut genug. Jetzt hatte Anna den Zaun erreicht.

»Aufhören! Aufhören!« Mehr brachte sie nicht hervor.

Er drehte sich zu ihr. Charlie baumelte immer noch von seinen Händen. Das Mädchen drehte sich, und er ließ es zu Boden fallen. Es landete auf den Händen und krabbelte auf allen vieren davon, über die Wiese auf Anna zu und versteckte sich im Gebüsch neben dem Zaun. Harlan starrte Anna an, das Gesicht gelassen. Nachdem er den Ausschnitt seines weißen T-Shirts gerichtet hatte, kam er langsam an den Zaun.

Eine Hand auf dem Zaun, starrte er Anna mit einem leichten Lächeln an. Er hatte sich die Haare nach hinten geklatscht, und sie konnte die Spur von jeder einzelnen Kammzinke sehen. In der Nähe sprang ein Rasenmäher an, und ein paar Kinder schrien. Gewöhnliche Vorstadtgeräusche.

Seine Lippen bewegten sich kaum, als er sprach. »Sie und Ihr Freund. Seien Sie *sehr* vorsichtig.«

Aus dem Augenwinkel sah Anna, wie Charlie am Zaun entlangkroch, dann durch die Lücke zwischen den Latten in Annas Garten schlüpfte, ihren Stoffhasen hinter sich herschleifend.

Harlan schüttelte langsam den Kopf. »Sie haben keine Ahnung, mit wem Sie's hier zu tun haben.« Er verengte die Augen und redete langsam. »Rufen Sie die Bullen noch ein einziges Mal an, Schätzchen ... und Sie werden es verdammt noch mal bereuen.«

Zwischen ihnen war nur der morsche Zaun. Falls er nach rechts blickte, würde er Charlies pinkfarbenes Hemd unter dem Kamelienstrauch hervorleuchten sehen, wo sie kauerte.

Speichel schoss in Annas Mund. Sie hielt den Blick auf Harlan gerichtet. Sie würde nicht zu dem Mädchen hinübersehen.

Beweg dich nicht, Charlie. Er war so nah, dass sie sein Aftershave riechen konnte. Er könnte mit einem Satz über den Zaun springen. Würde jemand kommen, wenn sie schrie?

So ereignen sich Morde, dachte sie. Ein Mensch fühlte sich sicher, sogar unbesiegbar, und dann – einen Augenblick später – war er nicht mehr sicher. Lag im Sterben.

Er legte den Kopf schräg. »Haben Sie mich gehört? Anna.«

Die vorsätzliche Art, mit der er *Anna* sagte, war Furcht einflößender als alles andere, was er bisher von sich gegeben hatte.

Er schlug mit der Faust gegen den Zaun, und sie taumelte zurück. Obwohl Annas Kehle zugeschnürt war, zwang sie sich zum Sprechen.

»Ich habe Sie gehört.« Ihre Beine waren bleischwer. Falls er tatsächlich über den Zaun setzen sollte, würde sie es nicht schaffen wegzulaufen.

Er kickte eine Latte auf dem Boden weg und ging zurück ins Haus. Die Tür ließ er weit offen stehen. Anna wartete, lauschte, konnte aber nur ihr Herz in ihren Ohren hämmern hören und das blecherne Brummen des Rasenmähers ein paar Häuser weiter. Sie würde erst zu Charlie sehen, wenn sie sicher wäre, dass Harlan nicht gleich wieder herauskäme. Eine Tür vorne im Haus schlug zu, und laute Musik ertönte.

Anna ging vor der Kamelie in die Hocke. Der Boden unter ihr schien zu schwanken.

»Er ist weg, Charlie«, flüsterte sie. »Schnell. Gehen wir in mein Haus.«

Die Knie des Mädchens waren angewinkelt und dicht an den Körper gezogen, den verletzten Arm hielt es unbeholfen in der Nähe des Halses. Zitternd ließ es den Blick durch den Garten hinter Anna schweifen.

Anna streckte die Hand aus. »Komm her.« Sie musste die Kleine ins Haus bringen und die Türen abschließen. Da sah sie, dass Charlies Shorts dunkel waren. Das Mädchen hatte in die Hose gemacht.

»Komm ins Haus. Wir laufen schnell, damit er uns nicht sieht.«

Allerdings wusste sie, dass sie von Harlans Hintertür aus deutlich zu sehen wären, wenn sie die Treppe hinaufstiegen.

Sie griff nach Charlies Hand, aber das Mädchen wich zurück und schüttelte den Kopf.

»Er ist jetzt drinnen bei euch. Komm mit. Wir gehen zu mir und sperren die Haustür zu.«

Endlich krabbelte Charlie hervor. Die Hand des Mädchens fühlte sich feucht und körnig vor Schmutz an. Es eilte neben Anna her, dann die Treppe hoch, mit breitbeinigen Schritten. Zitternd schloss Anna die Küchentür hinter sich ab und führte Charlie ins Badezimmer.

Sie sollte die Polizei rufen. Aber was, wenn die Polizei wieder nichts unternahm? Und was würde mit Charlie geschehen, nachdem die Polizei weg war? Was würde mit Anna geschehen?

Nein, sie würde beim Jugendamt anrufen und die Leute dort davon überzeugen, wie gewalttätig Harlan war und dass er sich nur wenige Meter entfernt befand und nicht wusste, dass sie Charlie bei sich im Haus hatte. Während Anna überlegte, stand Charlie reglos auf der Badematte. An ihren Beinen klebten Erde und Blätter. Anna zog die durchnässten Shorts des Mädchens herunter und sah, dass es eine Windel trug. Sie war schwer vor Urin und stank. Anna ließ sie in den Abfalleimer fallen.

»Möchtest du kurz baden, um das Pipi abzuwaschen?« Sie drehte das Wasser auf. Beim Jugendamt würde sie anrufen, während Charlie badete.

Das Mädchen blickte zur Decke hoch. »Was ist das für ein Geräusch?«

Anna erstarrte. »Welches Geräusch?« Sie konnte nur das in die Wanne strömende Wasser hören. Und wenn es Harlan war? Jegliche Kraft schwand aus ihren Gliedern. Sie wusste noch, wie sie als Kind im Bett gelegen hatte, vollständig gelähmt aufgrund eines Geräuschs draußen vor dem Fenster.

»Es macht *Poch, Poch*«, flüsterte Charlie.

Anna drehte das Wasser ab und zwang sich, die Badezimmertür zu öffnen und den Kopf hinauszustecken. Da war nichts, bloß der Rasenmäher und kreischende Kinder ein paar Häuser weiter. Dann ächzte das Dach.

»Das! Was ist das?« Charlies Gesicht war angespannt.

»Das Dach knarrt von der Hitze. Alles okay. Das Dach knarrt oft. Das ist nicht er.«

Sie drehte erneut das Wasser auf und half Charlie in die Badewanne. »Hier ist ein Waschlappen. Ich werde bloß mal eben telefonieren, okay?« Sie musste mit dem Jugendamt reden, bevor Harlan dahinterkam, wo Charlie war.

Charlies Augen füllten sich mit Tränen, und sie wrang den Waschlappen in ihren Händen. »Ich habe dich an der Tür gesehen.«

»Du meinst, als ich neulich abends bei euch an der Haustür war?«

Charlie nickte.

»Ja. Ich habe dich auch gesehen. Du hast mir gewinkt.«

»Er hat im Klo gespült«, flüsterte Charlie.

»Die Klospülung? Was meinst du damit?« Sie wollte beim Jugendamt anrufen, nicht über Toiletten reden.

»An dem Abend, als du rübergekommen bist, hat er das mit der Spülung gemacht.«

»Was meinst du?«

Charlie antwortete nicht.

»Charlie? Was ist passiert?« Es war etwas Schreckliches, das wusste sie.

»Ich bin beinahe ertrunken.«

»Wie bist du beinahe ertrunken?«

Das Mädchen schluckte und sah mit seinem zu direkten Blick zu Anna auf. Charlie legte eine Hand auf den Kopf, und als sie sie wieder wegnahm, blieben ein paar Haarsträhnen an ihrer nassen Hand kleben. »Als er meinen Kopf ins Klo gesteckt hat.«

Anna spürte ein Rauschen in ihrem Körper, als würden sich alle Gefäße weiten. »Harlan hat deinen Kopf ins Klo gesteckt?«

Charlie nickte zaghaft. »Und hat gespült.« Ihre Stimme war sehr leise. »Das Wasser ist mir in den Hals und in die Nase und …«, sie flüsterte, »… er hat mich nicht rausgelassen.«

Ihr Blick schweifte über Annas Gesicht, als versuchte sie, ihre Reaktion abzuschätzen. Anna packte den Wannenrand und schloss die Augen.

»Verdammt«, sagte sie. Das Wasser strömte immer noch aus dem Hahn in die Wanne, und das Geräusch erfüllte das Zimmer und dröhnte in ihren Ohren.

Sie telefonierte direkt vor der Badezimmertür, um Charlie im Auge behalten zu können.

»Hallo, ich heiße Anna Pierce. Ich habe bereits bei Ihnen angerufen. Ich habe schon *zwei Mal* wegen des Nachbarskinds angerufen.« Ihre Stimme bebte. »Sie ist fünf, sie heißt Charlie Seybold, und sie wohnt in der 72 Melford Street, Mascot. Sie hat mir eben erzählt, dass ihr Stiefvater ihren Kopf in die Toilette gesteckt und die Spülung betätigt hat. Das ist am ersten Abend passiert, an dem ich bei Ihnen angerufen habe. Und ich habe eben gesehen, wie ihr Stiefvater sie kopfüber an den Füßen hochgehalten und sie geschüttelt hat. Und er hat mir gedroht, weil ich neulich abends die Polizei alarmiert habe und weil Sie, wie ich glaube, die Polizei gestern Abend gerufen haben. Er ist … Er ist sehr beängstigend.

»Okay. Wo befindet sich das Kind jetzt, Anna?« Die Frau versuchte, sie zu beruhigen.

»Ich habe sie hier in meinem Haus. Sie ist durch den Zaun in meinen Garten gekrabbelt.«

»Um wie viel Uhr hat sie das getan?«

»Oh. Vor zehn Minuten, wenn überhaupt.« Anna sah auf dem Handy nach der Uhrzeit. »Sagen wir um halb fünf.«

»Wo ist die Mutter?«

»Nicht zu Hause, glaube ich.«

Sie trat ins Badezimmer. »Ist deine Mummy zu Hause, Charlie?«

Charlie schüttelte den Kopf.

»Weißt du, wo sie ist?«

Wieder schüttelte Charlie den Kopf. Sie legte den Waschlappen ordentlich über ihre Oberschenkel.

»Sie weiß nicht, wo die Mutter ist«, sagte Anna. »Und sie hat einen verletzten Arm. Da ist ein Bluterguss, und sie hat mir gesagt, das sei passiert, weil sie ungezogen gewesen ist.«

»Haben Sie die Telefonnummer der Mutter?«

»Nein.«

Die Frau tippte etwas in einen Computer. »Wie war ihr Wortlaut, als sie beschrieben hat, wie der Stiefvater ihren Kopf in die Toilette gesteckt hat?«

»Dass ... er ihren Kopf ins Klo gesteckt und gespült hat, dass er sie nicht rausgelassen hat und dass Wasser in ihre Nase gelaufen ist und sie nicht atmen konnte.«

»Und an welchem Datum, glauben Sie, ist das passiert?«

»Am ersten Dezember. Ich habe an dem Abend eine Meldung wegen des Geschreis und Polterns und Weinens gemacht. Von der Toilette wusste ich nichts.«

Die Frau bat Anna zu beschreiben, wie Harlan Charlie an den Füßen gehalten hatte, und Anna bekam die Wörter kaum heraus, so trocken war ihr Mund. Sie hatte wirklich damit gerechnet, er könnte Charlie auf den Kopf fallen lassen.

»Okay, danke«, sagte die Frau. »Ich rate Ihnen, wegen der Drohung, die Ihr Nachbar Ihnen gegenüber ausgesprochen hat, bei der Polizei anzurufen.«

»Aber die Kleine hat gesagt, dass sie Schwierigkeiten bekommen hat, als ich das letzte Mal bei der Polizei angerufen habe …« Anna holte Luft. »Hören Sie, werden Sie jetzt herkommen? Der Stiefvater befindet sich gleich nebenan und könnte jeden Moment aufkreuzen. Er hat ihren Kopf ins Klo gesteckt! Und jemand hat sie gebissen. Wegen der Bisswunde habe ich bereits bei Ihnen angerufen. Was werden Sie unternehmen?« Sie hörte, dass ihre Stimme schrill wurde. »Kommen Sie her, und holen Sie sie. *Bitte. Bitte.*«

»Ich verstehe, dass die Sache besorgniserregend ist. Und Sie haben mit Ihrem Anruf völlig richtig gehandelt. Ihre Meldung wird unverzüglich an die örtliche Dienststelle weitergeleitet werden. Aber falls ein sofortiges Eingreifen nötig sein sollte, sollten Sie die Polizei verständigen.«

»Wenn ich das mache, wird die Polizei dafür sorgen, dass sie in Sicherheit kommt?«

»Ich kann nicht sagen, was die Polizei tun wird oder wie schnell sie da sein wird.«

Am liebsten hätte Anna das Telefon durch den Flur geschleudert. »Sollten Sie sich nicht eigentlich um sie kümmern?« Mittlerweile schrie sie. »Ist das nicht Ihr … ganzer … *Auftrag*? Was muss denn noch passieren, damit jemand herkommt und sich um dieses Kind kümmert? Muss sie *sterben*, damit Sie etwas unternehmen?«

Sie drückte auf den Aus-Knopf und warf das Telefon auf den Esstisch.

Charlie saß leise in der Badewanne und beobachtete Anna mit großen Augen. O Gott, das Mädchen hatte gerade mit angehört, wie Anna über seinen Tod redete. Anna kniete sich auf die Kacheln neben der Wanne und drehte das Wasser ab. Der Bluterguss an Charlies Arm sah schlimm aus, er war dunkler und größer als in der vergangenen Nacht.

Keiner da draußen übernahm die Verantwortung für dieses Kind. Kein einziger verfluchter Mensch. Weder die höflichen Frauen am anderen Ende der Leitung noch die Polizisten, die Charlie gestern Abend dort gelassen hatten. Noch die Nachbarn, die die Schreie ebenfalls gehört haben mussten. Jeder ging einfach davon aus, dass sich schon ein anderer darum kümmern würde. Jeder sah weg.

Auf einmal war Anna erschöpft. Vielleicht war es überheblich gewesen zu glauben, sie könnte daherkommen und etwas an dem Pfad ändern, auf dem Charlie wandelte, vielleicht war diese Erschöpfung ein Zeichen, dass sie versuchte, das Unmögliche zu erreichen. Wahrscheinlich hatte sie die Sache für Charlie nur schlimmer gemacht.

Charlies Stimme war ganz leise. »Muss ich jetzt nach Hause?«

Das Mädchen war ihr auf Gnade oder Ungnade ausgeliefert. Anna atmete bebend ein und versuchte ein Lächeln. »Wenn deine Mummy zurückkommt, bringe ich dich nach Hause.«

Anna fuhr den rauen Rand der Kacheln an der Seite der Badewanne nach. Sie musste es wissen. »Ist deine Mummy dabei gewesen, als Harlan deinen Kopf in die Toilette gesteckt hat?«

Einen Moment regte Charlie sich nicht, dann nickte sie kaum merklich.

In dem stillen Badezimmer erfüllte Anna eine schreckliche, hilflose Angst, dass sie Charlie nach nebenan in ihren Tod schicken würde, und später, wenn das Mädchen tot wäre, wenn es zum Thema einiger empörter Zeitungsartikel geworden wäre, wie dem, den Anna über den kleinen Jungen aus Newcastle gelesen hatte, würde Anna auf diesen Moment zurückblicken, als Charlie vertrauensvoll in ihrer Badewanne gesessen hatte, den orangefarbenen Waschlappen auf dem Schoß.

Charlie legte die Hand auf Annas Arm. Ihre Finger waren kalt. »Ich will nicht nach Hause.«

Jemand musste dieses Mädchen von Harlan und Gabby fortholen. Jemandem das Kind wegzunehmen war falsch. Doch was, wenn das Falsche – das Gesetzwidrige – gleichzeitig auch das Richtige war?

Und wenn es das kleinere Übel war, ein Kind seiner Mutter wegzunehmen?

Anna half dem Mädchen aus der Wanne und trocknete es ab. Annas Gedanken überschlugen sich, und ihre Wangen kribbelten vor Hitze, vor Angst. Konnte sie die Sache durchziehen? Sie ergriff Charlies Hände. So kleine Finger. »Du musst nicht nach Hause. Du gehst *nicht* nach Hause. Du kommst mit mir mit.«

Charlie erwiderte ihren Blick und nickte leicht. Ihr Gesicht wirkte völlig emotionslos, aber ihre Augen waren hektisch, huschten zu Annas Gesicht und dann durch das Badezimmer.

Im Schlafzimmer fand Anna Shorts, die Charlie tragen konnte, mit einem Band als Gürtel. Da hörte sie das Grollen des Pickups, als er in die Einfahrt bog.

Gabby.

Durchs Küchenfenster beobachtete Anna, wie Gabby die Eingangsstufen erklomm. Anna lief ins Badezimmer, wo Charlie auf der Matte stand.

»Schnell«, sagte Anna und hielt ihr die Shorts hin. »Da rein.«

Mit zitternden Händen schnürte sie das Band zu und zog dem Mädchen wieder das Hemd über den Kopf.

»Komm.«

Während sie Charlie zur Haustür führte, griff sie nach dem Handy, ihrer Handtasche und dem Stoffhasen.

Ihr Wagen parkte gleich vor dem Haus auf der Straße, direkt in Sichtweite von Gabbys und Harlans Haus. Wie lange würde es dauern, bis Gabby erriet, wo Charlie steckte?

»Lass uns zu meinem Auto laufen. Es ist das silberfarbene gleich da drüben.«

Da Charlie nicht reagierte, packte Anna das Mädchen bei der Hand und zog es den Gartenweg entlang und über den Grünstreifen. Siedend heiße Angst durchzuckte sie, während sie Charlie dabei half, sich auf die Rückbank zu schieben.

»Schnell, schnell«, drängte sie. »Um den Gurt kümmere ich mich später.«

Es schien eine Ewigkeit zu dauern, bis sie die Fahrertür geöffnet und den Schlüssel ins Zündschloss gesteckt hatte. Von Gabby oder Harlan war immer noch keine Spur zu sehen. Anna ließ den Wagen an, mit zitterndem Fuß auf dem Gaspedal, und fuhr los. Sie fuhr geradeaus, auf die Wentworth Avenue zu.

An der Ecke warf sie einen Blick in den Rückspiegel, halb damit rechnend, Harlans Pick-up hinter sich zu erspähen, aber die Straße war leer. Charlie saß aufrecht in Annas zu großen Shorts auf dem Rücksitz, Bunny auf dem Schoß.

»Warum legst du dich nicht auf die Rückbank und machst ein Nickerchen?«, schlug Anna vor. Auf die Art wäre das Mädchen weniger sichtbar. Gehorsam legte Charlie sich hin, während Anna links in die Wentworth Avenue einbog.

»Wie heißt du noch mal?«, fragte das Mädchen.

O Gott. Charlie erinnerte sich noch nicht einmal an ihren Namen. Das Mädchen ließ zu, dass eine Fremde mit ihm davonfuhr.

»Anna. Ich heiße Anna.«

Sie fuhr zu schnell. Sie drosselte das Tempo und folgte einem Lieferwagen bis zur Ampel. Jede Sekunde, die verging, bedeutete größeren Ärger. Um Himmels willen, sie hatte soeben ein Kind entführt! Sie musste auf der Stelle kehrtmachen. Doch das würde bedeuten, Charlie wieder diesem Mann auszuliefern.

Selbst jetzt, da sie ein paar Kilometer voneinander trennten, konnte Anna ihn im Nacken spüren. Wie musste es für Charlie gewesen sein, in dem Haus mit ihm zu wohnen und zu wissen, dass ihre Mutter sie nicht beschützen würde? Sie sah zu dem Mädchen nach hinten.

»Ich bin müde«, sagte Charlie.

»Dann mach einfach die Augen zu und schlaf ein bisschen.«

Sie folgte dem Lieferwagen über die Kreuzung. Gut möglich, dass sie auf diesen Moment zurückblicken und bereuen würde, nicht umgekehrt zu sein. Aber ihr fiel einfach kein anderer Weg ein, um sicherzustellen, dass Charlie nicht wie der kleine Junge in Newcastle enden würde. Wenn sie an den kleinen Jungen dachte, war es nicht so schwer weiterzufahren. Sie musste einen sicheren Ort für Charlie und sich finden, wo sie ein paar Tage bleiben konnten, bloß lange genug, um die Aufmerksamkeit auf Charlies Fall zu lenken. Anna würde sich eine Menge Ärger einhandeln, aber Charlie wäre am Leben.

8

Sobald sie auf der M5 stadtauswärts wäre, hätte sie freie Bahn nach Westen. Sie blieb an der nächsten Ampel stehen und hielt im Rückspiegel nach Harlans schwarzem Pick-up Ausschau.

Ihr Handy klingelte. Es war Dave. Sie ließ es läuten. Sie konnte nicht mit ihm reden. Aber sie wollte seine Stimme hören.

»Hi«, sagte sie schließlich.

»Hey, Liebling. Wie geht es dir?« Er hatte vor Kurzem angefangen, sie Liebling zu nennen. Im Hintergrund lief Jazzmusik.

Die Ampel schaltete auf Grün, und Anna fuhr los. Wenn sie ihm erzählte, was sie gerade machte, würde er es bestimmt melden müssen. Sie sollte auflegen.

»Fährst du gerade?«, fragte er.

»Ja … Ich werde ein paar Tage lang weg sein.«

»Was meinst du damit?«

Sie wandte den Kopf, um nach Charlie zu sehen, die fest auf der Seite schlief, den Mund schlaff geöffnet.

»Ach, ich habe die Kleine von nebenan im Auto. Heute Nachmittag hat der Stiefvater sie verkehrt herum gehalten und richtig fest geschüttelt. Und sie hat mir erzählt, dass er ihren Kopf in die Toilette gesteckt und gespült hat, an dem Abend, als wir rübergegangen sind.«

»Das hat er an dem Abend getan, an dem wir drüben waren?«

»Ja. Deshalb hatte sie ein Handtuch auf dem Kopf. Und heute hat er mir gedroht. Dir hat er auch gedroht, weil wir die

Polizei gerufen haben. Und das verfluchte Jugendamt ist zu *nichts* nütze.« Ihr traten Tränen in die Augen. »Ich hatte solche Angst, Dave. Ich dachte, er würde mir etwas antun. Und ich habe gerade eben beim Jugendamt angerufen, und gestern Abend habe ich auch bei ihnen angerufen, und *es passiert nichts.*«

Sie redete zu laut und sah nach hinten, um sich zu vergewissern, dass sie Charlie nicht aufgeweckt hatte. »Ich habe Angst, dass sie noch umgebracht wird. Das habe ich wirklich. Du hast den Kerl gesehen.« Sie versuchte, sich nicht anmerken zu lassen, dass sie weinte.

Dave atmete langsam aus, und sie spürte, dass er seine Worte sorgsam wählte.

»Ja. Ich habe ihn gesehen. Und du hast recht, er ist … ein verrücktes Arschloch. Aber Anna. *Anna!* Du kannst doch nicht einfach ein Kind entführen. Sie ist also jetzt bei dir im Wagen?«

»Ja.« Sie wollte von ihm hören, sie hätte das Richtige getan.

Er seufzte. »Ach, Scheiße. Kindesentführung ist eine schwerwiegende Straftat. Liebling, fahr an den Straßenrand. Fahr einfach ein paar Minuten rechts ran, damit wir die Sache besprechen können. Es muss eine andere Lösung geben.«

»Ich weiß, dass es keine Lappalie ist. Ich weiß, dass es schwerwiegend ist, aber ich fahre nicht rechts ran. Wir haben doch schon bei den richtigen Stellen angerufen, und nichts ist passiert.«

»Na ja, vielleicht hatten sie noch keine Gelegenheit, etwas zu unternehmen.«

»Du hast mir selbst erzählt, dass sie manchen Familien auch nach siebzehn Anrufen noch keinen Besuch abgestattet haben.«

»Komm her. Bring sie zu mir. Wir regeln das gemeinsam.«

Die Vorstellung, Dave zur Seite zu haben, war so verlockend.

»Wir gehen aufs Polizeirevier in Bondi und tun alles in unserer Macht Stehende, damit sie in ein Heim kommt«, sagte er. »Das willst du doch, oder? Sie von ihrem Vater wegbringen.«

»*Stief*vater.«

Sie hielt hinter einer Autoschlange an und spähte nach vorn, um das Straßenschild zu lesen. Foreshore Road. Sie ordnete sich rechts ein.

»Wo bist du?«, fragte er.

»Auf dem Weg aus der Stadt.«

»Wie lange hast du denn vor, mit ihr abzuhauen?«, fragte er. »Wie lautet dein Plan?«

»Nur lange genug, um die Aufmerksamkeit auf ihren Fall zu lenken. Ich will sie nur vor ihm in Sicherheit bringen.«

»Aber wenn das Mädchen der Beweis für die Misshandlung ist ...«, er sprach langsam, »dann bist du dabei, den Beweis zu entfernen.« Er schwieg einen Moment. »Was du da tust, ist mutig und ehrenhaft, aber es wird dein Leben versauen. Vertrau mir, du willst nicht im Gefängnis landen. Bring sie hierher, und wir kümmern uns gemeinsam darum.«

Gefängnis. Das war wohl tatsächlich die Konsequenz ihrer jetzigen Handlungsweise. Ihr wurde übel.

»Anna? Bist du noch dran?«

»Wenn ich sie zu dir bringe, kannst du mir dann garantieren, dass sie heute Abend noch in einem Heim untergebracht wird? Kannst du mir garantieren, dass sie nicht zu den beiden von nebenan zurückkommt?«

Der Verkehr setzte sich wieder in Bewegung, und sie bog nach rechts ab.

»Nein ...« Er hielt inne. »Nein, natürlich kann ich das nicht. Aber ich garantiere dir, dass du wegen eines schweren Delikts angeklagt werden wirst, wenn du nicht sofort anhältst.«

»Aber ich würde so oder so angeklagt werden, oder? Selbst wenn ich sie jetzt der Polizei übergebe.«

Er schwieg. »Vielleicht. Aber ... ich bezweifle, dass du im Gefängnis landen würdest. Warum bringst du sie nicht einfach nach Hause und sagst, du wärst mit ihr Eis essen gewesen oder so was?«

Seufzend schüttelte sie den Kopf. »Aber begreifst du es denn nicht? Ich würde sie diesem Mann zurückgeben. Charlie hat eine Heidenangst vor ihm. Sie hat in die Hose gemacht, als sie sich im Garten vor ihm versteckte. Was du tun kannst, du kannst der Polizei erklären, warum ich sie mitgenommen habe.«

»Ja, klar. Dazu werde ich reichlich Gelegenheit haben, keine Sorge. Aber dir ist schon klar, dass ihr Hauptaugenmerk sich darauf richten wird, dass sie *entführt* worden ist.« Er sprach mit Nachdruck. »Anna, um Himmels willen, tu es nicht!«

»Jemand muss sich um das Mädchen kümmern.« Am liebsten hätte sie jetzt aufgelegt. Die Unterhaltung drehte sich im Kreis.

»Du weißt, dass ich bei der Polizei anrufen und ihnen von dir erzählen muss?«

»Tu es nicht jetzt gleich, Dave. Warte ein bisschen.«

Er klang gequält. »Ich muss sie sofort anrufen. Ansonsten leiste ich dir Beihilfe – und das kommt nicht gut für einen Anwalt.«

»Stimmt.« *Mist.* Sie umklammerte das Steuer. Sie hätte nicht ans Telefon gehen sollen.

»Sie werden sich deine Telefongespräche ansehen und herausfinden, wann du mit mir telefoniert hast. Ich muss sie anrufen, sobald wir aufgelegt haben.«

Sie atmete bebend aus. »Okay.«

»Und du bist dir sicher, dass du sie nicht hierherbringen willst?«

»Ich bin mir sicher.«

Er seufzte. »Oh, Anna. Bitte denk darüber nach, was du da tust.«

»Tschüs, Dave.«

»Pass auf dich auf.«

Sie warf das Handy auf den Beifahrersitz. In ungefähr fünf Minuten würde jeder Streifenwagen in Sydney nach ihr Ausschau halten, und sie hatte keine Ahnung, wohin sie fahren sollte. Zu ihrem Dad konnte sie nicht. Konnten Charlie und sie einfach im Busch campen? Sie stellte sich vor, im Auto zu schlafen, ohne nennenswertes Bettzeug, ohne Kleidung für Charlie, ohne Essen. Sie hatte Freunde in Grafton und Bathurst, aber die Polizei würde dort bestimmt als Erstes nach ihnen suchen, nachdem sie ihre Telefonate und E-Mails überprüft hatten. Ihr Laptop wartete aufgeklappt auf dem Küchentisch.

Als die Straße in die Autobahn überging, wechselte Anna auf die linke Spur und wählte die Nummer ihres Dads. Der Anruf wurde vom Anrufbeantworter entgegengenommen. Ihr Dad hatte immer noch das uralte Gerät, das ihre Mum gekauft hatte, als Anrufbeantworter noch neu und schick gewesen waren. Seine Stimme auf der alten Kassette war dünn und zittrig. »Hallo. Neville Pierce ist nicht zu Hause. Bitte hinterlassen Sie eine Nachricht nach dem Piepton.«

»Dad. Ich bin's. Die Situation mit dem Nachbarsmädchen hat sich zugespitzt. Und ich habe die Sache selbst in die Hand genommen. Ich habe die Kleine bei mir, und ich werde eine Weile untertauchen. Deshalb kann ich mich nicht bei dir melden. Mir geht's gut. Bitte mach dir keine Sorgen.«

Tränen rannen aus ihren Augen. Sie wünschte, sie könnte die beruhigende Stimme ihres Dads hören.

»Tschüs, Daddo. Mach's gut.«

Sie stellte sich vor, wie er nach Hause kam, in seiner ordentlichen Küche stand und sich ihre Nachricht anhörte. Sie wusste, dass er bestürzt sein würde, weil sie gegen das Gesetz verstoßen hatte, und sie sah vor ihrem geistigen Auge, wie er mit der Faust auf den Tisch schlug. Doch sie war sich ziemlich sicher, dass er ihren Anruf nicht melden würde, auch wenn er der Polizei sowieso nichts mitteilen könnte, was Dave ihnen nicht schon erzählt hatte.

Sie ließ das Fenster herunter, warf ihr Handy hinaus und hörte, wie es beim Aufprall auf der Straße zerbarst. Sie hatte vergessen, sich nach Red, dem Hund ihres Dads, zu erkundigen, und jetzt war es zu spät.

Ein großes Straßenschild schlug Liverpool und Canberra als Ziele vor. Instinktiv zog es sie in den Nordwesten durch die Stadt, dann über die Blue Mountains auf der Bells Line of Road. Zu ihrem Dad würde sie nicht fahren, aber vielleicht fiele ihr jemand anders in Orange ein. Was sie brauchte, war ein leeres Haus.

Da kam ihr Pat in den Sinn, ihr ehemaliger Freund, als sie neunzehn gewesen war. Soweit sie wusste, wohnte er immer noch in einer Kommune in den Bergen hinter der Byron Bay. Sie hatte ihn vor drei Jahren getroffen. Während einer Konferenz in Byron hatte sie aus einer Laune heraus einen Wagen gemietet und war in die Berge gefahren, um nachzusehen, ob er immer noch dort lebte. Er hatte sich über ihren Besuch gefreut und war immer noch der gleiche lässige Typ von damals gewesen. Und er tauchte weder auf ihren Telefonlisten noch in ihrem Posteingang auf. Sie bezweifelte, dass er überhaupt einen E-Mail-Account besaß.

Der einfachste Weg zu ihm führte direkt über den Pacific Highway. Doch mittlerweile gab es überall Überwachungskameras. Die Polizei setzte sie ständig ein, um Leute aufzuspüren. Anna würde die Nebenstraßen nehmen müssen. Bei der nächsten Ampel öffnete sie das Handschuhfach und schüttete ihre Tüte mit Straßenkarten auf den Beifahrersitz. Sie faltete rasch die richtige Karte auf, aber bevor sie einen Blick darauf werfen konnte, schaltete die Ampel auf Grün.

In der Nähe von Penrith, am westlichen Stadtrand, hielt Anna an einer kleinen Tankstelle. Während sie den Wagen auftankte, sah sie sich nach Überwachungskameras um. Und richtig, da waren drei weiße Kästen hoch oben auf dem Dach über den Zapfsäulen. Sie kaufte zwei Plastikkanister, füllte sie mit Benzin und hob am Geldautomaten den Höchstbetrag von 1500 $ ab. Sogar hinter der Frau in dem Laden befand sich eine Überwachungskamera. Wenn sie Anna bis hierher verfolgt hatten – was ihnen mithilfe ihre Kontoauszüge sicher möglich war –, würden sie anrücken und diese Frau mit dem sanftmütigen Gesicht verhören. Was würde sie sagen? Dass Anna ein wenig nervös gewirkt habe und ständig nach draußen zum Wagen gesehen habe? Dass sie zwei Tassen Kaffee und Lebensmittel, einschließlich Brot und Käse, gekauft habe?

Charlie regte sich, als Anna die Tasche mit den Lebensmitteln auf den Beifahrersitz stellte. Anna saß einen Moment lang da und beobachtete das Mädchen, während ihr Herz wie wild schlug. Verdammt noch mal. Sie hatte keine Ahnung, wie man sich um Kinder kümmerte, schon gar nicht um eine schutzbedürftige Fünfjährige. Charlie wäre jetzt in jeder Hinsicht auf Anna angewiesen. Aber zumindest befand sich das Mädchen in Sicherheit. Das war doch vielleicht erst einmal ein guter Anfang.

Es dämmerte bereits, als sie den Hawkesbury River überquerten und nach Norden in die Putty Road einbogen. Wie sie wusste, schlängelte sich die Straße in weites Buschland: tiefe Täler mit einem Eukalyptusteppich und dahinstürzende, felsige

Bäche. Sie stellte fest, dass sie zu schnell fuhr, die Baumstämme peitschten in dem trüben Licht vorüber, und sie zwang sich, langsamer zu fahren. Sie wollte kein Känguru oder Wallaby anfahren. Charlie war nicht richtig angeschnallt.

Es war zweieinhalb Stunden her, seitdem sie mit dem Mädchen davongefahren war. Seitdem sie es *entführt* hatte. Annas Herz schlug immer noch in einem panischen, unregelmäßigen Rhythmus. Was würde passieren, wenn das Mädchen aufwachte? Und wenn es ausflippte und verlangte, von Anna nach Hause gebracht zu werden? Es war zu spät, jetzt noch umzukehren. Anna hatte das Gefühl, in einem Moment des Wahnsinns von einer Klippe gesprungen zu sein, und jetzt befand sie sich mitten in der Luft, ihre Füße strampelten nach einem Halt, unter ihr nur Leere. Sie konnte ihre Panik nur niederkämpfen, indem sie sich auf das Fahren konzentrierte: das Lenkrad unter ihren Händen, das Auto, das um die Ecken rauschte. *Ich fahre nur Auto. Fahre nur Auto, wie ich es schon unzählige Male getan habe.*

Bei Einbruch der Nacht ließ der Verkehr nach, und bald begegnete ihr nur noch alle fünfzehn oder zwanzig Minuten ein Auto. Fremde, jeder auf seiner eigenen Mission. *Wir fahren alle nur an einem Samstagabend irgendwohin.*

Sie musste mal und hielt vor einem Dorf am Straßenrand an. Charlie regte sich, als Anna wieder in den Wagen stieg.

»Was machst du?«, fragte das Mädchen mit schlaftrunkener Stimme. Es setzte sich auf und schirmte die Augen vor der Innenbeleuchtung ab.

»Musst du mal Pipi?« Anna half dem Mädchen auf den dunklen Grünstreifen, wo Charlie schwankend in die Hocke ging. Kurz darauf im Wagen war das Mädchen innerhalb von Sekunden wieder eingeschlafen, und Anna fuhr weiter.

9

Das Morgengrauen setzte langsam ein, ein allmähliches Hellerwerden der Welt. Bäume und Zäune und Berge schälten sich aus der Dunkelheit. Sie befanden sich auf einer unbefestigten Straße irgendwo nördlich von Armidale und fuhren an endlosen mit niedrigem Buschwerk bewachsenen Viehweiden vorüber.

Anna hielt auf dem breiten, grasbewachsenen Seitenstreifen, stellte den Motor ab und blieb einen Augenblick in der Stille sitzen. Charlie hatte sich in Richtung Heck des Wagens gerollt. Nur ihr zottiges Haar am Hinterkopf war zu sehen. Vielleicht war das Mädchen unterwegs aufgewacht, hatte zu der Fremden hochgeblickt, die durch die Nacht fuhr, und diesem Albtraum den Rücken zugekehrt.

Anna stieg aus in die frische Luft. Ihre Muskulatur kribbelte noch von der Vibration der Straße. Die Gräser, die an dem Zaun entlang wuchsen, waren staubbedeckt, und irgendwo auf der Weide trillerte eine Elster. Dieses vertraute, fröhliche Lied.

Mit steifen Beinen ging Anna neben dem Wagen in die Hocke. Gegen zwei Uhr morgens hatte sie zwei Stunden an einer Nebenstraße geschlafen, aber sie war immer noch so müde, dass sie sich wie im Traum vorkam. Seltsam, dass so etwas Elementares wie Urinieren trotz allem noch vonstattengehen musste.

Als sie wieder aufrecht dastand, sah sie durch die Scheibe zu dem Mädchen, klein und eingerollt auf der Rückbank, den Stoffhasen an die Brust gepresst. *Mist. Mist. Mist.* Sie hatte wirklich jemandem das Kind weggenommen. Die Hand auf das Auto gestützt, zwang sie sich, zweimal tief durchzuatmen.

Fahr einfach weiter. Konzentriere dich darauf, zu Pat zu kommen.

Wieder hinterm Steuer, zwang Anna zunächst etwas Wasser hinunter und sah dann noch einmal auf der Karte nach. Eigentlich blieb ihr keine andere Wahl, als nach Osten zum Gibraltar-Range-Nationalpark zu fahren. Doch dorthin führte ein Highway, und sie hatte Angst vor Streifenwagen. Aus der Dienstzeit ihres Dads her wusste sie noch, dass Streifenwagen mit Kameras ausgestattet waren, die vorbeifahrende Nummernschilder lasen. Mittlerweile befände sich ihr Kennzeichen ganz bestimmt im System.

Charlie gab ein Seufzen von sich und setzte sich auf. Sie kratzte sich am Kopf.

»Wo sind wir?«, fragte sie und sah sich um. Die Shorts waren ihr von der Hüfte gerutscht.

»Hi! Möchtest du etwas trinken?« Anna schraubte den Deckel der Wasserflasche auf und reichte sie nach hinten.

Charlie trank einen großen Schluck.

»Wie wäre es mit etwas zu essen? Hast du Hunger?«

Charlie nickte.

Anna hatte sich zurechtgelegt, was sie sagen würde, wenn Charlie fragte, warum Anna sie mitgenommen hatte. Doch das Mädchen nahm nur den Müsliriegel entgegen und musterte ihn.

»Lass mich deinen Gürtel richten.« Anna griff nach hinten. »Heb mal den Popo.«

Charlie hob gehorsam das Gesäß, und Anna zog die Shorts hoch und befestigte das Band mit einem Doppelknoten.

»Kann ich vorne neben dir sitzen?«, fragte Charlie.

»Ich glaube, hinten ist es sicherer für dich. Ich darf dich nicht vorne sitzen lassen.« *Ich darf nicht die Kinder anderer Leute stehlen.*

»Ich kriege ihn nicht auf«, sagte Charlie und hielt Anna den Riegel hin.

»Oh, tut mir leid.« Anna riss die Verpackung mit den Zähnen auf. »Wie geht es deinem Arm?«

Charlie besah ihn sich. »Ein bisschen wund.« Sie verzog das Gesicht. »Er tut weh.«

»Weißt du, was? Dagegen kann ich dir etwas geben. Eine Tablette. Und ich werde ihn verbinden.« Sie holte die Erste-Hilfe-Ausrüstung aus dem Kofferraum und las die Dosierungsanleitung auf der Paracetamol-Packung. Sie brach eine Tablette entzwei. »Hier. Nimm die.«

Charlie schluckte die halbe Tablette und verzog das Gesicht. »Die schmeckt eklig.«

»Ich weiß. Aber es wird aufhören wehzutun.« Sie kniete auf der Rückbank und wickelte einen elastischen Verband um den Unterarm des Mädchens. »Fühlt sich das ein bisschen besser an?«, erkundigte sie sich.

Charlie fuhr mit der Hand über den Verband und nickte. »Wo ist Mummy?«

»Zu Hause.« Anna holte Luft. »Weißt du, ich habe dich mitgenommen, weil ich Angst habe, dass deine Mummy dich nicht vor Harlan beschützt.«

Charlie schwieg.

»Er tut dir weh, nicht wahr?« Eine Suggestivfrage, das wusste sie. Aber es stimmte. Charlie und Anna teilten dieses Wissen. Es war der Leim zwischen ihnen.

»Mhm.«

»Wir fahren besser weiter.« Anna kletterte wieder auf den

Fahrersitz, startete den Motor und lenkte das Auto zurück auf die Straße. Ihre Augen brannten und waren voller Tränen.

Nach ein paar Minuten sprach Charlie, den Mund voller Müsliriegel. »Wohin fahren wir?« Die Stimme des Mädchens klang überraschend fest, was Anna ein klein wenig Mut machte.

»Wir fahren an einen sicheren Ort. Zum Haus eines Freundes.« Anna drosselte das Tempo, als sie in ein Dorf fuhren. Ein Lieferwagen wartete in einer Seitenstraße und bog hinter ihnen auf die Durchgangsstraße, und eine Frau ging auf dem Gehweg mit ihrem Labrador spazieren. Die meisten Menschen schliefen noch, ihre Kinder ruhten in der wohligen Sicherheit ihrer Betten. Doch wie viele dieser Kinder waren in Wirklichkeit *nicht* sicher? Wie vielen erging es wie Charlie?

»Bekomme ich wieder Ärger?«, fragte Charlie. »Weil ich mit dir mitgefahren bin?«

Anna drehte sich nach hinten. »Nein. Nein. Harlan ist weit weg. Er kann dir nichts tun.«

Herrgott, sie hoffte, dass das stimmte, dass Charlie nicht morgen schon wieder mit ihm unter einem Dach und ihm schutzlos ausgeliefert wäre.

»Ich muss Pipi!«

Anna hielt neben einem Gebäude, das wie ein altes Pfadfinderheim aussah, ein weißes Holzhaus mit vernagelten Fenstern. »Hier. Hier können wir auf die Wiese machen. Keiner wird es sehen. Es ist noch so früh.« Der Lieferwagen ratterte vorüber.

Als Anna dem Mädchen aus dem Auto half, merkte sie, dass Charlies Shorts durchnässt waren. »Oh.«

Charlie wich vor Anna zurück, die Lippen zu einem schrecklichen Lächeln verzogen.

»Das macht nichts.« Anna sprach leise. »Wir trocknen dich einfach ab.«

Die Angst des Mädchens ging Anna durch Mark und Bein. Charlie zitterte, als Anna ihr mit einem Handtuch aus dem Kofferraum den Hintern und die Beine abwischte. Ein herannahendes Auto fuhr langsamer, und Anna stellte sich schützend vor das Mädchen.

»Es tut mir leid, es tut mir leid«, sagte Charlie. In ihrem Mund befanden sich immer noch Reste des Müsliriegels, und Krümel flogen zu Boden. Ihre Hand, mit der sie Annas Schulter gepackt hielt, war klebrig.

»Das macht wirklich nichts, Charlie. Es ist völlig in Ordnung. Es ist bloß Pipi. Das ist wie Wasser. Lass uns ein trockenes Handtuch holen, um dich darin einzuwickeln, ja?«

Anna kramte im Kofferraum herum und fand ein weiteres Strandtuch. »Ich hätte dich fragen sollen, ob du Pipi musst, als du aufgewacht bist.«

Sie hatte keine Ahnung von Kindern. Keine Ahnung.

Charlie hielt sich an Annas Schulter fest, während Anna ihr das Handtuch um die Taille wickelte. Anna fragte sich, wie viele Male Charlie schon die Schulter ihrer Mutter auf diese Weise gehalten hatte.

Charlie brachte das Gesicht dicht an Annas. »Wo ist meine Mummy?«

Am liebsten hätte Anna den Blick abgewendet, aber sie sah Charlie direkt in die Augen. Die Augen des Mädchens waren feucht.

»Deine Mummy ist zu Hause.«

Charlie schloss die Augen. Sie sah gequält aus. Anscheinend fand sie nicht, dass das, was Anna getan hatte, das kleinere Übel gewesen war. Bebend atmete Anna aus und richtete sich auf.

Sie legte eine karierte Picknickdecke über die nasse Stelle auf dem Rücksitz und gab Charlie im Auto einen Apfel und eine Wasserflasche. Dann schüttete sie das Benzin aus dem zweiten

Kanister in den Tank. Herrgott, sie hoffte, dass sie genug Benzin hatten, um nach Mullumbimby zu gelangen. Sie würde den Highway nach Grafton riskieren müssen.

Sie verstaute den leeren Kanister und die nassen Shorts im Kofferraum und sah durchs Heckfenster. Bunny im Arm, saß das Mädchen da und hielt die Plastikflasche so fest umklammert, dass sie schon ganz eingedrückt war.

10

Das Gras auf den Weiden zu beiden Seiten der Straße wies einen saftig dunklen Grünton auf. Selbst das Unkraut am Straßenrand war lächerlich saftig grün. Sie befanden sich jetzt definitiv in den Subtropen und, wie Anna hoffte, nur noch etwa zwei Stunden von Pats Haus entfernt. In der letzten halben Stunde war sie zweimal beinahe eingenickt. Sie schaltete die Klimaanlage ein und hoffte, dass sie damit nicht zu viel Benzin verbrauchen würde. Der Tank war nur noch halb voll.

Sie hatten es bis zum Gibraltar-Range-Nationalpark geschafft, ohne einen Streifenwagen zu sichten. Charlie hatte zwei Stunden lang aufrecht auf der Rückbank gesessen, aber jetzt schlief sie wieder. Anna fragte sich, ob sie sich Sorgen machen sollte, weil das Mädchen so viel schlief. Machten Kinder das? Vielleicht konnte sie sich jetzt, da sie in Sicherheit war, endlich dem Schlaf hingeben. Aber warum sollte sie sich jetzt sicher fühlen? Anna wusste, dass Charlie in Sicherheit war, aber woher sollte Charlie das wissen? Soweit Charlie wusste, konnte Anna ganz genauso gefährlich wie Harlan sein. Fragen schwirrten in Annas Kopf herum, während sie blinzelte und versuchte, wach zu bleiben.

Das hier war Wahnsinn. Sie musste schlafen, und wenn auch nur eine Viertelstunde lang. Hinter dem nächsten Hügel bog sie in eine schmale Seitenstraße, hielt neben einem Feld mit irgendeiner üppigen Feldfrucht und legte den Sitz schräg. Charlie schlief weiter, mit offenem Mund, das Gesicht gerötet. Anna schloss die Augen.

Nur einen Augenblick später – so kam es ihr vor – erwachte sie und erblickte das Gesicht einer Frau, die durchs Beifahrerfenster spähte. Mit klopfendem Herzen setzte sich Anna auf. Die Frau hatte dunkle Haare, war um die vierzig und lächelte.

Anna schaltete die Zündung ein, um das Fenster herunterzulassen, und Charlie beugte sich vom Rücksitz vor.

»Ihre Tochter springt schon die ganze Zeit im Auto herum, während Sie schlafen.« Die Frau lächelte Anna an. »Ich habe mir Sorgen gemacht, sie könnte sich verletzen.« Die Frau trug ein ärmelloses Trikot und Laufshorts, und ihr Gesicht glänzte vor Schweiß.

»Oh, danke schön.« Benommen wischte Anna sich mit einer Hand übers Gesicht.

»Sie hat sich den Arm verletzt, ja?«

Anna sah nach hinten. »Ja. Eine kleine Prellung. Nicht allzu schlimm.«

Sie stellte ihren Sitz in die aufrechte Position und warf einen Blick auf die Uhr im Wagen. Beinahe halb drei. »Tja, danke, dass Sie sich gekümmert haben«, sagte sie zu der Frau. »Ich habe bloß ein kurzes Nickerchen gebraucht.« Sie zwang sich zu einem Lächeln. »Vorsicht ist besser als Nachsicht.«

Die Frau nickte. Sie sah freundlich aus, sogar gütig. Und sie schaute wahrscheinlich Nachrichten. Mittlerweile wäre die Geschichte bekannt.

Anna wandte sich mit leiser Stimme an Charlie. »Setz dich wieder hin, Schatz.« Charlie hatte immer noch das Handtuch um die Taille, Gott sei Dank.

Der Blick der Frau huschte zur Rückbank. »Kein Kindersitz?«

»Nein. Wir hatten ein kleines Unglück mit … Ein Unglück mit Erbrochenem.« Emily hatte ihr einmal davon erzählt, wie sie einen Kindersitz weggeworfen hatte, nachdem sich ihre Tochter übergeben hatte. »Und wir sind auf dem Weg, den neuen abzuholen.« Wo zum Teufel sollte sie hier einen neuen Kindersitz herholen?

»Oh. Aha.« Der Blick der Frau glitt seitwärts zu Charlie.

»Na ja. Zeit weiterzufahren.« Anna stellte ihren Sitz ein wenig zurück.

»Gute Fahrt«, sagte die Frau und stöpselte ihre Ohrhörer ein. Sie drehte sich um, ging zurück zur Hauptstraße und bog nach links ab. Bei jedem Schritt wippte ihr Pferdeschwanz.

Anna drehte sich zu Charlie um. »Musst du Pipi?«

Charlie schüttelte den Kopf. »Ich hatte früher einen Autositz. In Mummys altem Auto.«

»Ja, es wäre wirklich besser, wenn du in einem sitzen würdest. Aber wir werden bald bei Pat sein.«

Charlie kaute auf ihrer Oberlippe herum. »Es waren Schildkröten drauf.«

»Echt?«

Sie nickte. »Ich habe Durst.«

Anna reichte ihr die Flasche. Sie hatten fast kein Wasser mehr. Sie würde den letzten Rest für Charlie aufheben. »Ich werde schnell pinkeln gehen. Möchtest du mitkommen?«

Charlie kletterte aus dem Wagen, wobei sie den verbundenen Arm vor sich hielt. Zwei Fliegen summten um sie herum, und in der Ferne erklang Motorenlärm. Anna war so müde, und ihr war so heiß, dass sie noch nicht einmal zu sagen vermochte, ob es sich um einen Traktor oder ein Flugzeug handelte.

Charlie ging in die Hocke und pinkelte. Dann sah sie sich um, zu den Feldern und Weiden, die sich in die Ferne erstreckten, und wieder zur Straße, wo die Frau verschwunden war.

»Wo sind wir?«, flüsterte sie.

Anna stand auf und zog sich die Hose hoch. Ihr war klar, dass Charlie eigentlich etwas ganz anderes wissen wollte.

»Ich habe dich von deiner Mummy und Harlan weggebracht, weil ich Angst hatte, dass du verletzt werden würdest.« Sie ging wieder in die Hocke. »Ich hatte Angst, dass er dir sogar noch mehr wehtun würde, als er es ohnehin schon getan hat.« Vor ihrem geistigen Auge sah sie seine Faust, die erhoben war, um Charlie zu treffen.

»Ich will nur wieder mich und Mummy in dem Wohnwagen haben.« Das Mädchen verzog das Gesicht und sackte auf Anna zu.

Anna fing den kleinen Körper auf und hielt ihn fest. »Ist schon gut, ist schon gut.«

Das Mädchen erbebte unter Schluchzern. Es roch nach schalem Urin, und seine Hand auf Annas Arm war feucht. Anna hielt die Kleine, während die Sonne unerbittlich auf sie herunterknallte.

»Ist schon gut«, sagte Anna erneut, aber nur, weil sie nicht wusste, was sie sonst sagen sollte.

11

Sie erreichten die Berge südlich von Mullumbimby um vier Uhr, beinahe vierundzwanzig Stunden, nachdem sie Charlie ins Auto gepackt hatte und losgefahren war. Anna war so müde, dass sie sich wie unter Drogen vorkam, als sähe sie die Straße durch einen schimmernden Schleier. Schlafen konnte sie, sobald sie bei Pat waren. Nur noch eine halbe Stunde.

Charlie saß still auf der Rückbank. Gelegentlich hörte Anna das Mädchen leise reden, aber wenn Anna fragte: »Was hast du gesagt?«, erwiderte es: »Nichts.«

Sie bog in eine Kiesauffahrt, um erneut einen Blick auf die Karte zu werfen und eine Route zu Pat herauszusuchen.

»Möchtest du herkommen und vorne sitzen?« Charlie neben sich zu haben würde ihr vielleicht dabei helfen, wach zu bleiben.

Das Mädchen kletterte nach vorn, und Anna schnallte es an, auch wenn der Gurt nicht viel nützen würde. Sie fuhr zurück auf die schmale, kurvenreiche Straße und erhaschte durch die fernen Bäume einen Blick auf smaragdgrüne Berge und Gewitterwolken. Als sie mit Pat zusammen gewesen war, hatte sie sich auch in die Gegend verliebt, in ihre Großzügigkeit verliebt, ihre Fruchtbarkeit, und eine Zeit lang hatte sie fantasiert, dort mit ihm zu leben, lange genug dort zu leben, um sich wie eine Einheimische zu fühlen.

Die von Schlaglöchern übersäte Straße lief an einem Kamm

entlang und dann nach unten zu einem Überschwemmungsgebiet, wo Zuckerrohr in Reihen wuchs und ein paar Kühe grasten. Sie kamen an einem Golfplatz und einer Highschool vorbei, und kurz vor der Hauptstraße bog sie nach links in eine Nebenstraße zu einem Umweg, den Pat früher einmal genommen hatte, wie sie sich entsann. Zwar konnte sie sich nicht vorstellen, dass es in diesem kleinen Städtchen Überwachungskameras gab, aber sie war froh, endlich die Straße zu erreichen, die sie über die Ebene und dann nach oben auf die dicht bewaldete Bergkette bringen würde, die sich vor ihnen am Horizont erstreckte.

Charlie saß ganz reglos da, die Beine vor sich ausgestreckt, Bunny auf dem Schoß. Leise sagte sie Annas Namen.

»Ja?«

»So heißt du«, sagte sie.

»Stimmt.« Anna klappte die Sonnenblende herunter, um besser sehen zu können. »Wir sind bald bei meinem Freund Pat. Okay?«

»Okay.«

Sie ließen die Felder hinter sich und schlängelten sich tiefer in das Tal, wo Bäume ein Dach über der Straße bildeten und das Licht nur noch gesprenkelt durchließen. Sie überquerten zwei schmale Betondämme, und Anna sah, dass das Wasser in dem felsigen Fluss hoch stand. Sie fuhr langsamer, als sie in ein kleines Dorf kamen – eine Gruppe Häuser, wo auf dem Seitenstreifen ein Kind mit dem Fahrrad fuhr. Der Asphaltbelag ging in Kies über, und der Weg war dicht gesäumt von Bäumen mit hellen Stämmen. Die Luft, die durch das offene Fenster drang, war kühler und trug den scharfen Geruch nach feuchtem Wald mit sich. Er war viel verwucherter als damals, als sie mit neunzehn Jahren zum ersten Mal hergekommen war, und irgendwie sogar noch hinterwäldlerischer als bei ihrem Besuch vor ein paar Jahren.

Sie fuhren an einem Dutzend unbefestigter Auffahrten vorbei, die hinter Bäumen verschwanden. Anna fuhr langsam, weil sie Angst hatte, Pats Straße nicht wiederzuerkennen. Herrgott, sie hoffte, er wäre da. Und wenn er weggezogen war? Nein, sie konnte sich nicht vorstellen, dass er dies Leben hier verließe. Er hatte zwei Jahrzehnte darauf verwandt, den Ort zu bearbeiten. Und wenn er unterwegs sein sollte, würde sie einfach ins Haus gehen.

Charlie neben ihr schwieg. Anna fragte sich, was das Mädchen von dem, was vor sich ging, begriff oder ob es nur wieder einmal von Erwachsenen herumbugsiert wurde, immer anderen auf Gedeih und Verderb ausgeliefert.

Die Straße führte stetig bergauf, wand sich in Kurven einen steilen Berg empor. Sie kamen an einer Auffahrt vorbei, neben der ungefähr zehn Briefkästen an einem Zaun aufgereiht waren, und Anna merkte zu spät, dass es sich um Pats Auffahrt handelte. Sie wendete und bog auf die mit Schlaglöchern übersäte Auffahrtsstraße. Nach weiteren zwei Kilometern lenkte sie den Wagen in einen schmalen Weg, von dem sie hoffte, dass es der richtige war. Das Gras zwischen den beiden Reifenspurrillen strich geräuschvoll gegen die Unterseite des Autos.

Charlie zog die Beine an und kniete sich hin, um aus dem Fenster zu sehen. Sie kamen an einem kleinen verfallenen Holzschuppen vorüber, an dessen verblichenen rissigen Wänden das Unkraut hochwucherte.

Mit siebzehn hatte Pat von seiner Großtante achtzigtausend Dollar geerbt und eine alte Bananenplantage gekauft. Im Laufe der Zeit hatte er Anteile an ein paar Freunde verkauft, die ihre eigenen Buden und Hütten errichteten, und er verdiente sich seinen Lebensunterhalt mit dem Holz von seiner Baumplantage und selbst geschreinerten Möbeln. Als Anna ihm zum ersten Mal begegnete, hatte er bereits fünfzehn Jahre dort verbracht, hatte sich sein eigenes Haus gebaut und bereits Bestände von Hartholzbäumen aufgeforstet.

Ein großer Mann ging die Auffahrt entlang. Neben ihm trottete ein brauner Kelpie her. Der Mann trat zur Seite in das kniehohe Gras und wartete, bis ihn das Auto eingeholt hatte.

Anna hielt an. »Hi.«

Der Mann nickte, kein Lächeln in dem sonnengebräunten Gesicht. Er bückte sich, um in den Wagen zu sehen.

»Ich bin auf der Suche nach Pats Haus«, sagte sie.

»Und wer sind Sie?« Er hatte einen langen grauen Pferdeschwanz und ungewöhnlich blaue Augen.

»Ich bin eine alte Freundin von ihm. Ich war schon einmal hier, vor ein paar Jahren, aber seitdem ist alles zugewachsen. Ich komme nicht ganz dahinter, wo ich langmuss.«

»Ja. Es wächst schnell.« Einen Moment betrachtete er sie, dann richtete er sich wieder auf. Er deutete den Weg entlang. »Fahren Sie bei der Weggabelung rechts, dann nach ein paar Kilometern wieder rechts bei der nächsten Gabelung, und Sie sind da.«

Er bückte sich, um noch einmal in den Wagen zu sehen, und schenkte Charlie ein kleines Lächeln. Anna sah, dass er seitlich am Bein eine Machete hielt.

»Danke.«

Die rechte Abzweigung führte sie nach unten ins Tal, wo der Weg unebener wurde. Sie musste das Tempo drosseln, um durch tiefe, vom Regen ausgewaschene Mulden zu fahren.

»Er hatte einen Hund«, sagte Charlie, die sich hinkniete, den guten Arm auf das Armaturenbrett gestützt.

»Ja.«

Wie Anna wusste, versteckten sich hier in den Falten der Täler Hunderte von Häusern. Die Farmer hatten seinerzeit an Hippies verkauft, die aus gebrauchten Materialien chaotische

Behausungen errichteten und nach und nach die Kontrolle über das Unkraut verloren, besonders über das Wandelröschen. Aus der Saatgutbank im Boden waren einheimische Bäume und exotische Gewächse wie Kampferlorbeer gesprossen, und mittlerweile waren die Hügel wieder dicht mit Bäumen bewachsen. Die meisten Häuser, in denen Anna während ihres Jahres mit Pat gewesen war, waren innen noch nicht fertig oder bessere Baustellen. Sie hatte die Vorstellung, sich ein eigenes Zuhause zu erschaffen, einen eigenen Weg zu bahnen und nicht fremden Vorstellungen von einem erfolgreichen Leben zu folgen, damals sehr romantisch gefunden. Dieses abgelegene Tal würde jetzt ein ideales Versteck für Anna und Charlie abgeben. Und Pat war der ideale Mensch, um sie zu verstecken. Er hatte schon immer das Establishment infrage gestellt und sich dem System gern widersetzt.

Sie nahm die letzte Abzweigung und erkannte die beiden großen Bambusgruppen ein Stück weiter vorn. Pat hatte ihr erzählt, der alte Farmer habe sie als letzte Nahrungsquelle für Kühe in mageren Zeiten angepflanzt.

»Wir sind fast da.« *Wir haben es geschafft.* Anna hatte Angst, in Tränen auszubrechen. Sie lenkte den Wagen zwischen den Bambusgruppen hindurch, die dichter geworden waren, sodass zwischen ihnen gerade noch ein Wagen durchpasste. Das Auto rollte auf die Lichtung, und da war Pats Haus. Es war jetzt gelb gestrichen, ansonsten aber die gleiche niedrige, rechteckige Holzhütte mit einer breiten Veranda. Hinter dem Haus erhob sich eine Wand aus Bäumen und dahinter der bewaldete Berg. Eine Entenfamilie spazierte über die Lichtung.

Anna hielt auf der Wiese vor einem großen neuen Blechschuppen, schaltete den Motor ab und saß einen Moment nur da, die Hände immer noch am Lenkrad. Charlie neigte den Kopf, um durch die Windschutzscheibe zu spähen, und ließ den Blick vom Haus zum Schuppen schweifen. Anna hielt es für einfache, pragmatische Wachsamkeit. Wenn das eigene Zuhause – das eigene Schlafzimmer – ein Ort der Gefahr war, warum sollte man dann davon ausgehen, dass es irgendwo auf der Welt sicher sein könnte?

Pat trat auf die Veranda. Er sprang nach unten auf die Wiese und war mit ein paar großen Schritten beim Wagen, ein breites Lächeln im Gesicht. Das braune Haar trug er jetzt kurz, aber er hatte immer noch das gleiche fein geschnittene, sonnengebräunte Gesicht.

Anna sprach durch ihr geöffnetes Fenster, zu erschöpft, um sich von der Stelle zu rühren. »Hi.«

»Anna! Welch schöne Überraschung!« Er legte eine Hand auf das Wagendach und bückte sich, um durchs Fenster zu schauen. »Und das ist?«

»Charlie«, sagte sie.

»Na.« Er lächelte. »Warum kommt ihr nicht rein?« Er öffnete die Wagentür und streckte die Hand nach Anna aus. Sie kletterte hinaus und in seine warme, starke Umarmung. Er roch leicht nach Schweiß und Holzrauch und war dünner, als sie ihn in Erinnerung hatte. Sie hätte dort bleiben können, sich an ihn schmiegen, aber sie spürte eine federartige Berührung am Bein.

Pat machte einen Schritt zurück und sah auf Charlie hinab, deren Hemd kaum ihren nackten Hintern bedeckte.

»Was für Schlappohren dein Karnickel hat«, sagte er.

»Es ist ein Hase«, murmelte das Mädchen, das sich an Annas Shorts festklammerte. »Hast du einen Hund?«

Pat lächelte. »Nein, derzeit nicht. Und du?«

»Ich kriege einen.«

Eine Frau trat aus der Hütte und befestigte etwas mit Wäscheklammern an einer Leine, die unter dem Verandadach angebracht war. Bestürzung stieg in Anna hoch. Sie hatte sich ausgemalt, Pat wäre immer noch Single. Diese Komplikation konnte sie ganz und gar nicht gebrauchen.

»Das ist Sabine«, sagte Pat. Die Frau war groß, mit einem langen, schmalen Gesicht und braunem Haar, das zu einem Knoten zusammengebunden war. Sie schien sie zu ignorieren.

Charlie zupfte am Bein von Annas Shorts. Anna ging in die Hocke. »Das ist Pat. Er ist ein guter Freund von mir. Lass uns etwas finden, das wir dir um die Taille binden können, ja?«

Sie sah zu Pat auf. »Hast du einen Sarong oder so was, den wir uns leihen könnten?«

Sein Blick huschte zum Wagen. »Ihr habt keine Kleidung dabei?«

Sie schüttelte den Kopf.

Er lächelte sein breites, herzliches Lächeln. »Sicher. Ich habe was. Kommt rein.«

Anna griff nach Charlies Hand, und sie folgten Pat über die üppige Wiese zum Haus. »Sabine ...«, sagte er, als sie die Verandastufen erreichten. »Das hier sind Anna und Charlie.«

»Lasst euch nicht stören, ich hänge bloß die Wäsche auf.« In Sabines Stimme schwangen die Wärme und Autorität der Hausherrin mit. Sie hatte einen Akzent. Deutsch oder Holländisch, dachte Anna.

Als Anna das letzte Mal hier gewesen war, hatte Pat ihr gesagt, er habe beschlossen, Single zu bleiben, da ihm endlich klar geworden sei, dass er allein am glücklichsten sei. Seit Anna waren ein paar Freundinnen bei ihm eingezogen. Einer davon, Lulu, war sie einmal begegnet, als Pat und Lulu zur Hochzeit eines Freundes in Sydney angereist waren. Nach ein paar Gläsern Wein hatte Lulu Anna anvertraut, dass sie vorhabe, Pat zu verlassen und auf Bali zu wohnen.

»Anna ist eine alte Freundin.« Pat stieg die Stufen hoch und rieb Sabines nackte Schulter. »Sie hat vor beinahe zwanzig Jahren einmal hier gewohnt.«

Anna wartete darauf, dass er erklärte, wer Sabine war, doch er bückte sich nach einer Wäscheklammer auf dem Boden und klemmte sie an die Leine.

»Alles ist so gewachsen«, sagte Anna. »Die Bäume, meine ich. Man konnte früher nach unten ins Tal sehen und zu den großen weißen Farmhäusern dort und den Kühen, wenn sie zum Melken kamen, und von oben konnte man zum Meer schauen, das geht jetzt wohl nicht mehr ...« Ihr Mund war ganz trocken. Sie schwafelte.

»Oh?« Sabine griff nach unten in den Korb und schüttelte ein feuchtes Geschirrtuch aus. »Ich habe gerade eine Kanne Tee gekocht, falls du gern eine Tasse hättest.«

Anna lachte. »Für eine Tasse Tee gehe ich über Leichen.« Sie drückte Charlies Hand, die feucht und ein wenig schlaff war.

Sabine schenkte ihnen den Anflug eines Lächelns und hängte das Geschirrtuch auf.

Pat öffnete die Tür und bedeutete Anna und Charlie einzutreten. Die Küche war genau so, wie Anna sie in Erinnerung hatte: ein großer alter Kaminofen an der gegenüberliegenden Wand und ein runder Tisch vor dem Fenster. Pat verschwand in sein Zimmer und kam mit einem ausgeblichenen blauen Sarong zurück. Anna kniete sich hin und wickelte ihn um Charlies Taille. Das Mädchen berührte den Knoten, trat dann zurück und wanderte durchs Zimmer. Die Finger der unverletzten Hand ließ es über die offenen Regale und das niedrige Sofa neben dem Ofen streichen, das mit Fransen besetzte Ende des Sarongs schleifte auf dem Boden.

Anna ließ sich auf einen Stuhl am Tisch sinken. Sie war benommen vor Erschöpfung und Erleichterung und wollte nur den Kopf auf den Tisch legen und die Augen einen Moment lang schließen, aber Pat zog sich einen Stuhl heran und goss ihr aus einer grünen Teekanne eine Tasse Tee ein. Sabine war nicht mehr auf der Veranda zu sehen, und die Wäsche auf der Leine bewegte sich in der Brise. Pat goss Milch in ihre Tasse und schob sie Anna hin. Kleine Fettkügelchen von der Sahne setzten sich auf der Oberfläche des Tees ab. Anna beobachtete, wie sie in der Tasse trieben, und überlegte, wann er wohl fragen würde, warum sie aus heiterem Himmel aufgetaucht und wer Charlie war.

»Möchtest du etwas trinken, Charlie?«, fragte Pat.

Charlie stand neben dem Stoß Feuerholz und beobachtete Pat aus schmalen Augen, ohne zu blinzeln. Sie schüttelte den Kopf und glitt nach unten, um neben dem Ofen auf dem Boden zu sitzen, die ausgestreckten Beine gespreizt, die Augen immer noch auf Pat gerichtet.

»Hast du Hunger?«, fragte er das Mädchen.

Charlie nickte, und Annas Magen zog sich zusammen. Warum hatte sie nicht daran gedacht, Charlie etwas zu trinken oder zu essen anzubieten? Sie stand auf, wobei der Stuhl über den Boden scharrte, und goss Charlie ein Glas Leitungswasser ein. Das Mädchen trank durstig.

Pat erhob sich. »Anna? Hungrig?«

»Oh. Eigentlich sollte ich es sein, aber ich bin es nicht.« Sie musste nur schlafen.

Sie setzte sich auf den Boden neben Charlie und spürte die kühlen Holzdielen unter sich. »Wie läuft's bei dir?«, fragte sie leise.

Charlie warf ihr einen Blick zu und ging dann wieder dazu über, Pat zu beobachten. Vielleicht hatte sie Angst vor ihm.

»Wir sind hier in Sicherheit«, flüsterte Anna dem Mädchen zu. »Deshalb sind wir hier. Damit du in Sicherheit bist. Ich werde auf dich aufpassen. Ich werde dich nicht allein lassen.«

Charlies Gesicht war reglos. Die Fingerspitzen ihrer Hand, die das Glas gepackt hielt, waren weiß.

Am Tisch schnitt Pat eine Scheibe Brot ab. Er musste gehört haben, was Anna gesagt hatte, schien sich aber völlig auf den Laib Brot zu konzentrieren. Anna hatte vergessen, mit welcher Präzision er sich bewegte. Es verlieh allem, was er tat, eine Bedeutung, selbst wenn es sich nur darum handelte, die Seiten eines Buches umzublättern.

Draußen war Sabine zu hören, die etwas auf Französisch sang. Ihre Stimme war angenehm und hoch, aber beim Betreten der Küche, den leeren Wäschekorb auf der Hüfte, verstummte sie. Sie achtete nicht auf Anna und Charlie auf dem Boden, sondern verschwand in Pats Schlafzimmer.

Pat ging vor Charlie in die Hocke und bot ihr einen Teller mit einem Honigbrot an. »Dieser Honig stammt aus meinem Bienenstock«, sagte er. »Die Bienen haben den Nektar von den hiesigen Bäumen und Büschen.« Er deutete über die Schulter.

Charlie sah das Brot an, rührte sich jedoch nicht.

»Hast du gewusst, dass Bienen Honig machen?«, fragte er.

Charlie schüttelte den Kopf.

»Warum nimmst du den Teller nicht?«, schlug er vor.

Seine Augen waren so freundlich wie eh und je, aber er sah müder aus. Vielleicht war das aber auch einfach so, wenn man älter wurde.

Charlie griff nach der Brotscheibe und biss ein großes Stück ab. Krümel fielen in ihren Schoß. Anna hörte ein Poltern aus dem Schlafzimmer.

Pat blieb in der Hocke und balancierte den Teller auf der Handfläche. Er und Anna sahen Charlie beim Essen zu.

»Gut?«, fragte er.

Charlie nickte kauend, den Blick gesenkt.

»Komm an den Tisch, Charlie.« Anna nahm Pat den Teller

ab, führte das Mädchen an den Tisch und brachte es dazu, sich auf einen Stuhl zu setzen. Charlie wischte sich Krümel von den Lippen.

Pat setzte sich. »Eine Biene muss Hunderte Blumen besuchen, um einen Teelöffel Honig zu machen.« Mit Kindern hatte er schon immer gut gekonnt. Als Anna bei ihm lebte, hatte in einer Hütte auf dem Nachbargrundstück eine Familie gewohnt. Die drei Kinder hatten Pat vergöttert und immer in seiner Werkstatt herumgelungert, während er Möbel schreinerte.

»Das ist unglaublich viel Arbeit für ein kleines bisschen Honig«, sagte Anna. Sie wartete darauf, dass Sabine aus dem Schlafzimmer käme.

»Es ist eine Kostbarkeit.«

Draußen glitt die Sonne hinter den Berg, und die Brise, die durchs Fenster kam, kühlte sich ab. Lag es nur an Annas Erschöpfung, oder waren die Dinge hier seltsam träumerisch? Sie kam sich vor wie in irgendeinem eigenartigen Film. Donner grollte, und Charlie warf Anna einen Blick zu.

»Das ist Donner«, erklärte Anna.

Das Gesicht des Mädchens war ausdruckslos.

»Hast du schon einmal Donner gehört? Bei einem Gewitter?«

»Es sind die Wolken, die aneinanderstoßen und deswegen ein bisschen grummeln«, erklärte Pat. »Nichts Besorgniserregendes.«

Sabine kam aus dem Schlafzimmer. Sie hatte sich ein langes weites Kleid angezogen, und ihre Haare waren jetzt offen. Sie beugte sich über Pat, um sich eine Tasse Tee einzuschenken. »Schlaft ihr heute Nacht also hier?« Ihre Stimme war laut.

»Falls das okay ist?«, fragte Anna.

Pat lächelte. »Selbstverständlich.«

Sabine nickte. »Gut. Was braucht ihr? Bad? Schlaf?« Sie warf einen Blick auf die Krümel auf Charlies Teller. »Richtiges Essen?«

»Oh, ein Bad. Ich würde wahnsinnig gern baden. Wir brauchen beide eines.«

»Die Tanks sind voll, und es zieht ein Unwetter auf«, sagte Sabine. »Nutzt also die Gelegenheit und lasst die Wanne volllaufen.« Sie legte die Hand kurz auf Pats Schulter. »Ich bin bloß kurz bei Beatie drüben. Bin gleich wieder da.«

Anna erinnerte sich noch an Beatie. Sie war ein bisschen älter als Anna und hatte in einem Zelt gehaust, während sie sehr sorgfältig und ganz allein eine Hütte ein Stück weiter oben auf dem Berg errichtete. An einem schwülheißen Tag hatte sie Pat und Anna dabei geholfen, aus Bahnschwellen drei Hochbeete anzufertigen.

Anna beobachtete, wie Sabine die Wiese überquerte, ihre Teetasse in der Hand, und im Wald verschwand, während die Wolken über ihnen immer dunkler wurden.

12

Charlie hielt die hohle Hand unter das Wasser, das aus dem Hahn sickerte. Neben der Badewanne war ein großes Buntglasfenster. Die roten und orangefarbenen Dreiecke ließen die Äste und Blätter draußen trübe wirken.

Charlie griff nach dem weißen Klumpen Seife, und er entglitt ihr unter der Wasseroberfläche. Anna – die auf dem Boden neben der Wanne kniete – holte die Seife für sie zurück. Charlie saß ruhig da, während Anna ihr die Haut mit einem eingeseiften Waschlappen schrubbte und die Dreckschichten unten an Charlies Hals säuberte. Die Haut des Mädchens glitzerte im Kerzenschein. Annas eigene Haut musste früher einmal so geglänzt haben. Hatte ihre eigene Mutter neben der Badewanne gekniet und die perfekte Haut der kleinen Anna bestaunt?

Anna versuchte, Charlie wirklich zu sehen, den ganzen kleinen Menschen vor ihr. Das Mädchen hatte ein altmodisches Gesicht mit der hohen, runden Stirn einer Babypuppe und einem kleinen spitzen Kinn. Die abstehenden Ohren und Haarbüschel verliehen ihm etwas seltsam Außerirdisches.

Anna schöpfte mithilfe einer Blechtasse warmes Wasser über den Rücken des Mädchens. Charlie seufzte, und auf einmal löste sich etwas in Annas Brust.

Was hast du getan, Anna? Du hast jemandem das Kind geraubt, und jetzt gibt es kein Zurück mehr.

Sie stellte sich die Polizei in diesem Moment bei ihr zu Hause vor, wie die Polizeibeamten Schubladen öffneten, auf dem Küchentisch Papiere durchwühlten und ihren Computer mitnahmen.

Als in der Küche ein Stuhl scharrte, durchzuckte sie Panik. Und wenn die Polizei sie irgendwie gefunden hatte und gleich durch die Tür spazieren, Charlie aus der Wanne zerren und sie beide wegbringen würde?

Sie schluckte und zwang sich, weiter Wasser über Charlies Rücken zu schöpfen. Schöpfen und ausschütten, schöpfen und ausschütten, sodass das Wasser den kleinen Rücken hinabschoss, über jeden kleinen, perfekt gebildeten Wirbel. Das Mädchen saß völlig reglos da. Anna wusste, dass Charlie voller Adrenalin sein musste. Nicht nur Charlie, sie selbst auch.

Charlie ist in Sicherheit. Ich bin in Sicherheit. Sie konzentrierte sich auf den glänzenden Rücken des Mädchens und den letzten abendlichen Vogelgesang.

Aus der Küche war Pat zu hören, der Abendessen kochte. Sie war dankbar, dass er sich mit der Frage, warum sie hier waren, Zeit ließ. Anna trocknete die Hände an einem der Badehandtücher ab, die er ihr gegeben hatte. Außerdem hatte er die auf einer Untertasse befestigte Kerze hereingebracht und ihnen das Shampoo und die Spülung gezeigt.

Regentropfen platschten aufs Dach.

»Ich will raus«, sagte Charlie.

Anna half ihr aus der Wanne auf die Badematte und tupfte ihre Haut sanft mit dem Handtuch ab, wobei sie den Bluterguss an ihrem Arm vermied. Sie drehte sie um, um ihr den Rücken abzutrocknen, und sah einen runden, schmerzhaft aussehenden Bluterguss auf Charlies linker Pobacke. Konnte sich ein Kind versehentlich den Hintern prellen? Sie sollte ein Foto machen. Je mehr Beweise, desto besser. Irgendwann würde es dazu kommen, dass Beweise erbracht werden mussten, das war ihr klar. Sie wickelte den Sarong unter den Armen des Mädchens fest.

»Wie hast du dir den Arm verletzt, Charlie?«

Das Mädchen blickte nach unten und sagte einen Moment nichts. Dann flüsterte es: »Meine Mummy hat mich geschubst.«

»Sie hat dich die Hintertreppe runtergeschubst?«

Charlie nickte.

»Oh, Charlie! Das tut mir so leid.«

Anna traten Tränen in die Augen, als sie sich vorstellte, wie Gabby die schmächtige Charlie aus der Tür schubste und das Kind durch die Luft flog.

Charlie ließ sich auf einen Holzschemel neben der Badewanne sinken. »Ich war ungezogen.«

»Ist egal, ob du ungezogen warst, niemand sollte dir je wehtun. Niemals. Okay?«

Charlie nickte kaum merklich, hob Bunny vom Boden auf und spielte an einem seiner Ohren herum.

»Ich verbinde deinen Arm gleich frisch. Ich werde bloß schnell baden.«

Charlie sah zu, wie Anna ihre Kleidung zu Boden fallen ließ und in die Badewanne stieg. Anna war es gleich, dass das Mädchen sie nackt sah, mittlerweile wollte sie nur noch in das warme Wasser gelangen. Sie legte sich zurück und erlaubte sich, die Augen einen Moment zu schließen. Wenn Anna gestern gewusst hätte, dass Gabby für Charlies verletzten Arm verantwortlich war, hätte sich das Jugendamt dann überreden lassen, noch an dem Tag etwas zu unternehmen? Sie bezweifelte es. Es regnete stärker, und sie spürte, wie sie in dem blutwarmen Wasser einschlummerte.

»Kannst du mich zum Wohnwagen bringen?«, fragte Charlie.

Anna zwang sich, die Augen zu öffnen.

»Neben dem Bett waren kleine Fenster«, fuhr Charlie fort.

Mit den nassen, dicht am Kopf anliegenden Haaren sah Charlies Hals besonders zerbrechlich aus. Annas Magen verkrampfte sich, und sie hatte das Gefühl, sich vielleicht übergeben zu müssen. Dieses Kind war schutzbedürftig, und sie, Anna, hatte die Verantwortung für es übernommen, dabei war sie völlig überfordert. War es zu spät, die Kleine abzugeben? Anna könnte sie auf ein Polizeirevier bringen und so tun, als hätte sie nichts mit ihr zu tun. Nur dass Dave der Polizei alles erzählt haben würde. Warum war sie bloß ans Telefon gegangen?

Anna schluckte. »Hat Harlan dort mit euch gewohnt?«

Charlie schüttelte den Kopf. »Ich und Mummy haben in dem Bett mit den kleinen Fenstern geschlafen. Man schiebt sie nach außen auf.« Sie bewegte die Hand, um es zu zeigen. »Kannst du mich dorthin bringen?« Sie richtete den Blick auf Anna.

»Wo ist das?«

Charlie blickte zur Decke hoch. »Es ist an einer kleinen Straße.« Sie kaute auf der Unterlippe herum. »Und da ist eine gestreifte Schranke, an der Autos anhalten müssen.«

Anna setzte sich auf und schöpfte sich Wasser über das Gesicht. »Hast du dort gern gewohnt?«

Charlie nickte. »Manchmal haben wir auf der Wiese Fisch und Chips gegessen.«

»Ja?«

»Und da waren Nella und Melody und Saxon.«

»Das sind deine Freunde?«

Charlie nickte.

»Und dann hat Mummy Harlan kennengelernt?«

»Mmm. Und ich musste in dem kleinen Bett über dem Tisch schlafen. Aber ich will bei Mummy schlafen.« Sie blickte nach unten. »Ich darf nicht mehr. Ich bin jetzt ein großes Mädchen.«

»Du vermisst es, bei ihr zu schlafen.«

»Sie lässt mich nicht.« Der Regen trommelte immer lauter aufs Dach. Charlie drehte sich, um Anna in die Augen zu sehen. »Ich will zurück zum Wohnwagen. *Bitte.*«

Anna hatte dieses Mädchen von seiner Mutter weggebracht, von dem Menschen, den es am meisten auf der Welt liebte, trotz allem. Anna versuchte, sich vorzustellen, wie sie sich gefühlt hätte, wenn jemand sie mit fünf Jahren ihrer Mutter weggenommen hätte.

»Deine Mummy ist jetzt nicht im Wohnwagen. Wenn ich dich zu deiner Mummy zurückbringe, bedeutet das, dass ich dich zu Harlan zurückbringe.«

Charlie schüttelte den Kopf, und in ihren Augen glänzten Tränen. Hastig kletterte Anna aus der Wanne, sodass das Wasser herumschwappte.

Was habe ich mir dabei gedacht, dieses Kind mitzunehmen? Was hat mich zu dem Gedanken verleitet, ich könnte mich um das Mädchen kümmern?

Sie landete schwer auf der Badematte und griff nach dem dünnen Handtuch.

Draußen war es dunkel, als sie aus dem Badezimmer traten. Anna hatte ihre Unterwäsche auf links gedreht und ihre dreckigen Shorts und das T-Shirt wieder angezogen. Wenn Sabine nicht da gewesen wäre, hätte sie Pat gefragt, ob sie etwas von ihm anziehen könnte.

Er stand am Spülbecken und wusch Salat, während in einem Topf auf dem Herd etwas Knoblauchiges köchelte. Er legte Salatblätter auf ein Geschirrtuch.

»Ich habe das Gästebett für euch beide gemacht. In der Zimmerecke ist eine undichte Stelle, die ich einfach nicht repariert bekomme. Ich hoffe, das Getropfe in den Eimer treibt dich nachts nicht in den Wahnsinn.«

»Ich würde beim Lärm eines Güterzugs schlafen.« Nach dem Bad waren Annas Glieder schwer und träge. Charlie, der die Augenlider zufielen, stand neben Anna.

Lächelnd wischte Pat die Hände an einem Geschirrtuch ab. »Ich zeig's euch.« Er führte sie in das Gästezimmer, das von der Küche abging.

Genau in diesem Zimmer hatte Anna seinerzeit geschlafen, als es zwischen ihr und Pat schwierig geworden war. Es war ein kleines Zimmer, goldenes Kiefernholz an den Wänden und ein großes Fenster zum Garten. Es herrschte ein süßlich-muffiger Geruch, als hätte jemand darin viele Räucherstäbchen brennen lassen. Anna erinnerte sich noch daran, wie sie in dem Bett gelegen hatte, sich nur zu bewusst, dass er auf der anderen Seite des Hauses in seinem eigenen Bett schlief. Aber sie war froh gewesen, nicht neben ihm zu liegen. Damals hatte sie sich den Kopf zermartert, wie in aller Welt sie handeln sollte.

Pat nahm ein weißes Moskitonetz von einem Haken an der Wand über dem Bett. »Das hier werdet ihr brauchen.«

»Danke.« Sie hoffte, dass sie ihm mit dem einen Wort vermitteln konnte, wie dankbar sie war.

13

Am Küchentisch wickelte Pat das letzte Stück Verband um Charlies Arm und befestigte das Ende mit einer Sicherheitsnadel. »Morgen schmieren wir Beinwellsalbe auf deinen Arm, Charlie. Beinwell ist eine Zauberpflanze.«

Anna stand auf. »Kann ich ihr etwas zum Abendessen geben? Ich glaube, sie schläft gleich ein.«

»Ja, natürlich. Tut mir leid. Ich habe Hühncheneintopf gekocht. Und Reis. Wie viel Hunger hast du denn, Charlie?«

»Nein«, sagte sie leise und fuhr mit der Hand über den Verband. »Ich bin müde.«

»Wie wäre es zuerst mit ein bisschen was zu essen?«, fragte Anna.

Charlie schüttelte den Kopf.

»Okay«, sagte Anna. »Ich bringe dich ins Bett.«

»Nicht da.« Das Mädchen deutete auf die Tür zum Gästezimmer.

»Und wenn ich mich zu dir lege, während du einschläfst?«, fragte Anna.

Charlie schüttelte erneut den Kopf. Es sah aus, als würde sie gleich in Tränen ausbrechen.

Anna und Pat bauten auf dem Sofa ein Nest für sie, indem sie Kopfkissen und eine Federdecke aufhäuften. Eine Minute, nachdem Charlie sich hingelegt hatte, war sie eingeschlafen, auf der Seite zusammengerollt, Bunny umklammert, den verbundenen Arm neben dem Gesicht nach oben angewinkelt. Anna deckte sie zu.

Pat nahm seinen Tabaksbeutel vom Tisch und ging nach draußen, um sich auf die Veranda zu setzen. Anna sah eine Minute lang der schlafenden Charlie zu – das Mädchen machte so winzige Atemzüge, dass Anna näher rantrat, um zu sehen, wie sich die Brust bewegte. Dann folgte sie Pat und setzte sich neben ihn auf die lange Holzbank an der Hauswand. Licht strömte aus der Küche und erleuchtete den Vorhang aus Wasser, das aus der Regenrinne überlief. Regen trommelte auf das Blechdach über ihnen, und zu ihrer Rechten hingen die Kleidungsstücke schlaff an der Wäscheleine. Anna hoffte, Sabine würde nicht zurückkehren, bevor sie Gelegenheit hatten, miteinander zu reden.

Pat balancierte den Beutel auf dem Schoß und rollte einen dünnen Joint. Sie hatte ihn das unzählige Male tun sehen. Seine Finger bewegten sich schnell, als hätten sie ihren eigenen freien Willen. Sie sah nach draußen in den weißen Regen, während er ein Streichholz anzündete und tief einatmete. Seufzend stieß er eine Rauchwolke aus und sprach laut gegen den Regen an. »Also … was ist los?«

»Sie ist offensichtlich nicht mein Kind.«

Er nickte. »Das habe ich mir schon gedacht. Schließlich hast du kein Kind erwähnt, als ich dich vor ein paar Jahren gesehen habe.«

Anna schob sich auf der Bank näher zu ihm, um nicht schreien zu müssen.

»Sie ist das Nachbarskind. Ihr Stiefvater schlägt sie und beißt sie … Na ja, jemand beißt sie … Und sie sagt, ihre Mutter habe sie die Treppe hinuntergestoßen, und so sei die Verletzung am Arm zustande gekommen …«

Pat zuckte zusammen und nickte dann bedächtig, während er in den Regen hinaussah. Er zog noch einmal an dem Joint.

»Der Stiefvater hat mir gedroht. Er ist … Ich habe gesehen, wie er sie im Garten verkehrt herum an den Füßen gehalten und geschüttelt hat.« Sie schluckte. »Also habe ich sie mitgenommen.«

»Was? Du bist einfach mit ihr weggefahren?« Er warf ihr einen Blick zu.

Sie nickte.

»Ohne, dass die Eltern Bescheid wissen?«

»Stimmt.«

»Wann?«

»Gestern Nachmittag.«

Pat rutschte ein Stück auf der Bank, um sie anzusehen. Sein Gesicht war seltsam ausdruckslos. Er reichte ihr den Joint, ging ins Haus und kehrte mit einer kalten Flasche Bier und zwei Gläsern zurück. Er öffnete die Flasche mit einem Taschenmesser von seinem Gürtel und goss Bier ein, indem er die Gläser jeweils vorsichtig schräg hielt.

Sein Schweigen machte sie nervös. Was ging ihm durch den Sinn?

»Er hätte sie umgebracht«, fuhr sie fort. »Da bin ich mir sicher. Sie haben sie nachts stundenlang aus dem Haus gesperrt. Wahrscheinlich kenne ich noch nicht einmal die halbe Geschichte. Ich bin mir sicher, dass sie … irgendwelche Drogen nehmen. Die Mutter wirkt immer so benebelt.«

Sie hielt den glimmenden Joint zwischen zwei Fingern. Geraucht hatte sie schon seit Jahren nicht mehr, und dies schien nicht der richtige Zeitpunkt, um wieder damit anzufangen.

Er reichte ihr ein Glas Bier. »Ich verstehe, warum du sie mitgenommen hast. Du musst mich nicht überzeugen, Anna.« Er nahm ihr den Joint ab.

Sie trank einen Schluck Bier. Es war zu süß.

»Aber dir ist sicher klar, dass sie hinter dir her sein werden.«

Seufzend rieb er sich mit einem Finger übers Kinn. »Du hast ein Kind mitgenommen. Die Cops stehen bestimmt schon Schlange.«

»Tja, sie werden irgendwo im Süden herumspazieren.«

Er zog an dem Joint, und seine Worte verströmten Rauch. »Unterschätze sie nicht, und vor allem nicht die Informationen, auf die sie Zugriff haben.« Seine Stimme war ausdruckslos. »Was ist mit deinem Dad, weiß er, wo ihr seid?«

»Nein. Keiner weiß Bescheid. Dad ist im Ruhestand.« Regentropfen trafen ihre Schienbeine und Füße. »Die Polizei kann *unmöglich* wissen, dass ich hier bin.« Sie sah durchs Fenster zu Charlie, einer kleinen zusammengerollten Gestalt unter der weißen Decke.

»Was ist mit deinem Freund?«

»Du meinst Liam?«

Als Pat nach Sydney gekommen und bei ihr gewohnt hatte, hatte sie gerade eine dreimonatige Affäre mit einem Gitarristen laufen gehabt. »Nein, das ist vorbei. Seit einer Ewigkeit.«

Sie entschied, Dave nicht zu erwähnen. Ein Anwaltfreund würde Pat nur noch mehr beunruhigen.

Er tippte Asche in eine Untertasse neben sich. »Du hast also überhaupt *niemandem* gesagt, dass du auf dem Weg hierher gewesen bist?«

»Niemandem.«

Er nickte und streckte die Beine vor sich aus.

»Und ich habe mein Handy weggeworfen und habe nicht für Benzin angehalten … Ich habe Kanister abgefüllt.«

Sie atmete zitternd aus. Damit hatte sie nicht gerechnet. Heiße Scham überkam sie, weil sie davon ausgegangen war, sie könnte einfach aufkreuzen, und er würde sie bei sich aufnehmen, ohne Fragen zu stellen.

Und wenn er sie bat zu verschwinden? Wohin in aller Welt würden sie sich wenden?

»Eine Frau unten in Coffs hat uns angesprochen, als ich für ein Nickerchen angehalten habe. Aber sonst haben wir niemanden gesehen. Und ich bin einem Typen auf deiner Auffahrt begegnet, auf dem Weg hierher. Er hat einen Pferdeschwanz und blaue Augen. Er hat sich uns gründlich angesehen.«

Warum hatte Pat solche Angst vor der Polizei? Hatte er etwas verbrochen?

»Das wird Michael sein. Ich werde mit ihm reden. Falls die Polizei auftauchen sollte, würde er sich vor allem Sorgen wegen seiner Dope-Pflanzen machen.«

»Weshalb er mich den Wölfen zum Fraß vorwerfen könnte.«

Er lächelte sie an. »Michael würde nie mit den Behörden *gemeinsame Sache machen*. Er besitzt kein Telefon und meldet seinen Wagen nicht an, weil diese Dinge Teil *der Maschinerie* sind.«

»Es tut mir leid, dass ich dich so überrumpelt habe. Mir ist kein anderer Ort eingefallen, an den ich hätte fahren können.« Sie seufzte. »Ich habe sie mir nur geschnappt, geplant war das alles überhaupt nicht. Aber als ich sah, wie ihr Stiefvater mit ihr umging, konnte ich sie nicht zurück nach Hause gehen lassen. Ich habe wirklich gedacht, dass sie vielleicht umgebracht werden könnte.«

»Was ist dann mit ihrem richtigen Vater?«

»Oh … sie hat mir gesagt, ihre Mutter wisse nicht, wer das ist. Keine Ahnung, ob das stimmt …«

Pat nickte. »Bist du die Nacht durchgefahren?«

»Ja.«

»Tja …« Er ließ den Rest des Joints in den Aschenbecher fallen. »Komm, ich hol dir was zum Abendessen, damit du auch zu Bett gehen kannst. Du musst hundemüde sein.«

»Gibt es vielleicht eine alte Hütte oder so was, wo wir eine Weile wohnen könnten? Bloß bis ich mir etwas überlegt habe.

Zum Beispiel die Kuti-Hütte? Ich würde euch nicht in die Quere kommen …«

»Michael wohnt in der Kuti-Hütte. Er hat sie repariert.«

»Oh.«

»Wie lange hast du vor, sie zu behalten, Anna? Wie lautet dein Plan?«

Ihr einziger Plan war gewesen, zu Pat zu gelangen.

»Ich möchte sie so lange behalten, bis den Behörden aufgegangen ist, dass ihr Zuhause nicht sicher ist. Sie werden auf die Anrufe beim Jugendamt stoßen und …«

»Und wie wirst du erfahren, wann ihnen das aufgegangen ist?«

Ihre Gedanken schwirrten nutzlos im Kreis herum. Sie hatte nicht den leisesten Schimmer, wie sie das herausfinden sollte.

Pat steckte den Tabaksbeutel in seine Hemdtasche. »Heute Nacht bleibt ihr erst einmal hier. Wir können morgen weiterreden. Wie dem auch sei, es ist schön, dich wiederzusehen.« Er drückte ihre Hand und stieß ein leises, trockenes Lachen aus. »Selbst wenn es unter etwas eigenartigen Umständen ist.«

Sie hatte vergessen, wie schwielig seine Hände waren, wie stark.

»Das hast du gut gemacht, das Mädchen von seinem Stiefvater wegzubringen.« Er drückte noch einmal ihre Hand, ließ dann los und blickte durchs Fenster. »Das hast du gut gemacht, Anna.«

»Und Sabine? Meinst du, wir erzählen ihr vielleicht am besten nicht die ganze Geschichte? Nur dass Charlie und ich Urlaub machen. Vielleicht, dass sie meine Nichte ist?«

»Ich werde Sabine nicht anlügen.« Seine Stimme klang gereizt.

Es war ihr extrem peinlich, dass sie sich eingebildet hatte, seine Loyalität ihr gegenüber könnte stärker sein als seine Loyalität gegenüber Sabine.

»Okay. Sicher. Nein. Du hast recht.« Ein Windstoß blies Regen zu ihnen auf die Veranda.

Er schenkte sich Bier nach. »Schmeckt dir das Bier? Sie braut es.«

»Ja, es ist gut«, antwortete sie. Sie trank einen weiteren übersüßen Schluck. »Wie lange bist du schon mit Sabine zusammen?«

Er streckte die Beine aus. »Seit zwei Jahren. Sie war WWOOFer bei Stefano. Stef wohnt oben auf dem Berg, in Theos altem Haus. Erinnerst du dich noch an Theo?«

»Nein, ich glaube nicht, dass er damals hier war. Was ist denn ein WWOOFer?«

»Du weißt schon, Backpacker, die gegen Kost und Logis arbeiten, gärtnern, all so was. Sie putzt jetzt bei ein paar Familien unten im Tal.«

Sie spürte, dass er in seine High-Laune abdriftete. Das Abendessen schien er vergessen zu haben.

»Wie viele Leute leben denn jetzt in der Gemeinschaft?«

Vor wie vielen Leuten musste sie sich verstecken?

»Ach, da sind Beatie und Will …«, fing Pat an aufzuzählen. »An Beatie erinnerst du dich sicher. Und Stefano, Avril und ihre Kinder, und Michael. Die Sache ist die …«, er hielt einen langen Moment inne und schniefte, »… es hat sich herausgestellt, dass Sabine illegal hier ist. Ihr Visum ist vor einer Ewigkeit abgelaufen. Deshalb mach ich mir ein wenig Sorgen darum, dass die Polizei auftauchen könnte. Und deshalb würde sie *total* in Panik geraten.«

»Oh. Okay. Meinst du wirklich, die Polizei wäre an einer Backpackerin interessiert, deren Visum abgelaufen ist, wenn sie nach einem Kind fahndet, das jemand mitgenommen hat?« *Entführt.*

Er zuckte mit den Schultern. »Vielleicht nicht. Aber vielleicht schlagen sie auch zwei Fliegen mit einer Klappe. Wie dem auch sei …« Er seufzte. »Niemand auf dem Gelände weiß über ihre Visum-Situation Bescheid, und sie wird mich umbringen, wenn sie herausfindet, dass ich es dir erzählt habe … aber ich …« Er fuhr mit der Hand durch die Luft. »Ich wollte dir einfach erklären, warum ich … du weißt schon …«

»Sicher. Danke. Schon kapiert.«

Aus der Küche drang ein Schrei von Charlie, dann ein paar Worte undeutliches Gebrabbel. Anna trat ins Haus. Charlie hatte sich auf den Bauch gerollt, die Beine unter sich angezogen. Anna strich die Decke über dem Mädchen glatt und beobachtete Pat durchs Fenster, wie er sein Bierglas leerte. Und wenn er von ihnen verlangte, ihre Sachen zu packen und weiterzuziehen? Wohin dann?

Pat betrat die Küche und hob den Deckel von dem Topf auf dem Herd. »Ich werde eben den Reis warm machen, damit du endlich essen kannst. Du siehst hundemüde aus.«

»Danke.« Sie setzte sich an den Tisch.

Sabine erschien im Türrahmen, triefend nass, die Kleidung an den Körper geklatscht und ihre Haare in Rattenschwänzen herunterhängend.

»Riecht gut!« Ihr Lächeln war strahlend. »Da draußen ist es wild!« Da bemerkte sie Charlie auf dem Sofa. »Oh, tut mir leid«, flüsterte sie. »Hab sie nicht gesehen.«

»Es ist schon okay«, versicherte Anna. »Sie scheint tief und fest zu schlafen.«

Sabine zog ein Handtuch aus dem Schrank neben der Badezimmertür und verschwand ins Bad. Ein paar Momente später erschien sie nackt wieder, die Haare in einem Handtuchturban. Bevor Anna den Blick abwendete, sah sie Sabines runden Bauch. Sie war schwanger!

Annas Gesicht glühte. Warum hatte Pat nichts gesagt? Sabine ging ins Schlafzimmer, während Pat eine weitere Flasche Bier aus dem Kühlschrank holte.

Sabine kehrte in einem langen T-Shirt zurück, das Haar immer noch unter dem Handtuch, während Pat den Blattsalat anrichtete. Sabine setzte sich neben Anna. »Wie schmeckt dir das Bier?«

»Es ist gut. Danke. Möchtest du welches?« Anna hielt die Bierflasche hoch, bevor ihr bewusst wurde, dass sie einer Schwangeren Alkohol anbot.

»Nein.« Sabine tätschelte ihren Bauch. »Nicht so gut hierfür.«

»Wann ist der Geburtstermin?« Sie versuchte, beiläufig zu klingen.

»In drei Monaten, glauben wir.«

»Herzlichen Glückwunsch.« Anna lächelte Sabine an und wandte sich dann Pat zu. Ihre Lippen spannten über den Zähnen. Sie war sich noch nicht einmal sicher, ob sie lächelte.

Pat nickte zurück, das Gesicht ausdruckslos. »Danke. Ja.« Er lächelte flüchtig. »In meinem Alter ist es eine ganz ordentliche Überraschung.«

»*So* alt bist du nicht«, sagte Sabine. Sie wandte sich Anna zu und verdrehte die Augen. »Aus irgendeinem Grund mag er die Vorstellung, ein alter Mann zu sein.«

Pat stellte den Reistopf auf den Tisch. »Ich versuche bloß, dich von meiner Weisheit zu überzeugen. Okay. Essen wir. Und nähren wir die werdende Mutter.« Er legte kurz die Hand auf Annas Schulter.

Anna fragte sich, ob er Sabine von der Abtreibung erzählt hatte. Vielleicht hatte er die Sache aber auch schon längst vergessen.

Sabine hob den Topfdeckel und spähte hinein. »Wie alt ist deine Tochter, Anna?«

»Sie ist fünf. Aber sie ist nicht meine Tochter.«

»Oh?« Sabine hob die Augenbrauen. Mit den in das Handtuch gewickelten Haaren sah ihr Gesicht schmaler und jünger aus. Sie mochte dreißig sein.

Pat stellte eine hölzerne Salatschüssel auf den Tisch. »Sie brauchen einen sicheren Zufluchtsort.« Er senkte die Stimme. »Das Mädchen wird von seinem Vater schlimm geschlagen.«

»*Stief*vater«, sagte Anna.

»Verstehe«, sagte Sabine. Sie sah Pat mit weit aufgerissenen Augen an.

»Anna hat sie gerettet. Das Mädchen wohnt bei ihr im Nachbarhaus.«

»Gut gemacht!«, sagte Sabine. Aufgrund ihres Akzents wusste Anna nicht zu sagen, ob da ein Hauch von Ironie mitschwang. »Du hast sie also einfach geschnappt und …« Sabine hob die Hände in die Luft.

»Ja.«

Sabine runzelte übertrieben die Stirn und nickte. Sie schien darauf zu warten, dass Anna mehr sagen würde.

»Ich hatte Angst, dass sie umgebracht werden würde.«

Sabine wandte sich um und blickte zu Charlie hinüber. Sie schwieg einen Moment, erhob sich dann und ging zum Sofa, wo sie auf die Knie sank, das Gesicht das Mädchens betrachtete und die Hand zärtlich auf Charlies Rücken legte. Pat beobachtete sie eingehend, und als Sabine zu ihm sah, konnte Anna die gewechselten Blicke nicht deuten. War Sabine in Gedanken bei der Polizei?

Sabine setzte sich wieder an den Tisch. »Du hast dich also mit der Kleinen angefreundet?«

»Irgendwie schon … Das heißt, eigentlich kenne ich sie nicht sehr gut«, räumte Anna ein. »Sie sind erst vor zwei Wochen eingezogen.«

Pat verteilte einen Löffel Reis auf jedem Teller, und Anna griff nach ihrer Gabel. Ihr Stuhl schien sich unter ihr zu neigen.

»Wisst ihr, was?«, sagte sie. »Ich glaube, ich muss jetzt ins Bett. Tut mir leid, aber ich kann nicht mit euch zu Abend essen.«

Sie stand auf, und der Boden fühlte sich wie weicher Sand an. Alles an ihrem Leben, was solide und unerschütterlich gewesen war, war verschwunden. Jetzt hatte sie nur noch Pat und Sabine, und die fühlten sich nicht sonderlich solide an. Und Charlie hatte nur noch Anna. Panik regte sich in ihr.

»Bist du sicher, dass du nichts essen willst?«, fragte Pat.

Sie schüttelte den Kopf. Sie konnte nicht reden. Ihr Körper gab allmählich den Geist auf.

Pat legte den Schöpflöffel beiseite.

»Ich werde Charlie hineintragen.«

14

Anna überkreuzte die Beine in dem frischen Bettzeug. Sie fühlte sich, als ob sie tagelang darauf gewartet hätte, sich endlich so hinzulegen. Charlie schlief neben ihr auf dem Rücken, den Stoffhasen unter dem unversehrten Arm, wo Pat ihn hingesteckt hatte.

Anna schloss die Augen und rechnete damit, dass der Schlaf sie augenblicklich hinabzöge, doch ihre Gedanken rasten weiter in ihrem Kopf herum. Jetzt gab es kein Zurück mehr. Sie hing mittendrin. Und wenn Pat von ihnen verlangte zu gehen? Charlie und sie waren offensichtlich eine Komplikation, die er nicht gebrauchen konnte. Bebend atmete sie tief ein. Morgen würde ihr schon einfallen, wie es weitergehen sollte.

Sie versuchte, sich auf das Grollen des Regens auf dem Dach und das regelmäßige *Pling Pling* von dem Auffangeimer in der Ecke zu konzentrieren. Sie stellte sich den Kokon aus Busch vor, der das Haus meilenweit einhüllte. Vor siebzehn Jahren hatte Pat ihr eine Luftaufnahme der Gegend gezeigt und auf den winzigen Punkt gedeutet, der sein Haus war. Sie war verblüfft gewesen, von wie viel Busch sein Haus umgeben war. Das Grellgrün der Kampferbäume und das gedämpfte Grün des einheimischen Busches erstreckten sich in alle Richtungen. Die Straße – die wie die Lebenslinie der Gegend wirkte, wenn man darauf fuhr – war an manchen Stellen des Fotos kaum zu erkennen. Sie tauchte als dünner bräunlicher Strich an Flussübergängen oder neben gerodeten Feldern auf. Pat und Anna hatten sich damals über das Foto gebeugt, und Pat hatte ihr voll Entzücken erklärt, wie viele Häuser und Hütten nicht zu sehen waren. Manche Häuser wurden von Bäumen abgeschirmt, andere waren absichtlich so gebaut, dass sie verborgen lagen. Viele Menschen zogen in die Gegend, um sich zu verstecken – vor der Gesellschaft, vor den Behörden oder vor einer Exfrau –, und sie alle benutzten das Netzwerk aus kaum passierbaren unbefestigten Wegen, die auf keiner Straßenkarte verzeichnet waren.

Wenn Pat sie nicht hierbehalten wollte, würde sie doch gewiss jemanden finden, der ihr einen Wohnwagen oder einen Schuppen vermieten würde, irgendeinen Ort, an dem Charlie und sie ein paar Wochen lang den Kopf einziehen konnten?

Ihr erster Schritt würde sein, Pat davon zu überzeugen, dass die Polizei ihr nicht auf den Fersen war. Es war unwahrscheinlich, dass ihr Dad an Pat denken würde, und wenn doch, war sie sich ziemlich sicher, dass er es der Polizei gegenüber nicht erwähnen würde. Einmal hatte ihr Dad einen großen Vorrat Haschisch in Lukes Zimmer gefunden, hatte sich mit Luke zusammengesetzt und ganz ruhig mit ihm besprochen, auf welche Weise Drogen sein Leben vermasseln könnten. Dann hatte er neben der Toilette gestanden, während Luke alles hinunterspülte. Kein einziges Mal hatte ihr Dad gedroht, Luke bei der Polizei anzuzeigen.

Sie stellte sich vor, wie Polizisten in dem ordentlichen Backsteinhaus ihres Dads auftauchten und ihn mit dem Respekt behandelten, der pensionierten Polizisten gebührte, ihn allerdings dazu befragten, wohin Anna verschwunden sein könnte. Die jungen Polizisten würden um seinen uralten Anrufbeantworter herumstehen und sich ihre Nachricht anhören, und ihr Dad würde ihnen erzählen, was sie ihm über die Gewalt bei

Charlie zu Hause berichtet hatte, und er würde – auf seine bedächtige Art – versuchen, die Polizisten zu überzeugen, dass sie mit den besten Absichten gehandelt hatte. Und Dave würde ihnen von dem Abend erzählen, als sie Charlie schreien gehört hatten.

Anna musste sich nur lange genug verstecken, damit die Polizei und das Jugendamt die einzelnen Punkte verbanden und untersuchten, was bei Charlies zu Hause vor sich ging. Anna wusste nicht, was das für Charlie bedeuten würde. Das Mädchen würde vielleicht in einer Pflegefamilie landen, und Anna hatte genug darüber gehört, um zu wissen, dass es auch dort längst nicht immer gut lief.

Aber vielleicht war das Schlimmste ja auch schon geschehen. Es konnte doch kaum etwas Schlimmeres geben, als wenn Charlie bei Harlan und Gabby war und verängstigt in ihrem Zimmer lag, das, abgesehen von der uringetränkten Matratze und den auf dem Boden verstreuten Kleidungsstücken, leer war.

Die Außenbeleuchtung ging an, und ein Stuhl wurde über die Verandadielen gezogen. Rauch von Pats Joint wehte durch das offene Schlafzimmerfenster. Anna konnte nicht verstehen, was Pat und Sabine sagten, aber die Unterhaltung klang angespannt.

Charlie bewegte sich im Schlaf und drehte sich zu Anna. Ihr warmer Atem strich über Annas Wange. So kurze, schnelle Atemzüge. Anna zählte sie in der Hoffnung, es könnte ihr beim Einschlafen helfen. Als sie fünf war, hatten ihre Eltern ihr ein Meerschweinchen geschenkt, und jeden Nachmittag hatte sie auf der Wiese neben dem Käfig gelegen und die Atemzüge des Tiers mitgezählt. Sie erinnerte sich noch vage daran, dass ihre Mutter nach draußen gekommen war und sich zu ihr in den Garten gelegt hatte, dass sie eine Zigarette geraucht und nach oben in den Amberbaum geschaut hatte. Oder vielleicht wünschte sich Anna nur, ihre Mutter wäre dort bei ihr gewesen. Allerdings war sie sich sicher, dass es ihre Mum gewesen war, die ihr gesagt hatte, je schneller der Herzschlag eines Tiers gehe, desto kürzer sei seine Lebenserwartung. Was Anna Sorgen bereitet hatte, denn als sie den Kopf auf die Brust ihrer Mutter gelegt hatte, hatte sie das regelmäßige *Ba-Bumm, Ba-Bumm* gehört, viel langsamer als Annas eigener Herzschlag. Anna hatte sich Sorgen um ihren eigenen Tod gemacht, dabei hätte sie sich in Wirklichkeit auf den Tod ihrer Mutter vorbereiten sollen.

Ruckartig fuhr Anna aus dem Schlaf hoch, weil Charlie weinte und wild um sich schlug. Anna fand in der Dunkelheit die schmale Schulter des Mädchens.

»Ich bin da, Charlie. Ich bin's, Anna. Ich bin gleich hier.«

»Nein! Nein!«, rief das Mädchen und packte Anna um den Hals. Sie drückte das Gesicht heftig an die Seite von Annas Kopf und schluchzte. »Mummy, Mummy.«

Anna hielt den kleinen, warmen Körper eng an sich gedrückt, bis das Weinen nachließ und sich die Glieder des Mädchens entspannten. Sie kam sich wie eine Hochstaplerin vor. Schlief Charlie wieder ein, weil sie sich vorstellte, Gabby würde sie gerade halten?

Schließlich schob Anna das Moskitonetz beiseite und ging in das dunkle Badezimmer. Der Regen hatte aufgehört, und man hörte nur einen lauten Chor aus Fröschen und vereinzelte Tropfen, die von den Bäumen auf das Dach platschten.

Sie saß auf der Toilette und malte sich aus, wie ihr Dad in seinem ordentlichen, spartanisch eingerichteten Schlafzimmer schlief. Vielleicht war er sogar genau in dem Moment wach und dachte sorgenvoll an Anna.

»Hi, Dad«, flüsterte sie.

Es musste eine Möglichkeit geben, ihn anzurufen, ihm zu sagen, dass es ihr gut ging. Die Polizei überwachte möglicherweise sein Handy und seinen Festnetzanschluss, aber sie könnte ihn in seinem Pub oder auf dem Squashplatz anrufen, wo er zweimal die Woche spielte.

Wieder im Schlafzimmer, hob sie Charlie hoch. »Ich bringe dich aufs Klo.« Der Sarong des Mädchens glitt zu Boden.

Das Mädchen sackte gegen Anna, die den Arm um Charlies Rücken legen musste, damit sie nicht nach hinten fiel. Im Badezimmer hockte sie Charlie auf die Toilette und hielt sie an den Oberarmen. Einen Moment später erklang das Tröpfeln von Urin. Annas Dad hatte sie früher immer nachts auf die Toilette gebracht, den Wasserhahn zu einem Tröpfeln aufgedreht und mit einer Singsangstimme gesagt: »Pipi machen, Pipi machen.«

Annas Mum musste sie nachts auch auf die Toilette gebracht haben, doch daran konnte Anna sich nicht erinnern. Anna hatte so wenige Erinnerungen an ihre Mutter, und ihr Dad weigerte sich, seine zu teilen.

Wieder im Schlafzimmer, versuchte sie, den Sarong um Charlie zu wickeln, gab jedoch schließlich auf.

War es möglich, dass ihr Dad der Polizei sämtliche Orte nennen würde, an denen Anna sein könnte, bloß weil er wollte, dass man sie fände? Sie musste ihn anrufen. Ihren Aufenthaltsort würde sie ihm nicht verraten, aber sie könnte ihm versichern, dass es ihr gut ging. Sie stellte sich vor, wie er in ebendiesem Moment im Bett lag, neben sich auf dem Nachttisch das Foto, das ihre Mum bei einem Picknick von Luke und Anna gemacht hatte. Er stellte keine Fotos von Anna oder Luke auf, die entstanden waren, nachdem sie acht beziehungsweise zehn Jahre alt gewesen waren, als betrachtete er seit dem Tag, an dem ihre Mutter gestorben war, die ganze Familie als tot.

Sie strich immer wieder mit den Fingern über Charlies Stirn, bis sie spürte, wie sie selbst in den Schlaf sank, den Kopf des Mädchens in ihrer Armbeuge.

15

Jemand wand sich neben ihr.

»Was ist das?«, fragte eine leise Stimme.

»Was?« Anna setzte sich mühsam auf, und es dauerte ein paar Sekunden, bevor ihr klar wurde, dass sie mit Charlie bei Pat war. *O Gott!*

Das Schlafzimmer war hell und erfüllt von dem Geschrei von Vögeln, ihren tirilierenden, durchdringenden, ineinander übergehenden Rufen.

»Was ist das für ein Lärm?«, fragte Charlie und blinzelte zum Fenster, während sie mit einer Hand Bunny fest gepackt hielt.

»Vögel. Es sind Vögel.« Anna ließ sich zurück aufs Kopfkissen plumpsen. Ihr tat alles weh. Sie brauchte mehr Schlaf. Sie schloss die Augen. *Lass mich bloß noch ein bisschen schlafen.*

Charlie stupste Anna am Arm an. »*Warum* machen sie diesen Lärm?«

»Sie sagen Guten Morgen, aber sie sind sehr laut, was?«, erwiderte Anna.

Jemand ging in der Küche herum. *Lass es Pat sein.* Sie hoffte, er würde bis nach dem Frühstück warten, ehe er darauf zu sprechen käme, ob sie bleiben konnten oder nicht.

»Ich habe echt Hunger«, sagte Charlie, und Anna roch ihren Atem. Sie musste Zahnbürsten für sie beide organisieren.

»Ich auch. Gehen wir frühstücken.«

Anna setzte sich auf und schwang sich aus dem Bett. Ihre Beine zitterten, als sie den Boden berührten. Herrgott, sie musste sich unbedingt noch etwas ausruhen.

Charlie glitt vom Bett. Anscheinend war es ihr gleich, dass sie abgesehen von dem Verband nackt war. Anna fand den Sarong auf dem Boden neben dem Auffangeimer und schlang dem Mädchen die Enden um den Hals, damit er nicht hinunterrutschte.

Als Anna vom Türrahmen aus sah, dass Sabine in der Küche war, zögerte sie. Sabine stand am Tisch und goss zwei Tassen Tee ein. Ihr kimonohafter Morgenmantel war über dem runden Bauch zugebunden.

»Guten Morgen.« Sabine lächelte und nickte zu der Teekanne. »Bitte bedien dich und frühstückt. Oder du könntest Kaffee kochen, wenn dir das lieber ist.«

»Danke.«

Sabine trug die Tassen zur offenen Schlafzimmertür. Anna hörte ein Rascheln und erhaschte einen Blick auf zerwühltes blaues Bettzeug. Sie legte die Hand auf die warme Teemütze.

»Möchtest du Toast, Charlie?«

Das Mädchen nickte und stand im Türrahmen von Pats Schlafzimmer. Bunny hing von seiner Hand.

»Hallo!« Pats Stimme klang schläfrig. »Wie hast du geschlafen, Charlie? Wie geht es deinem Arm?«

Das Mädchen lehnte sich mit der Schulter an den Türrahmen. »Hallo.«

Sabine kam durch die Tür zurück und zauste Charlies Haare. »Komm hierher«, sagte sie und trug ihre Teetasse zum Sofa.

Charlie folgte Sabine und kletterte auf ihren Schoß. Sabine stellte die Tasse auf den Boden und fuhr mit den Fingern wie mit einem Kamm durch Charlies Haare.

»Warum geben wir ihr nicht etwas Nahrhafteres als Toast mit Honig, Anna?« Sie sprach Annas Namen deutsch aus. »Haferbrei oder Eier. Obst und Joghurt. Müsli?« Sie löste vorsichtig einen Knoten aus Charlies Haar. Charlie saß ruhig da, beobachtete Anna und rollte eines von Bunnys Ohren zwischen den Fingern.

»Oh. Ja. Gute Idee.«

Anna legte den Brotlaib ab. Sabine schien ein echtes Talent zu haben, sich um Charlie zu kümmern. »Möchtest du Eier, Charlie?«

Charlie nickte.

Anna öffnete den Kühlschrank. Wo waren die Eier? Unter Sabines Blicken fühlte sie sich wahnsinnig gehemmt.

»Bedien dich nur. Fühl dich wie zu Hause«, sagte Sabine.

»Danke.« Anna fand die Eierschachtel. »Möchtest du Rührei, Sabine?«

»Für mich immer Müsli.« Sabine lächelte. »Ist was typisch Deutsches.«

Anna schlug drei Eier in einer Schüssel schaumig und ließ ein Stück Butter in eine gusseiserne Pfanne fallen. Sie wartete, bis die Butter geschmolzen war, und beobachtete aus dem Augenwinkel, wie Sabine Charlies Haare entwirrte und sich mit dem Mädchen über den nächtlichen Regen unterhielt. Anna kippte die leuchtend gelben Eier in die Pfanne und wünschte, Pat käme aus dem Zimmer.

»Ich habe da etwas, das ich dir zeigen möchte«, sagte Sabine und führte Charlie nach draußen.

Könnte Anna Charlie hier bei Sabine lassen? Nein, das war verrückt. Außerdem wäre sie dann trotzdem noch auf der Flucht. Sie atmete lange aus und zwang sich, sich auf das Umrühren der Eier zu konzentrieren. Sie musste Prioritäten setzen. Nahrung. Unterkunft. Eine Möglichkeit finden, ihren Dad anzurufen, und einen Plan schmieden, wie lange sie fortbleiben sollten.

Sabine und Charlie kehrten mit einem kleinen Bündel Petersilie zurück, das Sabine neben dem Herd auf die Arbeitsfläche legte. Charlie – mit einer Löwenzahnblume hinter einem Ohr – reichte Anna einen Stiel Petersilie.

Sabine ließ sich auf das Sofa plumpsen und winkte Charlie zu sich.

»Anna, wir würden gern herausfinden, was sie in den Nachrichten über euch sagen.« Ihre Stimme war laut. »Um zu wissen, ob die Polizei vermutet, dass ihr hier in der Gegend seid.«

Bestürzung packte Anna. Warum in aller Welt führte Sabine dieses Gespräch vor Charlie, und warum ließ Pat Sabine die Drecksarbeit erledigen? Er musste drüben liegen und ihnen lauschen.

»Okay«, sagte sie.

Charlie kniete auf dem Sofa neben Sabine und band die Schleife an Sabines Morgenmantelgürtel auf. »Kann ich das haben?«, fragte sie.

Sabine zog den Gürtel aus den Schlaufen und reichte ihn Charlie. Sabine trug ein Unterhemd, das über ihrem kompakten, runden Bauch hochgerutscht war.

»Aber es besteht kein Grund, dass sie etwas vermuten.« Anna rührte die Eier um, die allmählich eindickten. »Ich bin sehr vorsichtig gewesen.«

»Du würdest dich wundern, was sie alles wissen, Anna. Ehrlich.«

Anna versuchte, ein Seufzen zu unterdrücken. »Können wir später darüber reden?« Sie wies mit dem Kopf in Charlies Richtung.

Sabine hob eine Hand hoch. »Wir müssen darüber reden.«

Charlie kam herüber und stellte sich neben Anna. »Er tut weh«, sagte sie leise.

»Okay. Sabine, macht es dir etwas aus, die Eier umzurühren, während ich ihr etwas Paracetamol hole?«

»Kein Problem.« Sabine erhob sich mühsam von dem niedrigen Sofa. »Ich fürchte, sie hat sich den Arm ein wenig angestoßen, als wir Petersilie pflücken waren.«

Im Schlafzimmer war die Luft muffig von der Nacht. Anna schob das Fenster auf und suchte in ihrer Handtasche nach dem Paracetamol. Sie gab Charlie die halbe Tablette, und als sie in die Küche zurückkehrten, verteilte Sabine gerade die Eier auf Teller. Anna fand die Eier ein wenig zu weich. Sie goss Charlie ein Glas Wasser ein, damit sie das Paracetamol hinunterspülen konnte.

»Unsere Nachbarin hat einen Computer«, sagte Sabine, während sie die letzten Eierreste aus der Pfanne schabte. »Wir können ihn benutzen, um nachzusehen, was die Polizei den Medien gegenüber verlauten lässt. Und ich glaube, sie würden es sagen, wenn sie wüssten, wo ihr beide seid, damit die Leute in der Gegend nach euch Ausschau halten.«

Sie holte den Toast aus dem Toaster. »Butter?«

»Ja, bitte«, sagte Anna. »Komm und setz dich, Charlie.«

Sabine stellte die beiden Teller auf den Tisch. Über die Eier hatte sie gehackte Petersilie gestreut. Sie sah Anna fest in die Augen. »Es geht nicht, dass sie hier aufkreuzen. Ich glaube, Pat hat erklärt, warum.«

Anna nickte. »Ja.«

Sabines Miene war versteinert. »Da er es dir gesagt hat … Du musst …« Sie hielt eine Hand wie ein Stoppschild hoch. »*Musst* darüber schweigen. Keiner weiß Bescheid.«

»Okay.« Anna entschied sich, nicht auf den Unterschied zwischen ihrer und Sabines Straftat einzugehen.

»Deshalb könnt ihr nicht bleiben, falls sie sich hier nach euch umsehen kommen. Es tut mir leid.« Sie nickte Anna kurz zu, drehte sich dann um und streckte den Arm nach einem Müslibehälter hoch oben im Regal aus.

Anna setzte sich Charlie gegenüber und griff nach Messer und Gabel. Sie konnte einfach nicht glauben, dass der Pat, den sie kannte, Charlie und sie in den Wald davonfahren lassen würde.

»Essen wir, bevor die Eier kalt werden, Charlie.«

Das Mädchen blickte auf den Teller. »Fahren wir wohin? Wohin fahren wir?«

»Nein, im Moment fahren wir nirgendwohin. Lass uns frühstücken.« Sie zwang sich zu einem Lächeln. »Das ist die Petersilie, die du im Garten gepflückt hast.«

Charlie wischte die Petersilie von einem Stück Ei, bevor sie es aß. Anna schnitt sich ein kleines Dreieck Toast ab und schob Ei darauf. Sie kaute und versuchte, die aufsteigende Panik niederzukämpfen. Ihr würde schon etwas einfallen. Wenn sie aus Pats Haus mussten, musste es irgendeine kleine Hütte geben, in der sie wohnen konnten. Dabei würde Pat ihr doch bestimmt helfen?

Sabine donnerte ihre Müslischüssel auf den Tisch und setzte sich. »Ich gehe auf keinen Fall zurück nach Deutschland, besonders nicht mit einem Baby.«

»Sie würden dich doch nicht hochschwanger in ein Flugzeug setzen.«

»Nein, sie würden mich in ein Internierungslager stecken.« Sie löffelte sich Müsli in den Mund.

»Ich glaube ehrlich nicht, dass sie das machen würden. Eine schwangere Europäerin? Das kann ich mir nicht vorstellen.«

Sabine kaute fertig und schüttelte dann den Kopf. »Du kennst dich in solchen Angelegenheiten aus, ja? Ich sage dir, es passiert, und zwar nicht nur den armen Menschen, die aus dem Irak und Sri Lanka und so weglaufen. Ich weiß von einem

Amerikaner – einem *weißen* Amerikaner –, dessen Visum abgelaufen war und der in einem Internierungslager gelandet ist. Es kommt vor.«

Charlie aß schnell, indem sie die Finger benutzte, und blickte zwischen Anna und Sabine hin und her, während sie das Essen in sich hineinschaufelte. Ein paar Stückchen Ei fielen auf ihren Verband. Der Rand des Verbands franste allmählich aus, und über ihrem dünnen Handgelenk lagen zottelige weiße Fäden.

Anna schnitt ein weiteres Stück Toast zurecht. »Tja, aber wo nun das Baby unterwegs ist, könntest du da kein Visum beantragen? Ein De-facto-Visum oder etwas in der Richtung?«

»Vielleicht.«

Anna fragte sich, ob sie vorhatten, die Geburt nicht zu melden.

»Wie dem auch sei«, sagte Sabine, »nach dem Frühstück gehen wir zur Nachbarin rüber und schauen im Internet nach.«

»Okay.«

Anna hörte das Rascheln von Kleidung im Schlafzimmer und einen Vorhang, der an der Stange entlangglitt.

Sabine legte den Kopf schräg, um Charlie anzusehen. »Ich hole später meine Bürste, und wir bürsten dir gut die Haare. Damit sie schön glänzen.«

Charlie schenkte Sabine ein nervöses Lächeln, den Mund voller Essen.

Pat erschien im Türrahmen, sich die Shorts zuknöpfend. Er musste ihr ganzes Gespräch mit angehört haben.

»Guten Morgen«, sagte er zu Anna. »Wie hast du geschlafen?« Auf dem Weg zum Kühlschrank drückte er kurz ihre Schulter.

»Gut, danke. Und du?« Sie schob sich mit der Gabel etwas Ei in den Mund. Ihr Körper brauchte Treibstoff, aber das Essen blieb ihr im Hals stecken.

»Gut, danke.«

Sabine drehte sich auf ihrem Stuhl zu ihm. »Kommst du mit rüber zu Avril, um nachzusehen?«

»Nein. Geht ihr nur.« Pat trank von einer Keramikkanne im Kühlschrank und wischte sich über den Mund. Er nickte Anna zu. »Wir schauen bloß, was die Polizei den Medien gegenüber verlautbaren lässt. Okay?«

Anna schluckte einen Klumpen Ei. Sie wünschte, sie würden aufhören, vor Charlie das Wort *Polizei* in den Mund zu nehmen. »Würden sie es wirklich sagen, falls sie zu wissen glauben, wo wir sind?« Wie lächerlich, dass sie versuchten, in einer Hütte mitten in der Pampa die Vorgehensweise der Polizei zu analysieren.

Er warf Charlie einen Blick zu. »Ich schätze mal, dass sie es ... ähm ... den Medien sagen würden, wenn sie eine Ahnung hätten. Sie würden ja wohl nicht auf die Unterstützung von einer Million zusätzlicher Augenpaare verzichten wollen.«

Pat griff über Sabine hinweg, um sich eine Banane aus der Schüssel auf dem Tisch zu nehmen. Sabine sah aus dem Fenster und kaute unerschütterlich ihr Müsli. Draußen flog höhnisch schnatternd ein Schwarm Allfarbloris am Haus vorbei.

»Möchtest du mehr frühstücken, Charlie?«, erkundigte sich Anna. Brauchte ein Kind in dem Alter so viel Nahrung wie ein Erwachsener?

Charlie warf einen Blick auf die Arbeitsfläche. »Gibt's Kekse?«

»Nein«, antwortete Sabine. »Aber wir backen später einen Kuchen.«

Falls wir dann noch hier sind, dachte Anna.

»Kuchen?«, fragte Charlie. »Wie einen Geburtstagskuchen?«

Sabine lächelte. »Ja. Warum nicht?«

Anna erhob sich und schabte die Hälfte ihrer Mahlzeit in den Biomüll, während Pat nach draußen schlenderte. Drüben bei den Hochbeeten warf er die Bananenschale ins Gebüsch und bückte sich, um etwas von einer Pflanze zu pflücken. Anna beobachtete ihn und fragte sich, warum er das Reden Sabine überließ. Hatten er und Sabine sich nicht einigen können? Herrschte heute zwischen Pat und Sabine die gleiche unbehagliche, undurchdringliche Atmosphäre, die Pat und sie selbst vor all den Jahren erlebt hatten?

Charlie wischte mit einem Finger über den Teller und schleckte ihn ab. »Ich will einen *Eiskönigin*-Kuchen.«

»Einen Kuchen aus Eis?«, fragte Anna.

Charlie schüttelte lächelnd den Kopf. »Nein.«

»Das ist ein Film«, erklärte Sabine. »Ein Kinderfilm.«

»Wo ist euer Fernseher?«, fragte Charlie, die sich umsah.

»Kein Fernseher«, erwiderte Sabine. Sie löffelte den letzten Rest Müsli in sich hinein und erhob sich, immer noch kauend. Dann streckte sie Charlie eine Hand entgegen. »Du kannst später noch was zu essen haben, Charlie. Nimm dir zur Not eine Banane mit. Gehen wir zu Avril rüber.«

Als Charlie von dem Stuhl rutschte, glitt ihr Sarong zu Boden.

»Moment mal.« Anna kniete sich hin, um ihn erneut zu binden. »Sabine, hast du ein altes T-Shirt oder so was, das wir ihr anziehen könnten?«

»Natürlich. Wartet.«

Sabine kehrte mit einem violetten T-Shirt zurück. »Probiert das hier.«

»Danke.« Anna zog die Ärmel über Charlies Arme. Sie lächelte Charlie an. »Es ist ein bisschen groß, nicht wahr?« Sie steckte den Löwenzahn wieder hinter das Ohr des Mädchens.

»Gut.« Sabine hob den Gürtel ihres Morgenmantels vom Boden auf. »Gehen wir.«

Anna folgte Sabine und Charlie auf die Veranda und blieb stehen, um sich die Schuhe anzuziehen. Charlie hatte keine Schuhe. Sie hatte Shorts, ein T-Shirt und einen übel riechenden

Stoffhasen. Ihre bepieselten Shorts und das Handtuch befanden sich immer noch im Kofferraum des Autos und würden mittlerweile stinken.

Sabine rief Pat zu: »Tschüs, Liebes, bis gleich!« Ihre Stimme war heiter, als würde dieser Ausflug nicht darüber entscheiden, ob Anna und Charlie bleiben konnten.

»Tschüs!«, rief er vom Gemüsebeet aus. Hinter ihm war ein Pfad, der, wie Anna wusste, durch den Wald nach unten zu dem felsigen Fluss und dem Wasserloch führte. Sie hatte seinerzeit ganze Tage damit verbracht, auf den großen, glatten Felsen dort unten herumzuliegen.

Als sie die Lichtung überquerte, machte der Rasen unter ihren Schuhen schmatzende Geräusche. Da hörte sie auf einmal Pats Stimme. »Anna«, rief er leiser.

Er trat zu ihr, sich die Hände an den Shorts abwischend. »Falls es darauf hinauslaufen sollte, dass ihr weitermüsst, werden wir euch Lebensmittel und Kleidung und ein Zelt mitgeben ... Ihr bekommt von mir, was auch immer ihr brauchen solltet.«

Bei dem Gedanken, das Tal zu verlassen und zurück auf die Ebene fahren zu müssen, schnürte sich ihr die Kehle zu. »Wie sieht es mit einer Hütte oder etwas, das ich eine Weile anmieten könnte, aus? Ich habe Bargeld dabei.«

Er nickte langsam. »Ja, das ist eine Möglichkeit.« Er sah in den Wald. »Sabine ist gestern Abend ziemlich ausgeflippt, weil die Polizei auftauchen könnte. Sie will Charlie wirklich helfen, aber sie ist schon immer ein bisschen nervös gewesen, und jetzt ist es sogar noch schlimmer. Sie hat Angst, das Baby zu verlieren, Angst, dass wir uns trennen könnten ... aber vor allem hat sie Angst, erwischt zu werden ...«

»Ich kann mir wirklich nicht vorstellen, dass sie eine Schwangere einsperren würden.«

Er zuckte mit den Schultern. »Das hofft man jedenfalls.«

Das Zirpen der Zikaden um sie herum schwoll an und erreichte eine regelrecht schmerzhafte Tonhöhe. Anna sah kurz Charlies blauen Sarong aufleuchten, als das Mädchen in den Wald verschwand.

Pat lächelte. »Tja, hoffentlich habt ihr auf eurer Flucht keine Spuren hinterlassen.«

»Das hoffe ich auch. Ich gehe den beiden jetzt besser nach.«

Sie eilte über die Lichtung und in den dämmrigen Wald. Der Trampelpfad war schmal und schlängelte sich zwischen den hohen Bäumen hindurch. Überall um sie herum war die Luft nass und lehmig, und Regenwasser tropfte vom Blätterdach des Waldes herunter. Die Tropfen prallten auf die großen Blätter und ließen die zarten Farngewächse erzittern. Es war so eine wohlwollende Landschaft. Nein, sie war mehr als wohlwollend, sie war üppig und hüllte sie wie ein schützender Kokon ein. Wegen dieser Landschaft wollte Anna unbedingt bleiben. Bloß nicht durch offenes Gelände fahren müssen, dachte sie.

Anna hatte einmal gelesen, dass sich Menschen normalerweise in der Landschaft ihrer Kindheit am meisten zu Hause fühlten, doch sie fand die Gegend um Orange abweisend. Hier barst der Wald vor Leben, alles war feucht und fruchtbar, Ranken wanden sich von einem Baum zum anderen, Farne und Palmen sprossen noch aus der kleinsten Ritze. Mit neunzehn Jahren, als Pat sie zum ersten Mal in seinem alten Lieferwagen in die Berge gefahren hatte und der Wald um sie herum von Minute zu Minute dichter geworden war, hatte ein einziger Gedanke sie die ganze Zeit über erfüllt: *Ich bin nach Hause gekommen, ich bin nach Hause gekommen.* Sie hatte Pat damals nichts davon gesagt, weil sie fürchtete, er könnte sie für anmaßend halten oder glauben, es ginge um ihn.

16

Anna holte Sabine und Charlie ein. Sie kauerten auf dem Pfad und untersuchten einen geriffelten orangefarbenen Pilz, der aus einem heruntergefallenen Ast wuchs.

Charlie fasste ihn an. »Er ist hart«, erklärte sie.

»Aber so hübsch«, sagte Sabine, die aufstand und ihren Morgenmantel aus dem Dreck hob. »Wie ein kleiner Rock.«

Kinderlachen drang zu ihnen, und im nächsten Moment waren drei Kinder oben auf dem Hügel zu sehen. Der Junge vorne hatte einen nackten Oberkörper, war barfuß und musste etwa elf Jahre alt sein. »Hey! Hey!«, rief er, als er auf sie zugelaufen kam, in einer Hand einen langen Stock. Er umrundete sie, und Blätter stoben um ihre Füße.

Er grinste. »Hallo, Sabine! Hallo! Hallo, du!«

Braune Zottelhaare fielen ihm über die Schultern, und er hob den Stock wie einen Speer über den Kopf. Die anderen beiden kamen hinter ihm hergeeilt, ein kleinerer Junge und ein Mädchen, das etwa in Charlies Alter war. Es hatte blonde Zöpfe, und sein rundes Gesicht war ganz ernst vor Anstrengung, mit dem Ältesten Schritt zu halten.

»Hallo«, keuchte das Mädchen im Vorübertrotten.

Charlie drehte sich um und beobachtete, wie sie den Pfad entlang davonliefen. Sie sah ihnen noch lange, nachdem sie verschwunden waren, hinterher. Nach einer Weile blickte sie zu Anna hoch. »Wer sind *die* denn?«

»Die Kinder von Beatie und Will«, erklärte Sabine. »Wahrscheinlich sind sie auf dem Weg zum Wasserloch. Kommt schon, gehen wir weiter.«

»Wo wohnen sie?«, fragte Charlie.

»Gleich hinter dem Hügel«, sagte Sabine und setzte ihren Weg fort.

Der Pfad gabelte sich, und Sabine nahm die linke Abzweigung. Ein paar Meter weiter blieb Charlie stehen, und Anna wäre beinahe in sie hineingelaufen. Das Mädchen deutete den Berg hoch. »Was ist hinter diesen Bäumen?«

»Was meinst du?« Der Pfad führte quer den Berg entlang. So weit das Auge reichte, erstreckte sich in alle Richtungen Wald.

»Was ist hinter den Bäumen?«

»Na ja, da sind noch mehr Bäume. Ziemlich lange nichts als Bäume.«

Charlies Augen wurden größer.

»Und dann kommen irgendwann ein paar Felder und Häuser und Straßen und schließlich die Vororte einer Stadt«, sagte Anna.

»Eine Stadt?«

»Ja, aber ganz weit weg.«

Charlie spähte in den Wald. Anna fragte sich, ob das Mädchen loslaufen wollte, bis es die Zivilisation erreichte. Es war ein Stadtkind. Vielleicht war die endlose Weite des Waldes beängstigend. Ein Wohnwagen war eine ganz eigene kleine und vertraute Welt.

»Komm, wir holen Sabine ein«, schlug Anna vor. Charlie griff nach Annas Hand.

Oben auf dem Berg führte der Pfad ein Dutzend Stufen abwärts auf eine kleine Lichtung zu einem Haus aus Lehmziegeln mit weit herunterhängendem Blechdach. Sabine stand bereits an der gläsernen Flügeltür und schob sie gerade auf.

Anna drückte Charlies kleine Hand. *Bitte lass nichts in der Zeitung stehen. Bitte lass uns hierbleiben.*

Sie überquerten die Wiese, während irgendwo ein Windspiel erklang und ein schmutzig weißes Huhn vorüberwanderte.

Sabine wartete an der Tür auf sie, neben einer Reihe von Schuhen, einschließlich einem halben Dutzend Kinderschuhen.

»Sie sind fort. In Melbourne«, erklärte sie und wies auf den Fußabtreter, der aus einem Handtuch bestand. »Putz dir ein wenig die Füße ab, ja, Charlie?«

Anna zog ihre Turnschuhe aus und ging neben Charlie in die Knie. Der Schlamm hatte sich zwischen die Zehen des Mädchens gedrückt und war bis zu den Waden hochgespritzt. Anna rubbelte das Schlimmste mit dem Handtuch ab und trat dann in ein großes, sonnendurchflutetes Zimmer, in dem es nach Zwiebeln und Staub roch. Zöpfe aus Knoblauch hingen von der Decke, und die Regale waren mit Gläsern voller Bohnen und Reis vollgestellt. In der Mitte der Arbeitsfläche glänzte ein großer, neu aussehender Herd aus Edelstahl. Die Luft fühlte sich stehend und schwer an.

Anna hasste es, uneingeladen im Haus von Fremden zu sein. Sie hoffte, die Besitzer würden nicht gleich hereinspazieren. »Wann kommen sie zurück?«

»Erst in zwei Wochen.«

Sabine setzte sich an einen Schreibtisch am Ende der Küche. Sie bückte sich, um den PC einzuschalten, der augenblicklich summte und trillerte. Charlie schlenderte in den Wohnbereich.

Anna stand hinter Sabine und versuchte, ruhig zu atmen, während der Computerbildschirm zum Leben erwachte.

»Hier«, sagte Sabine. »Schau du nach.« Sie stand auf.

Auf der Website des *Sydney Morning Herald* scrollte Anna nach unten. Nichts. Auf der Seite des *Daily Telegraph* gab es eine Schlagzeile: *Mädchen entführt.* Und ein Foto von Charlie.

Es war ein altes Foto. Darauf war sie ungefähr drei Jahre alt und trug das Haar sehr kurz. Anna klickte den Artikel an, und Sabine beugte sich vor, um über ihre Schulter mitzulesen.

Oben in dem Artikel befand sich das gleiche Foto von Charlie, allerdings viel größer. Und ein Foto von Anna. Sie musste einen Moment lang die Augen schließen. Ihr war übel. Hunderte, nein, Tausende Menschen sahen dieses Foto von Anna und wussten, dass sie ein Kind entführt hatte. Und woher hatten sie dieses Foto von ihr auf der Hochzeit ihres Bruders? Von Facebook? Von ihrem Dad? Wenn die Polizei ihren Dad um ein Foto bat, hatte er wohl keine andere Wahl, als eines zur Verfügung zu stellen. Sie drehte den Bildschirm weg von Charlie, die sich am Bücherschrank entlang zu ihnen schob.

Die Polizei macht sich ernste Sorgen um das Wohlergehen eines aus Sydney verschwundenen Mädchens, das zum letzten Mal Samstagnachmittag in seinem Zuhause in Mascot gesehen wurde. Es wird davon ausgegangen, dass die fünfjährige Charlie Seybold bei ihrer Nachbarin Anna Pierce (37) ist, und die Polizei hat Grund zu der Annahme, dass sich die Frau und das Mädchen im zentral-westlichen Bereich von New South Wales, in der Nähe von Orange, befinden.

Erleichterung durchflutete Anna.

Die Polizei bittet bei der Suche nach dem Mädchen um die Mithilfe der Bevölkerung. Es ist weiß, hat kurzes blondes Haar und blaue Augen. Es ist schmächtig gebaut und circa 110 cm groß. Anna Pierce ist 1,70 m groß, durchschnittlich gebaut und hat langes dunkelbraunes Haar und braune Augen. Sie fährt möglicherweise einen silbernen Toyota Corolla, amtliches Kennzeichen CVX127. Jeder, der sie sieht oder ihren Aufenthaltsort zu kennen glaubt, wird dringend gebeten, Crime-Stoppers unter 1800 333 000 anzurufen.

Anna sackte auf dem Stuhl zusammen und atmete langsam

aus. Sie waren in Sicherheit. Doch was, wenn diese Frau – die Spaziergängerin – diesen Artikel sah? Vielleicht würde sie die Polizei darüber informieren, dass sich Anna und Charlie tatsächlich gar nicht in der Nähe von Orange aufhielten.

Sabine las zu Ende und richtete sich mit einem kurzen Lachen auf. »Okay. Du hast sie in die Irre geführt. Das ist super. Und warum heißt es, in der Nähe von Orange?«

»Dort wohnt mein Dad. Ich bin dort aufgewachsen. Und ich bin in westlicher Richtung aus der Stadt gefahren.« War das wirklich erst vor zwei Nächten gewesen?

»Öffne doch noch ein paar andere Artikel«, riet Sabine.

»Warum?«

»Damit es normal aussieht. Als würden wir die ganze Zeitung lesen. Sie können genau nachverfolgen, was überall im Netz abläuft.«

Es war Wahnsinn zu glauben, die Polizei würde irgendwie jeden einzelnen Computer im Staat überwachen. Doch sie klickte auf einen Artikel über einen Auffahrunfall auf einer Autobahn, dann einen über einen Gorilla, der in einem Zoo auf die Welt gekommen war.

Charlie schob sich näher an den Computer heran, etwas fest in der Hand umklammert.

»Was hast du da?«, fragte Anna.

Charlie hielt eine kleine gelbe Schüssel hoch. Anna berührte die glänzende Glasur mit einem Finger.

Wir können bleiben. Wir können bleiben.

Charlie legte eine Hand auf Annas Oberschenkel und flüsterte: »Was guckt ihr euch an?«

Anna lächelte. »Wir suchen nur nach einer Story in den Nachrichten. Alles in Ordnung.«

Sabine bückte sich und fuhr den Computer herunter. »Wir können morgen wieder nachsehen. Um zu sehen, ob es was

Neues gibt. Aber du darfst dich nicht in deine E-Mails einloggen oder so was. Such nicht nach ihrem Namen, und geh bloß nicht auf die Homepage der Polizei.«

»Okay.«

Charlie stellte die Schüssel zurück ins Regal. »Ich muss Pipi.«

»Die Wiese draußen oder die Toilette am Ende vom Gang«, sagte Sabine.

Im Badezimmer half Anna Charlie auf den Toilettensitz. Das Kind balancierte, den kleinen Popo mitten in der Luft. Anna lehnte am Toilettentisch und blickte auf Charlie hinunter – ihre Ohren, die durch die Haare hervorlugten, die kleine Hand, die ein Blatt Toilettenpapier umklammert hielt – und hoffte, die Kleine könnte Annas Erleichterung spüren. Ein Kind wie sie hatte doch bestimmt gelernt, ein Gespür für die Menschen um sie herum zu haben.

Da sie nun bleiben konnten, war es an der Zeit, dass Anna sich Gedanken um ihre praktischen Bedürfnisse machte. Kleidung. Eine Zahnbürste. Was brauchte eine Fünfjährige? Sie versuchte, sich an sich selbst in dem Alter zu erinnern, da waren aber nur Fragmente – der Schulanfang, ihre gütige Lehrerin mit den langen Haaren, Luke, der ihr geduldig das Schnürsenkelbinden beibrachte. Welche Erinnerungen – wenn überhaupt – würde Charlie an diese Zeit mit Anna haben?

Anna spülte und schäumte die Hände des Mädchens mit nach Rosen duftender Seife ein.

»Wer sind sie?«, fragte Charlie beim Händeabtrocknen.

»Wer?«

»Sie.« Sie deutete auf den Flur und die gerahmten Fotos von zwei braunhaarigen Mädchen und ihrer Mutter.

»Ähm, die Mutter heißt Avril. Das ist alles, was ich weiß.« Anna hängte das Handtuch zurück an den Haken. »Ich bin ihnen nie begegnet.«

»Wissen sie, dass wir hier sind?«

»In ihrem Haus, meinst du?«

Charlie nickte.

»Nein, ich glaube nicht. Aber sie sind gut mit Sabine befreundet. Kommt es dir ein bisschen komisch vor, hier zu sein?«

Mir schon.

Mit einem Schulterzucken ging Charlie den Flur entlang und blieb dann im Türrahmen zu einem Schlafzimmer stehen. Das Zimmer war dämmrig, weil die Vorhänge zugezogen waren, aber es handelte sich offensichtlich um ein Kinderzimmer, mit einem Durcheinander aus Stofftieren auf dem Bett und einem Pferdeposter an der Wand.

Charlie bückte sich und rief: »Solche Klötze habe ich auch!« Sie hielt einen blauen Plastikwürfel hoch. »Die gleichen.« Sie sah sich in dem Zimmer um, und Anna ging davon aus, dass sie nach anderen vertrauten Gegenständen Ausschau hielt. Die Kleine steckte den Klotz in eine Falte ihres Sarongs, und Anna brachte es nicht fertig, von ihr zu verlangen, ihn zurückzulegen. Sie konnte ihn später an sich bringen. Charlie schlüpfte an Anna vorbei und den Flur entlang.

In der Küche schenkte sich Anna ein Glas Wasser ein. Durch das Fenster sah sie Charlie neben Sabine auf einer langen Holzbank sitzen, die dem Garten zugewandt war. Anna fühlte sich ausgelaugt. Der Adrenalinstoß ließ wohl allmählich nach – dieses selbstgerechte Adrenalin, das sie erfüllt hatte –, und auf einmal fehlte der Puffer, der sie vor der harten Tatsache geschützt hatte, dass sie ein fremdes Kind mitgenommen hatte und die Polizei hinter ihr her war.

Ein Schritt nach dem anderen. Ein Schritt nach dem anderen. Erst mal zurück und von Pat bestätigen lassen, dass wir bleiben können.

Sie trank das restliche Wasser und spülte das Glas aus. Als

sie die Flügeltür hinter sich zuzog, hörte sie Sabine sagen: »Wie ist das nun also mit deinem Arm passiert?«

Annas Tonfall war scharf. »Sabine!«

Sabine drehte sich zu Anna um, während Charlie von der Bank glitt und den Hühnern nachlief.

»Bitte stell ihr nicht die Art Frage«, sagte Anna leise.

Sabine sah Anna gelassen an. »Die Gewalt, weißt du, die wird für solche Kinder normal. Sie *muss* hören, dass es nicht in Ordnung ist.« Sie klang erschöpft. »Sie muss einen Erwachsenen sagen hören, dass es falsch ist, die ganzen Dinge, die passiert sind.«

Anna setzte sich neben Sabine, und die Bank wippte ein wenig unter ihnen. Charlie hatte Bunny auf der Wiese liegen lassen. Anna hob den Hasen auf und sprach leise. »Tja, das habe ich ihr gesagt. Und ich glaube, sie *weiß,* dass es falsch ist. Es wäre mir nur lieber, du überließest es mir, ihr zu erklären, warum sie hier ist …«

Sabine schnalzte mit der Zunge. »Ich glaube nicht, dass du begreifst, dass die Gewalt in jeder Sekunde ihres Lebens steckt. Selbst wenn die Mutter und er weit weg sind, hat es Auswirkungen darauf, wie sie über *alles* und *jeden* denkt. Wie sie uns *alle* sieht, dich und auch mich. Sie muss viele Male hören, dass sie nichts falsch gemacht hat. Wir tun ihr keinen Gefallen, indem wir so tun, als wäre es nicht geschehen.«

Anna fiel Sabines *wir* auf. Und natürlich war Sabine beteiligt. Das hatte Anna ihr aufgezwungen. »Ich möchte keineswegs so tun, als wäre nichts geschehen.«

Auf der anderen Seite der Wiese hob Charlie den Deckel eines Metalleimers, der neben dem Hühnerstall stand.

Sabine senkte den Blick auf ein kleines buntes Stoffbündel auf ihrem Schoß. »Glaub mir. Ich weiß, wovon ich rede.«

»Ist dir als Kind etwas Ähnliches widerfahren?«

Sabine nickte. »Ich wünschte, jemand hätte mit mir darüber geredet, weißt du, tatsächlich *gesagt*, was vor sich ging, *gesagt*, dass es falsch war.« Sie schenkte Anna ein flüchtiges Lächeln. »Ha! Ich wünschte, jemand hätte mich mitgenommen, wie du es getan hast. Die Frau nebenan wusste Bescheid, aber sie hatte nicht den …«, sie fuhr mit der Hand durch die Luft, »… den Mut, es zu sagen. Die *Courage*. Es muss ausgesprochen werden, Anna.«

Dann rief sie zu Charlie hinüber. »Wenn du magst, Süße, kannst du die Hühner mit ein paar Getreidekörnern füttern! Aus dem Eimer da.« Sie deutete darauf.

Charlie schöpfte eine Handvoll Körner heraus. Die Hühner versammelten sich um sie, aufgeregt gackernd und im Gras scharrend.

Anna fragte sich, was es nützen sollte, Charlie erneut diese schlimmstmögliche Art von Verrat beschreiben zu lassen: von dem Menschen verletzt zu werden, der einen auf die Welt gebracht hatte. »Du magst recht haben, aber ich möchte nicht, dass wir sie von allen Seiten bombardieren. Kannst du bitte mit mir reden, bevor du die Art von Gespräch mit ihr führst?«

Sabine zuckte mit den Schultern. »Okay. Dann erzähl *du* mir, wie es passiert ist. Der Arm?«

»Charlie hat gesagt, ihre Mutter habe sie die Treppe hinuntergestoßen.«

Sabine seufzte tief. »Ihre *Mutter*.«

Sie beobachteten, wie Charlie Körner über die Wiese schleuderte.

»Das reicht, glaube ich, Charlie!«, rief Sabine. »Ihre Bäuche werden sonst zu voll.«

Sie drehte sich wieder Anna zu. »Du bist ein guter Mensch, Anna. Wirklich.«

Anna schüttelte den Kopf. Es gefiel ihr, wenn andere sie für einen guten Menschen hielten, aber sie wusste, dass dem nicht so war. War überhaupt irgendjemand wirklich gut? Menschen wie Sabine wollten vielleicht nur an das Gute glauben.

Annas Dad besaß alle Zutaten eines guten Mannes – moralische Rechtschaffenheit, Liebenswürdigkeit, ein soziales Verantwortungsgefühl –, aber nicht genug Güte oder Selbstlosigkeit, um den Schaden zu sehen, den er seinen Kindern zufügte, indem er sich weigerte, über seine verstorbene Frau zu sprechen. Seine eigene Trauer machte ihn blind.

Jeder hat einen Schwachpunkt, dachte Anna. Der Tod ihrer Mutter beeinflusste Annas Alltag immer noch, weniger als früher, aber er war da und färbte Entscheidungen, die sie traf. In jenem hektischen Bruchteil einer Sekunde, als sich Anna entschieden hatte, Charlie mitzunehmen, hatte sie da gedacht: *Vielleicht hätte meine Mutter so gehandelt?*

So musste es gewesen sein, denn *Wie hätte meine Mutter gehandelt?* schwebte ständig – kaum artikuliert – im Raum. Meist wusste sie gar nicht genau, wie ihre Mutter gehandelt hätte, aber in diesem Fall vielleicht doch. Sie erinnerte sich daran, wie ihre Mutter einen Jungen aus Lukes Fußballmannschaft ungestüm verteidigt hatte, als dessen Vater ihn nach einem verlorenen Spiel auf dem Parkplatz geschubst hatte. Annas Mutter war hinübermarschiert, hatte den Mann am Arm gepackt und ihn leise zurechtgewiesen. Der Mann hatte den Kopf gesenkt. Vielleicht hatte ihre Mutter sich nach der Heirat die Autorität der Polizistengattin angeeignet, aber Anna hegte den Verdacht, dass ihre Mum schon immer so gewesen war. Möglicherweise hatte ihr Dad einfach eine Frau geheiratet, die längst wie eine Polizistengattin auftrat. Es war kein ermutigender Gedanke, dass Anna Charlie nur mitgenommen hatte, um der Erinnerung an ihre Mutter gerecht zu werden. Doch vielleicht war geborgte Moral besser als gar keine.

»Ich habe es einfach getan«, erklärte sie Sabine.

»Das habe ich gemeint, einfach von Natur aus gut.« Sabine nickte. »Wenn sie dich schnappen sollten, wie lautet die … Strafe? In Deutschland wird es als sehr schwerwiegend erachtet.«

»Ja, hier auch. Das genaue Strafmaß kenne ich nicht.« Anna schluckte den Kloß in ihrer Kehle hinunter. »Aber wahrscheinlich reden wir von einer Gefängnisstrafe.«

Sie sah zu Charlie hinüber, die auf der Wiese kauerte und ein Huhn streichelte. Was zum Teufel hätte ihre Mutter getan, sobald sie das Kind in Sicherheit gebracht hätte? Anna hatte keine Ahnung. Ihr war zum Weinen zumute. Sie wollte, dass jetzt jemand anders die Sache in die Hand nähme.

»Ach!« Sabine wandte sich Anna mit gerunzelter Stirn zu. »Und das riskierst du für ein Mädchen, das du kaum kennst?« Sabines Stimme war zu laut.

Anna nickte.

»Tja, du hast viel Mut, Anna. Du bringst vielleicht ein sehr großes Opfer.«

Annas Stimme zitterte. »Können wir bitte aufhören, darüber zu reden?«

Der Gedanke ans Gefängnis lähmte sie, verhinderte, dass sie darüber nachdachte, was jetzt zu tun war. Nach dem Tod ihrer Mutter hatte sie gelernt, ihr starkes Verlangen, die Zeit zurückzudrehen, zu unterdrücken, indem sie ihre Gedanken irgendwie umleitete. Jetzt musste sie das Gleiche tun. Es nützte weder ihr noch Charlie, wenn sie sich Sorgen ums Gefängnis machte.

Charlie kam über die Wiese auf sie zu, die Hühner liefen hinter ihr her. Sie sah ein wenig blass aus. Hatte sie ihr Gespräch mit angehört?

Anna holte tief Luft. »Hey, Charlie! Die Hühner da lieben dich.«

Sabine erhob sich und hielt Anna einen Stapel gefalteter Kleidung hin. »Die sind für sie.«

»Woher stammen sie?«, erkundigte sich Anna. Während Charlie neben sie trat, nahm Anna den Kleiderstapel entgegen, ganz oben ein grünes T-Shirt.

»Sie gehören den Kindern hier«, sagte Sabine. »Na ja, der Sechsjährigen.«

»Aber …«

Sabine machte eine wegwerfende Handbewegung. »Es ist in Ordnung. Sie werden nichts dagegen haben, keine Sorge.«

Anna schluckte. »Okay. Danke, Sabine. Das ist toll.«

Charlie berührte das grüne T-Shirt, und ihre kleinen, staubigen Finger strichen gegen Annas. Das Kind war am Leben und in Sicherheit. Darauf musste sich Anna in Gedanken konzentrieren.

»Und du kannst ein paar von meinen Sachen haben.« Sabine sah an sich hinunter. »Du bist kleiner, aber das macht ja nichts. Die Hälfte meiner Sachen passt mir jetzt sowieso nicht mehr.«

»Danke. Es ist sehr aufmerksam von dir, dass du so an unsere Bedürfnisse denkst …«

»Und da ist ein Paar Schuhe.« Sabine deutete zu Boden.

»Sind sie für mich?« Charlie berührte mit dem Zeh die schmutzigen pinkfarbenen Turnschuhe unter der Bank.

Anna nickte. »Ja. Möchtest du sie anziehen?«

Charlie hob sie auf und öffnete die Klettverschlüsse. Die Schuhe waren abgewetzt, mit Resten von silbernem Glitzer an den Seiten. Anna hoffte, dass sie nicht zu den Lieblingssachen des kleinen Mädchens gehörten, von dem sie stammten.

Sabine band erneut den Gürtel ihres Morgenmantels zu. »Gut. Ich muss zu Stefano gehen, um Guaven für den Geburtstagskuchen zu pflücken. Ihr findet den Weg zurück?«

»Ja. Das kriegen wir hin.«

Sabine betrachtete Anna einen Moment lang. »Tja. Gute Neuigkeiten, was? Dass sie glauben, ihr wärt woanders.« Sie lächelte breit, ihr Gesicht war völlig verändert. Normalerweise sah sie ernst, sogar streng aus. Sie hat ein Modigliani-Gesicht, dachte Anna. Länglich und mit traurigen Augen.

»Ja«, sagte Anna. »Gute Neuigkeiten. Danke.«

»Tschüs!« Sabine nahm zwei Stufen auf einmal und verschwand in den Busch. Der Wald drückte hier mehr auf das Haus als bei Pat. Manche Bäume auf dem Berg hinter dem Haus mussten mindestens vierzig Meter hoch sein.

Anna knotete Charlies Sarong auf und half ihr in eine verblichene violette Unterhose und graue Shorts. Charlie saß auf der Bank, während Anna ihr die Turnschuhe anzog.

»Sie sind ein bisschen groß«, sagte Anna und drückte auf der Suche nach Charlies Zehen. »Möchtest du sie trotzdem tragen? Ich mache mir Sorgen, du könntest stolpern.«

Charlie stand auf und stampfte mit den Füßen im Gras auf. Ihre Beine sahen so dürr aus in den zu großen Shorts und Schuhen. »Ich will sie tragen.«

»Okay.« Die Sonne stand jetzt über den Bäumen und schien Anna grell ins Gesicht. »Gehst du eigentlich schon zur Schule, Charlie?«

Charlie ließ eine Hand in die Tasche der Shorts gleiten. »Nein. Nächstes Jahr.«

»Bist du in den Kindergarten gegangen ... oder sonst irgendwohin, wo Kinder zusammen sind?« Machten Kinder das nicht vor der Schule?

Charlie schüttelte den Kopf und senkte den Blick, als habe sie das Gefühl, das Falsche gesagt zu haben.

»Das ist in Ordnung. Viele Kinder gehen erst mit sechs Jahren in die Schule.« Anna streckte die Hand aus, Innenfläche nach oben. »Gehen wir zurück zum Haus von Pat und Sabine.«

Charlie hob den Kopf. »Ich will meine Mummy.«

Anna schluckte. »Ich weiß. Aber wir können jetzt nicht zu ihr.«

Charlies Augen glänzten tränennass. »Ist er dort, bei Mummy?«

Anna nickte. »Du wirst sie bald sehen, aber im Moment ist es zu Hause nicht sicher für dich. Es tut mir leid.«

Charlie sah mit hängenden Schultern in den Busch. In der Ferne bellte ohne Unterlass ein Hund.

17

Pat saß schnitzend auf den Verandastufen, sein Messer ließ kleine Holzkringel durch die Luft fliegen. Bei Annas und Charlies Herannahen lächelte er.

»Das hier ist für dich, Charlie.« Er reichte ihr einen kleinen geschnitzten Koala, der auf einem Ast saß.

Charlie drehte die Schnitzerei in der Hand und sah zu ihm auf.

»Deins. Es ist ein Geschenk.« Er schob das Messer in die Scheide an seiner Taille. »Und, hat es sich herumgesprochen?«

»Ja«, antwortete Anna. Sie setzte sich neben ihn auf die Stufe und schirmte die Augen vor der Sonne ab. »Aber sie glauben, wir wären in der Gegend von Orange.«

Pat nickte langsam. »Das ist doch gut.«

Charlie trug den Koala zu einem Zitronenbaum in der Nähe und steckte ihn in eine Astgabel.

»Hast du dir einen Zeitungsartikel angesehen?«, fragte Pat.

»Ja.«

»Mit einem Foto von ihr?«

»Von uns beiden. Und mein Autokennzeichen.«

Sie stellte sich vor, wie ihre Freunde auf den Artikel stießen. Kunden, für die sie etwas entworfen hatte. Exfreunde. Sie mussten alle denken, sie hätte den Verstand verloren, weil sie ein Nachbarskind geraubt hatte. Mon und Clay und Russell würden wissen, warum. Sie hatte ihnen erzählt, was nebenan vor sich ging. Eigentlich hätte sie wenigstens anrufen und ihnen eine Nachricht hinterlassen sollen. Sie würden Hals über Kopf jemanden suchen müssen, der ihre Aufträge übernähme.

Pat beobachtete, wie Charlie Blätter von dem Zitronenbaum pflückte und neben den Koala steckte.

»Hast du nachts den Koala gehört?«, fragte er.

»Nein«, erwiderte Anna. »Habe ich nicht.« Sie wollte, dass er es tatsächlich laut aussprach: dass es okay sei, wenn sie blieben.

»Du erklärst ihr besser, was für ein seltsames Geräusch es sein kann, damit sie keine Angst bekommt. Erinnerst du dich noch daran?« Er strich Holzspäne von seiner Jeans.

»Nein«, sagte Anna.

»Es ist kehlig, knurrend. Nicht das, was man von einem kleinen Pelztier erwarten würde.«

»Okay. Ich werde es ihr erklären.«

Er lehnte sich nach hinten auf die Ellbogen und streckte die Beine aus. Seine Jeans war an den Knien voller Erde.

»Weißt du«, sagte er mit träger Stimme, »ich glaube, wir sollten dein Auto verstecken.«

»Du bist also einverstanden, dass wir eine Weile bleiben?«

Er sah sie an. »Ja. Natürlich. Die Polizei hat offensichtlich keine Spur, also ... Ja. Ihr solltet eine Weile bleiben. Wir müssen die Nachrichten allerdings im Auge behalten.«

»Danke.« Sie blinzelte heftig. Sie wollte nicht vor ihm weinen oder sich anmerken lassen, wie verzweifelt sie gewesen war. »Wirklich. Danke.« Sie räusperte sich. »Wo würden wir das Auto denn verstecken?«

»Ein Freund in der Nähe hat ein Feld voller alter Autos – eine Art Schrottplatz –, wo wir es abstellen könnten. Ich werde die Nummernschilder abmontieren.«

»Okay.« Die letzte Spur ihres alten Lebens wäre damit verwischt.

»Wir können es jederzeit holen, falls du es brauchen solltest«, fügte Pat hinzu.

Du meinst, dachte Anna, *falls ihr entscheidet, dass wir wegmüssen.* Sie beobachtete, wie Charlie den Koala zu Boden fallen ließ und darauftrat.

»Ich denke, wir sollten Anwohnern wie Beatie sagen, dass du … ähm … vor einem gewalttätigen Ehemann geflohen bist und dass wir es geheim halten müssen, dass ihr hier seid.«

»Okay.« Wie viel einfacher es wäre, wenn Charlie wirklich ihr Kind wäre und sie sich nur vor einem Mann verstecken würden.

»Ich fahre dein Auto dann ein bisschen später runter. In der Zwischenzeit stelle ich es hinter den Schuppen, weil Sabines Hebamme bald kommt.« Er setzte sich auf. »Ihr verdrückt euch lieber.«

»Okay.«

Anna ging zu Charlie, die den Schuh auf den Koala drückte. »Was machst du denn?« Sie sprach sanft und ging neben Charlie in die Knie.

»Er ist runtergefallen.«

»Ja, das habe ich gesehen. Geht es ihm gut?«

Mit einem Achselzucken hob Charlie den Fuß. Der Koala steckte im Gras fest. Anna hob ihn auf und wischte Erde von seinem Rücken. Charlie riss ihn ihr aus der Hand, als Pat von Annas Auto herüberrief, wo er die Fahrertür geöffnet hatte.

»Wo ist Sabine?«

»Sie ist noch zu … ähm … Stefano gegangen.«

»Ich hoffe, sie denkt dran, dass Jo kommt.« Er stieg ein, und sie hörte das vertraute Klirren ihres Schlüsselrings.

»Fahren wir wohin?«, fragte Charlie und blickte auf den Koala in ihrer Hand.

»Nein. Wir bleiben hier.«

Während Pat den Wagen im Rückwärtsgang hinter den Schuppen fuhr, tauchte Sabine aus dem Wald auf. Sie hatte ihren Morgenmantel geöffnet, und er flatterte hinter ihr her. Das Unterhemd hatte sie angehoben und trug etwas darin.

»Geht doch vielleicht runter zum Wasserloch«, sagte Pat, der auf Anna und Charlie zuschlenderte. »Nehmt etwas zu essen mit. Ich weiß nicht, wie lange Jo diesmal bleibt. Das letzte Mal war sie drei verfluchte Stunden lang da. Am besten komme ich euch holen, wenn wir fertig sind.«

»Ich weiß nicht, wie lange wir bei euch bleiben müssen, Pat ...«

Pat ließ ihre Schlüssel in seiner Hand klimpern und erwiderte einen Moment lang nichts. »Du hast doch gesagt, ihr braucht nur so lange, bis die Behörden ihre Situation ins Visier nehmen.«

»Das stimmt. Aber ich weiß nicht, wie lange das dauern wird.«

Eine Woche? Einen Monat? Sie hatte das Leben dieses Mädchens in der Hand und verdammt noch mal keine Ahnung, was sie da tat. War es möglich, dass sie bereits erreicht hatte, was sie sich vorgenommen hatte, und das Mädchen fest auf dem Radar des Jugendamts war?

Pat betrachtete Sabine, die am Waldrand stand, den Blick darauf gerichtet, was auch immer sie in ihrem Unterhemd trug. Ihr Bauch war im Profil, und Anna versuchte, sich ein kleines Baby vorzustellen, das darin zusammengerollt war. Pats Baby. Er wandte sich wieder Anna zu und spielte mit den Schlüsseln.

»Okay. Improvisieren wir also die nächste Woche. Und behalten die Medien im Auge.«

Eine Woche.

In der Küche nahm sich Charlie eine Banane und versuchte, sie mit den Zähnen zu schälen.

»Soll ich das für dich machen?« Anna streckte die Hand nach der Banane aus.

Charlie schüttelte den Kopf und wich zurück.

Sabine kam herein und legte wortlos eine Handvoll Eier und eine Plastiktüte mit Guaven auf die Arbeitsfläche.

»Für den Kuchen, den wir später backen, ja?«, sagte sie zu Charlie. Ihre Augen waren rot, als habe sie geweint. Sie verschwand ins Schlafzimmer und schloss die Tür.

Anna suchte den Brotlaib und schnitt vier Scheiben ab. Das Brot war ein wenig bröckelig, und eine Scheibe fiel auseinander. Sie steckte sich ein Stück in den Mund und kaute.

Pat ließ die Autoschlüssel auf den Tisch fallen.

»Was wollt ihr aufs Brot? Käse und Tomate?«

Sie schluckte. »Klingt gut.«

Charlie, die Banane in der Hand, berührte eines der Eier auf der Arbeitsfläche, dasjenige, an dem eine winzige graue Feder klebte. »Kann ich ein Ei zum Mittagessen haben?«, fragte sie.

»Ein hart gekochtes Ei?«, erkundigte sich Anna.

Sie nickte.

»Ich bin mir nicht sicher, ob wir genug Zeit haben, es abzukochen«, sagte Anna. »Ich glaube, wir müssen recht bald zu unserem Picknick aufbrechen.«

»Oh.« Charlie zupfte die Feder von dem Ei.

»Tut mir leid. Wenn wir zurückkommen, kochen wir eines, okay?«

Sabines Stimme drang aus dem Schlafzimmer. Vielleicht telefonierte sie. Anna musste mit Pat darüber reden, wie sie bei ihrem Dad anrufen könnte, allerdings war jetzt nicht der richtige Zeitpunkt.

Am Küchentisch schnitt Pat dünne Käsescheiben ab. »Ich mache die Brote fertig. Warum holt ihr euch nicht Handtücher?«

Anna holte ihre immer noch feuchten Handtücher aus dem Badezimmer, und als sie herauskam, reichte Pat ihr eine braune Papiertüte mit belegten Broten und Äpfeln. »Bitte schön.«

»Kann ich mir dein Handy ausleihen?«, fragte sie. »Um ein Foto von einem Bluterguss zu machen.«

Er holte sein Handy vom Tisch und reichte es ihr.

»Charlie, gehen wir, mein Schatz«, sagte Anna.

Charlie beobachtete, wie Pat die hölzerne Arbeitsfläche abwischte. Sie schüttelte den Kopf und stieß wieder das Ei an. Es wackelte und rollte auf die Kante zu. Pat fing es auf, bevor es hinunterrollte.

»Komm schon«, sagte Anna. »Ich zeig dir das Wasserloch. Wir können schwimmen gehen. Es ist wirklich schön dort. Vielleicht sind die Kinder noch da.«

Charlie blickte auf ihre Füße und schüttelte den Kopf.

Anna ging neben ihr in die Hocke. Gab es etwas Magisches, das sie sagen konnte, um das Mädchen dazu zu überreden mitzukommen?

»Pat und Sabine bekommen gleich Besuch, und wir müssen sie allein lassen.«

Die Schlafzimmertür ging auf, und Sabine kam heraus. Sie trug ein langes Kleid und roch nach Lavendel.

»Ich mag nicht. Ich mag keine Käsebrote«, flüsterte Charlie. Sie griff unter ihr T-Shirt, wo sie den Koala hingesteckt hatte.

»Komm schon, Charlie.«

Anna spürte, dass Pat sie beobachtete. Sabine war nach draußen verschwunden. Das Mädchen setzte sich mit steinerner Miene auf den Boden. Anna streckte die Hand nach seinem Arm aus, hielt jedoch inne. Charlies Haut war so weich, bekam so leicht blaue Flecke. Ratlos richtete sich Anna auf.

»Sie kann hierbleiben«, sagte Pat, während er den Käse in den Kühlschrank zurücklegte. »Geh du.«

In der Ferne war ein Auto zu hören, das Pats Auffahrt entlangkam. Das Motorengeräusch änderte sich, als der Wagen anfing, den Berg hochzufahren.

»Es wird schon gehen«, sagte Pat. »Ich kümmere mich um Charlie. Geh du.«

»Ich habe Charlie versprochen, dass ich bei ihr bleibe.«

Charlie blickte auf. »Was ist das für ein Geräusch?«

»Ein Auto ...«

»Wer ist das?«, fragte sie mit großen Augen. »Ich komme!«

Sie ließ sich von Anna schnell die Stufen hinunterführen, am Gemüsegarten vorbei und auf den Pfad. Als sie um eine Ecke bogen, drehte Anna sich um und sah einen weißen Wagen mit Allradantrieb zwischen den Bambusgruppen auftauchen.

Charlie lief vor und rief Anna zu: »Schnell! Beeil dich!«

Es überraschte Anna, wie gut sie sich an den Pfad erinnern konnte und daran, dass er zwischen Bäumen mit Brettwurzeln eine S-Kurve beschrieb, bevor er sich den Berg hinabschlängelte. Auf dem Pfad herrschte die gleiche traumhafte, verwunschene Atmosphäre wie früher. Äste bogen sich über ihren Köpfen und filterten die Sonnenstrahlen, und mit Flechten gesprenkelte Palmenstämme wiesen nasse Streifen vom nächtlichen Regen auf. Anna versuchte, den Frieden und die Zeitlosigkeit einzuatmen.

Sie half Charlie über eine matschige Stelle auf dem Pfad und überlegte, dass das Mädchen Angst gehabt haben musste, Harlan könnte in dem Auto sein.

»Weißt du, in dem Auto eben, das war die Frau, die Sabine helfen wird, wenn ihr Baby zur Welt kommt.«

Charlie betrachtete sie mit einem Stirnrunzeln.

»Hast du gewusst, dass Sabine ein Baby bekommt?«

Der plätschernde, felsige Fluss befand sich jetzt zu ihrer Linken, ein steiles Ufer führte hinunter.

Charlie schüttelte den Kopf.

»Tja, in ein paar Monaten bekommt sie ein Baby. Deshalb ist ihr Bauch so rund.«

»Ach so«, sagte Charlie.

»Sie brauchen einfach ein wenig Ruhe, wenn sie sich mit der Frau treffen.«

Charlie blieb stehen und sah den palmenbestandenen Berg über ihnen hinauf. Die ausgetrockneten Wedel raschelten leise in der Brise. Anna hoffte, dass Charlie das Geräusch beruhigend fand. Auf sie wirkten die Palmen wie gelassene Wächter, die Posten standen und sich etwas zumurmelten. Anna war diesen Pfad an dem Tag entlanggegangen, als sie herausgefunden hatte, dass sie schwanger war. Sie war zum Wasserloch hinuntergegangen, um es Pat zu sagen, ihre nackten Füße hatten noch die kleinste Empfindung gespürt und ihre Haut jede Veränderung in der Lufttemperatur. Der Gedanke an jenes jüngere, hoffnungsvolle Ich, das sich vorgestellt hatte, sein Leben würde sich vollständig ändern, stimmte Anna traurig.

Sie erreichten das letzte steile Uferstück hinunter zum Wasserloch. Anna hielt Charlie an ihrem unversehrten Arm, damit das Mädchen auf dem rutschigen Weg voller Baumwurzeln, die unebene Stufen bildeten, nicht die Balance verlor. Sie griff nach dem Seil, das jemand an eine Baumwurzel gebunden hatte.

Der flache, schnell dahinströmende Fluss glitt über ein breites Bett aus grauem Fels und stürzte dann in das Wasserloch. Gewaltige Felsblöcke, zwei beinahe so groß wie Anna, ragten aus dem dahinströmenden Wasser. Bäume hingen über den Fluss, ihre schiefen Wurzeln zeichneten sich am Ufer ab. Anna half Charlie über die Trittsteine zu dem großen flachen Felsabschnitt, auf dem sich kleine nasse Fußspuren und Rinnsale befanden. Die Kinder mussten vor Kurzem aufgebrochen sein.

»Es ist ein Wasserfall«, sagte Charlie. Der Fluss stürzte etwa einen Meter tief in das ovale Wasserloch, das halb so groß wie ein olympisches Schwimmbecken war.

»Ja«, antwortete Anna.

Sie ging neben Charlie in die Hocke, um sich die Szenerie aus ihrer Perspektive anzusehen. Sie wollte, dass Charlie die gleiche freudige Erregung verspürte wie sie, als sie das Wasserloch zum ersten Mal erblickt hatte, umgeben von Farnen und Palmen und hohen Bäumen, die bis dicht an das Wasser wuchsen. Vielleicht konnte dieser Ort Charlie das Gefühl vermitteln, sie beträte eine andere Welt oder befände sich jenseits der Zeit, sodass sie eine Weile vergessen konnte, was vorgefallen war.

Charlie betrachtete die Umgebung, doch ihr Gesicht war angespannt. »Es ist tief.«

»Na ja ... auf der anderen Seite ist es tief, aber hier nicht. Wir können im Flachen bleiben. Möchtest du ein bisschen planschen gehen?«

Charlie schüttelte die pinkfarbenen Turnschuhe ab und ging seitwärts den abfallenden Felsen zu dem kleinen Kiesstrand hinunter.

Anna folgte ihr ans Ufer. »Wahrscheinlich solltest du den Verband nicht nass machen, aber du könntest einfach am Ufer sitzen und dich abkühlen.«

»Wie tief ist es?« Charlie watete, bis das Wasser knöcheltief war, und schwenkte den Fuß herum.

»Also, hier vorne ist es überhaupt nicht tief.« Anna zog die Shorts und das T-Shirt aus und stieg ins Wasser. Es war herrlich kühl, und die kleinen Steine knirschten unter ihren Füßen.

»Sollen wir deine Shorts ausziehen, damit du richtig planschen kannst?«

Charlie schüttelte den Kopf und sah zu den Büschen am anderen Ufer des Wasserlochs, wo auf einmal etliche Zaunkönige aufflatterten.

»Okay«, sagte Anna. »Ich werde bloß ein bisschen weiter hinausgehen. Bleib du hier.«

Sie watete vorwärts, und das kühle Wasser kroch ihren Körper hoch, bis sie sich schließlich davontragen ließ. Als sie die Augen schloss, bebte sie am ganzen Körper.

O Gott, was hatte sie getan? Sie war mitten im Wald mit einem Kind, das sie nicht kannte. Das halbe Polizeiaufgebot des Staates war hinter ihr her, ihr Foto war in den Nachrichten. Und diesen Albtraum hatte sie sich ganz allein selbst eingebrockt. Sie wandte sich von Charlie ab, weil sich ihr ein lautes Schluchzen entrang, schreckliche Geräusche, die sie nicht abstellen konnte. Man würde sie letztlich finden, oder nicht? Sie würde von einem Polizisten abgeführt werden. Sie würde im Gefängnis landen. Und jetzt ließ sich nichts mehr daran ändern. Sie versuchte, die Geräusche, die aus ihr hochstiegen, zum Verstummen zu bringen, aber sie kamen einfach hervor.

»Anna?« Charlies Stimme war schwach. Sie stand mit tropfenden Shorts am Ufer. »Komm zurück.«

Anna tauchte unter Wasser und schwamm dann langsam zu dem Mädchen, während sie versuchte, ihr Gesicht wieder irgendwie in den Griff zu bekommen. Sie setzte sich neben Charlie in das flache Wasser, konnte aber nicht reden. Sie war völlig durcheinander, konnte es einfach nicht fassen, dass sie sich in diese Lage gebracht hatte. Sie hatte etwas losgetreten, das sie unmöglich zu Ende bringen konnte.

Charlie berührte Annas Oberschenkel, und Anna musste sich zwingen, das Bein nicht wegzuziehen. »Ist Mummy bei ihm?«

Anna sprach, ohne Charlie anzusehen, die Stimme heiser. »Ja. Ist sie. Ich weiß, dass du deine Mum liebst und sie unbedingt sehen willst. Ich verstehe, dass du sie vermisst.« *Weil ich meine Mum auch vermisse.* Ihre Augen füllten sich mit Tränen. Ach, Mist. Sie presste sich die Hand vor den Mund, falls sie wieder zu weinen anfangen sollte.

Charlie schwieg.

Anna räusperte sich. »Und du wirst deine Mummy wiedersehen. Da bin ich mir sicher.«

»Wann?«

»Ich weiß es nicht genau.«

Charlie fuhr mit der Hand durchs Wasser und sprach sehr leise. »Er ist ein böser Mann.«

»Ja, das ist er.« *Ihn* sollte die Polizei verfolgen und einsperren.

»Er hat das mit der Kippe gemacht.«

»Mit der Kippe?«

Ein kleiner blauer Vogel schoss abwärts und tauchte den Schnabel ins Wasser.

»Er hat sie an sie drangehalten. Das rote Ende ...«

Annas Kopfhaut kribbelte. »Er hat deine Mum mit einer Zigarette verbrannt?«

Charlie nickte. »Und du bist an die Tür gekommen.«

»Ich bin an die Tür gekommen.« Hatte er es an dem Abend getan?

Charlie tätschelte die Wasseroberfläche. »Warum seid ihr nicht reingekommmen?«

»Ich glaube nicht, dass Harlan uns hineingelassen hätte.«

Er hatte Gabby mit einer Zigarette versengt. Himmelherrgott.

Charlies Stimme war so leise. »Ich dachte, ihr kommt rein.«

»Es tut mir leid«, flüsterte Anna. Ihr fiel wieder der Brandfleck am Oberteil von Charlies Ballettkostüm ein. Sie würde den

Bauch des Mädchens genauer nach einem Brandmal absuchen. »Warum wolltest du, dass wir reinkommen?«

»Um keinen Ärger zu kriegen.«

»Ich wäre reingekommen, wenn ich gekonnt hätte.«

Nun wusste Charlie, dass Anna ebenfalls Angst vor Harlan hatte.

»Du weißt schon, dass es nicht in Ordnung ist, wenn dich jemand schubst oder ... verkehrt herum hält. Harlan und Mummy haben falsch gehandelt. Erwachsene dürfen Kinder nicht schlagen oder Kindern wehtun. Niemals. Okay? Ich werde dir niemals wehtun. Das verspreche ich.«

Charlie rutschte auf dem Gesäß vorwärts und legte sich nach hinten, bis ihr Kopf auf den Kieselsteinen ruhte, während ihre Füße zur Mitte des Teiches zeigten. Ihr Verband war durchnässt, aber das kühle Wasser auf dem Bluterguss fühlte sich wahrscheinlich gut an. Charlies Hintern sank auf die Felsen zu, und sie schob sich mit ihrer guten Hand wieder nach oben.

»Möchtest du, dass ich dir helfe, auf dem Wasser zu treiben?«, fragte Anna. Sie konnte den Gedanken an Harlan, der eine brennende Zigarette an Gabbys Haut hielt, nicht verscheuchen.

Charlie nickte kaum merklich.

Anna kniete auf den Felsen und griff mit den Händen unter den schmalen Rücken und die Oberschenkel des Mädchens und hob es an, sodass es auf dem Wasser trieb. Charlie blinzelte zu Anna auf. Die Luft um sie her war von Geräuschen erfüllt: schwirrende Zikaden, ein Crescendo aus Vogelschreien und in den Teich stürzendes Wasser.

»Okay?«, erkundigte sich Anna. Ihr Dad hatte sie früher oft im Pool in Orange treiben lassen, selbst nachdem sie längst schwimmen konnte, und sie konnte immer noch das Gefühl seiner Hände unter ihr heraufbeschwören und die zärtliche Berührung des Wassers, als er sie hin und her treiben ließ.

»Ja«, flüsterte Charlie.

Anna hielt sie knapp über der Oberfläche des seidig kühlen Wassers und watete ein wenig weiter hinaus. Langsam schwenkte sie Charlie hin und her und sah zu den Bäumen hoch, die das Wasserloch umgaben, so still und unerschütterlich. Sie waren vor siebzehn Jahren hier gewesen und würden noch lange, nachdem dies alles vorüber war, hier sein. Jetzt konnte Anna nicht weglaufen, konnte nicht die Auffahrt hinuntergehen und per Anhalter in die Stadt fahren, wie sie es an dem Tag getan hatte, als mit Pat Schluss gewesen war. Sein Angebot, sie zu fahren, hatte sie abgelehnt. Damals war ihr die Vorstellung, noch länger in irgendeinem Punkt von ihm abhängig zu sein, unerträglich gewesen. Nein, diesmal würde Anna nicht weglaufen. Sie würde alles in ihrer Macht Stehende tun, um sicherzustellen, dass Charlie nicht zu ihrer Mutter und Harlan zurückkehrte. Wenn das Mädchen nach Hause käme, wäre all das hier umsonst gewesen.

Charlie schloss die Augen und legte die Hände auf den Bauch. Der Verband hatte sich gelöst und schwamm im Wasser.

Anna fragte sich, wie lange es dauerte, bis der Körper Stress abbaute. Sie hatte einmal gelesen, dass Kinder, die mit einem Trauma aufwuchsen, Stress fest internalisiert hatten. Sie wollte sich gern einreden, dass sich Charlie bei ihr sicher fühlte, doch warum in aller Welt sollte sich Charlie sicher fühlen? Anna – praktisch eine Fremde – hatte sie von ihrem Zuhause und allem und jedem, die sie kannte, fortgeschafft und sie mit noch mehr Fremden umgeben. Wenn Charlie die Augen schloss, war es vielleicht kein Zeichen von Entspannung, sondern von Hoffnungslosigkeit.

Charlies Augen waren immer noch geschlossen. »Wo ist Mummy gerade?«

»Na ja ... noch im selben Haus wie früher, würde ich sagen. Das Haus neben meinem.« *Mein Haus.*

Charlie öffnete die Augen und drehte sich in die Richtung, aus der in nicht allzu großer Entfernung Hundegebell drang. »Ich will zum Wohnwagen, nur ich und Mummy.«

»Deine Mummy ist jetzt nicht im Wohnwagen. Sie ist mit Harlan in dem Haus.«

»Das weiß ich«, erwiderte Charlie leise.

Ein Hauch von Erschöpfung und Frustration durchlief Anna. Sie wusste, dass nichts Charlie davon abbringen würde, sich nach ihrer Mutter zu sehnen, obwohl Gabby ihre Tochter auf jede erdenkliche Art im Stich gelassen hatte.

Charlie versuchte, sich aufzusetzen, ihre Arme ruderten durchs Wasser.

»Warte.« Anna ließ sie zurück ans Ufer treiben.

Im seichten Wasser entzog sich Charlie Annas Griff und stand auf. Wasser strömte von ihrer Kleidung, der durchnässte Verband hing ihr bis zum Knie. Sie kletterte wieder auf den großen flachen Felsen, wo Anna ihre Handtücher und die Tüte mit dem Essen gelassen hatte.

»Ich habe Hunger.«

»Okay.« Anna folgte ihr. »Ziehen wir dir vor dem Essen die nasse Kleidung aus, ja?«

Charlie ließ sich von Anna die Shorts herunterziehen, schüttelte jedoch den Kopf, als Anna sich daranmachte, ihr das T-Shirt auszuziehen. Während Anna sich grob abtrocknete und sich mühsam das Oberteil über die feuchte Haut zog, war etwas zu hören, das durch das Dickicht tappte. Ein Wallaby? Die Kinder?

»Was ist das?«, fragte Charlie mit ernstem Gesicht. Sie wickelte den losen Verband um ihren Arm.

»Ich bin mir nicht sicher. Vielleicht ein Tier.«

Der Hund bellte erneut, diesmal in der Nähe, und Anna hörte eine Männerstimme. Sie klang nicht nach Pat.

Mist.

»Wer ist das?«, fragte Charlie.

»Ich weiß es nicht.« Sie kletterte über den Felsen, um freie Sicht den Pfad hinauf zu bekommen. Ein brauner Kelpie erschien oben, legte den Kopf schräg und sah zu Anna herunter. Ein Mann mit einem Gewehr kam in Sicht. Michael, der Kerl, dem sie gestern auf der Auffahrt begegnet waren. Gestern eine Machete, heute ein Gewehr.

»Hi!«, rief er. »Wie ich sehe, habt ihr Pat gefunden.«

Er legte das Gewehr und eine Tasche sorgfältig auf den Pfad und kletterte das Ufer herunter, sodass Kieselsteine und Erde nach unten rieselten. Was wollte er?

Der Hund raste an dem Mann vorbei, sprang über das Wasser und beschnupperte Anna und die Tüte mit dem Essen, wandte sich dann Charlie zu und stupste die nackten Beine des Mädchens mit der Schnauze an.

Das Mädchen wich zurück, der Körper stocksteif. »Seine Schnauze ist nass.«

Anna packte den Hund an seinem Lederhalsband. »Komm her, du«, sagte sie. Der Hund versuchte loszukommen.

»Ihrem Mädchen wird schon nichts passieren.« Der Mann stellte sich neben Anna auf den Felsen. »Platz!«

Der Hund machte Platz.

Am liebsten hätte Anna gesagt: *Ich kümmere mich schon um mein Mädchen, herzlichen Dank auch. Mein Mädchen.*

»Sie hat einen verletzten Arm, das ist alles. Ich will nicht, dass sie hinfällt.« Anna richtete ihr feuchtes T-Shirt. Sie fragte sich, ob sie sich die Shorts anziehen könnte, ohne dass es zu peinlich wirken würde.

»Ja. Das sehe ich.«

Er sah jünger aus als tags zuvor, sie schätzte ihn auf Anfang fünfzig. Er trug geflickte Jeans, ein ausgeblichenes grünes Arbeitshemd und hatte den Rücken hinunter einen langen grauen Zopf. Er ging in die Hocke und tätschelte seinem Hund den Kopf, dann blickte er zu Charlie auf.

»Alle Hunde haben nasse Schnauzen, weißt du. Das hilft ihnen beim Abkühlen, wenn es heiß ist.«

Charlie bückte sich, um die braune Schnauze des Hundes zu untersuchen, lachte dann nervös und wich zurück, als er versuchte, sie abzulecken.

»Wie heißt er?«

»*Sie* heißt Ralph.«

»Ralph!«, sagte Charlie in strengem Tonfall, die Stirn in Falten gelegt. Der Hund spitzte die Ohren und legte den Kopf schräg, die Augen auf Charlie gerichtet.

»Du hast das wie der Boss gesagt«, erklärte Michael. »Sie weiß gern, wer der Boss ist.«

»Bist du ihr Boss?«

»Ich bin ihr Boss. Aber es ist in Ordnung, wenn du auch so mit ihr redest.« Er stand auf. »Wenn du willst, kann ich dir beibringen, wie man mit ihr redet.«

Sie lächelte zaghaft.

»Ich heiße Michael«, sagte er zu Charlie und wandte sich dann Anna zu.

»Hi«, sagte sie. »Anna. Und Charlie.«

Oh, Mist. Warum hatte sie keine Namen erfunden? Aber dann müsste sie das Charlie erklären.

Er nickte. »Ich bin auf dem Weg nach unten, will im Tal auf die Jagd gehen.« Er hob das Kinn flussaufwärts. »Ich werde ziemlich weit weg sein, aber hören werdet ihr es trotzdem. Pat hat gemeint, ich sollte herkommen und euch Bescheid geben.«

»Worauf machen Sie Jagd?«

»Tja …« Er kratzte sich am Ohr und sah über das Wasserloch hinaus. »Wilde Hunde.« Er tätschelte dem Kelpie unsanft den Kopf. »Wie ich höre, seid ihr aus der großen Stadt geflohen.«

»Ach?« Pat musste ihm die Geschichte von dem gewalttätigen Ehemann erzählt haben.

»Pat hat mich gebeten, Stillschweigen darüber zu bewahren, dass ihr hier seid. Kein Problem. Meine Lippen sind versiegelt.«

»Danke.«

Michael ging in die Hocke und trank Flusswasser aus der hohlen Hand. Er hatte etwas Ernstes, Solides an sich, das Anna Vertrauen einflößte. Er wischte sich über den Mund und warf Charlie einen Blick zu. Die Art, wie er Charlie betrachtete, hatte etwas besonders Aufmerksames, ja, Zärtliches. Anna fragte sich, ob er Kinder hatte.

»Habt ihr zwei einen Hund zurückgelassen?«, fragte er.

»Nein«, antwortete Anna. Sie hoffte, er würde sich nicht darauf einschießen, weitere Fragen zu stellen. »Wie lange leben Sie schon hier?«, fragte sie.

»Seit fünf Jahren. Und ich habe nicht vor, jemals wegzuziehen.« Er stand auf und wischte sich die Hand an der Jeans ab. »Ich habe hier fast alles, was ich brauche. Ich arbeite auf Grundstücken in der Nähe. Es gibt Essen, Strom, Heizung. Alles vorhanden.«

Er deutete auf ein grünes, herzförmiges Blatt, das am Ufer wuchs. »Das kann man übrigens essen. Und das da. Überall um uns herum ist Nahrung. Und Medizin. Ich füttere meine Hündin sogar mit streunenden Katzen.«

»Ich will einen Hund haben«, sagte Charlie. »Ich will Ralph haben.«

Michael nickte langsam. »Mmm. Aber Ralph kannst du nicht haben.«

»Ich weiß«, sagte Charlie mit gereizter Stimme.

»Aber du kannst mit ihr spielen. Komm mich mal besuchen. Aber jetzt wird es Zeit, dass wir aufbrechen. Ralph! Komm schon.«

Während sie beobachteten, wie er wieder den Pfad hochkletterte, sagte Charlie: »Was sind streunende Katzen?«

»Das sind wilde Katzen. Die vielleicht einmal früher bei Menschen gelebt haben, aber in den Busch entlaufen sind.«

»Oh.« Charlie griff nach dem Brot, das Anna ihr reichte. »Bist du mein Boss?«

»Na ja, ich habe ein paar Entscheidungen getroffen, was meiner Meinung nach das Beste für dich ist …« *Aber ich weigere mich, dir das zu geben, was du eigentlich willst: deine Mutter.*

»Bist du also mein Boss?« Charlie hob die obere Brotscheibe, um den Käse zu beäugen.

»Ja. Im Moment bin ich das, ja.«

Charlie biss ein Stück ab und ließ den Rest des Brots auf den Felsen fallen.

18

Auf dem Rasen vor Pats Haus räumte Anna alles aus ihrem Wagen: stinkende, urindurchnässte Shorts, das Handtuch und die Decke, ihre Tüte voller Straßenkarten, Insektenschutzmittel, Taschentücher, eine Taschenlampe, Handyaufladegerät, Notizblock und drei Stifte. Jeder einzelne Gegenstand ein Relikt aus einem fernen Leben.

Auf der Veranda band Sabine Charlie eine Schürze um, während das Mädchen eine Guave aß und die Samen auf die Wiese spuckte. Neben ihnen befand sich Annas rote Erste-Hilfe-Ausrüstung, die sie letztes Jahr von ihrem Dad zu Weihnachten bekommen hatte. Einen Augenblick lang überlegte Anna, dass ihr Dad versuchen könnte, sie aufzuspüren, dass er in seinem Commodore an sämtliche Orte fahren könnte, die ihm einfielen.

Würde er an Pats Haus denken? Es wäre so schön, ihren Dad genau in diesem Moment zu sehen. Allerdings würde er wollen, dass sie sich der Polizei stellte.

Die Waschküche befand sich hinter einer wuchernden *Monstera deliciosa* und bestand aus Wellblech und robustem Plastik. Die Waschmaschine mit den zwei Trommeln sah genau wie diejenige aus, die Pat vor siebzehn Jahren besessen hatte.

Sie ließ die Wäsche auf den unebenen Betonboden fallen, drehte den Hahn auf und beobachtete, wie das Wasser in die Trommel schoss. Gewöhnliches, herumwirbelndes Wasser. Das

Leben ging weiter. Die Wäsche musste immer noch gewaschen werden.

Pat erschien mit je einem Kopfkissen unter den Armen im Türrahmen.

»Ich habe den Melkschuppen für euch beide hergerichtet.« Er lächelte. »Habe euch sogar ein luxuriöses Bett hingestellt, das ich gemacht habe. Jetzt muss ich nur noch eine Nachttischlampe für dich auftreiben.«

»Danke, aber ich brauche keine Lampe.«

»Oh …« Er wackelte mit dem Kopf und lächelte. »Das Neonlicht der Deckenbeleuchtung ist ziemlich heftig. Sie haben vermutlich helles Licht gebraucht, um im Dunkeln zu melken.«

Ihr stieg der Geruch nach Hasch in die Nase. Früher hatte er tagsüber nicht geraucht.

»Das hat keine Eile. Danke. Und hier ist dein Handy. Kannst du das Foto von dem Bluterguss auf ihrem Po für mich aufheben? Bis ich es brauche.«

Er nickte – mit gequälter Miene – und ließ das Handy in die Tasche gleiten.

Aus dem Haus drang Gelächter. Charlie hatte die Vorstellung, mit Sabine Kuchen zu backen, so aufregend gefunden.

Anna drehte den Hahn ab und fuhr mit der Hand durch das Wasser. »Es tut mir leid, falls unser Auftauchen … Du weißt schon … zu Schwierigkeiten zwischen dir und Sabine geführt haben sollte.«

Er lächelte zögernd. »Nein, hat es nicht.« Er rückte die Kopfkissen unter seinen Armen zurecht. »Alles bestens.«

»Na, das freut mich zu hören. Ähm, hast du Waschmittel?«

»Da oben.« Er nickte in Richtung des Holzregals über ihr.

»Oh! Direkt vor meiner Nase!« Sie streckte die Hand nach der Waschpulverpackung aus. »Du hast es in Mannshöhe angebracht.«

»Eigentlich in Sabine-Höhe.«

Natürlich. Sie kam sich ernüchtert vor. Das hier war Sabines Zuhause.

»Ich bringe deinen Wagen zu meinem Kumpel, sobald ich mit eurem Bett fertig bin.«

»Ich kümmere mich um das Bett. Lass es einfach.« Sie gab Waschpulver ins Wasser.

»Schon okay. Es ist fast fertig.« Er machte Anstalten hinauszugehen.

»Wie ist der Hebammenbesuch verlaufen?«

»Gut.« Er drehte sich wieder um. »Sie sagt, alles ist, wie es sein sollte.« Er zuckte lächelnd die Schultern. »Was nicht allzu viel heißen will, weil ich nicht weiß, wie die Dinge sein sollten. Es ist mir ein völliges Rätsel.«

»Ja.«

»Und ...« Er seufzte. »Gott sei Dank ist alles in Ordnung, denn Sabine will nicht ins Krankenhaus, auf keinen Fall. Jo ist davon überzeugt, dass Sabine absolut versessen ist auf eine Hausgeburt, aber das stimmt nicht.«

»Meinst du *wirklich,* man würde sie einsperren?«

Er räusperte sich. »Der springende Punkt ist wohl, dass sie eine Heidenangst davor hat. Ich glaube, eingesperrt zu sein ist ihre größte Angst.«

»Tja ... dann ist es ja gut, dass die Hebamme zufrieden ist.« Sie versuchte, nonchalant zu klingen. »War das Baby denn geplant?«

Er zögerte nicht. »Nein.«

»Oh.«

»Wie dem auch sei«, sagte er, »jetzt passiert es.« Lächelnd hob er die Augenbrauen. »Die Achterbahn wartet.«

Sie fragte sich, was geschehen wäre, wenn sie sich vor all den Jahren geweigert hätte abzutreiben. Wären sie immer noch zusammen? Vielleicht würden sie genau hier leben, umgeben von ihrer eigenen Kinderhorde. Vielleicht würde sie an ebendieser Waschmaschine stehen und eine Ladung Kinderkleidung waschen. Wahrscheinlicher war allerdings, dass sie eine einkommensschwache alleinerziehende Mutter eines siebzehnjährigen Kindes wäre und ihre Wäsche im Waschsalon in Mullumbimby wüsche.

Pat deutete auf die Maschine. »Das Schmutzwasser kommt in die Eimer da und dann auf die Obstbäume.« Er lächelte. »Wie früher.«

»Okay«, erwiderte sie. »Das weiß ich noch.« Sie schob die Waschmittelpackung auf das Regal zurück und klopfte sich den Staub von den Händen. »Ich wollte dich fragen, wie ich jemanden anrufen kann.«

»Mmm.« Er klang alles andere als begeistert.

»Ich würde gern meinen Dad anrufen. Ich habe ihm eine Nachricht hinterlassen, als ich aus Sydney weggefahren bin, aber ich möchte mit ihm reden … bloß um ihn zu beruhigen.« *Um mich zu beruhigen.* »Er dreht bestimmt schon durch.«

»Aber ist das eine gute Idee, wo er doch bei der Polizei war?«

»Bei der Polizei *war.*«

Pat hob die Augenbrauen. »Ich glaube wirklich, es wäre am besten, wenn du untertauchst. Solche Telefonanrufe führen dazu, dass man geschnappt wird.«

»Ich werde ihm nicht sagen, wo ich bin. Ich will ihm bloß sagen, dass es mir gut geht.« *Und sicherstellen, dass er, wenn er mit der Polizei redet, diesen Ort nicht erwähnt.* »Er ist mein Dad.«

Pat schniefte. »Wie willst du ihn denn anrufen?«

»Na ja, seinen Festnetzanschluss werden sie vielleicht überwachen …«

»Ja. Das würde ich meinen.«

»Also habe ich mir gedacht, ich könnte ihn in dem Pub anrufen, in das er jeden Dienstagabend nach dem Squash geht.«

»Morgen?«

»Ja.«

Pat sah aus der Tür in den Obstgarten. »Du solltest ihn von einer öffentlichen Telefonzelle aus anrufen.«

»Okay.«

»Was wird er davon halten, dass du mit Charlie abgehauen bist?«

»Ich denke mal, er ... wünscht sich, ich hätte es nicht getan, wenn man bedenkt, um was für eine schwerwiegende Straftat es sich handelt.«

Er zog die Brauen in die Höhe. »Hoffentlich hält er Kindesmisshandlung für schwerwiegender.« Er nickte. »Okay. Ich bringe dich morgen in die Stadt. Ich muss sowieso etwas bei einem Kumpel abholen. Und ... bloß was deinen allgemeinen Plan betrifft ... du wirst dich bald stellen, stimmt's? Wir holen dein Auto zurück, und du fährst zu einem Polizeirevier?«

»Ja.«

Er betrachtete sie, als wartete er darauf, dass sie etwas hinzufügen würde.

»Ich bin immer noch dabei, mir einen Plan zurechtzulegen. Ehrlich gesagt, Pat ...« Sie holte tief Luft, um die Tränen zu unterdrücken. »Ich habe keine Ahnung, was die beste Vorgehensweise ist. Ich weiß nur, dass ich sie vor diesem Mann und vor ihrer Mutter in Sicherheit bringen will. Ich habe Angst, dass man sie zu ihnen zurückbringen wird.« Sie bedachte ihn mit einem angespannten Lächeln. »Aber es ist ein ziemlicher Schlamassel, was?«

»Ich begreife nicht, wie die Warterei etwas an der Wahrscheinlichkeit ändern soll, dass sie zu ihnen zurückkommt. Du wirst der Polizei einfach sagen müssen, was du weißt, und sie werden ja wohl auch mit ihr reden.« Er seufzte. »Ich will nicht, dass du so lange wartest, bis sie dich finden, Anna. Denn dann sind wir darin verstrickt. Und sie *werden* dich letztlich finden, besonders wenn du anfängst, Dinge zu tun, wie jemanden anzurufen. Ich möchte dir und dem Mädchen helfen, aber du musst einen Plan haben, wie du dich der Polizei stellst.«

»Okay. Ja. Ich arbeite daran.« Vielleicht würde ihr Dad ihr helfen, einen Plan zu schmieden. Selbst wenn er ihre Vorgehensweise nicht billigte, würde er wollen, dass sie in Sicherheit war.

Pat räusperte sich. »Und wenn Charlie – wie du hoffst – nicht zu ihrer Mum zurückkehrt, wohin wird sie dann kommen? In eine Pflegefamilie?«

»Ich denke mal.«

»Hat sie Großeltern?«

»Ich weiß es nicht.«

Warum hatte sie nicht an Charlies Großeltern gedacht? Sie erinnerte sich daran, wie Gabby es heruntergespielt hatte, selbst als Kind angeschrien worden zu sein.

»Sabine und ihre kleinen Brüder haben letzten Endes bei ihrer Großmutter gelebt«, sagte Pat. »Was nicht allzu toll war, aber doch um einiges besser. Wie dem auch sei, ich mache mal weiter, damit ich deinen Wagen den Berg runterbringen kann. Bis später.«

Sie ließ die Schmutzwäsche in die Waschmaschine fallen, schaltete sie ein und legte sich auf ein schattiges Fleckchen Wiese gleich vor der Waschküche. Sie schloss die Augen. Irgendwo in der Nähe rief ein Vogel. *Wup wuu,* ein tiefes, zweitöniges Rufen. *Wup wuu.* Der feuchte Boden durchnässte das T-Shirt, das Sabine ihr gegeben hatte, doch Anna war zu erschöpft, um aufzustehen.

Pat war davon ausgegangen, dass Anna eine Abtreibung wollen würde. Sie hatte ihm nie gesagt, wie sehr es sie anfangs gefreut hatte, ein Baby zu bekommen und für immer an ihn und diesen Ort gebunden zu sein. Er hatte die Möglichkeit, die Schwangerschaft durchzuziehen, noch nicht einmal angesprochen, und Anna hatte sich für ihre Fantasievorstellung von einer glücklichen Familie geschämt.

Also waren sie zu der Klinik an der Gold Coast gefahren, hatten sich ein paar Wochen später getrennt, und Anna war nach Sydney zurückgekehrt. Allzu viele Reuegefühle hatte sie nicht verspürt, bis sie Mitte dreißig war und es so aussah, als würde sie vielleicht nie wieder die Chance bekommen, Mutter zu werden. Nach Pat hatte sie zwei Beziehungen gehabt, dann, mit dreißig, hatte sie Ben kennengelernt. Bei ihm hatte sie wirklich geglaubt, es wäre etwas Festes. Sie hatten sogar ein paar Monate lang versucht, ein Baby zu bekommen, bevor die Beziehung zu Ende gegangen war. Er hatte behauptet, andere Dinge als Anna vom Leben zu wollen, auch wenn er nicht hatte erklären können, worum es sich dabei handelte. Sie fragte sich immer noch, ob er sich in eine andere Frau verliebt und einfach nicht den Mut besessen hatte, es zu sagen.

Mit sechsunddreißig, nach einer weiteren kurzen Beziehung, war Anna klar geworden, dass ihre Aussichten auf eine Mutterschaft allmählich schwanden. Also stellte sie jegliches mütterliche Sehnen ein, wie sie ihre Sehnsucht nach ihrer eigenen Mutter hatte einstellen müssen, und die Sehnsucht nach Ben, nachdem er sie verlassen hatte. Es war Selbsterhaltung, ein Mechanismus, den sie gut kannte, und im Grunde gar nicht so schwer. Sie blockte alle Gedanken in diese Richtung einfach ab, bis es ihr zur Gewohnheit wurde, nicht mehr daran zu rühren.

Und jetzt war sie – ein Kind im Schlepptau – mitten in Pats werdender Familie gelandet, wo Sabine den Part spielte, der vielleicht vor all den Jahren Anna zugefallen wäre, wenn sie den Mund aufgemacht hätte. Wenn Anna das Baby bekommen hätte, hätte sie niemals neben Charlie gewohnt, und das kleine Mädchen wäre immer noch in dem Haus bei Harlan und Gabby. Oder schlimmer: Unter anderem jene Nicht-Entscheidung vor all den Jahren hatte sie letztlich hierhergeführt.

Sie setzte sich auf und sah zu, wie Pat ihr Auto zwischen den Bambusgruppen hindurchfuhr. Sie fragte sich, ob ihre Abkehr von allem mütterlichen Verlangen Einfluss darauf gehabt hatte, dass sie Daves Kinder nicht hatte kennenlernen wollen. Wenn sie Dave wiedersah, würde sie ihn bitten, sie kennenzulernen. Es war dumm von ihr gewesen, es nicht zu tun.

Das Motorengeräusch wurde immer leiser. Jetzt war sie gestrandet, und es war eine Erleichterung, keine Möglichkeit zu haben wegzukommen. Selbst wenn Pat und Sabine sie baten zu gehen, konnten sie nicht los, bevor er nicht ihren Wagen zurückgeholt hatte.

Anna hängte ein Laken über das Fenster im Melkschuppen, während ein Moskito um ihren Kopf surrte. Sie stopfte den Stoff in einer Lücke zwischen Rahmen und Fenster fest. Das Laken reichte nicht bis ganz über das Fenster, und an einer Seite schien ein Streifen Licht vom Haus herein.

Sabine und Pat waren immer noch auf der Veranda, wo sie alle zusammen zu Abend gegessen hatten. Sabine hatte Kräuteromelette, Ratatouille und grünen Salat gemacht, und Charlie hatte in ihrem Essen herumgestochert und sich darüber beschwert, dass sie nicht mehr Kuchen essen durfte.

»Was ist das für ein Geräusch?«, fragte Charlie von dem großen Doppelbett aus, wo sie im Schneidersitz auf der dunkelblauen Tagesdecke saß.

In der Ecke raschelte etwas.

»Ich bin mir nicht sicher«, erwiderte Anna. »Vielleicht eine Kakerlake oder eine kleine Maus. Sollen wir das Moskitonetz befestigen? Es sind ein paar Moskitos im Zimmer.«

Sie schob das Baumwollnetz in die Ritze zwischen Matratze und hölzernem Bettrahmen. An jedem Bettpfosten befand sich oben eine Spitze aus zart verflochtenen Zweigen. Das Holz war frisch geölt und roch nach Orange. Bei dem Bett handelte es sich um eine Auftragsarbeit, die geplatzt war, und Pat hoffte, bald in Byron Bay einen Käufer zu finden.

Seit sie den Melkschuppen das letzte Mal gesehen hatte, hatte Pat die Wände und die Decke ausgekleidet und alles weiß gestrichen. Durch die blaue Holztür ging es auf einen Vorhof, wo sich früher jeden Morgen und Nachmittag die Kühe zum Melken versammelt hatten. Dieses Tal war einst ein bunter Fleckenteppich aus Bauernhöfen gewesen, die die Butterfabrik in der Stadt mit Milch belieferten. Als Pat das Grundstück gekauft hatte, gab es noch eine Handvoll Milchbauern, doch jetzt waren nur noch Hobby-Farmer oder Gemeinschaften wie die von Pat übrig, und der Wald eroberte zurück, was früher einmal üppige Kuhweiden und Bananenplantagen gewesen waren.

»Ich will keine Maus im Zimmer haben.« Charlie spähte mit angespannter Miene in die Ecke.

»Ach, selbst wenn es eine Maus sein sollte, sie interessiert sich nicht für uns ...« Es war völlig unmöglich, eine Maus aus dem Melkschuppen fernzuhalten. Der Spalt unter der Tür war so groß, dass sich sogar eine kleine Katze hindurchzwängen könnte. Sie gestattete sich nicht, an die Schlangen zu denken.

Charlie ließ die Schultern hängen. »Ich hasse es. Ich will den Wohnwagen. Oder das Zimmer drüben. Warum können wir nicht wieder drüben schlafen?«

Anna hörte, wie die Haustür zuging und die Außenbeleuchtung erlosch. »Es ist vielleicht gar keine Maus. Es könnte ein

Gecko sein.« Sie schlug mit den Händen nach dem Moskito, der um ihren Kopf herumheulte. »Wir sind hier, weil das Zimmer größer ist.« Und wohl auch, weil Sabine sie lieber nicht im Haus haben wollte.

Rauch von der Moskitospirale wehte zum Bett herüber. Anna hatte vergessen, wie giftig die Dinger rochen. Sie hängte sie in die Ecke in der Nähe der Tür und versuchte, beiläufig zu klingen. »Charlie, wo wohnen die Mutter und der Vater von deiner Mummy?«

»Mummy mag ihre Mutter nicht. Sie ist gemein zu Mummy. Ich habe sie bloß ein- oder zweimal getrefft, und ich kann mich noch nicht einmal daran erinnern.«

»Mummy mag sie nicht?« Anna fragte sich, ob Gabbys Mutter sie früher geschlagen oder nachts ausgesperrt hatte. Sie erinnerte sich daran, wie Charlie am Zaun im dunklen Garten gekauert und Anna erzählt hatte, dass sie gebettelt habe, ins Haus gelassen zu werden.

Charlie schüttelte den Kopf und legte sich auf das Bett zurück.

»Charlie, weißt du, manche Leute denken vielleicht, dass ich deine Mummy bin. Michael könnte das zum Beispiel denken.«

Das Mädchen richtete sich wieder auf und starrte Anna an. »Du bist aber nicht meine Mummy.«

»Ich weiß. Ich weiß. Du hast eine Mummy. Aber wahrscheinlich ist es für eine Zeit lang in Ordnung, wenn die Leute glauben, ich wäre deine Mummy, denn wir wollen nicht gefunden werden. Wir wollen nicht, dass die Polizei uns findet.«

Sie hasste es, dieses Gespräch führen zu müssen, weil sie gern glauben wollte, dass ihre Beziehung auf Ehrlichkeit basierte. »Wir wissen, dass ich nicht deine Mummy bin.«

»Ich will, dass sie uns finden. Ich will, dass Mummy uns findet.«

Mist. »Aber dann würde Harlan uns finden.«

Charlie schüttelte den Kopf. »Nein. Der nicht.«

Anna griff zu dem Regal neben dem Bett und schüttelte das hellblaue T-Shirt aus, das das Nachbarskind unwissentlich gespendet hatte. »Ziehen wir dir ein sauberes T-Shirt an als Schlafanzug.« Sie fragte sich, wie sich das Nachbarsmädchen fühlen würde, wenn es herausfand, dass seine Sachen geplündert worden waren. Anna hoffte, dass Sabine eine Nachricht oder sonst etwas hinterlassen hatte.

»Was ist ein Gecko?«, fragte Charlie.

»Eine kleine Eidechse.«

»Wie klein?«

»So klein.« Anna hielt Daumen und Zeigefinger auseinander.

»Wo ist er?«

»Da drüben, glaube ich.« Anna musste schlafen. »Da, ziehen wir dir das T-Shirt an. Weißt du, das von tagsüber ist ganz schmutzig und war auch im Flusswasser. Dies hier riecht frisch nach Seife und Sonne.« Anna drückte die Nase in den weichen Stoff.

»Mummy hat mich gebeißt!«, platzte es aus Charlie heraus.

Anna drückte sich das T-Shirt an die Brust. »Oh, Charlie.« Sie hob das Moskitonetz hoch und setzte sich auf die weiche Matratze. »Hat sie dich ins Bein gebissen?«

»Und hier.« Charlie tippte sich auf den Oberarm, dann den Unterarm. »Es hat echt wehgetan«, flüsterte sie.

»Ich wette, dass es wehgetan hat.«

»Sie hat gesagt, sie macht es nicht noch mal, aber dann hat sie es doch gemacht …« Charlie presste die Lippen zusammen, als versuchte sie, nicht zu weinen.

Anna streichelte das nackte Bein des Mädchens. »Es tut mir leid, dass das passiert ist.« Was konnte sie schon sagen?

Charlie zuckte mit den Schultern und legte sich hin.

»Ziehen wir dir das saubere T-Shirt an, damit du einschlafen kannst.«

»Ich will nicht.« Charlie rollte auf die Seite, die Beine zusammengepresst.

»Komm schon, es ist so viel schöner, in sauberer Kleidung zu schlafen. Ich werde das T-Shirt anziehen, das Sabine mir gegeben hat.« Sie tätschelte wieder das Bein des Mädchens.

Charlie trat nach ihr. Ihre Ferse traf Anna heftig am Oberschenkel.

Anna wich zurück. »Hey! Hör *auf* damit.«

Charlie trat sie erneut. Anna ließ das T-Shirt fallen und packte den Fuß des Mädchens. »Tritt mich *nicht,* Charlie.«

Charlie entriss ihren Fuß Annas Griff und trat wild mit den Beinen um sich, bis sie sich in dem Moskitonetz verfing und es auf sie beide herabzog.

»Hör auf!«, sagte Anna. »Hör endlich auf!«

»Verpiss dich! Verpiss dich!«

Anna prallte zurück.

»Verpiss dich!« Charlies Stimme war voller Boshaftigkeit.

Anna kam unter dem Netz hervor, während Charlie vom Bett rutschte. Das Mädchen fiel auf den Betonboden, auf ihren unversehrten Arm, richtete sich dann torkelnd auf und knallte gegen die Wand neben der Tür. Sie machte einen Schritt zurück und warf sich wieder gegen die Wand. Ihre Schulter verursachte an den Holzbrettern ein furchtbares, hohles Geräusch. Anna versuchte, sie zu packen, aber Charlie hantierte am Türgriff herum und lief in die Nacht hinaus. Anna tappte mit flimmerndem Herzen hinter ihr her.

Das Mädchen blieb auf der freien Fläche zwischen Melkschuppen und Haus stehen, wo die Küchenfenster gelbe Lichtrechtecke auf das Gras warfen.

»Wo ist es hin?«, rief sie. »Wo ist es?«

Anna blieb eine Armeslänge vor ihr stehen. »Wo ist was hin?«

»Das Auto. Mein Auto! Wo ist es?« Charlie schluchzte und sah zum Himmel auf.

Anna kniete neben dem Mädchen, wagte jedoch nicht, es zu berühren. »Es ist in Ordnung. Wir brauchen das Auto nicht. Du bist in Sicherheit.«

Das war alles, was ihr einfiel: *Du bist in Sicherheit. Du bist in Sicherheit.* Es war alles, was sie zu bieten hatte. Anna hatte sie vor Harlan und Gabby – die ihre eigene Tochter *biss,* Herrgott noch mal – in Sicherheit gebracht, aber was konnte Anna ihr sonst noch geben? Und inwieweit mochte sie das Mädchen noch zusätzlich traumatisiert haben?

Über Charlies Schulter sah Anna, wie die Verandabeleuchtung anging und Pat aus der Küchentür trat.

Charlie glitt zu Boden, ihre Stimme überschlug sich. »Du bist nicht meine Mutter. Und ich *hasse* dich!«

Anna sank auf die Fersen zurück und schloss die Augen.

Nein, hätte sie am liebsten gesagt. *Ich bin nicht deine Mutter. Aber ich habe eine Zeitbombe an mein eigenes Leben gelegt, um dich in Sicherheit zu bringen.*

Einen Moment lang gestattete sie sich die Vorstellung davonzugehen, einfach die Auffahrt hinunter und in die Stadt zu gehen. Welche Erleichterung das wäre.

Als Pat auf die beiden zukam, rannte Charlie weg, die Auffahrt entlang. Anna stand hastig auf und lief ihr hinterher. Sie hörte Pat dicht hinter sich laufen. Der Kiesweg hatte Schlaglöcher, und die Steine taten an Annas Füßen weh. Ein Stück weiter vorn war Charlie eine blass aufblitzende Gestalt in der Dunkelheit. Wenn sie erst in den schwarzen Busch zu beiden Seiten des Wegs abtauchte, würde es schwierig werden, sie zu finden. Charlie kam auf dem unebenen Boden überraschend schnell voran, aber Pat war noch schneller. Er überholte sie beide und nahm das Mädchen in die Arme. Anna rechnete damit, dass sich Charlie zur Wehr setzen würde, doch sie ließ sich, nach Luft japsend, gegen ihn fallen. Pat sank zu Boden, die Arme um sie geschlungen. Anna setzte sich neben die beiden. Keiner sagte etwas, alle atmeten schwer.

Charlie stieß ein paar atemlose Schluchzer aus, die zu traurigem Weinen an Pats Schulter wurden. Zögernd berührte Anna Charlies Rücken. Sie hatte keine Ahnung, wie sie dieses Kind trösten sollte, auch wenn sie diese Art von hilflosem Weinen gut kannte. Auf diese Weise hatte sie nachts im Bett geweint, und der einzige Mensch, der sie hätte trösten können, war ihre tote Mutter gewesen.

Charlie weinte lange und stieß manchmal ein paar unverständliche Wörter aus. Dunkle, leise Fledermäuse flatterten über sie hinweg, und die Grillen und Frösche veranstalteten einen ohrenbetäubenden Lärm.

Das Mädchen setzte sich in Pats Schoß auf und flüsterte: »Anna, schläft Ralph jetzt?«

»Ja, ich glaube schon«, erwiderte Anna. »Sie ist bestimmt zusammengerollt und schläft fest.«

»Dann träumt sie von Knochen«, sagte Pat. Ein kleines Tier raschelte in der Nähe im Gebüsch. »Alle tagaktiven Tiere schlafen jetzt oder machen sich gerade bettfertig. Und wir auch. Wir sind nämlich Tiere. Menschliche Tiere.«

»Mmm.« Charlie schniefte.

»Gehen wir zurück. Und zu Bett.« Pat hob Charlie hoch und trug sie den dunklen Weg entlang. Anna ging hinter ihnen. Sie stellte sich vor, wie er sein eigenes Kind auf diese Weise trüge, eines Tages in der nahen Zukunft. Er würde ein guter Vater sein. Aufmerksam und sorgsam, aber nicht verhätschelnd.

Wie anders wäre Anna jetzt, wenn sie vor all den Jahren Mutter geworden wäre? Und wer war dieser Mensch, den Pat und sie erschaffen, dann aber verworfen hatten?

»Tut mir leid«, flüsterte sie dem Baby zu. *Tut mir leid, dass ich nicht stark genug war, für dich einzutreten.*

Während sie Pat den Weg entlang folgte, fühlte sie sich in der Dunkelheit irgendwie formlos, als würde sie an den Nähten aufgehen und an den Rändern ausfransen.

Im Melkschuppen legte Pat Charlie aufs Bett, und Anna hob das verhedderte Moskitonetz vom Boden auf. Das Mädchen schloss die Augen und schlief auf der Stelle ein. Anna strich sich den Dreck von den Füßen, stieg aufs Bett, die Matratze weich und unsicher unter ihr, und hakte das Moskitonetz wieder fest.

»Es tut mir leid«, flüsterte sie. »Jetzt hat es einen Riss.«

Pat zuckte mit den Schultern. »Ist schon okay. Das lässt sich leicht flicken.«

Sie zog die Bettdecke unter Charlie hervor und deckte sie zu. Dann folgte sie Pat nach draußen. »Danke, dass du rausgekommen bist und geholfen hast …«

»Ist schon okay. Ich bin nur froh, dass sie nicht in den Busch gelaufen ist.« Er war schon auf dem Weg zum Haus.

»Ich auch«, sagte sie.

»Schlaf gut.«

Anna hob das kleine T-Shirt vom Boden auf und faltete es. Ein Jahr nach dem Tod ihrer Mutter hatte Anna die Hoffnung aufgegeben, dass ihr Dad jemals über ihre Mutter reden würde. Sie hatte nicht die leiseste Erinnerung an den letzten Besuch bei ihr, der im Krankenhaus stattgefunden haben musste. Ihr Vater war ganz sicher auch dort gewesen. Er hätte ihr davon erzählen können.

Doch wenn sie ihn fragte, fertigte er sie nur ab. »Erinnere dich einfach an die guten Zeiten, Annie.«

Ohne diese letzte Erinnerung, so schien es Anna, war es schier unmöglich, an den wenigen Erinnerungen festzuhalten, die sie noch an ihre Mutter besaß. Eine Zeit lang, mit neun Jahren, hatte sie Erinnerungen in ein Heft geschrieben, aber nach zwei Jahren hatte sie das Heft verbrannt, weil sie den süßlichen kleinen Geschichten darin nicht vertraute. Sie waren mit solcher Verzweiflung geschrieben, dass Anna sicher gewesen war, sie müssten erfunden sein. Selbst jetzt hatte sie manchmal Angst, dass keine einzige Erinnerung an ihre Mutter real war.

19

Als Anna aufwachte, stand die Sonne bereits hoch. Die Lücke in dem behelfsmäßigen Vorhang zeigte einen Streifen blauen, hellen Tag draußen. Charlie schlief noch, das Gesicht blass. Und wenn das Mädchen wieder versuchte wegzulaufen? Wenn Charlie es bis zur Straße schaffen sollte, würde sie doch gewiss von jemandem aufgehalten werden, und was würde dann passieren? Als sie sich entschlossen hatte, nach Norden zu fahren, hatte sich Anna an die naive Vorstellung geklammert, dass alles leichter sein würde, wenn sie erst einmal bei Pat ankämen.

Sie schwang sich aus dem Bett und öffnete leise die Tür. Pats Pick-up war fort, und Sabines kleiner gelber Wagen parkte unter dem Mangobaum. Pat hatte Anna erzählt, dass Michael und er einen Baum in der obersten Plantage fällen würden. Sie lauschte auf eine Kettensäge, doch es war nur das träge Gurren von Tauben in der Nähe der Waschküche zu vernehmen.

Einst hatte Pat Anna erklärt, einen Baum zu fällen sei in seinen Augen die beste Methode, um einen klaren Kopf zu bekommen, dass ihm die damit verbundene Gefahr wie nichts sonst Konzentration abverlange. Er besaß Fotos aus früheren Zeiten von Holzfällern hier in der Gegend, Männern, die Äxte verwendeten und einen ganzen Tag brauchten, um einen Riesen-Lebensbaum zu fällen. Wie Anna wusste, sah er sich gern als Mensch, der zu einer Zeit zurückkehrte, in der die Bäume mit gebührendem Respekt behandelt und nachhaltig abgebaut wurden.

Anna machte sich auf den Weg über die Lichtung. Sie hoffte, dass Sabine unterwegs war und sie auf der Veranda in Ruhe eine Tasse Tee trinken könnte.

Da hörte sie einen Wagenmotor die Auffahrt heraufknirschen. Wahrscheinlich war es Pat, aber was, wenn es jemand anders war? Sie eilte auf das Haus zu, aber in dem Moment, als sie die Stufen erreichte, zeigte sich ein weißer Wagen mit Allradantrieb zwischen dem Bambus.

Anna blieb stehen. Man hatte sie gesehen.

Eine kleine Frau kletterte aus dem Wagen. Sie trug Jeans und ein weißes Hemd, und ihre schwarzen Haare waren sehr kurz geschnitten.

»Hallo!«, rief sie fröhlich.

»Hallo.« Anna betete, dass Charlie nicht aufwachen würde.

Die Frau hatte einen zielsicheren, leicht watschelnden Gang.

»Ich heiße Jo.« In einer Hand hielt sie eine kleine braune Flasche. »Sabines Hebamme.«

»Oh. Ja. Hi!«

»Wie leben Sie sich ein?« Sie schenkte Anna ein flüchtiges Lächeln.

»Gut.«

Sabine und Pat mussten ihr ebenfalls die Geschichte erzählt haben. Warum hatten sie ihr gegenüber überhaupt etwas erwähnt? Hatte die Frau Anna und Charlie bemerkt, als sie tags zuvor auf dem Weg zum Wasserloch gewesen waren?

»Ist sie da?« Die Frau neigte den Kopf in Richtung des Hauses.

»Sabine? Ich bin mir nicht sicher. Ich bin gerade eben erst aufgewacht.«

Die Hebamme warf einen Blick auf ihre Armbanduhr. »Wie schön für Sie. Ich habe ein paar Kräuter für Sabine.« Sie ging auf die Veranda zu. »Sabine, bist du zu Hause, Liebes? Ich bin's, Jo!«, rief sie.

Die Frau schlüpfte in die Küche, und Anna fragte sich, ob sie sich einfach davonstehlen könnte, zurück in den Melkschuppen. Doch Jo tauchte schon wieder auf und ging raschen Schrittes zu ihrem Wagen zurück.

»Können Sie ihr Bescheid geben, dass ich die Kräuter auf den Tisch gestellt habe?«

Anna nickte. »Selbstverständlich. Kein Problem.«

Jo sah sich um. »Wo ist das Kind?«

»Pardon?«

»Ich weiß, dass Sie eine schwierige Zeit hinter sich haben. Schwere Entscheidungen getroffen haben.«

»Mmm.«

Die Frau sah Anna in die Augen. »Aber Sie wissen schon, dass die Mutter-Kind-Bindung elementar ist. Die sollte man nicht aus einem plötzlichen Drang heraus, so edel er auch sein mag, spalten.«

»Was?«

»Ich weiß, dass Sie das Mädchen vor seinem gewalttätigen Stiefvater gerettet haben.«

Anna starrte sie fassungslos an.

Jo nickte. »Sabine hat es mir erzählt.«

Was zum Teufel?

»Eine schreckliche Situation für Sie. Einfach furchtbar.« Jo hielt inne. »Aber warum haben Sie die Mutter nicht mitgenommen? Die Mutter hätte Ihre Unterstützung ebenfalls gebraucht. Warum nicht beide fortbringen?«

Annas Stimme bebte. »Weil die Mutter ihre Tochter *gebissen* und ... die Hintertreppe hinuntergestoßen hat und es zugelassen hat, dass man sie mit dem Kopf voran in eine Toilette gesteckt hat, während die Spülung betätigt wurde. *So* elementar war die Beziehung zu ihrer Tochter.«

»Wie alt ist die Mutter?«

»Ich weiß es nicht.« *Jung.*

»Tja, sie hätte genauso vor diesem Mann gerettet werden müssen wie die Kleine. Sie haben ihm die Mutter schutzlos ausgeliefert.«

Anna dachte daran, dass Harlan eine Zigarette an Gabbys Haut gehalten hatte. Was tat er ihr sonst noch an?

»Ihre Mutter wäre niemals mit mir mitgekommen.«

»Verstehen Sie mich nicht falsch, ich kann nachvollziehen, warum Sie getan haben, was Sie getan haben.« Jo seufzte. »Es ist nur so, dass Sie die elementare Beziehung des Mädchens zerrissen haben. Das sollte man nicht auf die leichte Schulter nehmen.«

Anna versuchte, die Schärfe in ihrer Stimme zu mildern. »Ihre Mutter hat sie zerrissen, nicht ich.«

Sie musste sich setzen, zu Atem kommen. *Könnte diese Frau mich verpfeifen? Um Charlie wieder mit ihrer Mutter zusammenzubringen? Verdammt noch mal, warum hat Sabine es ihr erzählt?*

Die Hebamme verzog das Gesicht und blickte über Annas Schulter in die Ferne. »Ich bin nur … Meine ganze Arbeit ist der Mutter-Kind-Bindung gewidmet.«

Anna versuchte, ruhig zu klingen. »Ich habe alles in meiner Macht Stehende getan, um der schutzbedürftigsten Person in dieser Situation zu helfen.«

Jo nickte seufzend. »Haben Sie Kinder?«

»Nein.«

»Oh. Möchten Sie welche?«

»Was?«

»Ich stelle diese Frage fast jedem.« Sie lächelte entschuldigend. »Berufliches Vorrecht. Oder Angewohnheit. Tut mir leid.« Sie ließ die Hände in die Taschen ihrer Hose gleiten. »Wo ist das Mädchen? Ist es bei Sabine?«

»Es schläft.« Anna hielt den Blick auf die Frau gerichtet. Bloß nicht zum Melkschuppen schauen, sonst würde diese Frau am Ende noch hinübermarschieren, um sich Charlie anzusehen. »Wissen Sie, bloß weil man ein Kind auf die Welt bringt, heißt das noch lange nicht, dass man sich am besten darum kümmern kann.«

Seufzend wackelte Jo mit dem Kopf. »Mmm. Aber es gibt den Grundsatz, alles zu versuchen, Kinder bei ihren Eltern zu lassen, nicht aus irgendeinem abstrakten Grund. Sondern weil es etwas *zu bedeuten hat,* wenn man ein Kind zur Welt bringt. Kinder wollen ihre Eltern.«

Anna schwieg. *Manchmal wollen wir etwas, das nicht das Beste für uns ist.*

»Das Mädchen muss doch nach seiner Mutter fragen …?«, setzte Jo an.

»Ein paarmal.«

Wo ist meine Mummy?

Anna holte Luft. »Da Sie jetzt die Situation kennen, sind Sie gewillt, die Sache für sich zu behalten? Bloß für ein paar Wochen. Bitte.« Ihre Stimme war brüchig. »Wenn Sie den Biss an ihrem Bein gesehen hätten … oder sie schreien gehört hätten … hätten Sie sie auch wegbringen wollen … Die beiden hätten sie noch umgebracht, das glaube ich wirklich.«

»Ich werde niemandem etwas sagen.« Ihr Blick war fest, aber Anna konnte ihre Miene nicht deuten.

»Okay. Danke.«

»Es tut mir leid, falls ich Ihnen zugesetzt habe, aber ich war einfach so … entsetzt zu hören, dass Sie die Mutter dort gelassen haben.« Sie runzelte die Stirn. »Bei meiner Arbeit sehe ich mehr Mütter, die gerettet gehören, als Sie sich vorstellen können.«

Sie warf einen Blick zum Haus. »Wie dem auch sei, sagen Sie Sabine, dass ich nächste Woche wieder vorbeischaue. Und sagen Sie ihr, sie soll weiter den Tee trinken, den ich ihr gestern gegeben habe. Er schmeckt grässlich, aber sie braucht ihn.« Sie stieg in ihren Wagen und hob zum Abschied die Hand.

Anna sah dem davonfahrenden Wagen nach und stand dann eine Weile mit geschlossenen Augen da. *Was zum Teufel hatte sich Sabine dabei gedacht?*

Sie verzichtete auf die Tasse Tee und stieg einfach wieder neben Charlie ins Bett. Das Mädchen hatte sich auf den Rücken gerollt und die Decke abgeworfen. Sein T-Shirt war auf einer Seite hochgerutscht, und im hellen Licht sah Anna eine glänzende runde Narbe an Charlies Bauch.

Nachdem Anna das T-Shirt nach unten gezogen hatte, legte sie sich neben das Mädchen. Anna war so nah, dass sie jede keksfarbene Sommersprosse auf der Nase des Mädchens sehen konnte, und jedes gebogene Härchen seiner Augenbrauen. Noch nie zuvor hatte Anna dagelegen und auf diese Weise ein schlafendes Kind betrachtet, hatte noch nie diesen undurchsichtigen Aufruhr aus Angst und Zärtlichkeit und Schuld verspürt.

20

der umgestürzte Baum reichte von einer Seite der Waldlichtung zur anderen. Anna folgte Charlie, die sich einen Weg über die Zweige und Äste bahnte und immer wieder innehielt, um den gefällten Baumstamm zu betrachten. Anna schätzte, dass er mindestens vierzig Meter lang war. Er hatte zwei andere, kleinere Bäume mit sich gerissen, und überall verstreut lagen zerborstene Äste herum, manche mit frisch sprießenden Blättern, die jetzt in der Hitze verwelkten. Charlie erreichte den großen Baumstumpf, der einen Durchmesser von beinahe zwei Metern hatte, und berührte mit dem Finger den bernsteinfarbenen Saft, der aus der Rinde hervorquoll.

Anna war am Morgen ein zweites Mal aufgewacht, als Pat seinen Pick-up unter Motorenlärm abstellte, und hatte Charlie geweckt. Nachdem Pat Kettensägeöl aus dem Schuppen geholt hatte, nahm er sie im Pick-up den Berg mit hoch. Anna war froh, vom Haus wegzukommen. Sie malte sich ständig aus, wie die Hebamme geradewegs zur Polizei ging. Möglicherweise würde die ganze Sache noch heute zu einem Ende kommen.

»Riech mal an dem Stumpf.« Pat kam auf Charlie zu, eine zerbeulte Metallwasserflasche in einer Hand. In der Luft lag der intensive Geruch von geschnittenem Holz.

Charlie bückte sich und berührte das frisch geschnittene Holz mit der Nase. Sie hielt das Gesicht lange dort, und Anna ging durch den Sinn, dass das Mädchen einen Teil des Baumes berührte, der bis vor etwa einer Stunde noch völlig verborgen und geschützt gewesen war.

Anna legte eine Hand auf das sonnengewärmte Holz und fragte sich, ob der Saft schon zu fließen aufgehört hatte. Ein menschlicher Leichnam war innerhalb kürzester Zeit vollständig verlassen – der Körper von Annas Großvater schien selbst eine halbe Stunde nach dessen Tod schon leer, die Zellen ausgehöhlt –, doch dieses Holz fühlte sich unter Annas Hand lebendig an. Sie dachte an die Lebensbaumtruhe im Schlafzimmer ihres Dads, und wie dieses Holz, das vor mindestens hundert Jahren gefällt worden war, irgendwie immer noch Leben in sich trug.

Pat strich mit der Hand über die flache Seite des Stumpfes. »Den habe ich lange, bevor du auf die Welt gekommen bist, angepflanzt«, erklärte er Charlie. »Es war ein winziger Setzling. Und als ich ihn angepflanzt habe, habe ich mir den Tag vorgestellt, an dem ich ihn fällen würde.« Er lächelte. »Aber ich hatte keine Ahnung, dass du hier sein würdest. Du warst noch nicht einmal auf der Welt.«

Charlie rieb sich die Nasenspitze und sah sich um. »Hast du all die Bäume hier gepflanzt?«

Er nickte. »Die meisten.«

»Sie sehen wie Menschen aus.«

Er betrachtete die Bäume, die die Lichtung umstanden, mit einem Lächeln. »Es wären sehr reglose Menschen. Sehr reglos.«

Anna überlegte, dass Charlie es vielleicht vorzöge, wenn ihre Menschen an einem Ort verwurzelt wären.

Pat deutete auf einen kleineren Baum, der am Boden lag. »Auf dem Weg nach unten hat der große Baum ein paar andere mitgerissen. Er hatte seinen eigenen Kopf.«

»Was wirst du mit dem Baum machen?«, fragte Charlie.

»Ich werde ihn in Stücke sägen, und wenn er dann trocken ist, werde ich unter anderem ein Bett für das Baby machen, für die Zeit, wenn es älter ist.«

»Ist dein Baby ein Mädchen oder ein Junge?« Charlie trat um den Stumpf und berührte die braune Rinde.

»Ich weiß es nicht.«

»Ein Junge ist besser«, sagte sie.

»Ach ja?«

Charlie nickte und versuchte, etwas Rinde abzuziehen, aber sie blieb fest am Baum.

Über einen niedrigen Ast kletterte sie auf den Baumstumpf und balancierte dort, die Arme ausgestreckt, ging dann vorsichtig am Rand des Stumpfs entlang, als wäre er ein Drahtseil, ihre Füße auf der Höhe von Annas Schultern.

»Charlie, ich denke, du solltest da runterkommen«, sagte Anna. »Ich möchte nicht, dass du fällst, nicht mit deinem verletzten Arm.«

»Alles in Ordnung.« Sie ließ sich herunter, bis sie rittlings auf dem Ast saß und die pinkfarbenen Turnschuhe baumelten. »Er tut nicht mehr weh.«

Anna drehte sich zu Pat um und sprach leise. »Jo, die Hebamme, ist heute Morgen hier aufgekreuzt.«

»Ach ja?« Pat hielt den Blick auf Charlie gerichtet.

»Sie ... hat mir Vorhaltungen gemacht, weil ich nicht auch noch Charlies Mutter mitgenommen habe. Weil ich die Mutter zurückgelassen habe. Sabine hat *ihr* von mir und Charlie *erzählt.*« Von Neuem regte sich Empörung in ihr. *Was zum Teufel hatte sich Sabine dabei gedacht?*

Pat starrte sie an. »Das hat Jo gesagt? Dass *Sabine* es ihr erzählt hat?«

Pat war also nicht im Bilde.

»Ja, das hat sie gesagt.«

Und wenn Anna und Charlie jetzt wegmussten, weil Jo Bescheid wusste? Vielleicht hatte Sabine es deswegen getan. Oder war Anna drauf und dran, paranoid zu werden?

Pat sah in den Wald und schüttelte den Kopf. »Warum zum Teufel hat sie das gemacht? Mist! Ich kapiere es nicht.« Er atmete tief aus. »Allerdings kannst du Jo vertrauen. Sie ist zuverlässig.«

»Bist du dir da so sicher? Sie ist offensichtlich der Ansicht, ich hätte etwas Schreckliches getan.« Dort oben im Wald wehte keine Brise. Hitze umwogte sie, bis sie sich atemlos vorkam und ihr schwindelig war.

Charlie schob sich von ihnen weg den Ast entlang, mit den Beinen zu beiden Seiten am Stamm abgestützt.

»Jo ist vertrauenswürdig«, sagte Pat.

»Aber wem wird es Sabine sonst noch auf die Nase binden? Ein paar Nachbarn?« Ihre Stimme wurde lauter. »Anderen *vertrauenswürdigen* Leuten? Frauen in ... ach, keine Ahnung ... in ihrem Schwangeren-Yoga? Was zum Teufel denkt sie sich eigentlich?«

Sie musste sich zügeln, denn sie konnte es sich nicht leisten, Pat gegen sich aufzubringen. Sie brauchte ihn. »Es ist wichtig, dass Charlies Rückkehr kontrolliert abläuft, um ihretwillen. Diese Jo könnte in dieser Minute schon jemandem davon erzählen. Ich fände es unerträglich, wenn die Polizei auftauchen und Charlie fortschleppen würde.«

Sie warf einen Blick zu Charlie, die an einem Ast rüttelte, sodass die Blätter raschelten. Wie in aller Welt könnte sie Charlie auf eine solche Übergabe vorbereiten? Was sollte sie sagen? *Ich werde dich ein paar Fremden übergeben, die dich an noch mehr Fremde übergeben werden. Wahrscheinlich kommst du nicht zu deiner Mum zurück. Tschüs dann.*

»Ja. Ich verstehe schon, Anna.« Er klang schroff. »Wie du ja weißt, wollen wir auch nicht, dass die Polizei aufkreuzt. Ich habe *keine Ahnung*, warum Sabine es Jo erzählt haben sollte. Sie war gestern ziemlich … ähm … durch den Wind.«

»RALPH!«, rief Charlie, als der Kelpie auf die Lichtung trottete. Grinsend glitt sie zu Boden.

Der Hund erreichte das Mädchen mit heftig wedelndem Schwanz.

»Sitz, Ralph!«

Ralph machte Sitz. Ihr nasses Fell stand in dunkelbraunen Spitzen ab. Das Mädchen beugte sich zu dem Hund, das strahlende Gesicht dicht an der Schnauze des Kelpies. »Ralphie, Ralphie, Ralphie.«

»Nicht so nah an das Gesicht des Hundes, Charlie«, mahnte Anna.

»Ihr passiert schon nichts«, murmelte Pat.

Charlie tätschelte Ralphs nassen Rücken und flüsterte dem Hund etwas ins Ohr.

Michael kam aus dem Wald. Er trug ein Handtuch, das er auf die Motorhaube des Pick-ups legte. Er winkte ihnen zu, zog dann zwei lange Metallstangen hinten aus dem Pick-up und legte sie auf den Boden.

Pat trank einen Schluck aus seiner Wasserflasche. »Wir werden jetzt den Baum bearbeiten und alles fürs Sägen vorbereiten. Am besten haltet ihr beide euch fern.« Er deutete zum Rand der Lichtung. »Geht da rüber, wo die Kühlbox steht.« Er wich Annas Blick aus.

»Okay.«

Er trat gegen einen Ast in der Nähe seines Fußes. »Mir ist ein anderer Ort eingefallen, an dem ihr noch eine Weile bleiben könnt. Mir schwebt da eine leere Hütte vor. Dann könnten wir Jo sagen, dass ihr weitergezogen seid.«

»Dann traust du Jo also doch nicht?«

Sein Blick huschte zu ihr. »Besser, wir gehen auf Nummer sicher.«

»Klar. Wo ist diese Hütte?«

»Etwa eine halbe Stunde zu Fuß von meinem Haus. Weiter oben in Richtung Bergspitze. Ich muss bloß den Typen anrufen, dem sie gehört …«

Ging er davon aus, dass sie nur bis zum Ende der Woche in dieser Hütte bleiben würden? Oder war es möglich, dass sie dann länger bleiben könnten, wenn Pat den Leuten sagen würde, sie wären fort? Anna ertrug den Gedanken nicht, Charlie in fünf Tagen der Polizei zu übergeben. Und wenn man sie direkt zu Gabby und Harlan zurückbrächte?

»Und lass mich mit Sabine über die Sache mit Jo reden«, sagte Pat. »Es ist besser, wenn du es nicht ansprichst.«

»Okay.«

»Ich mache mich jetzt an die Arbeit.« Pat ging auf den Pick-up zu.

Anna hätte sich ihre Wut auf Sabine nicht anmerken lassen sollen. Sie hatte Pat verärgert. Schließlich hatte er sie bei sich aufgenommen, er war ihr Rettungsanker.

»Komm schon, Charlie, setzen wir uns dahinten zu der Kühlbox.«

Mit einer Hand schlug Charlie auf ihren Oberschenkel. »Komm, Ralph!« Der Hund trottete gehorsam neben dem Mädchen her. Charlie streckte sich unter einem Baum auf dem Boden aus, und der Hund legte sich über ihre Beine.

Anna setzte sich auf die Kühlbox und fragte sich, ob Pat vergessen hatte, dass er sie eigentlich am Nachmittag in die Stadt mitnehmen sollte, damit sie ihren Dad anrufen konnte. Er und Michael schienen damit beschäftigt, den Baum zu zersägen. Sie wollte so dringend die Stimme ihres Dads hören und hoffte, dass er ihr helfen würde, einen Plan zu schmieden, wie sie Charlie zurückgeben könnte. Er wusste, wie die Polizei arbeitete.

Charlie berührte sanft die Spitze von einem von Ralphs Ohren. »Sie hat Haare in den Ohren!«, stellte sie fest.

»Ja«, erwiderte Anna. »Du und ich, wir haben auch Haare in den Ohren. Bloß nicht so viele.«

Michael kam angeschlendert und nickte Anna zu. »Und wie geht es dir, kleine Charlie?«

Charlies Finger waren im Fell am Rücken des Hundes vergraben. »Kann Ralph einen Tag lang zu mir kommen?«

»Einen Tag lang. Zu Besuch.« Michael hob eine Thermoskanne aus rostfreiem Stahl vom Boden auf und goss etwas Heißes in den Deckel.

»Tee?« Er bot ihn Anna an. An seinem Mittelfinger fehlte die Spitze.

»Nein danke.«

Michael ging in die Hocke und trank den Tee, während er den Blick über den gefällten Baum schweifen ließ. Sein nasser Pferdeschwanz hatte sein Arbeitshemd durchtränkt.

»Ralph ist sehr wählerisch, wissen Sie.« Er lächelte Anna an. »Für Sie sieht das wahrscheinlich aus, als spränge sie auf jeden an, der vorbeikommt, aber mit manchen Leuten will sie einfach nichts zu tun haben. Die Avancen von Avrils Mädchen lassen sie völlig kalt. Aber für Ihr Mädchen hat Ralph etwas übrig.«

Charlie betrachtete Michael, ein scheues Lächeln auf den Lippen.

»Sie ist ein sehr anspruchsvoller Hund, unsere Ralph«, sagte Michael. Er schüttete den restlichen Tee weg und stand auf. »Bleib bei Charlie, Ralph.«

»Ich passe auf sie auf.« Mit strahlenden Augen blickte Charlie zu Michael auf. Sie beobachtete, wie er zu dem Pick-up zurückkehrte, und begann dann wieder, Ralphs feuchtes Fell zu streicheln.

21

Das Licht der späten Nachmittagssonne fiel schräg über die Weideflächen und ließ das Gras in einem satten Grün erscheinen. Charlie saß zwischen Pat und Anna auf dem Vordersitz des Pick-ups und lehnte sich vor, um besser sehen zu können. Sie passierten eine junge Frau, die neben der Straße stand, den Daumen ausgestreckt. Vor ihnen breitete sich jetzt die Ebene aus, und es waren nur noch ein paar Minuten bis nach Mullumbimby. Sabine war kurz vor ihrem Aufbruch angefahren gekommen, Eimer und mehrere Mopps auf der Rückbank ihres kleinen Autos.

Pat drosselte den Pick-up, als sie die Backsteinbungalows am Stadtrand erreichten. Eine Gruppe Kinder fuhr mit Fahrrädern auf dem Gehweg, und eine Frau mit Kinderwagen wartete, um die Straße zu überqueren. Anna behagte es nicht, Charlie aus der Sicherheit des Waldes zu holen, aber bei Sabine würde sie das Mädchen auf keinen Fall lassen. Jetzt nicht mehr.

»Anna und ich kriegen unseren eigenen Hund«, sagte Charlie. »Er wird in unserem Bett schlafen.«

Pat bremste für einen Wagen, der nach rechts in eine Einfahrt bog. »Ach ja?« Er lächelte Charlie zu. »Was für einen Hund denn?«

»Einen Ralphie-Hund.«

»Vielleicht könnten wir uns Ralph einfach ab und zu ausleihen?«, schlug Anna vor.

»Mmm, nein«, erwiderte Charlie.

Pat bog nach rechts in Richtung Stadt ab. Sie fuhren über die Brücke und dann durch Nebenstraßen zur Post.

»Kann man irgendwo Zahnbürsten kaufen?«, fragte Anna, als er vorwärts einparkte.

»Ich habe zwei Zahnbürsten, die ich euch geben kann. Eine habe ich vielleicht schon ein paarmal benutzt …«

»Oh, das macht nichts. Danke.« Sie war absolut nicht scharf darauf, in einen Supermarkt zu gehen, und wollte Pat ungern um einen weiteren Gefallen bitten.

Pat stellte den Motor ab und deutete durch die Windschutzscheibe. »Die Telefone sind da hintenrum.« Ein alter Mann ging mit einem Labrador vorüber.

Anna schluckte und sah geradeaus. »Es tut mir leid, wenn ich oben beim Baum ein bisschen heftig geworden bin …«

»Nein. Ist in Ordnung.« Seine Stimme klang angespannt. »Es wird schon hinhauen. Und bloß, damit du es weißt: Das Polizeirevier ist zwei Türen weiter.« Er deutete über die Schulter. »Auch wenn dort vor Ort mittlerweile kein Polizist mehr ist.«

»Oh, wirklich? So nah?« Sie spähte aus dem Heckfenster des Pick-ups. Warum brachte er sie zu *dieser* Telefonzelle? »Wo sind sie denn dann?«

»Keine Ahnung. Ich schätze mal, drüben in Byron, wo was los ist. Wenn man sie braucht, muss man auf einen Summer an der Tür drücken, dann spricht man mit dem Revier in Byron oder Bruns.« Er lächelte sie an. »Du weißt ja, es heißt, das beste Versteck ist vor aller Augen.«

Sie versuchte, sein Lächeln zu erwidern. »Da bin ich mir nicht so sicher.«

Sie öffnete die Wagentür, und Charlie glitt über den Sitz. »Ich komme mit.«

»Nein.« Anna legte Charlie die Hand auf den Oberschenkel. »Es dauert nicht lange. Am besten gehe ich allein.«

Das Mädchen runzelte die Stirn. »Warum? Ich will mit dir mitkommen.«

»Weil uns vielleicht jemand erkennt, wenn du bei mir bist.« Sie sah sich um. Auf der anderen Straßenseite saßen drei Teenager an einem Picknicktisch unter einem Feigenbaum, die Köpfe dicht beieinander, und betrachteten etwas auf einem Handy.

»Bleib hier bei Pat.«

»Hier.« Pat zog eine Papiertüte hervor. »Möchtest du etwas getrocknete Mango oder getrocknete Banane?«

Charlie griff in die Tüte.

Anna schloss die Tür und trat auf den Bordstein. Sie hatte sich die Haare mit einem Tuch hochgebunden und trug ein langes Kleid, das Sabine ihr gegeben hatte.

In den Palmen über ihr scharten sich zankend Papageien. Sie ging an der Post vorbei, wo zwei junge Frauen auf den Backsteinstufen saßen und sich eine Zigarette teilten und ein Mann in seinem Postfach nachsah. Autos fuhren langsamer, um in die Hauptstraße einzubiegen. Eine Frau schob einen Kinderwagen vorbei. Leute gingen ihren Geschäften nach, bewegten sich durch den Tag, ohne leise ihre Schritte zu zählen oder eine betont beiläufige Miene aufzusetzen.

Anna trat in eine der beiden Telefonzellen. Allerdings handelte es sich nicht um eine echte Zelle. Es gab keine Tür, bloß ein Dach und zwei Seitenwände aus durchsichtigem Kunststoff. Anna fühlte sich aller Welt ausgeliefert.

Ihre Hände zitterten, als sie bei der Auskunft anrief. Als Nächstes tippte sie die Nummer des Canobolas Hotels ein und ließ Münzen in den Schlitz fallen.

Das Telefon läutete sechsmal, bevor eine Frau an den Apparat ging. Im Hintergrund erklangen Stimmen und das Klirren von Gläsern.

»Hi. Ich würde gern mit einem Ihrer Gäste im Lokal sprechen, wenn das ginge. Neville Pierce.«

Die Frau hielt inne. »Ach ja, der ist hier. Wer spricht?«

»Rose.« Annas zweiter Vorname.

Die Geräusche am anderen Ende klangen einen Moment gedämpft. Die Frau hatte die Hand über der Sprechmuschel. Dann ertönte die Stimme ihres Dads, geschäftsmäßig.

»Hier spricht Neville Pierce.« Er war in einen ruhigeren Teil des Hotels gegangen.

»Hi, Dad.«

»Annie.« Seine Stimme nahm einen eindringlichen Tonfall an. »Geht es dir gut? Wo bist du?«

»Mir geht es gut. Uns beiden geht es gut.«

»Oh, Schatz. Ich habe mir *solche* Sorgen gemacht! Was in aller Welt hast du dir nur dabei gedacht?« Sein scharfer Tonfall versetzte ihr einen Stich.

»Mir blieb keine andere Wahl, Dad. Wirklich. Und wenn sie umgebracht worden wäre, im Haus nebenan, während ich bloß jedes Mal, wenn sie sie anbrüllen und herumschubsen, beim Jugendamt angerufen hätte?«

»Oh, Annie. Himmelherrgott, du hättest es den Behörden überlassen sollen!«

»Aber *die Behörden* haben sich nicht um sie gekümmert. Man hat sie einfach ihrem Schicksal überlassen. Sie ist *fünf*, Dad. *Fünf*. Er hat sie verkehrt herum gehalten und damit gedroht, sie auf den Kopf fallen zu lassen.«

Ihr wurde klar, wie sehr sie gehofft hatte, dass er es verstand, dass er es billigen würde. Bei allem angeblichen Schwarz und Weiß des Gesetzes hatte er ihr oft genug gesagt, dass es viele Abstufungen von Grau gebe.

»Es war das kleinere Übel, Dad.«

»Tja, meine Sorge gilt *dir* und dem, was das Ganze für dich bedeutet.« Man hörte Leute an ihm vorübergehen, und er senkte die Stimme. »Zwei Beamte sind gekommen und haben sich mit mir unterhalten, und sie haben mir unmissverständlich bedeutet, um was für ein schwerwiegendes Verbrechen es sich handelt, als wüsste ich das nicht sowieso. Dir ist doch klar, dass auf Kindesentführung eine Höchststrafe von zehn Jahren steht?«

»Zehn Jahre.« *Mist.* Sie schloss die Augen, weil ihr schwindelte. »Du hast doch den beiden erzählt, was Charlie zu Hause erlitten hat, oder?«

»Ich habe ihnen erzählt, was du mir erzählt hast. Und dass du so etwas nur tun würdest, wenn du dir richtig ernsthafte Sorgen machen würdest.«

»Ermitteln sie also wegen der Kindesmisshandlung?«

»Tja, es klingt so. Und das sollten sie auch. Aber ihre oberste Priorität ist, dich zu finden.« Er hielt inne. »Wo bist du, Annie?«

»Das sage ich nicht. Damit du nicht lügen musst.«

Auf die Weise wirst du es ihnen nicht verraten.

Er schwieg.

»Haben sie dich gefragt, ob du irgendeine Ahnung hast, wohin ich unterwegs sein könnte?«, fragte sie.

»Ja, natürlich. Aber ich habe verdammt noch mal keine Ahnung, wohin du gefahren sein könntest.« Er stöhnte. »Oh, Annie. Welch gottverdammter Schlamassel! Dave hat mich am Tag, nachdem du auf und davon bist, angerufen.«

»Wie hat er geklungen?«

»Besorgt.«

Anna ging davon aus, dass sie Dave und die Möglichkeit eines gemeinsamen Lebens wahrscheinlich verloren hatte.

Ihr Dad ergriff wieder das Wort. »Er sagt, je länger du sie behältst, umso schlimmer wird es für dich werden. Umso länger die Haftstrafe. Du weißt, dass du sie zurückgeben musst, Schatz. Und du musst es jetzt tun.«

»Tja, ich schätze mal, dass es längst düster für mich aussieht, ganz gleich, wann sie zurückkehrt. Ich habe mein ganzes vermaledeites Leben nur zu dem Zweck auf den Kopf gestellt, dass sie nicht zu Gabby und ihrem Stiefvater zurückkommt. Ich muss sicher sein können, dass die Polizei begreift, dass ihr Zuhause eine Gefahr für sie ist.« Wieder sah sie in ihrer Vorstellung, wie Harlan eine brennende Zigarette auf Charlies Bauch drückte. Den ganzen Tag hatte sie dieses schreckliche Bild nicht aus ihrem Kopf verscheuchen können.

»Ja, und der Polizei machst du das am besten begreiflich, Anna, indem du sie zurückbringst und die Polizei *dann* davon überzeugst, dass ihr Zuhause eine Gefahr ist. Du hast längst erreicht, was du wolltest. Du hast die Aufmerksamkeit auf die Situation der Kleinen gelenkt.«

»Aber sie würde zu Hause leben, solange sie ermitteln, nicht wahr?«

»Ich weiß es nicht. Aber das ist möglich. Warum kommst du nicht einfach her, und ich helfe dir? Wir übergeben sie gemeinsam.«

Da schwang etwas in seiner Stimme mit – Enttäuschung? –, das eine innere Leere in Anna verursachte.

»Und wenn du mit ihnen redest, Dad, und sie dazu bringst, dass sie sich bereit erklären, sie nicht zurück nach Hause zu schicken, bis sie mit ihr und mit mir über die Misshandlungen geredet haben? Unter dieser Bedingung könnte ich in Betracht ziehen, sie zurückzugeben.«

»Annie! Du redest wie eine Geiselnehmerin.« Seine Stimme klang kühl. »So etwas kannst du nicht aushandeln. Versprich mir, dass du dich mit dieser hirnrissigen Idee nicht an die Polizei wenden wirst. Dann bekommst du nur noch mehr Schwierigkeiten.«

Sie rieb mit einem Finger über die abgerundete Metallecke

des Telefons. Ihr Dad war überhaupt nicht auf ihrer Seite. »Na gut. Mach ich nicht.«

»Wodurch lässt du dich bloß überreden, sie zurückzugeben?«, fragte er. »Ich weiß, dass du es aus den richtigen Beweggründen heraus getan hast, aber was du tust, ergibt keinen Sinn. Tritt nur mal einen Schritt zurück und denke einen Moment rational darüber nach.«

»Bisher sind alle *zu* rational gewesen, Dad.« Das Telefon piepte, und sie warf noch zwei Münzen ein.

»Oh, Schatz.« Seine Stimme wurde weicher. »Ich mache mir Sorgen um dich.«

»Du wirst ihnen nicht von diesem Anruf erzählen, oder, Dad?«

Er seufzte. »Natürlich sollte ich das. Aber ich werde es nicht tun.«

»Ich habe mir gedacht, dass sie vielleicht dein Festnetz überwachen.«

»Ja. Gut möglich. Und du rufst mich hier besser nicht mehr an. Ich habe mit Graham Inglis zusammengesessen, als Jules mir eben das Telefon gereicht hat.« Ihr Dad hatte früher mit Graham zusammengearbeitet.

»Okay.« Ein Papageienschwarm erhob sich von den Palmen und flog unter ohrenbetäubendem Geschnatter davon.

Ihr Dad räusperte sich. »Hast du ein Dach über dem Kopf und Essen und …«

»Ja. Ich bin versorgt. Ist viel in den Nachrichten gewesen?«

»Ein bisschen an den ersten beiden Abenden. Die Mutter wollte eine Pressekonferenz geben, die dann aber nicht stattgefunden hat.«

»Warum nicht?«

»Ich weiß es nicht.«

»Wolltest du jemals einfach so mit einem Kind auf und davon, Dad?«, fragte sie.

»Hmm … Vielleicht nur für einen flüchtigen Moment hier und da. Ich hatte meistens nur einfach den Wunsch, solche Kinder aus ihrem Loch zu ziehen und in einer guten Familie unterzubringen. Ich wollte nicht mit einem Kind in den Sonnenuntergang fahren. Aber ich hatte ja euch beide, um die ich mich kümmern musste.« Am anderen Ende raschelte es. »Sieht aus, als müsste ich das Telefon zurückgeben. Tut mir leid, ich mache besser Schluss.«

»Okay. Tschüs, Daddo.« Sie wollte weiterreden, versuchen, die Kluft zu schließen, die sich zwischen ihnen aufgetan hatte. »Es tut mir leid, dass ich dir Sorgen bereitet habe und dass die Polizei bei dir auf der Matte stand …«

Seine Stimme war leise. »Das ist alles unwichtig. Wichtig ist nur, dass du auf dich aufpasst, mein Mädchen. Bitte denk darüber nach, was ich gesagt habe. Du hast erreicht, was du dir vorgenommen hast. Es ist sinnlos, länger wegzubleiben. Und rede dir bloß nicht ein, du könntest mit der Polizei verhandeln. Du hast keine Geisel genommen.«

»Okay.«

»Ich hab dich lieb. Danke, dass du angerufen hast. Ruf mich das nächste Mal vielleicht im Café an. Montag- und Mittwochvormittag.«

»Ich hab dich lieb, Dad.«

»Tschüs.«

Sie schloss die Augen und malte sich aus, wie er zum Tisch zurückkehrte, nach seinem Bierglas griff und Graham Inglis und wer sonst noch dort sein mochte irgendeine Geschichte über den angeblichen Anrufer erzählte.

Die Stimme ihres Vaters war so vertraut – so vertraut wie ihre eigene –, und doch hatte sie das Gefühl, sie käme aus einem anderen Leben. Ihr altes Leben – bevor sie Charlie mitgenommen hatte – lag weit in der Vergangenheit, unvorstellbar, dass sie es vor nur vier Tagen noch gelebt hatte. Vor ihrem geistigen Auge sah sie ihr Haus, ihren Schreibtisch im Büro und Daves Gesicht, als würde sie Fotos betrachten, als gäbe es dieses Leben in Wirklichkeit nicht mehr, und eben auch nicht die Möglichkeit, dorthin zurückzukehren.

Der geparkte Pick-up war leer, die Fenster heruntergelassen. Sie sah sich in der allmählich einsetzenden Dämmerung um. *Wo zum Teufel steckten sie?* Kinderlachen drang von der anderen Straßenseite zu Anna herüber, und sie konnte gerade eben so Charlie und Pat auf einem alten Kampferbaum ausmachen, die Beine über einem dicken Ast gegrätscht.

»Anna! Schau mich an!«, rief Charlie. Sie hockte vor Pat, und er hatte einen Arm um ihre Taille geschlungen.

Anna überquerte die Straße. »Hallo da oben!«

Drei Männer kamen aus dem Stadtkern auf sie zu.

»Sollen wir fahren?«, fragte sie.

»Schau uns an!«, rief Charlie.

Anna lächelte zu dem Mädchen hoch. »Ich sehe euch.«

»Wir können den Leuten auf den Kopf schauen«, sagte Charlie.

»Viele kahle Stellen.« Pat lächelte.

Er ließ Charlie in Annas Arme sinken, und sie trug das Mädchen über die Straße. Charlies nackte Beine waren um Annas Taille geschlungen, und ihr Kinn ruhte auf Annas Schulter. Anna konzentrierte sich auf Charlies Arme, warm und voll vibrierendem Leben.

Pat bog nach links stadtauswärts. »Wie ist es gelaufen?«

»Okay.« Sie sah durchs Fenster zu einer dünnen Rauchsäule, die in der Nähe der Bergkette in den dämmrigen Himmel stieg.

Was du tust, ergibt keinen Sinn.

Charlie legte den Kopf schräg, um Anna anzusehen. »Hast du Mummy angerufen?«

Anna schluckte. »Nein, ich habe meinen Dad angerufen.«

»Um Hallo zu sagen?«

»Ja. Um zu erklären, dass ich eine Weile von zu Hause fort sein werde ...«

Pat fuhr langsamer, um erneut links abzubiegen. »Du hast aber nicht gesagt, wo du bist?«

»Nein. Natürlich nicht.«

Charlie tippte mit den Fingern auf Annas Oberschenkel herum. »Warum hast du ihm nicht gesagt, wo du bist?«

»Ach. Weil ich ... Weil ich nicht will, dass jemand herkommt und uns findet.« Sie holte Luft. »Begreifst du, dass wir uns verstecken? Wir verstecken uns vor Harlan und Mummy und der Polizei. Wir verstecken uns sogar vor meinem Dad. Wir verstecken uns, damit Harlan und Mummy dir nicht mehr wehtun.«

»Aber Mummy könnte kommen. Nur Mummy.« Charlie spielte an Annas Kleid herum.

»Oh, Charlie ...«

Charlie zog die Hand weg.

»Hier wohnt mein Kumpel.« Pat hielt vor einem niedrigen Backsteinhaus mit einer Reihe Palmen davor und einem weißen Lieferwagen in der Einfahrt. »Ich bin gleich wieder da.«

Während sie warteten, spielte Charlie an ihrem Gurtschloss herum. *Klick, klack, klick, klack.* Ein etwa zehnjähriger Junge, der auf dem Fahrrad vorüberfuhr, spähte zu ihnen in den Wagen.

Anna fragte sich, was ihre Mutter davon gehalten hätte, dass sie Charlie mitgenommen hatte. Es wäre ihr lieb, wenn ihre Mum es gebilligt und sie sogar bestärkt hätte, aber sie hatte keine Ahnung. Ihr ganzes Leben hatte sie damit verbracht zu mutmaßen, was ihre Mutter getan hätte, und sich eine alternative Realität vorzustellen, in der ihre Mutter fünfzig, sechzig Jahre alt oder älter geworden wäre. Nächstes Jahr wäre sie siebzig geworden.

Charlie zog die Knie an. »Mein Bauch tut weh.«

»Vielleicht hast du zu viele getrocknete Bananen gegessen. Leg die Hand auf den Bauch.« *Wo die Narbe ist.* Sie legte die eigene Hand über Charlies. »So ist es gut. Atme ein paarmal langsam ein.« Charlie atmete geräuschvoll durch die Nase, ihr Bauch hob und senkte sich unter Annas Hand.

Nur Gott wusste, wo Charlie landen würde, wenn alles vorüber wäre. Anna würde ihr Bestes tun, um sicherzustellen, dass Charlie nicht nach Hause käme, aber es läge nicht in ihren Händen. Sie konnte nur eines tun: Charlie mehr von diesem Leben hier oben bei Pat zeigen, diesem sicheren, ruhigen Leben, das fest in der Natur verankert war. Vielleicht würde es dem Mädchen Kraft geben für alles, was noch kommen mochte, und ihm eine Ahnung vermitteln, dass ein anderes Leben möglich wäre.

Ein Monat. Wenn sie Charlie einen Monat gewähren könnte, dann hätte Anna das Gefühl, ihr Bestes getan zu haben. Und oben auf der Hütte wären sie aus Jos Reichweite. Ein Monat auf der Hütte, darum würde sie Pat bitten.

Pat tauchte mit einem langen dünnen Bündel aus der Düsterkeit auf. Er ließ es auf die Ablagefläche des Pick-ups gleiten und machte sich eine Minute lang dort hinten zu schaffen. Dann stieg er ein und legte eine Blüte auf Charlies Knie. Frangipani.

Anna behielt die Hand über dem weichen Bauch des Mädchens, als Pat Gas gab und auf die Berge zuhielt.

Charlie rutschte näher zu Anna. »Mummy würde Harlan wohl verraten, wo wir sind.«

»Ja. Ich glaube auch.«

»Also können wir ihr nicht sagen, wo wir sind.«

»Nein.«

Offensichtlich wusste Charlie, dass Harlan bei ihrer Mutter an erster Stelle käme.

22

Als sie vor dem Haus hielten, schlief Charlie auf Annas Schoß. Sie trug das Mädchen, schwer und schlaff, zum Melkschuppen und legte ihm ein Kissen an die Seite, damit es nicht aus dem Bett rollen würde.

Pat steckte das Moskitonetz fest und drehte sich dann zu ihr um. »Was hat dein Dad gesagt?«

»Er will, dass ich sie auf der Stelle aushändige.«

»Und wirst du das tun?«

Sie schüttelte den Kopf. »Ich möchte ihr so gern mehr von diesem Leben hier angedeihen lassen, Pat. Nur ein bisschen mehr. Wenn wir oben auf der Hütte sind und Jo glaubt, wir wären fort, könnten wir vielleicht ein paar Wochen bleiben. Einen Monat. Bloß einen Monat, damit das Kind erfährt, dass es möglich ist, ohne Geschrei und Gewalt zu leben. Und um der Polizei Zeit zu geben dahinterzukommen, was bei ihr zu Hause los gewesen ist.«

Pat sah zum dunklen Haus hinüber. Anna fragte sich, wo Sabine war.

»Es darf keine Anrufe mehr geben«, sagte er.

»Okay.«

»Wir sagen jedem – Michael, Jo, Beatie –, dass ihr weg seid.«

»Ja.«

»Und wenn in der Zeitung steht, dass die Polizei euch hier in der Gegend vermutet, werdet ihr verschwinden müssen. Ich halte ein Zelt und ein bisschen Campingzeug für dich bereit, aber du darfst ihnen nicht sagen, dass du die Sachen von mir hast.«

»Nein, natürlich nicht.«

»Und was willst du sagen, wo ihr gewesen seid, wenn du dich irgendwann tatsächlich stellst?«

»Ach, ich weiß nicht. Dass wir gezeltet haben.«

»Aber Charlie wird ihnen sagen, dass ihr bei Leuten namens Pat und Sabine gewohnt habt.«

»Oh ...« Es war ihr peinlich, wie wenig sie darüber nachgedacht hatte, welche Konsequenzen die Sache für Pat haben könnte.

»Wir müssen uns eine Geschichte einfallen lassen, bei der Sabine und ich nicht mit hineingezogen werden«, sagte er. »Ich werde es mir durch den Kopf gehen lassen.«

»Es tut mir leid, Pat.«

Er bedachte sie mit einem reuevollen Blick. »Warum kommst du nicht rüber und isst was zu Abend?«

»Sabine hat uns vorhin mit Hühnchen versorgt, als du das Holz im Schuppen gestapelt hast. Aber ich komme rüber und gehe aufs Klo.«

Als sie sich dem Haus näherten, sah Anna das winzige rote Glühen einer Moskitospirale auf der Veranda, und ihr wurde klar, dass Sabine im Dunkeln auf der Veranda saß.

»Hi.« Pat stieg die Stufen hoch und setzte sich neben Sabine auf die Bank.

»Hi.« Sabine klang erschöpft.

Anna schlüpfte ins Haus, um das Badezimmer aufzusuchen. Sie saß auf der Toilette und stützte den Kopf in die Hände. Zehn Jahre für Entführung, hatte ihr Dad gesagt. Die Angst vor dem, was – in einem Monat – käme, hatte sich irgendwo nahe ihrer Magengrube festgesetzt, wie ein großer, schwerer

Stein. Meistens schaffte sie es, nicht darüber nachzudenken. Aber die Angst war da, wenn auch bloß am Rand ihres Bewusstseins. Es war die Sache wert, sagte sie sich. Charlie zu retten war es wert. *Meine Freiheit im Gegenzug für Charlies Leben.* Sie versuchte, sich einzureden, die Gleichung ginge auf.

Sie fragte sich, ob Charlie je um ihr Leben gebangt hatte. Was war mit dem Jungen in Newcastle oder dem vierjährigen Kind in Perth, von dem Anna im Netz gelesen hatte? Hatten sie gewusst, dass sie gleich sterben würden?

Als Anna auf die Veranda trat, verstummten Pat und Sabine.

»Ähm, Pat«, sagte Anna. »Hast du gesagt, du hättest zwei Zahnbürsten übrig?«

Er stand auf. »Ja. Sicher.«

»Halt«, sagte Sabine unvermittelt. »Ich habe euch heute Zahnbürsten gekauft. Dir und auch Charlie.«

»Oh, wirklich? Danke.«

Sabine deutete über die Schulter. »Auf dem Küchentisch.«

In einer weißen Papiertüte fand Anna eine blaue Zahnbürste mit weichem Kopf und eine kleine pinkfarbene mit einer Cartoon-Prinzessin darauf.

»Danke, Sabine!«, rief sie auf die dunkle Veranda hinaus. »Echt. Danke.«

Anna putzte sich am Waschbecken im Bad die Zähne. Sie gab einen Berg Zahnpasta auf die Borsten und ließ sich Zeit, bis ihr der Schaum aus dem Mund lief. Auf der Veranda vernahm sie erhobene Stimmen.

»Das weißt du! Das weißt du!«, sagte Sabine laut.

Pat murmelte eine Antwort. Sie wusste, dass Pat alles daransetzen würde, Konflikte zu vermeiden. Pat und Anna waren beide so gestrickt, und sie hegte den Verdacht, dass dieser Umstand schuld am Scheitern ihrer Beziehung gewesen war. Wenn sie damals offen über die Abtreibung und ihre Beziehung gesprochen hätten, vielleicht hätten sie dann eine gemeinsame Entscheidung getroffen, in welche Richtung auch immer.

Anna kehrte auf die Veranda zurück und hielt auf die Stufen zu, bereit, zum Melkschuppen hinüberzugehen.

Sabine wandte sich an sie. »Du musst verstehen, Anna, dass Jo meine Hebamme ist. Ich muss ihr *alles* sagen.«

Anna drehte sich um und trat ein Stück näher, um Sabines Gesicht im Lichtschein aus der Küche sehen zu können. »Ja, aber … ich dachte …«

Sabine fiel ihr ins Wort. »Sie hat mir angemerkt, dass ich aus der Fassung bin, und meine Beziehung zu ihr muss völlig auf Vertrauen und Ehrlichkeit beruhen.« Sie nickte nachdrücklich. »Ansonsten wird die Geburt nicht gut verlaufen.«

»Ich dachte nur, wir wären übereingekommen, es niemandem zu sagen.«

Sie würde darüber hinweggehen, dass Sabine nicht offen genug war, Jo zu sagen, dass sie sich illegal im Land aufhielt.

»Jo hat gesagt, sie wird es nicht verraten. Und ich glaube ihr, also musst du ihr auch glauben.« Sabine legte die Hände auf ihren Bauch. War dies der Moment, in dem sie Anna und Charlie darum bitten würde zu gehen?

»Bitte sag es sonst niemandem, Sabine. *Bitte.*«

»Ich weiß. Ich weiß!«, fuhr Sabine sie an. »Ich habe *verstanden*. Glaub mir, ich habe verstanden.«

Pat fuhr mit der Zunge am Papier seines Joints entlang. »Anna, ehrlich, du kannst Jo vertrauen. Sie ist die Hüterin vieler Geheimnisse, da bin ich mir sicher. Und wir werden es sonst niemandem sagen.«

Anna war sich nicht so sicher, dass Pat Jo vertraute.

Er balancierte seinen noch nicht angezündeten Joint auf dem Aschenbecher und erhob sich. »Wer will was zu trinken?«

»Zitronen-Myrthe-Tee bitte«, sagte Sabine.

»Nein danke.« Anna ließ die Zahnbürsten in die Tasche ihres Kleids gleiten. Sabines Kleid.

Sabine streckte einen Fuß aus und schob die Moskitospirale ein Stück weiter weg. »Als ich vorhin in der Stadt war, habe ich bei einer Freundin im Internet nachgesehen. Es heißt immer noch, dass die Polizei dich irgendwo im Westen vermutet. Aber die Story ist jetzt viel kleiner. Außerdem habe ich ein paar Dinge für euch besorgt. Ein paar Kleidungsstücke aus dem Secondhandladen für Charlie. Und da sind noch mehr von meinen Kleidern für dich.«

Sie wies nach rechts in die Schatten der Veranda, wo Anna einen Wäschekorb voller gefalteter Kleidungsstücke erkennen konnte.

»Danke, Sabine.« Anna schloss die Augen. Sie schämte sich, einem derart aufmerksamen Menschen zu misstrauen. »Das ist sehr lieb. Ich gebe dir das Geld dafür.«

»Achtzehn Dollar.«

»Ich hole es sofort.« Sie machte einen Schritt auf die Treppe zu.

Sabine winkte ab. »Nein, nein. Nicht jetzt. Keine Eile.«

»Ich muss euch auch Geld für das Essen geben.«

»Sprich mit Pat darüber, aber ich finde, Essen für ein paar Tage ist nicht der Rede wert.« Sie winkte in Richtung Pat, der gerade die Teekanne ausspülte, ihnen den Rücken zugekehrt.

»Okay.« Anscheinend hatte Pat mit Sabine nicht darüber gesprochen, dass sie einen Monat lang auf der Hütte bleiben würden. Aber vielleicht war Anna einfach nur eine Träumerin. Vielleicht würde man sie ohnehin noch vor Ablauf des Monats finden. Könnte ihr der Anruf bei ihrem Dad zum Verhängnis werden?

Sabine hob eine Streichholzschachtel auf, die Pat auf der Bank liegen gelassen hatte, und schüttelte sie.

»Bist du immer noch in ihn verliebt, Anna?«

»Was?«

Sabine starrte sie an. »Bist du immer noch in Patrick verliebt?«

»Nein. Gar nicht.« Anna widerstand dem Drang, zu ihm hinüberzusehen. Er musste sie doch gewiss hören können.

»Du hattest reichlich viele Jahre, zurückzukommen und es noch einmal zu probieren«, sagte Sabine.

»Ich bin es nicht. Nicht im Geringsten. Bitte mach dir deswegen keine Sorgen.«

Warum zum Teufel stellte Sabine diese Frage? Hatte Anna etwas getan, das nahelegte, sie wäre in ihn verliebt? Sie konnte sich nicht daran erinnern.

»Ich mache mir keine Sorgen. Weil er nicht in dich verliebt ist. Das hat er mir gesagt.«

»Ja. Na, da hast du's.« Sie zwang sich zu einem Lächeln und fuhr mit dem Daumen über die Griffe der Zahnbürsten in ihrer Tasche.

»Besser, es herrscht Klarheit.«

»Ja, ja. Klarheit ist gut. Wir sind bloß uralte Freunde.«

War es Pat, der glaubte, sie sei noch in ihn verliebt? Sie spürte einen Moskito am Knöchel und griff nach unten, um das Insekt zu verscheuchen. »Na ja, ich bin jedenfalls froh, dass sie immer noch glauben, wir wären im Westen ... Vielen Dank für die Zahnbürsten und die Kleidung. Ich gehe besser wieder zu Charlie rüber. Ich bin echt ... unglaublich müde.«

»Gute Nacht.«

Sie stieg die Stufen mit dem Korb voll Kleidung hinunter und rief Pat zu: »Nacht!«

Er winkte. Falls er ihr Gespräch mit angehört hatte, ließ er sich nichts anmerken.

Den Korb vor sich hertragend, überquerte Anna die Wiese. Immer wieder hüpfte er gegen ihre Hüfte. Sie empfand nicht einen Funken romantischer Gefühle für Pat. Doch ihr lag an ihm, und es machte ihr zu schaffen, dass sie ihm Schwierigkeiten bescherte. Ihr Umzug auf die Hütte würde allen guttun.

Im Melkschuppen lag Charlie auf dem Bett ausgestreckt, die Decke zur Seite geschoben. Anna hob die ordentlich gefalteten Kleidungsstücke aus dem Korb: Unterhemden und T-Shirts, ein zartes weißes Spitzenkleid mit Spaghettiträgern, ein rotes Hängerkleid und drei Unterhosen. Anna schlüpfte aus ihrer eigenen Unterhose und zog eine frische an.

Es gab Shorts und Kleider für Charlie und ein kleines grünes Sandalenpaar. Sie schloss die Augen, als sie Tränen aufsteigen spürte. Oh, Sabine. Anna konnte sie überhaupt nicht deuten. Es fiel ihr zunehmend schwer, die Menschen und Dinge um sich her zu verstehen. Vielleicht war dieser Grad an Unsicherheit für die meisten Menschen völlig normal, und nur Anna hatte es irgendwie geschafft, sich ein weitgehend vorhersagbares Leben zu erschaffen. War ihre Lebensweise so routinehaft, so beengt geworden, dass ein Teil von ihr die Gelegenheit zur Flucht beim Schopf gepackt hatte? Hatte sie Charlie weggebracht, um dieses alte Leben hinter sich zu lassen?

23

Es war noch Vormittag, aber Hitze und Feuchtigkeit drückten bereits auf alles nieder und dämpften sogar den Vogelgesang. Anna lag auf der Wiese unter dem Maulbeerbaum und sah zwischen den großen glänzenden Blättern hindurch ins Blau hinauf. Charlie saß auf einem niedrigen Ast, einen Arm um den Stamm geschlungen, und ließ ihren hölzernen Koala auf einem Zweig entlangspazieren.

Anna hatte sich am Morgen die Haare geschnitten, hatte vor dem Badezimmerspiegel daran herumgeschnipselt und dabei lange Strähnen hinter sich zu Boden fallen lassen. Charlie hatte die Haare aufgehoben und sie durch die Finger gleiten lassen. Eigentlich hatte sich Anna einen Bob schneiden wollen, aber während sie versuchte, die Haare auf gleiche Länge zu bringen, wurden sie immer kürzer, bis sie schließlich nur noch knapp bis über die Ohren reichten. Am Ende hatte sie sich ein Tuch um den Kopf gebunden, um das Durcheinander zu verbergen.

Charlie deutete mit dem Koala auf den Wald. »Was ist das?«

Von den Bäumen kam eine Kinderstimme. »Warte! Warte auf mich!«

Zwei von Beaties Kindern tauchten auf dem Pfad in der Nähe des Schuppens auf. Es waren der älteste Junge und das Mädchen. Der Junge hatte wieder einen nackten Oberkörper, und das Mädchen trug ein Kleid und einen langen roten Umhang, der über den Boden schleifte. Sie blieben am Gemüsebeet stehen, um Kirschtomaten zu pflücken.

Der Junge ließ sich neben Anna ins Gras plumpsen. »Hi«, sagte er. Er hatte dreckige Füße, und sein Schienbein zierte eine frische Blutspur.

»Hallo«, sagte Anna.

Das Mädchen stand da, aß eine Tomate, wickelte sich den Samtumhang um die Hand und sagte zu Charlie: »Du hast ein Aua am Arm.«

Charlie kletterte vom Baum und setzte sich dicht neben Anna.

»Ja, hat sie«, erwiderte Anna und legte den Arm um Charlies Schultern.

»Seid ihr schon in der Höhle oben gewesen?«, fragte der Junge und schnippte einen Grassamen von seinem Knie.

»Ich glaube, ich weiß, welche du meinst«, sagte Anna. Pat hatte ihr den Ort einmal gezeigt. Ein schmaler Pfad rund um einen Felsvorsprung führte dorthin.

Der Junge beugte sich vor, um an Anna vorbei zu Charlie zu spähen. »Wir können dich mal mitnehmen, wenn du willst.« Er schenkte ihr ein strahlendes Lächeln. »Dort oben gibt es einen Sandboden, und die Decke ist ganz hoch. Man hat die Aussicht über das ganze Tal! Es ist mein Versteck, und einmal habe ich sogar dort oben mit Dad geschlafen.«

Seine Schwester verschränkte die Arme. »Mum wartet auf Zucker, Macky.«

Der Junge lächelte Anna an. »Zeb hat ihn verschüttet, deshalb können wir keinen Zitronenkuchen backen. Wie heißt du?«

Sie zögerte. »Anne.« Sie sollte einen anderen Namen parat haben.

»Ich dachte, du heißt Anna.«

»Anne oder Anna. Warum hast du gefragt, wenn du es schon weißt?«

»Ich wollte wissen, ob du die Frau bist, die meine Mum kennt.«

»Ja, das bin ich. Aber das ist schon Jahre her.«

Der Junge nickte und betrachtete sie eingehend. Er war so selbstbewusst. War das echt oder aufgesetzt? Anna erinnerte sich noch daran, wie sie sich als Kind Erwachsenen gegenüber selbstsicher gegeben hatte, weil sie gewusst hatte, dass es ihnen gefiel.

In der Ferne dröhnte eine Kettensäge. Das musste Pat sein, der hoch zum Berg aufgebrochen war, bevor Anna und Charlie aufgestanden waren. Er hatte Anna auf dem Küchentisch eine Nachricht hinterlassen: *Ich bringe euch heute Nachmittag zur Hütte. Alles geklärt.* Sie konnte es kaum erwarten, dorthin zu gelangen.

»Du bist Pats Freundin gewesen.«

Beatie musste es ihm erzählt haben.

»Das stimmt. Vor langer Zeit.«

Konnte Sabine sie vom Haus aus hören? Während Anna zum Frühstück French Toast zubereitete, hörte sie Sabine im Schlafzimmer herumgehen. Allerdings war Sabine nicht herausgekommen. Vielleicht hatte Pat ihr erzählt, dass Anna einen Monat lang bleiben wollte.

Die Schwester des Jungen wanderte die Stufen hinauf und in die Küche.

Der Junge erhob sich in einer einzigen fließenden Bewegung. Er besaß die gedankenlose Grazie, die Anna an Luke wahrgenommen hatte, als der im gleichen Alter gewesen war.

»Komm mit auf die Veranda«, wandte er sich an Charlie. »Ich zeige dir die Schnitzerei, die ich an dem Pfosten gemacht habe.«

Auf der Veranda setzte sich Anna neben Charlie auf die Bank. Der Junge deutete auf ein kleines, in einen Verandapfosten geschnitztes Gesicht. Es war eine schiefe Fratze mit einem großen Mund.

»Ich lerne es noch«, sagte er. »Pat-Pat bringt es mir bei. Wir machen einen Totempfahl daraus. Weißt du, was ein Totempfahl ist?«

Charlie deutete auf das dünne Handgelenk des Jungen. »Was ist das?«

Er betastete den perlenbesetzten Lederriemen. »Das hab ich gemacht.« Er setzte sich neben sie und band den Riemen mit einer raschen Bewegung auf. »Du kannst es haben, wenn du willst.«

Charlie sog scharf die Luft ein und lächelte Anna zu.

Der Junge band den Riemen um ihr Handgelenk. »Dein Handgelenk ist viel kleiner als meins«, sagte er. »Wie alt bist du?«

»Fünf.«

»Claudy ist auch fünf.« Er deutete ins Haus. »Wie heißt du?«

»Charlie.«

»Was hast du mit deinem Arm gemacht?« Er deutete auf den Verband.

»Ich bin die Treppe runtergefallen.«

Er nickte nüchtern. »Ich habe mir zweimal den Arm gebrochen.«

Sabine erschien im Türrahmen, eine Hand auf Claudys Schulter. Sie sah aus, als hätte sie geschlafen, das Gesicht zerknittert und die Haare durcheinander.

»Hi, Macky. Ihr wollt Zucker?« Ihre Stimme war tonlos.

Er stand auf. »Ja. Ist Pat-Pat zu Hause?«

»Nein.«

Sabine vermied jeglichen Blickkontakt mit Anna und kehrte in die Küche zurück. »Komm rein, ich geb dir welchen.«

Macky erhob sich, und Claudy nahm seinen Platz neben Charlie auf der Bank ein. »Möchtest du den Frosch sehen, den ich gefunden habe?«, fragte sie.

Charlie nickte.

Claudy zog einen seidigen blauen Beutel irgendwo unter ihrem Umhang hervor und schüttelte vorsichtig einen kleinen bronzefarbenen Frosch auf ihre Handfläche. Sie stupste ihn behutsam mit einem dreckigen Fingernagel an. »Schau. An den Beinen ist er grün.«

Charlie beugte das Gesicht dicht über den Frosch, eine Hand auf Claudys nacktem Oberschenkel. »Ist er tot?«

Claudy nickte. »Mmm. Aber er ist gerade erst gestorben, erst ... heute. Wahrscheinlich. Jedenfalls stinkt er noch nicht. Tote Sachen stinken *echt,* wusstest du das?« Sie grinste. »Willst du ihn auch mal halten?«

Charlie reagierte nicht, aber dann schienen die Mädchen sich irgendwie verständigt zu haben, denn Claudy ergriff Charlies Hand und ließ den Frosch auf ihre Handfläche fallen. Claudy drehte ihn behutsam um, sodass er richtig herum lag.

»Da ist noch eine grüne Stelle«, sagte sie. Die Köpfe der beiden Mädchen berührten sich, während sie den Frosch inspizierten.

Der Junge kam auf die Veranda zurückgeschlendert. Er aß ein Stück Kuchen und hatte ein Glas braunen Zucker in einer Hand.

Sabine erschien. »Möchte jemand Pecannusskuchen?«

Charlie gab den Frosch zurück, und Claudy ließ ihn in den Beutel gleiten.

»Keinen Kuchen«, sagte Claudy.

»Ich schon«, sagte Charlie.

»Dann komm in die Küche«, sagte Sabine.

Der Junge schluckte einen Bissen Kuchen hinunter und sagte zu Anna: »Mum will, dass du deine Tochter mal am Vormittag auf eine Tasse Tee vorbeibringst.«

Charlie warf Anna einen Blick zu und runzelte die Stirn.

Sag nicht, dass ich nicht deine Mutter bin.

»Danke schön«, sagte Anna. »Aber wir ... fahren bald weg. Heute Nachmittag. Wir fahren weg von hier.«

»Ach ja?«, fragte Charlie.

Der Junge sagte: »Dann kommt eben heute Vormittag.«

»Oh, danke, aber ...«

Er sah enttäuscht aus, dann zuckte er mit den Schultern. »Sie hat gesagt, ihr seid miteinander befreundet.«

Charlie stand im Türrahmen. »Ich will hingehen.«

»Oh ...«

»Und deshalb backen wir Zitronenkuchen«, mischte Claudy sich ein. »Für euch.« Sie stand auf und wirbelte den Umhang herum.

Anna holte Luft. Je früher Charlie und sie in die Hütte zogen, desto besser. Sie hatte Beatie als ungeheuer pragmatisch und recht scheu in Erinnerung. Bestimmt hätte sie Verständnis, wenn Anna sagte, sie wolle nicht darüber reden, weshalb Charlie und sie hier waren.

»Ich will hingehen«, wiederholte Charlie.

»Okay. Was, wenn wir in ungefähr anderthalb Stunden vorbeikommen, Macky? Habt ihr dann genug Zeit, den Kuchen zu backen?«

Der Junge nickte. »Du kannst auch kommen, Sabine. Wenn du willst.«

Sabine schüttelte den Kopf. »Ich bin müde.« Sie warf Anna einen Blick zu und schenkte ihr ein mattes Lächeln.

»Dann bis später«, verabschiedete sich der Junge.

Er nahm die Treppe mit einem Sprung, lief los und verschwand im Wald, während seine Schwester hinterherzockelte.

24

Beaties Küchenfenster gingen auf einen weiten Rasen hinaus, der zum Wald hin abfiel, und den Grashalmen an den Füßen der Badminton spielenden Kinder nach zu schließen, war das Gras erst kürzlich gemäht worden. In der Mitte der künstlich geschaffenen Lichtung befand sich eine Feuerstelle, die von alten Holzbänken umgeben war.

Am Küchentisch füllte Beatie die Teekanne erneut mit kochendem Wasser. »Als Macky sich das erste Mal den Arm gebrochen hat, haben wir es erst nach drei Tagen gemerkt.«

»Oh, das hier ist bloß ein schlimmer Bluterguss«, erwiderte Anna. »Der Verband ist nur dazu da, dass sie nicht vergisst, den Arm zu schonen.«

Der Tee ließ sie noch stärker schwitzen. Sie wischte sich mit der Hand über Oberlippe und Stirn.

Beatie setzte den Deckel auf die Teekanne und senkte die Stimme. »Hat dein Ehemann sie am Arm verletzt?«

»Weißt du ... ich würde lieber nicht darüber reden. Wenn es okay ist.«

Herrgott, wie sehr Anna es hasste zu lügen, besonders Beatie gegenüber, die sich als eben die warmherzige Frau herausgestellt hatte, die Anna in Erinnerung hatte.

Beatie nickte eifrig. »Oh, sicher. Tut mir leid.« Sie trug die Teekanne zu Anna an den Tisch. Das Elfenhafte, das Anna an ihr in Erinnerung geblieben war, hatte sie verloren – sie hatte zugenommen –, aber ihre Bewegungen hatten immer noch etwas Leichtes.

Über Beaties Schulter hinweg erblickte Anna einen Laptop auf dem Küchentisch, und sie fragte sich, ob Beatie oder ihr Mann im Internet Zeitung lasen. Soweit Anna sehen konnte, gab es keinen Fernseher. Stattdessen beherrschte der Steinkamin das Wohnzimmer. Anna wusste noch, dass Beatie vor siebzehn Jahren, als Anna zuletzt hier gewesen war, mit seinem Bau beschäftigt gewesen war. Damals war das Haus eine unfertige Hütte mit zwei Zimmern gewesen. Jetzt ging der Wohnbereich – voller Sofas und wollenen Läufern – auf einen langen Flur hinaus, von dem ein Dutzend Zimmer abzugehen schien. Bei Annas und Charlies Eintreffen hatte Macky sie herumgeführt, und ein Teil des Hauses – das große Kinderzimmer, mit Papierfahnen und Mobiles aus Zweigen geschmückt – war über steile, leiterartige Holzstufen zu erreichen, was bei Charlie Entzücken ausgelöst hatte.

Beatie wischte sich die Hände an den Shorts ab. »Wie dem auch sei, ich werde Macky Bescheid sagen gehen, er soll dafür sorgen, dass dein Mädchen sich nicht noch mal den Arm anhaut. Meine Bande kann recht wild werden.«

Charlie war an eine Seite des Badmintonfelds gewandert und stand mit dem Rücken zum Hühnerstall da, einen Schläger unter den Arm geklemmt.

Anna kannte diese ernste Wachsamkeit nur zu gut. So war sie selbst in der Zeit nach dem Tod ihrer Mutter gewesen. Sie hatte das Mitleid gesehen, das dies in den Augen der Erwachsenen um sie herum auslöste, in der Art, wie die Mütter von Freundinnen ihr den Arm tätschelten. Das Mitleid war eine nasse, erstickende Wolke um sie herum gewesen. Am ersten Tag zurück in der Schule – dritte Klasse –, hatte Mrs. Edwards sie zu lang umarmt und ihr ein Lächeln mit feuchtem Blick geschenkt. Im Innern hatte Anna sich nicht ernst gefühlt, es war nur die beste Methode, die eigenen Ränder im Auge zu behalten, sicherzugehen, dass nichts aus ihrem Innern hervorquoll. Sie fand den Gedanken, dass es Charlie genauso ergehen könnte, schier unerträglich: dass das Mädchen die Dinge einfach nur erlitt, das Beste daraus machte, während es sich nach seiner Mutter sehnte.

Anna goss sich noch eine Tasse Tee ein. Sie beobachtete, wie Beatie den Rasen in Richtung der Kinder überquerte, und dachte an jene Mütter, die versucht hatten, die kleine Anna zu trösten. Es waren gütige Frauen wie Beatie gewesen, aber niemand hätte Annas Leid lindern können. Sie goss Milch in den Tee und sagte sich, dass Charlie von ihrer Mutter fortzuschaffen das kleinere Übel *war*. Sie hoffte, dass es bei diesem Mantra nicht darum ging, ihre Handlung vor sich selbst zu rechtfertigen.

Die Kinder hörten unvermittelt zu spielen auf, und Macky streckte Charlie die Hand entgegen. Gemeinsam gingen sie zu der Stelle, wo sein Bruder und seine Schwester auf der Wiese kauerten. Alle vier Kinder saßen in der Hocke und betrachteten etwas am Boden, die Köpfe dicht zusammengesteckt. Dann standen sie alle gleichzeitig auf und lächelten. Von Annas Platz aus wirkte es choreografiert, ein kurzer, süßer Tanz. Charlie hielt immer noch Mackys Hand und blickte zu ihm auf, während er ihr mit nachdrücklichem Kopfnicken etwas erklärte.

Wie war es möglich, dass Anna sich so gut an jenen ersten Tag zurück in der Schule erinnerte und auch an den Moment, in dem ihr Dad ihr gesagt hatte, dass ihre Mutter tot sei, sich aber an rein gar nichts mehr von ihrer letzten Begegnung mit ihrer Mutter entsinnen konnte? War es so furchtbar gewesen, dass sie es verdrängt hatte? Die letzte Erinnerung, die sie an ihre Mutter hatte, stammte aus einer Zeit, lange, bevor sie ins

Krankenhaus gekommen war. Damals war sie auch schon krank gewesen, hatte aber immer noch ihre Haare gehabt, und Anna hatte sie während eines Nickerchens geweckt, indem sie mit den Fingern über das Gesicht ihrer Mutter gefahren war. Sie hatte geglaubt, etwas Lustiges zu tun, doch ihre Mutter hatte nach Anna geschlagen und sich erschrocken aufgesetzt. Der Gesichtsausdruck ihrer Mutter war verängstigt gewesen. Das war die letzte Erinnerung, die Anna geblieben war.

Beatie erreichte Macky und legte ihm eine Hand auf die Schulter. Im nächsten Augenblick kehrten die Kinder zu ihrem Badmintonspiel zurück. Charlie hielt ihren Schläger und schlug auf den Federball ein, wenn er in ihre Nähe kam.

Beatie kehrte in die Küche zurück und schenkte sich ebenfalls nach.

»Wie dem auch sei«, sagte sie. »Hört sich an, als sei dein Mädchen hier sicherer aufgehoben, selbst bei meinen wilden Kindern, als das zu Hause der Fall wäre.«

»Ja.« Annas Stimme krächzte, und sie räusperte sich. »Du hast recht.« Sie wollte das Thema wechseln. »Pat hat gesagt, du erteilst deinen Kindern Hausunterricht?«

»Wir nennen es Nicht-Unterricht.« Beatie lächelte.

»*Nicht*-Unterricht?«

»Nur ganz wenig formelle Stunden. Wir machen ein bisschen Mathe, aber hauptsächlich arbeiten sie an Projekten. Sie haben selbst ein Floß gebaut. Und ein Baumhaus.« Sie neigte den Kopf in Richtung Garten. »Sie haben ein Gemüsebeet nur für Kinder, wo sie alles anpflanzen, was sie brauchen, um ein Curry zu kochen.« Sie lächelte. »Abgesehen von Kokosnüssen.«

»Klingt wunderschön«, sagte Anna. Und es hörte sich tatsächlich idyllisch an, auch wenn sie sich fragte, wie gut dieser Nicht-Unterricht sie auf das Leben draußen in der großen Welt vorbereiten würde.

»Die meiste Zeit ist es wunderschön.« Beatie lächelte und drückte einen Finger auf ein paar Kuchenkrümel auf ihrem Teller. Sie hatte dicke Finger mit sehr kurzen Nägeln: die Hände einer Gärtnerin, einer Töpferin. Sie hatte die weiß glasierten Teller gemacht, auf denen sie den Kuchen serviert hatte. »Ich leite sie an. Will arbeitet in der Stadt im Gemeinderat. Hast du denn eine Arbeit? Oder bist du Vollzeit-Mama?«

»Ich bin Grafikdesignerin.«

Anna dachte, dass sich jemand anders an dieser Stelle vielleicht eine witzige Bemerkung hätte einfallen lassen, um das Unbehagen abzumildern, das sie, trotz Beaties Bemühungen, ausstrahlte. Anna war daran gewöhnt, sich bei Menschen, die sie nicht gut kannte, gehemmt zu fühlen, aber lügen zu müssen machte es so viel schlimmer. Merkte Beatie, dass Anna nicht die Wahrheit sagte?

»Oh. Was für Sachen entwirfst du denn?«

»Hauptsächlich Websites. Logos. Branding.« Anna dachte an die eleganten, teuren Websites, die sie gestaltete und die nicht annähernd so notwendig oder funktional waren wie die Teller, die Beatie anfertigte, oder wie Pats Möbel. Websites waren noch nicht einmal *real,* Herrgott noch mal.

Die Kinder rannten durch den Garten auf den Wald zu, Charlie dicht hinter Macky.

»Schau dir dein Mädchen an. Jetzt hat sie sich ihnen angeschlossen.« Beatie lächelte.

Du bist nicht meine Mutter! Charlie konnte es so einfach zunichtemachen. Vielleicht erzählte sie den Kindern just in diesem Moment, wer Anna wirklich war.

Beatie musterte sie und lächelte zögerlich. »Du siehst erschöpft aus, Anna.«

Lachend neigte Anna den Kopf. »Ja. Ich sehe alt aus. Heute Morgen habe ich in den Spiegel geguckt. So habe ich meine

Mutter in Erinnerung.« Sie konnte Charlie draußen nirgends sehen. Eigentlich hatte sie das Bedürfnis, nach dem Mädchen zu suchen.

»Sie ist gestorben, als du noch ganz klein warst, nicht wahr?«

Anna nickte. Beatie hatte es nicht vergessen. Anna erinnerte sich an nichts mehr, was Beatie ihr über ihre eigenen Eltern erzählt hatte.

»Wie alt bist du gewesen?«, fragte Beatie.

»Acht.« Die Kinder tauchten auf und rannten über den Rasen zu einem kleinen Wellblechschuppen.

»Krebs?«

»Ja.«

»Himmel, was für eine Qual es für sie gewesen sein muss zu wissen, dass sie dich zurücklassen würde.« Beatie schüttelte den Kopf. »Ich mache mir weniger Sorgen darum, dass *ihnen* etwas zustoßen könnte, als dass *mir* etwas zustoßen und mich ihnen entreißen könnte.«

Hatte Annas Mutter Gedanken darüber zugelassen, was es für Luke und Anna bedeuten würde, mutterlos zu sein? Hatte sie auch nur die leiseste Ahnung gehabt, wie schlecht ihr Dad zurande käme?

Claudys roter Umhang verschwand um die Ecke des Schuppens. Anna stand auf. »Wohin gehen sie wohl?«

»Vielleicht in den Obstgarten oder zum Wasserloch.« Beatie erhob sich. »Kann Charlie schwimmen?«

Anna glaubte nicht, dass Charlie schwimmen konnte, weder mit verletztem Arm noch ohne. »Eigentlich nicht. Ich gehe besser mit.«

Beatie trug die Teller zur Spüle. »Ja. Gehen wir eine Runde schwimmen. Macky wird auf sie aufpassen, bis wir dort sind. Er ist total verantwortungsbewusst.« Sie lächelte. »Wir nennen ihn unseren Sicherheitsbeamten.«

»Beatie, kannst du *bitte* niemandem sagen, dass wir hier waren? Niemandem. Ich habe Angst, dass …«

»Oh, mach dir keine Sorgen. Ich werde euch niemandem gegenüber erwähnen, auch wenn Will weiß, dass ihr hier seid.« Sie schob die Teller in den Geschirrständer. »Und ihr könnt jederzeit zu Besuch herüberkommen.«

Anna reichte Beatie eine Tasse. »Danke, aber wir brechen heute noch auf. Reisen weiter … Ich glaube, unser Auftauchen hat Pat und Sabine ein bisschen aus der Bahn geworfen.«

»Oh. Wohin fahrt ihr denn?«

»Nach Norden.«

Beatie nickte. »Ich glaube eher, die beiden sind ein wenig aus der Bahn geworfen, seitdem sie herausgefunden haben, dass sie schwanger ist.«

»Ach?« Die Spannungen bei Pat hatten also nicht nur mit Annas und Charlies Ankunft zu tun.

»Na ja, sie haben das mit dem Baby erst vor zwei Monaten herausgefunden.« Beatie lachte kurz auf und schüttelte den Kopf. »Sag du mir, ob es möglich ist, nicht zu merken, dass man seit vier oder fünf Monaten schwanger ist?«

Anna sah aus dem Fenster. Beatie wartete auf eine Antwort. »Wohl kaum.«

»Jo hat gesagt, dass sie dir begegnet ist.«

»Jo.«

»Sabines Hebamme. Sie ist eine gute Freundin von mir. Sie war meine Hebamme bei den beiden Jüngeren.«

»Ja. Ich bin ihr begegnet. Flüchtig.« Anna hätte Beatie nicht besuchen sollen, ihr Instinkt hatte sie nicht getrogen. Hier kannte jeder jeden. Auch wenn es sich nicht so anhörte, als hätte Jo Beatie die ganze Geschichte erzählt.

»Wollen wir uns auf die Suche nach ihnen machen?«, fragte Anna. »Wir müssen bald nach Hause, um uns mit Pat zu treffen.«

Dort draußen war es jetzt so still. Immer wenn Charlie außer Sicht war, flatterte etwas in Annas Brust.

Als Anna und Beatie den Rasen überquerten, rannten die Kinder hinter dem Schuppen hervor, alle vier nebeneinander. »Holen Handtücher!«, rief Macky, dann blieb er in der Nähe des Badmintonnetzes stehen und deutete zum Himmel. »Hubschrauber!«, brüllte er.

Anna hörte das entfernte Dröhnen eines Helikopters. *Wo war er? Wo war er?* Der wolkenlose Himmel war leer, aber das rhythmische Geräusch wurde immer lauter.

Sie lief in den Schutz eines Baums an der Seite des Rasens. Das Geräusch war mittlerweile so laut, dass sich der Helikopter direkt über ihnen befinden musste.

Atemlos rief sie Charlie zu: »Komm her, komm hierher, Charlie!« Falls der Hubschrauber aus dem Süden kam, würde man sie von Bord aus sehen können, wo sie kauerte, den Rücken an den Baumstamm gepresst.

Charlie stand neben Macky, die Schultern hochgezogen, während sie zum Himmel hochspähte. Die Jungen tanzten auf dem Rasen und winkten zum Himmel. Anna konnte den Hubschrauber noch immer nicht sehen.

»Charlie!«, rief sie erneut.

Dann wurde das Geräusch leiser, und Macky lief zur Veranda und hob mehrere bunte Handtücher hoch.

Beatie stand da und beobachtete Anna, die Augen zu Schlitzen verengt. »Laut, was?«

Anna nickte. Sie richtete sich auf und trat in den Sonnenschein. »Ja.« Sie sprach ruhiger. »Allerdings laut.« Ihr Herz hämmerte immer noch. »Hast du ihn gesehen?«

Beatie deutete hinter Anna. »Er war da drüben. Ich habe bloß einen ganz kurzen Blick darauf erhascht. Wahrscheinlich ist die Polizei wieder auf der Suche nach Dope-Pflanzen, auch wenn eigentlich gar keine Anbausaison ist. Oder es war ein Rettungshubschrauber. Vielleicht ist weiter oben oder Richtung Uki etwas passiert.«

»Aha«, sagte Anna. »Ich bin bloß ein wenig nervös ... Falls man uns auf die Spur kommen sollte.« Wie lächerlich anzudeuten, ein gewalttätiger Ehemann würde einen Helikopter anmieten, um seine Frau und sein Kind aufzuspüren.

Mit einem Nicken machte sich Beatie auf den Weg in Richtung Wald.

25

Oben auf dem Berg war die Luft ganz still. Die Schreie der Vögel trieben schwerelos durch die Bäume. Pat führte sie den schmalen Pfad entlang, und sie traten aus dem Wald auf eine große, grasbewachsene Lichtung. Er deutete nach vorn. »Das ist sie.«

»Wo?«, fragte Anna. »Ich muss dich wieder absetzen, Charlie.«

Während das Mädchen von Annas Rücken glitt, erblickte sie die Hütte auf der anderen Seite der Lichtung. Die Hütte verschmolz beinahe mit den Bäumen, da die Wände und das spitze Dach einen gedämpften Grünton aufwiesen. Dahinter erhob sich ein bewaldeter Berghang, und Anna ging davon aus, dass der Gipfel einen weiteren halbstündigen Fußmarsch entfernt war.

»Ist sie das?«, fragte Charlie, die in die Sonne blinzelte.

»Das ist sie.« Pat richtete die Schultergurte seines Rucksacks und machte sich auf den Weg über die Lichtung.

»Sie sieht ein bisschen wie ein Haus in einem Märchen aus, nicht wahr?«, fragte Anna. Die Hütte wies genau die tröstlichen Proportionen auf, wie Anna sie aus Bilderbüchern und von Weihnachtskarten her kannte.

Charlie sah ausdruckslos zu Anna hoch. Anna griff nach ihrer Hand, und sie folgten Pat. Das kniehohe Gras peitschte gegen ihre Beine.

Pat hatte zweimal auf dem Weg hierher den Pfad verloren, und sie hatten ein Stück zurückgehen müssen. Schließlich hatte Charlie keine Kraft mehr gehabt, und Anna hatte sie die letzten paar Minuten huckepack getragen.

Hier oben war es *so* still und leise. Vögel zwitscherten, und die Zikaden zirpten ohne Unterlass, aber es lag eine fundamentale Stille, beinahe eine Schwere in der Luft. Anna fand es beruhigend, wie eine auf ihr liegende Decke.

Als sie den gepflasterten Bereich vor dem Haus betraten, ließ Pat seinen Rucksack zu Boden sinken und angelte in der Tasche nach dem Schlüssel. Auf den Steinen neben der Eingangstür lag ein langer, zerborstener Ast. Der Waldrand war nur zehn Meter entfernt: eine Gruppe glänzender Eukalyptusbäume mit silbernen Stämmen, außerdem ein paar robuste Bäume, von denen sich die braune Rinde in großen Streifen schälte, und überall niedrige Büsche und Sträucher mit weichen Blättern und ein Teppich aus Laub.

Während Pat mit dem Schlüssel im Schloss herumwackelte, spähte Anna durchs Fenster in einen offen angelegten Wohnbereich mit Küche. Pat schob die Tür auf und winkte die beiden ins Haus.

Der Hauptraum war ganz goldenroter Holzboden, holzgetäfelte Wände und Decke und dicke Steinplatten als Arbeitsflächen in der Küche. An einem Ende befanden sich ein Holzofen, ein weinrotes Sofa im Stil der Vierzigerjahre und auf dem Boden eine Doppelmatratze, mit einem Laken bezogen und einer Baumwolldecke darüber. Am anderen Ende war die kleine Küche. Ein Ölgemälde des Ozeans hing an der Wand, und auf einem niedrigen Regal waren Bücher unordentlich aufgestapelt.

Anna drehte sich zu Pat um, der das Fenster neben der Matratze aufschob. »Sie haben all ihre Sachen hiergelassen?«, fragte sie.

»Na ja, sie mussten alles zu Fuß wegschaffen.« Mithilfe seines Messers entfernte er etwas aus der Fensterschiene. »Als sie die Auffahrt anlegen ließen, dachten sie, sie besäßen ein eingetragenes Wegerecht über das Land des Verrückten auf dem Nachbargrundstück. Wie sich herausgestellt hat, war das aber nicht der Fall; der Verrückte wollte sie nicht auf seinem Land haben, also ließ er einen gewaltigen Baum quer über ihre Auffahrt fallen. Jetzt gelangt man nur noch auf dem Pfad hierher, den wir gerade hochgekommen sind.«

Unzugänglich und ruhig. Dies war der ideale Ort für Anna, um für Charlie und sich ein temporäres Zuhause zu schaffen.

Pat ließ das Messer wieder in die Scheide an seinem Gürtel gleiten. »Ein halbstündiger Fußmarsch einen Berg hoch war einfach zu viel mit drei kleinen Kindern.«

Charlie kniete vor einem hölzernen Puppenhaus und ging mit den Fingern die winzige Treppe hoch. Sie blickte zu Pat auf. »Wo sind die Puppen?«

Pat kauerte sich neben sie und neigte den Kopf, um in das Haus zu sehen. »Ich schätze mal, Lily hat sie mitgenommen. Ich schnitze dir welche, was sagst du dazu?«

Charlie nickte und steckte einen Finger durch einen rosafarbenen Stofffetzen, der ein winziges Fenster bedeckte.

Am Küchentisch zog Pat Papiertüten aus dem Rucksack und legte sie in eine Reihe: ordentliche Päckchen mit Haferflocken und Nudeln, Tomaten und Käse. Brot. Ein Glas Honig.

»Wie weit weg wohnt dieser verrückte Nachbar?«, fragte Anna und öffnete das Fenster, das auf die Lichtung hinausging. »Wird er wissen, dass wir hier sind?«

»Sein Grundstück fängt erst da unten etwa einen Kilometer von hier an.« Er deutete über die Schulter. »Betretet sein Land nicht. Mittlerweile hat er einen Zaun an der alten Auffahrt errichtet. Wenn ihr spazieren geht, werdet ihr darauf stoßen. Haltet euch einfach diesseits des Zauns.«

Pat schraubte den Deckel auf einer Flasche Milch von Beaties Kuh wieder zu und stellte sie in den kleinen Kühlschrank. »Wir werden Stillschweigen darüber bewahren, dass ihr hier seid. Nur Sabine und ich wissen Bescheid.«

»Ein Hubschrauber ist gestern über uns hinweggeflogen, als wir bei Beatie waren.«

»Ich weiß. Ich habe ihn gesehen. Es war ein Polizeihubschrauber.«

»*Echt?*«

»Ja. Er hat mir einen Schreck eingejagt, aber ich glaube nicht, dass er nach etwas Bestimmtem gesucht hat. Er ist nicht gekreist.«

Pat öffnete eine Tür in dem kurzen Flur, und ihnen schlug stickige Luft entgegen. »Das hier ist so eine Art Vorratskammer. Hier drinnen sind noch einige Sachen von der Familie. Ivan hat gesagt, ihr sollt einfach nehmen, was ihr wollt.«

Anna spähte hinein. Man hatte Pappkartons kreuz und quer in dem kleinen Raum gestapelt, und neben der Tür war ein unordentlich zusammengelegter Stoffhaufen, der nach Vorhängen aussah.

»Wo ist die Familie jetzt?«

»Drüben in der Nähe von Nimbin. Ivan kommt ab und zu her und holt etwas.« Er öffnete eine weitere Tür auf der anderen Seite des Flurs. Das Zimmer war gerade einmal groß genug für zwei Stockbetten. Die Matratzen fehlten.

»Wir schlafen im Hauptraum«, sagte Anna.

Charlie kam auf die beiden zu, behutsam ein Glas mit violetten Blumen tragend. »Schau!« Sie grinste zu Anna hoch. In ihren Haaren steckten kleine grüne Grassamen.

Anna nahm Charlie das Glas mit den Blumen ab und wandte sich an Pat. »Ist das dein Werk?«

Er lächelte verlegen und nickte. »Heute Morgen. Und das da auf der Matratze ist sauberes Bettzeug. Die Komposttoilette befindet sich hinter dem Haus. Schüttet einfach nach jedem Gang etwas Sägemehl rein.«

»Danke.« Sie versuchte, ihm in die Augen zu sehen, aber er ging in die Küche und fummelte an den Schaltern am Herd herum. Dann verschwand er nach draußen.

Anna stellte das Glas mit den Blumen auf den Küchentisch und fuhr mit einem Finger durch den Staub. Hier und da gab es ein paar verstreute schwarze Kügelchen, bei denen es sich um Mäusekot handeln könnte. Am Spülbecken lief das Wasser klar und kühl, und sie machte ein Tuch nass, das sie in einer Schublade gefunden hatte. In der Schublade befanden sich außerdem Streichhölzer und Reißnägel, Gummis und Stifte. Wie seltsam, dass diese Leute so viele Sachen zurückgelassen hatten. Hatten sie Angst vor dem Mann auf dem Nachbargrundstück gehabt und hatten fliehen müssen? Sie wischte den Tisch sauber, während Charlie die Bücher auf dem Regal inspizierte.

Pat kam wieder herein, einen kleinen blauen Plastikelefanten in der Hand. »Der hier war draußen bei den Benzintanks.« Er stellte den Elefanten auf dem feuchten Tisch ab. »Viel Benzin ist nicht übrig, und der Kühlschrank wird es verbrauchen. Ich werde euch einen kleinen Tank besorgen, wenn ich das nächste Mal in die Stadt fahre.«

Er ließ ein paar Schubladen aufgleiten. »Die Solaranlage scheint kaputt zu sein, also leider kein Strom.« Er legte eine Packung Kerzen auf den Tisch. »Ich glaube, es ist der Wechselrichter. Ich schaue mal, ob ich ihn reparieren kann, wenn ich das nächste Mal hochkomme.«

»Danke.«

Er nickte. »Ich bringe euch jeden zweiten Tag Lebensmittel. Es macht mir nichts aus.« Er sah aus dem Fenster. »Ich hätte mein Haus gern höher auf dem Berg gebaut, wenn es eine Straße gegeben hätte.«

Er hob den blauen Elefanten hoch und drehte ihn um. Zweimal nickte er mit dem Kopf, als wolle er gleich etwas sagen, dann sah er Anna richtig an, das erste Mal an dem Tag, wie es ihr schien. »Und wie geht es dir mit der ganzen Geschichte? Alles okay?«

»Hier oben fühle ich mich besser.«

Sie zählte darauf, dass ihr der Wald Halt geben würde. Sie hasste vor allem dieses Gefühl, bei Entscheidungen wie suchend im Dunkeln herumzutappen. Ihr Leben in Sydney war so sehr zur Routine verkommen, dass sie das Handwerkszeug verloren hatte – vorausgesetzt, sie hatte es je besessen –, um mit Unwägbarkeiten und verzwickten Situationen umzugehen. Doch wenn sie in den Jahren nach dem Tod ihrer Mutter eines gelernt hatte, dann so zu tun, als wüsste sie, was sie tat.

Anna wrang das Tuch in der Spüle aus. »Pat, es tut mir wirklich leid, wie kompliziert die Dinge seit unserer Ankunft für dich und Sabine geworden sind. Es tut mir leid, dass ich euch da mit reingezogen habe.«

Er legte die Stirn in Falten und wackelte mit dem Kopf. »Ach ja, das Leben ist manchmal ein Tohuwabohu, nicht wahr?« Er schenkte ihr ein halbes Lächeln. »Ich hoffe, es kommt dir nicht vor, als würde ich euch abschieben …«

»Nein, tut es nicht. Ich versteh schon …«

»Sabine hat eine Weile hier oben gewohnt, weißt du.«

»Oh?«

Er nickte. »Als sie mich verlassen hat, ist sie hierhergezogen.«

»Aha.« Sie hatten sich also getrennt.

»Tatsächlich waren wir getrennt, als sie herausgefunden hat, dass sie schwanger ist.«

»Oh. Tohuwabohu.«

Er blickte mit gequälter Miene auf. »Ich möchte die Sache mit Sabine wirklich hinkriegen. Für das Baby.«

»Ja. Sie hat Vorrang. Das verstehe ich wirklich.« Anna hatte das schreckliche Gefühl, dass sie Pats Leben sogar noch komplizierter machen würde.

Er zog den Kopf ein. »Danke.«

Charlie holte eine Schachtel mit einem Puzzle aus dem Bücherregal, und Hunderte Teile fielen zu Boden.

»Es war keine Absicht!«, stieß das Mädchen aus, die Schultern hochgezogen.

»Ich weiß«, sagte Anna. »Es macht nichts.«

Hektisch fegte Charlie die Teile zu einem Haufen zusammen und versuchte, sie zurück in die Schachtel zu schaufeln.

Anna kauerte sich neben Charlie und legte ihr eine Hand auf den Rücken. Das Mädchen zitterte am ganzen Leib.

»Komm, wir schauen uns dieses Puzzle einmal an.« Anna drehte den Deckel der Schachtel um. Es war eines von Monets Seerosen-Bildern. »Wir können es gemeinsam machen. Hast du Lust?«

Charlie nickte, die Augen voller Tränen.

»Lass mich dir zuerst diese Grassamen aus den Haaren klauben.« Sanft zupfte Anna die klebrigen Samen aus den Haaren des Mädchens.

Pat zog eine Plastiktüte mit ihrer Kleidung unten aus seinem Rucksack. »Also gut. Zeit, dass ich gehe. Ich habe Ivan gesagt, dass ihr einen Monat hier sein werdet. Michael fährt ihn nächste Woche besuchen, wenn du mir die zweihundert Dollar gibst, nimmt er das Geld mit.«

»Danke.«

Sie kaufte Charlie etwas Zeit, das war alles. Sie würde dem Mädchen einen Monat hier kaufen. Sie zückte ihren Geldbeutel und holte sechs Fünfzigdollarscheine heraus. »Und hier sind hundert für mehr Lebensmittel.«

Er reichte ihr zwei Scheine zurück. »Behalte die erst mal.« Er schulterte den Rucksack.

»Danke, Pat.«

Er neigte den Kopf. »Bis bald, Charlie. Ich denk dran, dir zwei Puppen zu machen.«

»Sie ist nicht meine Mummy«, sagte das Mädchen. Es drehte immer wieder ein Puzzleteil in einer Hand.

Pat nickte. »Ich weiß, dass sie nicht deine Mummy ist. Sie ist deine Freundin, und meine Freundin ist sie auch.« Er trat aus der Tür. »Bis in zwei Tagen.«

»Tschüs. Danke.«

Anna breitete die Puzzleteile auf dem Boden aus und beobachtete durch die offene Tür, wie er das lange, helle Gras auf der Lichtung durchquerte und den Pfad nach unten einschlug. Als er im Wald verschwand, hatte sie das Gefühl, dass sich die Zeit verlangsamte und ausdehnte, als würde sie zwischen den einzelnen Minuten große bauchige Schleifen drehen. Dieser Ort fühlte sich jenseits der Zeit an.

Sie drehte ein paar grünlich-blaue Teile des Puzzles um. »Wir werden eine Weile hierbleiben, in diesem kleinen Haus, nur wir beide.«

Charlie ließ den Blick durch das Zimmer schweifen und berührte mit einem Finger die ordentlichen Holzziegel des Puppenhausdachs. Sie sprach mit Nachdruck. »Tja, das hier ist jetzt meins.« Sie tätschelte den winzigen Schornstein.

Anna holte Luft. »Ja, im Moment ist es deins.«

Bei Einbruch der Dunkelheit saß Anna auf dem Boden und zündete drei Kerzen an. Sie ließ Wachs auf Untertassen tropfen und half Charlie, in jede Wachslache eine Kerze zu stecken. »Halt die Kerze dort eine Weile fest, bis das Wachs fest wird«, sagte Anna.

Charlie hielt die Kerze ganz reglos, ihr Gesicht sanft erleuchtet. »Ist es jetzt fest?«, flüsterte sie.

»Ja.« Sie flüsterten beide. Draußen sausten Vögel am Haus vorbei und in den Wald, ein krächzendes Rufen und die Antwort im schwindenden Licht.

Anna stellte die Kerzen im Zimmer auf, auf dem Regal und dem Fensterbrett und dem Küchentisch, während Charlie auf dem Boden fortfuhr, die Puzzleteile nach Farben zu sortieren. Anna verbrauchte kostbares Benzin, um Spaghetti mit Tomatensoße und grüne Bohnen zu kochen. Die Küche war überraschend gut mit Geräten ausgestattet, ein anständiges Messer gab es allerdings nicht.

Sie aßen auf dem Bett sitzend, und Charlie legte sich auf die Matratze zurück, sobald sie ihre Nudeln gegessen hatte. Die Luft, die durchs Fenster kam, hatte sich abgekühlt und trug die Geräusche des Waldes mit sich herein: zirpende Grillen, das Geflüster von tausend Blättern und das freundliche Rascheln kleiner Tiere, die ihren Geschäften nachgingen.

Anna legte sich neben Charlie auf das muffige Kissen. Es war beinahe eine Woche her, seitdem sie Charlie mitgenommen hatte, und endlich konnte sie aufatmen.

»Der Mond hat die falsche Form«, sagte Charlie.

»Ja.« Der Mond war eine schmale Sichel. »Jeden Monat wechselt er von einem vollen Kreis zu einem schmalen Mond und dann wieder zurück. Aber er ist immer da.«

Würden sie zur Zeit der nächsten Mondsichel hier sein?

»Oh.« Charlie rollte sich auf die Seite, um Anna anzusehen.

Sie hatte einen Klecks Nudelsoße an der Wange. »Ich weiß immer, wo du bist.«

»Ja? Was meinst du?« Anna roch Pats Seife mit Zitronenduft in Charlies Haar.

Charlie machte die Augen zu. »Sogar mit geschlossenen Augen weiß ich, wo du bist. Sogar, wenn du draußen bist.«

»Ja.« Anna unterdrückte die Tränen. »Ich weiß auch immer, wo du bist.«

Die Art, wie Charlie dalag, betonte die Wölbung ihrer Stirn und Wangen, sodass sich Anna ihr Gesicht als Baby vorstellen konnte.

Charlies Atem vertiefte sich, und Anna schmiegte sich auf der weichen Matratze an sie. Das Mädchen war im Halbrund von Annas Körper perfekt geborgen.

Fühlte es sich so an, ein Kind zu lieben? Es war nicht die Art Liebe, die sie für ihren Dad empfand oder die sie je einem Mann gegenüber empfunden hatte. Sie war verworrener und vermischt mit einem Beschützerinstinkt und Angst und Schuldgefühlen. Anna würde alles tun, um dieses Mädchen vor Schaden zu bewahren. Selbst wenn es bedeutete, ihren Dad nicht zu sehen, selbst wenn es bedeutete, Dave zu verlieren, selbst wenn es Gefängnis bedeutete. Dieses undurchsichtige, überschäumende Gefühl hatte Anna nicht erwartet, als sie mit Charlie auf dem Rücksitz davongefahren war.

Am Telefon hatte ihr Dad gesagt, er wisse, dass sie das alles aus den richtigen Beweggründen heraus getan habe. Doch war nicht jede Art des Antriebs immer auch irgendwie von Eigeninteresse gefärbt? Vielleicht hatte sie wirklich ein neues Leben gewollt, vielleicht hatte sie sich nach der Erfahrung gesehnt, Mutter zu sein. Da sie nun eine kleine Vorstellung davon hatte, was es bedeutete, ein Kind zu lieben, ertrug sie den Gedanken nicht, dass sie es vielleicht niemals erfahren hätte.

Sie blies die letzte Kerze aus. Draußen nahm die Brise zu, und die Baumwipfel bewegten sich schemenhaft vor dem Himmel. Die Wurzeln dieser Bäume reichten bis tief in den dunklen, feuchten Boden, gruben sich weiter und verflochten sich mit anderen, bildeten ein gewaltiges unterirdisches Netz, ein Spiegelbild der sich ausbreitenden, sich wölbenden Äste oben. Die Silhouetten der Baumwipfel draußen wirkten vertraut auf Anna und trostreich, als wären sie etwas, das sie schon vor langer Zeit gekannt hatte.

Anna erwachte in der Nacht, und ihr wurde allmählich bewusst, dass das Laken unter ihr kalt und nass war und die Rückseite ihres T-Shirts feucht. Sie seufzte. *Verdammt.* Sie hatte vergessen, Charlie vor dem Zubettgehen aufs Klo zu schicken. Anna zündete eine Kerze an. Charlie schlief tief und fest. Anna schälte das Mädchen aus der nassen Unterhose und dem T-Shirt und rollte das Kind auf einen trockenen Teil des Betts. In der Vorratskammer stieß sie auf einen Karton mit Büchern und zusammengeknüllten Wollpullovern, und daneben einen weiteren Karton mit ein paar zusammengerollten Handtüchern, abgenützt und an den Rändern ausgefranst. Sie legte vier Handtücher über die nasse Stelle, schob eine trockene Unterhose an Charlies schweren Beinen hoch und legte sich wieder hin. Die Handtücher unter ihr fühlten sich rau an.

Annas Mutter hatte früher immer Annas Schlafanzug gewechselt und das Bett frisch bezogen, wenn sie hineingemacht hatte. Das hatte Luke ihr erzählt. Anna versuchte nicht, hübsche Bilder heraufzubeschwören, wie ihre Mutter ihr einen trockenen Schlafanzug anzog. Aber an eine Sache konnte sie sich noch genau erinnern, nämlich im Bett gelegen und darauf gelauscht zu haben, wie ihre Mutter mitten in der Nacht durch den Flur kam. Anna hatte auf eine fundamentale Art gewusst, ohne darüber nachzudenken, dass diese Geräusche ihrer Mutter – ihre Schritte, das Rascheln von Bettzeug, als sie wieder ins Bett stieg, das Murmeln ihrer Stimme – gehörten. Sie hatte diese Klänge direkt in ihrem Innern gespürt. Sie gehörten ihr, weil ihre Mutter ihr gehörte. Anna war sich dessen absolut sicher gewesen, bis der Krebs gekommen war und ihre Mutter in Luft aufgelöst hatte.

Charlie regte sich und murmelte etwas. Anna sah zu den Sternen und dem silbernen Mond hinaus. Charlie und sie waren nur ein winziger Teil des Lebens dort oben an dem Berghang, sie waren umgeben von dem gleichgültigen Wald und den Tieren und dem Himmel. Sie konnten ihr eigenes Ding in diesem Haus machen, es gehörte ihnen.

Anna schloss die Augen. Sie durfte den Umstand nicht verdrängen, dass sie im Grunde Charlies Mutter in Luft aufgelöst hatte.

Später erwachte sie zu den Fröschen und ihrem Surround-Sound-Gequake. Es war immer noch dunkel, fühlte sich aber an, als sei das Morgengrauen nicht weit. Sie zog die Decke nach oben über Charlies Schulter.

»Anna?« Charlies Stimme war leise.

»Oh, du bist ja wach.«

»Ich träume manchmal von Mummy. Ist das okay?«

Ein Zweig krachte auf das Blechdach.

Anna drehte sich Charlie zu. Sie konnte gerade eben den Umriss ihres Kopfs ausmachen. »Ja. Das ist völlig okay. Hast du gerade eben von deiner Mummy geträumt?«

»Irgendwie war sie es. Und irgendwie nicht.« Das Mädchen hielt inne. »Meinst du, sie vermisst mich?«

»Ja. Ich glaube schon. Vermisst du sie?«

»Jaaa. Wir haben immer Fisch und Chips gegessen«, flüsterte sie.

»Lecker.«

»Sie könnte hierherkommen.« Sie seufzte. »Aber sie würde es *ihm* sagen.«

»Meinst du, es würde ihr hier gefallen?«

»Vielleicht.«

»Wir werden ein Weilchen hierbleiben. Das hier ist im Moment unser Zuhause.«

»Ein Weilchen?«

»Ja.«

Anna lauschte darauf, wie Charlie wieder einschlief. Sie würde niemals das Mummy-förmige Loch in Charlies Innerem ausfüllen. Genau wie es niemand je bei Anna gefüllt hatte. Gabby war der eine Mensch, der diesem kleinen Mädchen geben konnte, was es brauchte, und sie hatte ihm den Rücken zugekehrt. Diese verfluchte Gabby hatte etwas so Kostbares zerstört.

Anna hatte im Laufe der Jahre unzählige Male versucht, die Erinnerung an die letzten Augenblicke mit ihrer Mutter heraufzubeschwören. Doch sie konnte nur ein Bild von ihrer Mutter auf der Wohnzimmercouch sehen, das sie auf ein unspezifisches Krankenhausbett übertrug. Sie stellte sich vor, dass ihre Mutter sogar noch dünner gewesen sein musste und vielleicht schläfrig aufgrund des Morphiums. Sie war mit einer weißen Decke zugedeckt.

Sie hörte die Stimme ihres Vaters in Gedanken: *Nicht aufs Bett setzen, das tut deiner Mutter weh.*

Anna stockte der Atem. Daran hatte sie sich noch nie zuvor erinnert. Da sah sie ihre eigene kleine Hand auf einem schlichten weißen Laken und die vertraute Hand ihrer Mutter auf der ihren. Es war ein Krankenhauszimmer, mit zu grellem Licht, das durchs Fenster fiel, dem Geruch nach Desinfektionsmitteln. Anna spürte, wie die Finger ihrer Mutter sanft ihren Handrücken rieben. Langsame, bewusste, sanfte Kreise. Anna gestattete sich, dort im Dunkeln neben Charlie zu weinen.

Charlie drehte sich und schmiegte sich an Anna, die warmen Knie an Annas Seite. Ihre kleine Hand legte sich auf Annas Schlüsselbein.

Anna bewegte sich, sodass sich ihre Stirnen beinahe berührten und Charlies Atem über ihre Wange strich.

Die Finger ihrer Mutter hatten einen sanften Kreis auf Annas Hand beschrieben, immer wieder.

Eines Tages würde sie Charlie loslassen müssen, wie ihre Mutter Anna hatte loslassen müssen.

26

Am Morgen erwachte sie, als kleine Finger ihre Wange berührten. Charlies Gesicht befand sich nur ein paar Zentimeter weit weg, ihre Augen strahlten.

»Hallo«, sagte Anna. Es musste spät sein, im Zimmer war es hell.

Charlie ließ sich auf die Fersen zurückfallen. »Ich habe Macky gesehen, aber ich habe nicht Hallo gesagt, weil ich schüchtern war.« Sie zuckte mit den Schultern. »Dann bin ich wieder eingeschlafen.«

»Macky? Hier?« Anna setzte sich ruckartig auf. Woher wusste er, dass sie hier waren?

Charlie warf die Decke zurück. »Da sind Handtücher im Bett.« Sie hob die Ecke eines Handtuchs an.

»Ja.«

Charlie ging zum vorderen Fenster. Die Haare an ihrem Hinterkopf bestanden aus einer Unmenge Knoten, die in alle Richtungen abstanden. »Schau, was er gemacht hat.« Sie deutete hinaus.

Anna schob sich aus dem Bett. Dort, auf dem Weg zum Haus, im gesprenkelten Licht, befand sich ein Arrangement aus rostbraunen Blättern, Zweigen und grünen Beeren. Sie waren sorgfältig in Form eines Sonnenrads angeordnet, mit einer orangen, krummen Papaya in der Mitte.

Verflucht noch mal, Beatie musste wissen, dass sie hier waren.

Und Beatie war mit Jo befreundet. Sie waren auf der Hütte doch nicht in Sicherheit.

Charlie eilte nach draußen und hob die Papaya auf. »Was ist das?«, rief sie zu Anna zurück.

Das Mädchen, beinahe nackt und mit blasser Haut, inmitten des Laubs und des Grüns stehend, sah wie ein mythisches Kind aus einem Buch aus Annas Kindheit aus: *Die Wasserkinder.*

Anna schob das Fenster auf. »Eine Papaya. Ich zeig's dir.«

Sie suchte in der Küche ein Buttermesser, setzte sich auf die Backsteinstufen vor dem Haus und schnitt die Frucht auf, sodass das orangerote Fruchtfleisch zum Vorschein kam. Sie schabte Hunderte kleiner glänzender schwarzer Samen heraus und schleuderte sie ins Gebüsch. Dann schnitt sie Charlie eine Scheibe ab.

Das Mädchen biss zögerlich hinein. »Es schmeckt komisch.« Doch sie aß die ganze Scheibe, das Kinn voller Saft.

Anna schnitt sich selbst ein Stück ab. Das Fruchtfleisch war süß, und sie aßen die ganze Frucht auf, während sie dort auf der Stufe saßen und auf Mackys Werk hinunterblickten. War er ihnen gestern den Berg hoch gefolgt? Oder war sie bloß paranoid und nervös? Ihr gefiel die Vorstellung nicht, von ihm beschattet zu werden. Eigentlich sollte sie Pat erzählen, dass Macky wusste, wo sie waren, aber sie würde es nicht tun – noch nicht –, denn es würde ihn nur beunruhigen.

Sie wischte sich die Finger am T-Shirt ab und konzentrierte sich auf das Vogelgezwitscher. Um sie her herrschte ein solches Meer an Geräuschen, dass es schwierig war, einzelne Rufe herauszuhören, es sei denn, ein Vogel flog just in dem Moment vorbei, in dem er seinen Schrei ausstieß. Der Vogelgesang hatte etwas wunderbar Nüchternes und Optimistisches. Im Moment war alles in Ordnung, dachte Anna. Im Moment befand sich Charlie in Sicherheit. Sie hatten ein Zuhause. Sie hatten süße Papayas zu essen, und sie konnte immer noch die Erinnerung an die Hand ihrer Mutter auf der ihren heraufbeschwören.

Anna zerrte die Matratze nach draußen und lehnte sie an eine sonnige Stelle an der Seite des Hauses. Sie würde sie im Laufe des Tages immer wieder verschieben müssen, um der Sonne zu folgen. Die beiden Kopfkissen legte sie in die Sonne, füllte im Bad die Wanne bis zur Hälfte mit Wasser und ließ das Bettzeug darin einweichen.

Auf der Vordertreppe aßen sie Brei mit Beaties sämiger Milch und braunem Zucker. Charlie kratzte ihre Schüssel aus und ging dann im gesprenkelten Sonnenschein neben Mackys Werk in die Hocke. Sie legte vier getrocknete Blätter zu einem Kreuz und ordnete dann kleine gelbe Blüten im Kreis um die Blätter an. Sie fand den weggeworfenen Klumpen Papayasamen und pulte jeden einzelnen Samen heraus, um sie einzeln zwischen die Blüten zu legen. Dann wischte sie die Finger an der Unterhose ab und lehnte sich zurück, um ihr Werk zu betrachten.

Zwischen den Bäumen rechts von ihnen tauchte Macky auf. Er war barfuß und trug einen kleinen Rucksack.

Anna beugte sich vor. »Macky!« Sie bereute ihren scharfen Tonfall.

Er lächelte sie gelassen an. »Hallo.«

Charlie grinste ihm von der Stelle zu, wo sie neben ihrem Blatt-und-Blüten-Muster kauerte. »Ich habe dich gesehen!«

»Ach ja?« Er erwiderte ihr Grinsen.

»Wir haben deine Parparja gegesst.«

»Gut.«

»Ich mache das Gleiche wie du.« Charlie widmete sich wieder ihrem Projekt.

»Es gefällt mir!« Er setzte sich neben Anna auf die Treppe.

»Danke für die Papaya«, sagte Anna.

»Gern geschehen.« Er spielte an einem Zweig herum, indem er mit seinem langen Daumennagel die Rinde abschälte. »Es ist gut, dass wieder jemand hier wohnt.«

»Hast du die Leute gekannt, die hier gewohnt haben?«

»Ja. Natürlich.« Macky schob sich den Rucksack von den Schultern und warf einen Blick zum Haus. Sein Gesicht war schmal und fein, und er hatte die großen grauen Augen seiner Mutter. Er deutete auf die Lichtung vor ihnen. »Das sollte ihr Obstgarten werden. Mein Dad hat Ivan geholfen, die Lichtung zu roden. Auf der Seite da drüben gibt es ein paar Obstbäume, aber sie sind nicht mehr dazu gekommen, den Garten so zu bepflanzen, wie sie eigentlich wollten.« Er nickte in Richtung eines unkrautbewachsenen Beets, nicht weit von der Stelle, wo sie saßen. »Und das war eines ihrer Gemüsebeete.« Er drehte sich mit einem Grinsen zu ihr. »Wir haben zu Hause eben neues Basilikum angepflanzt. Ich könnte euch Samen vorbeibringen.«

Charlie erhob sich. »Lass uns Parparja anpflanzen.« Sie hob die übrig gebliebenen Samen auf.

»Dazu braucht man eine männliche und eine weibliche Papayapflanze«, erklärte Macky.

»Wieso?«, fragte Charlie.

»So funktioniert es.«

»Oh.« Mit dem Fuß rückte Charlie ein Blatt in ihrem Sonnenrad zurecht.

Macky stand auf. »Komm, wir jäten Unkraut in eurem Gemüsebeet, Charlie.«

An dem überwucherten Beet zog er eine Pflanze mit gelben Blüten heraus und schleuderte sie zur Seite. Charlie und Anna gesellten sich zu ihm. Anna arbeitete ohne Unterlass, zog

Unkraut heraus und klopfte die Erde von den Wurzeln, so eine vertraute und befriedigende Tätigkeit. Allmählich kam das Hochbeet zum Vorschein. Sie könnte Kräuter und Salat anpflanzen. Die Chancen, dass sie zur Ernte noch hier sein würden, waren verschwindend gering, aber es würde ihr Vergnügen bereiten, die Pflanzen sprießen und wachsen zu sehen, und sie konnte sich vorstellen, dass es Charlie Spaß machen würde.

»Langer Wurm!«, sagte Charlie und hielt einen sich windenden Wurm in die Luft.

Macky musterte ihn mit ernster Miene, hockte sich dann auf den gespaltenen Baumstamm, der das Beet begrenzte, und lockerte die Erde mithilfe eines Stocks. »Da drinnen sind *fünfzig Millionen* Würmer!«

»Woher hast du gewusst, dass wir hier wohnen, Macky?«, fragte Anna.

»Ich habe gesehen, wie ihr gestern hochgekommen seid.«

»Bist du uns gefolgt?«

»Nein. Ich war oben auf dem Berg.« Er hüpfte von dem Beet weg und winkte sie zu sich. »Ich zeig's dir.«

Sie folgte ihm auf die Lichtung, und er wies auf den baumbewachsenen Berghang. »Siehst du da oben? Das ist meine Höhle. Ich habe gesehen, wie ihr zu dritt hochgekommen seid und Pat wieder gegangen ist.«

»Oh.« Sie konnte keine Höhle erkennen. »Wir wollen nicht, dass jemand weiß, dass wir hier sind.«

»Ich weiß. Als ich Mum gesagt habe, dass ich euch hier oben gesehen habe, hat sie gesagt, ich darf es keinem weitersagen. Sie hat gesagt, ihr seid auf der Flucht vor einem bösen Mann.« Er sah sie direkt an. »Es ist okay. Ich werde es nicht weitersagen. Ich verspreche es.«

»Danke. Es ist wirklich wichtig, dass sonst niemand Bescheid weiß.« Anna widmete sich wieder dem Unkrautjäten, wurde aber die Vorstellung nicht los, wie die Polizei leise aus den Bäumen auftauchte, genau wie Macky.

Am nächsten Tag erschien Macky nach dem Frühstück und führte die beiden den Berg hinunter. Sie kamen durch einen kühlen, trüben Wald, in dem gefleckte Bäume dicht neben dem Pfad wuchsen und Rankengewächse an Annas Haar entlangstrichen. Macky stieß mithilfe seines Stocks Buschwerk aus dem Weg. Es war nicht der Pfad, den sie mit Pat hochgekommen waren, und Anna hoffte, dass sie den Rückweg fände.

Es war noch früh, aber die Sonne war bereits heiß, und die Zikaden zirpten unablässig. Ein paar Minuten lang, während sie den Berg hinuntermarschierten – Charlie dicht auf Mackys Fersen –, erreichte der Lärm der Zikaden und Vögel eine solche Lautstärke, dass er alle Gedanken überdeckte und Anna das Gefühl hatte, sie wären in Trance verfallen, wie sie sich so im Gänsemarsch träumerisch durch das gesprenkelte Licht des Waldes vorwärtsbewegten.

Am Fuß des Bergs durchquerten sie ein kleines Wäldchen, dessen Bäume unberührt wirkten, die gewaltigen Stämme und Brettwurzeln voller Moos und Flechten. Dann traten sie auf eine sandige Ebene im Schatten von Bäumen mit vereinzelten glatten Felsen. Der breite Fluss floss schnell und flach dahin, plätscherte geräuschvoll über Steine und um mehrere graue Felsblöcke, bevor er sich zu einem schattigen ovalförmigen Teich ausdehnte.

»Der Fluss hier ist viel besser als das Wasserloch«, sagte Macky. »Das Wasserloch ist bloß nah bei unserem Haus.«

Er zeigte auf das andere Flussufer zu einer eingezäunten Weide mit saftigem Gras. »Guck, Charlie! Ziegen.« Er drehte sich zu Anna um. »Sie gehören Stef. Er melkt sie.«

Sie konnte nur eine Ziege erkennen, die in der Ferne graste.

Charlie zog ihre Kleidung aus, behielt jedoch die Unterhose an.

»Kommst du mit schwimmen?«, fragte sie Anna.

»Aber sicher.«

Macky ließ seine Shorts an, obwohl Anna ihn erst tags zuvor am Wasserloch nackt gesehen hatte. Er watete ins Wasser und stieg leichtfüßig von einem Stein auf den nächsten, bis er die Flussmitte erreicht hatte, wo er sich auf einem niedrigen Felsen in die Sonne hockte und flussaufwärts blickte, während das Wasser um ihn wogte. Libellen schwirrten mit blitzenden Flügeln vorbei.

Am Flussufer balancierte Charlie auf einem Felsen, die Arme ausgestreckt. Sie lächelte Anna zu und deutete mit dem Finger. »Ich möchte bis ganz da vorne zu Macky.«

»Ich helfe dir.« Anna zog ihre Shorts aus und watete durchs Wasser. Die Strömung war nicht so stark, wie sie angenommen hatte, doch die Steine waren ein wenig rutschig. Sie nahm Charlies unversehrte Hand und führte das Mädchen über die Felsen. Das strömende Wasser umhüllte sie mit dröhnendem Rauschen.

Macky sah ihnen entgegen. Hinter ihm, flussaufwärts, führte eine niedrige, verwahrloste Holzbrücke über den Fluss. Abfälle von Überschwemmungen – Stöcke und Gras – steckten auf der anderen Seite fest.

»Hat es hier früher eine Straße gegeben?«, fragte Anna, als sie Macky erreichten.

Macky warf einen Blick auf die Brücke. »Früher einmal.«

Er griff nach Charlies Hand. Das Mädchen trat auf seinen Felsen und schob sich nah zu ihm. Er deutete stromaufwärts, wo der glitzernde Fluss um eine Biegung geschossen kam. »Der Fluss fängt ganz oben in den Bergen an, in einer kleinen

Quelle, die aus dem Boden hochblubbert. Pat-Pat hat mich einmal dorthin mitgenommen.«

Anna hoffte, dass Charlie die Ruhe dieser bewaldeten Berge in den Knochen spüren konnte. Sie versuchte ständig, sich vorzustellen, wie Charlie die Dinge erlebte: den Fluss, der sich auf sie zuschob, Macky, der ihre Hand hielt, die warme Sonne auf ihrer Haut. Anna fand es ermüdend, sich um Charlies praktische Bedürfnisse zu kümmern, nicht zuletzt ihr Bedürfnis nach Gesellschaft, andererseits hatte sie keine Ahnung gehabt, wie befriedigend es sein würde, ihr Leben um ein Kind kreisen zu lassen. Wie hatte sie nicht wissen können, dass sie – irgendwo tief vergraben – so einen mächtigen Mutterinstinkt in sich trug?

Die Luft über den Bäumen auf den Bergen schien vor Hitze oder den Ölen, die der Eukalyptus freigab, zu flimmern, und der Wald um sie her wirkte auf Anna wie eine sinnvolle, autarke Welt. Sie bildete sich nicht ein, die Bäume würden über Intelligenz verfügen – so romantisch war sie nicht –, aber sie wusste, dass der Wald sich entwickelt hatte, um zu überleben, und das, obwohl die Menschen alles darangesetzt hatten, ihn zu zerstören. Sämtliches Leben war darauf programmiert zu tun, was auch immer zum Überleben notwendig war: Charlie war durch den Zaun zu Anna gekrochen, und Anna hatte gelernt, ihre Sehnsucht nach ihrer Mutter zu unterdrücken.

Hatte sich Anna, um Charlie zu retten, über irgendeinen Instinkt bezüglich ihres eigenen Überlebens hinweggesetzt? Oder war es, als sie Charlie mitgenommen hatte, eigentlich auch um Annas Überleben gegangen?

Später am Vormittag sammelte Macky Stöcke für eine Feuerstelle auf einem schattigen Fleckchen Sand. Als das Feuer hell loderte, holte er etwas aus einem hohlen Baumstamm und reichte es Anna. Es war ein Sandwicheisen in einer Plastiktüte.

»Hast du schon mal Sandwiches getoastet?«, fragte er.

»Nicht über einem Feuer.«

»Ich glaube, es ist am besten abzuwarten, bis sich Kohle gebildet hat«, sagte er und kehrte zu Charlie zurück, die im sandigen seichten Wasser herumwerkelte und mit Steinen eine Dammmauer errichtete.

Macky schien fest entschlossen, ihnen beiden ein Erlebnis zu verschaffen: Er war nach dem Frühstück aufgetaucht und hatte Anna gesagt, sie solle Brot und Käse einpacken, bevor er sie zu dem Fluss hinunterführte. Hatte seine Mutter ihn darum gebeten, oder war er einfach ein aufmerksamer Junge? Er war der ideale Balsam für Charlie: ein fürsorglicher Naturbursche. Wer wäre Charlie heute, wenn sie von einer Frau wie Beatie zur Welt gebracht worden wäre? Fünf Jahre Vernachlässigung und Misshandlung mussten einem Kind etwas entreißen und sein natürliches Potenzial beeinträchtigen. Anna verachtete die blödsinnige Hippie-Maxime, die sie vor Jahren von manchen von Pats Freunden zu hören bekommen hatte: dass Kinder immer in die richtige Familie hineingeboren würden. Die gleiche faule Denkweise würde zu dem Schluss kommen, dass es Anna vorherbestimmt gewesen wäre, mit acht Jahren die Mutter zu verlieren.

Anna stocherte in der Kohle herum und fragte sich, wer sie vielleicht geworden wäre, wenn ihre Mutter nicht gestorben wäre. Wie hatte sie sich verändert, um mit dem Fehlen ihrer Mutter fertigzuwerden und – vielleicht noch wichtiger – mit der Art, wie ihr Vater mit dem Tod ihrer Mutter umging?

Nicht aufs Bett setzen, das tut deiner Mutter weh. Er hatte so wütend geklungen.

An dem Tag, an dem ihr klar geworden war, dass sie ihre Mutter nie wieder erwähnen durfte, war er gerade dabei gewesen, in der Garage ein Regal zu bauen. Sie hatte an seiner Werkbank gestanden und ihn beobachtet, wachsam auf den Moment lauernd, in dem er abgelenkt genug wäre, um kurzzeitig einmal nicht auf der Hut zu sein.

Er hatte weißen Kleber auf eine Verbindungsstelle gespritzt und behutsam einen Nagel in das Holz gehämmert.

»Habe ich Mummy das letzte Mal tagsüber gesehen?«

Er hatte sie nicht angeschaut, sondern einen weiteren Nagel hineingeklopft, dann die Klemme aufgeschraubt und das halb fertige Regal herausgleiten lassen.

Als er antwortete, hatte seine Stimme gezittert und war auf seltsame, atemlose Art aus ihm herausgekommen. »Anna, du musst mit der Fragerei aufhören.«

»Aber war es tagsüber?«

Er hatte das Regal auf den Betonboden geschmissen, wo es zerborsten war. Sie war rückwärtsgetaumelt und hatte sich an der Werkbank angestoßen.

»Verdammt noch mal, hör einfach AUF!«, zischte er durch zusammengebissene Zähne.

Durch tränenverschleierte Augen hatte sie mit angesehen, wie er nach draußen gegangen und die Einfahrt entlang verschwunden war. Nach einer Weile hatte sie versucht, das Regal wieder zusammenzufügen, aber das Holz war gesplittert. Anna war ins Haus gegangen und hatte in ihrem Zimmer gesessen, bis er am späten Nachmittag endlich wieder aufgetaucht war. Sie hatte gewusst, dass sie gegen irgendeine Regel verstoßen hatte, die sie nie verstehen und die ihr keiner erklären würde.

Sie machte drei Käse-Tomate-Sandwiches und stapelte sie auf einem großen getrockneten Blatt.

»Mittagessen ist fertig!«, rief sie.

Charlie lief tropfend zu Anna. »Ich habe solchen Hunger!«

Die Kleine ließ sich auf dem sandigen Boden nieder und blies auf ihr Sandwich. Ihre Nase und Wangen waren rosa.

Anna fiel wieder der Sonnenbrand auf ihren Schultern ein, am ersten Tag, an dem sie sich begegnet waren. Die Haut an Charlies Schultern war immer noch rau.

»Ich glaube, du ziehst besser dein T-Shirt an, damit du keinen Sonnenbrand bekommst, Charlie. Ich habe keine Sonnenmilch.«

Charlie sprach mit vollem Mund. »Dann muss Macky seins auch anziehen.«

»Aber seine Haut ist an die Sonne gewöhnt.«

Macky blickte auf seine schmale Brust hinunter. »Ich habe gar kein T-Shirt dabei!« Er lächelte Anna zu.

»Mach ich nicht.« Charlie sah Anna erbost an. »Ich will noch ein Sandwich.«

»Du kannst das hier haben.« Anna reichte Charlie ihr eigenes. »Ich mache noch eins.«

Sie schob das Sandwicheisen in die Kohle. »Du siehst aber ein bisschen rosa aus, Charlie. Trag besser dein T-Shirt.«

Charlies Stimme klang mürrisch. »Mach ich nicht.« Sie rammte einen Finger in den Sand. »Und du kannst mich nicht zwingen. Du bist nicht mein Boss.«

»Okay, okay«, beschwichtigte Anna sie.

Es reicht, Charlie, hätte sie am liebsten gesagt, hatte aber Angst, das Mädchen würde ihre nächste Ermahnung mit »Du bist nicht meine Mutter« kontern.

Sie sah das Mädchen mit gerunzelter Stirn an. *Sag es nicht.*

Sie wusste, dass es unfair war, von Charlie zu verlangen, dass sie sich verstellte, aber Pat hatte recht, es war genau die Art von Ausrutscher, die dazu führen könnte, dass sie geschnappt würden. Sie sollte Beatie aufsuchen und sie bitten, absolutes Stillschweigen über Annas und Charlies Aufenthalt auf der Hütte zu bewahren.

Anna zog das Sandwicheisen aus dem Feuer. Sie konnte

spüren, dass Macky beobachtete, was sie als Nächstes sagen würde. Sie klappte das Eisen auf und tat so, als konzentrierte sie sich darauf, ihr Sandwich herauszuholen.

»Du kannst mich nicht zwingen, ein T-Shirt anzuziehen«, murmelte Charlie und stocherte mit dem Finger im Sand herum.

Macky aß auf und erhob sich. »Ich muss los. Ich muss Dad helfen, den Hühnerstall zu reparieren.« Er öffnete den Reißverschluss seines Rucksacks. »Das ist für dich«, sagte er und reichte Charlie ein Buch.

»Was ist das?«

»Ein Buch.«

Er wandte sich an Anna. »Kannst du bitte das Sandwicheisen zurück in den Baum räumen?«

Sie nickte.

»Tschüs.« Er lief flussaufwärts los und verschwand zwischen den Bäumen.

Charlie sah ihm nach, dann musterte sie das Buch. Vorne darauf befand sich ein Aquarellbild von einer Meerjungfrau, und Anna ging davon aus, dass Macky es von Claudy bekommen hatte.

Nachdem Anna ihr Sandwich gegessen hatte, sagte sie: »Für uns ist es auch an der Zeit zu gehen.«

Nach ihrem gereizten Wortwechsel und nach Mackys Weggang fühlte sich die Luft schal an. Selbst der Fluss klang weniger freundlich. Sie löschte das Feuer, während Charlie das Buch durchblätterte. Dann machten sie sich auf den Weg den Berg hinauf.

Sie hoffte, dass Pat ihnen heute Lebensmittel bringen würde. Sie waren seit zwei Tagen auf der Hütte und hatten im Laufe des Tages das letzte Brot, die Milch und den Käse aufgebraucht.

Zwar könnte sie zu seinem Haus hinuntergehen, aber sie vermutete, dass Sabine sie lieber nicht zu Gesicht bekäme.

Sie erklommen den Berg, und Anna hatte das Gefühl, als müsste sie sich den Weg durch die dicke, feuchtschwüle Luft erkämpfen. Schweiß lief ihr übers Gesicht, das sich heiß und geschwollen und nach zu viel Sonne anfühlte. Sie hatte Angst, sich zu verlaufen, und blieb ein paarmal stehen, um zu überlegen, welche Abzweigung sie nehmen mussten.

Charlie ließ sich auf den Pfad plumpsen, das Buch in einer Hand. »Ich kann nicht mehr laufen.«

Anna griff nach dem Buch und ging in die Hocke, um das Mädchen auf ihren Rücken klettern zu lassen. Dann setzte sie den Weg fort, vornübergebeugt, einen langsamen Schritt nach dem anderen. Charlies heißer Körper presste gegen Annas Rücken, und ihre drahtigen Arme umklammerten Annas Schultern. Die schwüle Hitze war wie eine Droge. Anna war schwindelig, sie kam sich berauscht vor. Eine Fliege summte um sie herum, und der Schweiß tropfte von ihrem Kinn. Charlie hielt Anna fest gepackt und drehte den Kopf, um ihn auf Annas Schulter zu legen.

27

Am nächsten Tag kam Macky nicht. Charlie bettelte Anna an, mit ihr nach unten zum Fluss zu gehen. Also folgten sie dem Pfad bergabwärts und fanden Macky und seinen Bruder und seine Schwester bereits dort vor. Die drei Kinder saßen mit zurückgelegten Oberkörpern im Wasser, die Haare an die Köpfe geklatscht, zum Himmel grinsend. Sie verwickelten Charlie in ein Spiel, bei dem von einem Felsblock zum nächsten gehüpft wurde, mit komplizierten Regeln darüber, wann sie springen konnten und wie viele Leute sich auf jedem Block aufhalten durften.

Anna saß am Ufer im Schatten und beobachtete, wie Charlie aufrecht auf einem Felsblock stand, die spindeldürren Beine breit, das T-Shirt an den Bauch geklatscht, mit erwartungsvoller Miene, während sie darauf wartete, dass die Kinder eine bestimmte Konstellation einnahmen. Ihre alte Wachsamkeit schien völlig von ihr abgefallen zu sein, doch Anna fragte sich, ob Charlie wirklich aufgehört hatte, auf der Hut zu sein.

»Eins, zwei, drei …«, rief Charlie.

Der hoffnungsvolle, fröhliche Tonfall in ihrer Stimme ließ Anna reglos verharren, und einen Augenblick stockte ihr der Atem, als sie daran dachte, dass diese kleine Person ihr vertraute und auf sie angewiesen war. War es möglich, dass Charlie sie ausfindig gemacht hatte, dass die Kleine unbewusst gespürt hatte, wie weit Anna gehen würde, um ihr zu helfen?

»… sieben, acht, zehn!«, rief Charlie. Die anderen Kinder sprangen wie Frösche auf Charlies Felsblock. Claudy rutschte ab und fiel in das oberschenkelhohe Wasser. Sie hielt ein Knie umklammert und weinte. Die anderen Kinder ignorierten Claudy mehr oder weniger, und Anna watete auf sie zu, doch das Mädchen stemmte sich hoch und machte weiter, die Tränen schon versiegt.

Ihre Tage unten am Fluss hatten mit der Zeit etwas Träges, Hypnotisches. Annas Aufgabe bestand darin, allen zum Mittagessen Sandwiches zu erhitzen, indem sie die Zutaten verwendete, die die Kinder in Mackys Rucksack mitbrachten: Kirschtomaten, die größten Basilikumblätter, die sie je gesehen hatte, Bolognese-Reste. Nach dem Essen lagen sie unter den Bäumen und spielten *Ich sehe was, was du nicht siehst,* während Anna in ihrem Notizblock Skizzen von den Kindern anfertigte. Von der Welt draußen wurde nicht geredet, Beatie oder irgendwelche Erwachsenen fanden überhaupt keine Erwähnung, doch Anna wusste, dass dieser idyllische Zustand nicht ewig dauern würde.

Genieß es, solange du kannst, hätte sie Charlie am liebsten gesagt. Sie hatte sich entschieden, nicht mit Beatie zu reden, sondern einfach abzutauchen. Ihr Monat auf der Hütte würde in weniger als drei Wochen vorbei sein. Dann würde sich Anna mit Charlie hinsetzen und ihr erklären, was käme. Sie würde von der Telefonzelle in der Stadt aus bei der Polizei anrufen und die Detectives bitten, sich auf dem unbemannten Revier in Mullumbimby mit ihnen zu treffen. Sie würde sie anflehen, die Übergabe ruhig und unauffällig über die Bühne gehen zu lassen.

Nach Rauch und Flusswasser riechend, gingen Charlie und sie jeden Tag in der Dämmerung zur Hütte zurück, während die Frösche in der sich abkühlenden Luft um sie herum quakten. Pat lieferte ihre Vorräte tagsüber, während sie am Fluss waren, und sie bekamen ihn nie zu Gesicht. Anna hinterließ ihm immer eine Nachricht, auf der stand, sie seien unterwegs, die Gegend erkunden. Falls Beatie Pat Bescheid gegeben hatte und er mit Anna darüber reden wollte, würde er ihr wohl eine Nachricht hinterlassen. Stattdessen zeichnete er nur Smileys unten auf Annas Notizzettel und hinterließ eines Tages zwei kleine Holzpuppen, die beide einen winzigen rosafarbenen Umhang trugen.

Eines Tages tauchten Avrils Kinder auf: ein Mädchen, das ein wenig älter als Charlie war – dasjenige, das ihr die Kleidung gespendet hatte –, und ein Mädchen, das ungefähr so alt wie Macky war. Sie begrüßten Anna flüchtig und behandelten Charlie, als wäre sie schon immer dort gewesen. Sie hatten eine Luftmatratze dabei und verbrachten eine halbe Stunde damit, am Ufer zu sitzen und sie aufzublasen. Dann wechselten sich die Kinder ab, von der Brücke zu springen und auf der Luftmatratze die, wie sie es nannten, Stromschnellen entlangzutreiben. Anna stand im seichten Wasser und sah zu, wie Charlie auf dem weißen Wasser trieb, bereit, in den Fluss zu waten und sie zu packen. Charlie hielt sich fest und kreischte, während die Luftmatratze gegen Felsen stieß und sich aufbäumte, dann rutschte sie in der Nähe des großen Teiches ins Wasser. Sie rappelte sich in dem hüfthohen Wasser auf und grinste den Kindern zu, die jubelnd auf der Brücke standen.

Anna wusste, dass sie für die Kinder während des Spielens so gut wie unsichtbar war. Zu beobachten, wie intensiv sie sich auf das Leben stürzten, rief ihr ins Gedächtnis, dass das Leben der Kinder weitergehen und sich – hoffentlich – zu voller Blüte entfalten würde, wohingegen es gut möglich war, dass Annas Leben ruiniert wäre. Aber sie gestattete ihrem Verstand keinerlei Gedanken über ihre Zukunft, nachdem sie Charlie der Polizei übergeben hätte.

28

Nach den Frühstückspfannkuchen saß Anna mit einer Tasse Tee auf der Treppe und sah Charlie dabei zu, wie sie auf dem gepflasterten Bereich kauerte und sorgfältig kleine schwarze Beeren und bunt gesprenkelte Blätter zu einem Kreis anordnete. Das Mädchen verschwand um die Hausecke und kehrte mit Klumpen aus farnartigem Moos zurück, die sie auseinanderzupfte und büschelweise zwischen die einzelnen Blätter legte.

Im Norden türmte sich eine dunkle Wolkenwand. Anna hoffte, dass es nicht zu stark regnen würde. Vor einer Woche hatte sie im Gemüsebeet ein paar Reihen Basilikum und Salat und Gurkensamen angepflanzt, und es gab schon kleine grüne Sämlinge. In einem alten Komposthaufen in der Nähe des Wassertanks war sie auf gut gereiften Kompost gestoßen und hatte Dreifüße aus Stöcken angefertigt, um die Gurkenranken hochzuziehen. Obwohl sie nicht hier sein würden, um das Gemüse zu ernten, mochte sie das Gefühl, wieder für Pflanzen zuständig zu sein. Die Bäume des Waldes brauchten sie nicht, noch nicht einmal der einsame junge Baum, der zwischen den Backsteinen gleich neben der Hintertür hervorwuchs.

Ein Stück Moos in der Hand, setzte sich Charlie auf die Fersen zurück und sah auf die Lichtung hinunter. »Was ist das?«

»Was denn?«, fragte Anna.

»Jemand. Ein Mann.«

Anna erschauderte. Die Polizei? War es so weit? Sie stand auf und machte einen Schritt auf Charlie zu. Anna brauchte Zeit, um ihr zu erklären, was passieren würde. Dann vernahm sie aus der Ferne Pats Stimme und sah ihn über die Lichtung schreiten. Als er näher kam, rief er ihr zu: »Dein Dad hat angerufen!«

»Was? Dad?« Woher zum Teufel wusste er, dass sie sich dort befand?

Charlie betrachtete Anna mit besorgter Miene.

Pat erreichte sie und beugte sich vor, die Hände auf den Knien, schwer atmend. »In zwanzig Minuten ruft er noch einmal an.« Er richtete sich auf. »Hast du ihm gesagt, dass ihr hier seid?«

»Nein. Auf keinen Fall!«

»Woher wusste er dann, dass ihr hier seid?« Er legte die Stirn in Falten. »Du musst doch etwas gesagt haben.«

»Nein. Nichts. Was hat er gesagt?«

»Er hat bloß darum gebeten, mit dir zu sprechen.« Pat ging zum Wasserhahn, um etwas zu trinken.

Charlie legte das Moos zu Boden und stand auf. »Ist alles in Ordnung, Anna?«

Anna nickte. »Ich glaube schon. Gehen wir nach unten zu Pat. Hol deine Schuhe.« War vielleicht etwas mit ihrem Dad los? Oder wollte er sie warnen, dass die Polizei wusste, wo sie war? Oder dass er der Polizei verraten hatte, wo sie war?

Die drei eilten den Berg hinunter. Charlie musste traben, um mit ihnen Schritt zu halten. Anna rutschte auf Blättern aus und musste Pat nachrufen: »Mach ein bisschen langsamer, oder ich breche mir noch ein Bein!« In ihrer Brust spürte sie schreckliche Angst.

Bei Pat zu Hause hängte Sabine gerade Wäsche an die Leine neben der Waschküche. Ihr Bauch sah viel größer aus. Charlie lief auf Sabine zu und schlang die Arme um ihre Beine.

»Komm rein«, sagte Pat. »Ich koche dir eine Tasse Tee. Oder möchtest du Kaffee?«

»Kaffee wäre super.« Auf der Bank draußen vor der Küche stand ein geflochtener Babykorb.

Er stellte den Kessel auf den Herd und holte das Telefon aus dem Schlafzimmer. Anna setzte sich an den Tisch und sah zu, wie er Kaffeepulver in die Cafetiere löffelte.

»Um wie viel Uhr ruft er wieder an?«

Pat warf einen Blick auf seine Armbanduhr. »In ein paar Minuten. Er hat gesagt, später ginge es nicht mehr.«

An der Wäscheleine reichte Sabine getrocknete Wäsche an Charlie weiter, die jedes große weiße Quadrat sorgfältig in den Korb legte. Windeln.

Pat goss heißes Wasser in die Cafetiere und stellte eine Tasse vor Anna auf den Tisch. »Ich hätte sagen sollen, dass du nicht hier bist, aber er hat mich überrumpelt.«

»Aber woher hat er es gewusst? Ich kapiere das nicht.«

»Tja, du wirst es gleich herausfinden.«

Er holte Milch aus dem Kühlschrank und stand mit der Glaskanne in der Hand da. »Ich will nicht, dass die Polizei hier aufkreuzt, Anna.« Er sah aus dem Fenster zu Sabine.

»Ich weiß. Möchtest du, dass wir gehen?« Bei der Vorstellung fortzumüssen, empfand sie ein heftiges Engegefühl in der Brust.

»Warten wir mal ab, was dein Dad sagt.« Er goss Milch in ihre Tasse. »Möchtest du etwas essen?«

»Nein danke.«

Anna griff nach der Tasse – es war eine von Beaties – und strich mit dem Daumen über die grüne Glasur.

Das Telefon schrillte laut durch das kleine Zimmer. Anna ging an den Apparat.

»Hallo, Dad?« Ihre Stimme zitterte.

»Anna. Mein Schatz.«

»Woher hast du gewusst, wo ich bin?«

»Oh … ich habe es erraten. Die Papageien im Hintergrund, als du angerufen hast. Eigentlich hatte ich mir längst gedacht, dass du vielleicht zu Patrick fahren würdest. Es ergibt Sinn.«

Sie seufzte. Während sie der Stimme ihres Dads lauschte, stiegen ihr Tränen in die Augen.

»Wie geht es dir? Kümmert sich Patrick um euch?«

»Ja, macht er. Ist etwas passiert? Geht es dir gut?« An der Arbeitsfläche setzte Pat den Deckel auf die Cafetiere.

»Mir geht es gut, abgesehen von der Kleinigkeit, dass meine Tochter eine flüchtige Straftäterin ist.« Seine Stimme klang gereizt. Anna drehte sich der Magen um. Vielleicht würde er sie doch der Polizei melden.

»Die Polizei ist wieder bei mir gewesen«, fügte er hinzu.

»Ach?«

»Sie haben ausgeplaudert, dass sich die Mutter aus dem Staub gemacht hat.«

»Was meinst du damit, *sich aus dem Staub gemacht?*«

»Sie hat ihnen gesagt, sie wolle ihre Tochter nicht zurückhaben und dass das Mädchen stattdessen bei seiner Großmutter, also bei ihrer Mutter, leben solle.«

»Was?« Anna sah durchs Fenster zu Charlie, die zu Sabine hochgrinste und die Hand nach der nächsten weißen Windel ausstreckte.

»Anscheinend hat sie der Polizei gesagt, sie habe genug vom Mutterdasein.«

»Ich kann nicht glauben, dass sie so etwas sagen würde.«

»Na ja, hört sich für mich an, als habe sie die richtige Entscheidung getroffen. Sie will, dass das Mädchen zu seiner Großmutter kommt. Du weißt doch, was das bedeutet, nicht wahr,

Anna? Es bedeutet, dass das Mädchen definitiv nicht zu seiner Mutter und dem Freund zurückkommt. Also solltest du dich stellen. Und zwar noch heute, mein Schatz. Fahr einfach mit dem Mädchen aufs nächste Polizeirevier.«

Seine Stimme hatte einen flehenden Unterton. »Du weißt doch, dass sie dich in Gewahrsam nehmen werden, ja? Und dann wirst du einem Untersuchungsrichter vorgeführt, aber du lässt den Pflichtverteidiger bei mir anrufen, und wir bekommen dich verdammt noch mal auf Kaution raus. Wir kriegen dich raus. Aber es ist besser für dich, wenn du dich stellst, anstatt geschnappt zu werden.«

»Moment mal, wem hat die Mutter das gesagt?«

»Anscheinend der Polizei in Melbourne. Dorthin ist sie mit dem Freund gezogen. Der laut dem Beamten, mit dem ich gesprochen habe, ein Dealer ist.«

»Ein Drogendealer? Das haben sie dir erzählt?«

»Jawohl.«

»Du hast der Polizei doch nicht gesagt, dass ich bei dir angerufen habe, oder?«

»Nein, habe ich nicht.«

»Und du wirst es ihnen nicht sagen, oder, Dad?«

»Tja, das brauche ich nicht. Denn jetzt, wo die Mutter die Fliege gemacht hat, wirst du dich ja stellen.«

Da Charlie nun von Gabby verstoßen worden war, gab es für Anna nicht den geringsten Grund mehr, sie wie ursprünglich geplant zurückzugeben. Denn das Mädchen würde in eine Pflegefamilie kommen oder zu einer Großmutter, die es nicht kannte. Zu einer Großmutter, an der Anna ernsthafte Zweifel hegte. Jetzt konnten sie hierbleiben.

»Und wenn ich sie noch ein Weilchen behalte?«

»Was meinst du?« Die Stimme ihres Dads wurde streng. »Hör mal, Annie. Du musst jetzt das Richtige tun.«

»Aber keiner will dieses Kind, Dad!« Ihre Tränen tropften auf den Tisch. »Ich bin die Einzige, die es haben will!«

»Und was ist mit der Großmutter?«

Pat stand an der Arbeitsfläche und rührte Zucker in seinen Kaffee, hörte jedoch offensichtlich zu.

»Sie erinnert sich noch nicht einmal an ihre Großmutter! Und Gott weiß, wie die Großmutter in der Elternrolle sein wird, wenn sie Gabby hervorgebracht hat. Gabby hat gesagt, man habe sie angeschrien, und ich wette, das war noch das wenigste …«

Charlie rannte mit dem Wäscheklammerkorb über den Rasen, dabei fielen Wäscheklammern zu Boden.

»Anna, dieses Mädchen ist nicht dein Fleisch und Blut. Jetzt reiß dich mal zusammen.«

Anna wischte die Tränen fort. Trotz der Liebe, die Anna für Charlie empfand, obwohl sie sich um das Mädchen kümmerte, hatte sie keinen legitimen Platz in Charlies Leben. Gabby musste sich dieses Recht nicht verdienen. Es war ihr einfach zugefallen, indem sie schwanger geworden war, einzig und allein dank ihrer DNS.

Jetzt befand sich Charlie auf der Veranda und lächelte Anna durch das Fenster zu.

»Du hast zuerst an das Mädchen gedacht, aber jetzt möchte ich, dass du an dich selbst denkst«, mahnte ihr Dad.

Anna senkte die Stimme. »Sie ist die Schutzbedürftige, Dad, nicht ich.«

»Na ja, von meiner Warte aus siehst du ziemlich schutzbedürftig aus. Und du bist *mein* Mädchen. Ich will, dass du in Sicherheit bist. Nicht im Gefängnis.«

Anna hörte ein Poltern vom anderen Ende der Veranda, wo sich Charlie und Sabine jetzt befanden. Erst wusste Anna nicht, was sie dort machten, dann sah sie einen kleinen Reifen auf die Dielenbretter fallen. Sie spielten mit Wurfringen.

»Versprich, dass du es nicht der Polizei verrätst, Dad.«

Er seufzte laut. »Ich werde dich nicht verpfeifen. Weil du meine Tochter bist und ich dich liebe und ich nicht will, dass du bei einem völlig übertriebenen Polizeieinsatz geschnappt wirst.«

Oh, Mist. Was zum Teufel hatte das zu bedeuten? Was war ein völlig übertriebener Polizeieinsatz?

»Aber mir gefällt nicht, was du tust, Annie. Ich möchte, dass du dich stellst. Und zwar noch heute.«

Ein paar Sekunden lang sagten beide nichts.

»Ich muss gleich aufhören«, erklärte er. »Bald kommt Lorraine nach Hause.«

»Du bist bei Lorraine?« Anna stellte sich vor, wie er in der mit gelben Sonnenblumenkacheln gefliesten Küche ihrer Tante stand. »Du hast ihr doch nichts gesagt, oder?« Der nächste Wurfring fiel auf die Verandadielen.

»Nein. Ich bin hergekommen, um ihr dabei zu helfen, neue Vorhangstangen oder so was anzubringen.«

»Wie geht's Red?«

»Oh.« Am anderen Ende der Leitung ertönte ein dumpfes Geräusch. »Ich musste ihn einschläfern lassen.«

»Oh, Dad! Das tut mir so leid.« Wieder quollen Tränen aus ihren Augen.

»Ja. Na ja. Letzten Endes war es besser so.« Er räusperte sich. »Lorraine versucht, mich zu überreden, mir einen Welpen anzuschaffen.«

»Du willst keinen?«

»Oh ... so viel Arbeit.« Er hielt inne. »Nein ...«

»Das mit Red tut mir leid. Echt.«

»Ich weiß. Aber um ehrlich zu sein, sorge ich mich mehr um dich, als dass ich wegen Red traurig bin.«

»Mir geht es wirklich gut, alles bestens. Bitte mach dir keine Sorgen.«

»Ich mache mir aber Sorgen, Annie.« Seiner Stimme war anzuhören, dass er Angst um sie hatte. »Ach! Deine Tante ist gerade in die Einfahrt gebogen. Ich muss Schluss machen. Hör mal, *bitte* bring das Mädchen zur Polizei, Annie. Und ich hab dich lieb.«

»Ich hab dich auch lieb! Es tut mir leid, Dad.« Sie war sich nicht sicher, ob er sie gehört hatte, bevor er auflegte.

Auf der Veranda machte Charlie einen Satz nach vorn, um die Wurfringe aufzuheben und auf ihrem Arm aufzureihen.

Pat stand mit einer Tasse in den Händen an der Küchenarbeitsfläche.

»Charlies Mutter will sie nicht zurückhaben«, sagte Anna.

»Das habe ich mitbekommen.« Er runzelte die Stirn.

»Mach dir keine Sorgen, Dad wird niemandem verraten, dass wir hier sind. Er will nicht, dass die Polizei herkommt und mich bei einem Einsatz schnappt.« Sie holte tief Luft. »Ich will länger als den Monat auf der Hütte bleiben. Jetzt gibt es keinen Grund mehr für Charlies Rückkehr.« Sie fühlte sich zittrig. Würde sie wirklich ihr altes Leben hinter sich lassen? Ihren Dad. Dave. Ihr Haus.

Er stellte die Tasse auf die Arbeitsfläche und verschränkte die Arme.

»Es gibt da ein kleines Problem.« Er senkte die Stimme. »Jo hat jemandem von dir und Charlie erzählt.«

»Was? Wem hat sie es erzählt?« Oh, Mist. Ein *kleines* Problem? Würde Jo am Ende doch ihr Ruin sein?

»Ein Freund aus dem Tal ist gestern hergekommen, um sich Werkzeug auszuleihen, und hat mir erzählt, dass Jo mit ihm über euch geredet hat. Er hat sich im Internet schlaugemacht und wollte wissen, woher ich dich kenne und warum du Charlie mitgenommen hast. Ich habe gesagt, du hättest gute Gründe gehabt, aber dass ihr längst weg seid.«

»Du hast doch gesagt, Jo würde nichts verraten.«

Er schloss die Augen und nickte. »Ich weiß.« Er hielt inne. »Ich werde Sabine nichts sagen. Sie braucht es nicht zu erfahren. Ich hoffe bloß, dass Jo es niemandem sonst erzählt hat. Das Gute ist, dass sie keine Ahnung hat, dass ihr oben auf der Hütte seid. Sie denkt, ihr wärt weit weg.«

Allerdings wusste Beatie es, und Beatie war mit Jo befreundet. Anna hatte das Gefühl, als würde sich alles um sie herum drehen. Sie legte einen Moment die Hand auf die Brust und versuchte, ruhiger zu atmen. Sie sollte Pat sagen, dass Beatie Bescheid wusste.

Charlie hüpfte über die Veranda, die Wurfringe wie Armreifen tragend.

Pat sah durchs Fenster zu Charlie. »Warten wir erst mal ab«, sagte er. »Ich werde euch nicht gleich davonschicken.« Er goss Kaffee in ihre Tasse. »Trink das.« Er schob die Tasse zu ihr hin.

Sie griff nach der heißen Tasse. Sie würde mit Beatie reden müssen. Ihr die Wahrheit sagen und sie anflehen, Jo gegenüber nichts zu erwähnen. Oder Pat. Sie trank einen Schluck Kaffee. So ein Schlamassel.

Charlie erschien in der Küchentür und ließ die Wurfringe um ihren Arm kreisen. Sie grinste Anna an. »Schau!«

Hinter ihr trug Sabine den Korb voll trockener Wäsche herein. »Ich habe ihr die Wurfringe ausgeliehen.«

»Gute Idee.« Pat nahm Sabine den Korb ab und stellte ihn aufs Sofa.

Charlie sprang zu dem Korb, legte die Wurfringe beiseite und hob einen winzigen Strampelanzug von dem Stapel gefalteter Wäsche in die Höhe.

»Schau!«, sagte sie zu Anna. »Schau, wie klein das ist. Das Baby wird ihn tragen.«

Sie reichte Anna den weißen Baumwollstrampler.

»Wow!«, erwiderte Anna. »Der ist klein, was?«

Sabine ließ sich neben dem Wäschekorb aufs Sofa plumpsen. »Laut Jo ist es ein kleines Baby.«

Charlie nahm den Strampler zurück und hielt ihn sich an den eigenen Körper. »Wird das Baby wie ein Bruder für mich sein?«, fragte sie.

»Tja ... nein ...«, erwiderte Anna.

Sabine schenkte Charlie ein trauriges Lächeln. »Vielleicht eher so etwas wie ein Cousin?« Sie griff nach einer Windel und faltete sie wieder zu einem Quadrat. »Stimmt etwas nicht mit deinem Vater, Anna?«

»O nein. Dem geht's gut.« Mehr würde sie vor Charlie nicht sagen.

»Woher hat er gewusst, dass ihr hier seid?«

»Er hat es erraten«, antwortete Anna. »Er hat die Vögel gehört, als ich ihn das eine Mal aus der Stadt angerufen habe.«

Seufzend fuhr sich Sabine mit einer Hand übers Gesicht. Wenn Sabine wüsste, dass Jo jemandem von ihnen erzählt hatte, würde sie wollen, dass sie auf der Stelle wegfuhren. Noch heute.

Pat öffnete den Kühlschrank. »Ich kann euch ebenso gut jetzt ein paar Lebensmittel mitgeben. Kannst du sie den Berg hochtragen? Ich kann sie in einen Rucksack packen.«

»Danke, das wäre prima«, erwiderte Anna.

»Ach.« Sabine stemmte sich hoch. »Lass mich dir auch das hier mitgeben.«

Sie griff eine Kuchendose von einem Regal über der Spüle und schob sie vor Anna auf den Tisch. »Hier. Bananenkuchen. So viele Bananen.«

»Danke, Sabine. Wir lieben deinen Kuchen.«

Anna leerte ihren Kaffee in schnellen Schlucken und erhob

sich. Lieferte sie Sabine letztlich ans Messer, indem sie Pat verschwieg, dass Beatie wusste, wo sie waren? Sie versuchte, sich einzureden, dass die Polizei nicht an Sabines Visumstatus interessiert wäre, falls sie hier auftauchen würde. Doch wissen konnte sie es nicht.

Charlie stemmte den Deckel von der Kuchendose und spähte hinein. »Lecker!«

Pat packte Tüten mit Lebensmitteln in den Rucksack. »Braucht ihr Zucker?«

»Nein, haben wir reichlich.«

»Mehl?«

»Ja, bitte. Und ich kann dir noch mehr Bargeld runterbringen. Für die Miete.«

Pat blickte nicht auf, sondern schüttete weiter Mehl aus einem Vorratsglas in eine Papiertüte. »Lass uns ein andermal darüber reden.«

Vom Sofa aus sagte Sabine: »Behalte den kleinen Strampler, Charlie. Er wird dich an das Baby erinnern, das bald kommt.«

»An meinen Cousin«, sagte Charlie.

Sabine bedachte sie mit einem matten Lächeln.

Charlie knüllte den Babystrampelanzug zu einer Kugel zusammen und steckte ihn sich unters T-Shirt.

Es war später Vormittag, als sie von Pats Haus aufbrachen. Auf dem Weg den Berg hinauf, die schwere Last des Rucksacks auf dem Rücken, schwankte Anna zwischen der fieberhaften, schwindelnden Hoffnung, sie könnten bleiben, und der Angst, dass alles vorbei war und sie es nur noch nicht wusste. War der Gedanke völlig verrückt, dass Charlie und sie auf lange Sicht hierbleiben würden, falls sich Beatie – und ihre Familie – überreden ließe, Stillschweigen zu bewahren? Könnte Anna hier wirklich ein ganz neues Leben anfangen und Charlie in diesen

Bergen großziehen? Bei dem Gedanken, ihren Dad nicht wiederzusehen, flackerte Panik in ihr auf. Sie dachte an Dave. Wenn sie hierbliebe, würde sie ihre Beziehung über Bord werfen. Aber vielleicht war sie längst über Bord gegangen. Was Anna getan hatte, war vielleicht mehr, als die Beziehung aushielt.

Pats Freund hatte Anna im Internet gesucht und die Nachrichtenartikel gelesen. Anna blieb stehen. Verdammt noch mal. Selbst wenn er glaubte, Anna wäre längst fort, könnte er der Polizei trotzdem davon erzählen, und dann würde man Polizisten herschicken, um mit Pat zu sprechen. Pat hätte diesem Typen die ganze Geschichte erzählen sollen, nicht bloß, dass Anna *gute Gründe* hatte, Charlie mitzunehmen.

Vielleicht sollten sie sich eine andere Bleibe suchen. In einem anderen Tal. Und sie würde eine Arbeit finden müssen. Sie könnte putzen gehen, wie Sabine. Oder sich etwas einfallen lassen, wie sie anonym übers Internet als Designerin arbeiten und das Geld auf Pats Konto überweisen lassen könnte. Sie würde sich Geld leihen müssen, um sich einen gebrauchten Mac zu kaufen.

Anna starrte die Baumstämme an, die sich bis in die Ferne erstreckten, und ahnte vage das Ausmaß dessen, was sie da erwog.

»Warum bist du stehen geblieben?«, rief Charlie ihr von weiter vorn zu.

Sie zwang sich zu einem Lächeln. »Bloß eine Verschnaufpause.«

Auf halbem Weg zur Hütte, als sie gerade durch einen Wald mit hohen Eukalyptusbäumen gingen, setzte der Regen ein. Große kühle Tropfen landeten auf ihrer Haut und klopften auf die Blätter um sie herum. Charlie hob das Gesicht himmelwärts und blinzelte zum Regen, der durch das Blätterdach fiel.

»Was machen die Vögel, wenn es regnet?«

»Sie haben kleine Nester und Nischen. Dort hocken sie sich hinein und stecken die Köpfe unter die Flügel. Sie haben es sehr gemütlich.« Ganz sicher war Anna nicht, was die Vögel bei Regen machten, aber sie mutmaßte, dass es Charlie darum ging, ob sie in Sicherheit waren.

Der Wind wurde stärker, und Donner grollte endlos in der Ferne. Es hörte sich wirklich an, als würde er im Himmel herumrollen.

»Lass uns nach Hause gehen, bevor dieses Gewitter so richtig losgeht«, sagte Anna. »Falls es blitzt.«

Charlie ergriff Annas Hand, der rote Wurfring ein großer Armreif am Handgelenk des Mädchens. »Weil es Elektrizität ist?«

»Stimmt genau. Los geht's!«

Sie erreichten die Hütte außer Atem und lachend, die Kleidung durchnässt und die Haare an die Köpfe geklatscht. Unter dem Vordach streckte Charlie die Arme schräg von sich weg und sah zu, wie das Wasser von ihren Fingern tropfte. Auf den Pflastersteinen hatten sich bereits Pfützen gebildet, und Wasser lief aus den Dachrinnen über.

Anna ließ den Rucksack drinnen neben der Tür zu Boden sinken, schälte sich aus der Kleidung und ging durchs Haus, wo sie überall nasse Fußspuren hinterließ. Sie suchte zwei Handtücher heraus und trocknete Charlie im Türrahmen ab. Das Mädchen entwand sich Anna und flitzte nackt ins Wohnzimmer.

Es hatte Anna schon immer eine ungeheure, schier urzeitliche Freude bereitet, während eines Unwetters behaglich im Trockenen zu sitzen. Und jetzt gestattete sie sich die Vorstellung, der Regen bringe ihnen obendrein Sicherheit. Niemand, nicht Macky, bestimmt noch nicht einmal die Polizei, wäre bei dem Wetter im Freien unterwegs. Momentan war ihr kleines Zuhause sicher.

Sie legten sich auf die Matratze, und Anna las Charlie mehrere Kinderbücher von dem Stapel vor, den sie in der Vorratskammer gefunden hatte. An manche konnte sie sich noch aus ihrer Kindheit erinnern, andere waren so gut wie neu.

Sie musste die Stimme erheben, um das Trommeln des Regens auf dem Blechdach zu übertönen. Charlie wollte immer wieder, dass Anna ihr *Koala Lou* vorlas.

»Ich wünschte, ich könnte ganz schnell laufen«, sagte Charlie und spielte mit einem Finger in ihrem feuchten Haar.

»Wie der Koala in der Geschichte?«

»Mhm.«

»Ich habe das Gefühl, als müssten wir hier oben gar nicht mehr weglaufen«, sagte Anna. »Hier sind wir irgendwie unsichtbar.« Sie sah nach draußen. Der gepflasterte Bereich war jetzt eine große Pfütze, in der die Regentropfen hüpften, und sie konnte vor weißem Regen kaum die Bäume sehen. Könnte sie sich hier ein neues Leben einrichten?

Charlie tippte an Annas Wange. »Ich will nicht, dass du unsichtbar bist.«

»Okay.« Sie lächelte. »Dann bin ich eben nicht unsichtbar.«

Charlie griff nach dem obersten Buch auf dem Stapel. »Lesen wir sie alle noch mal.«

Das Gespräch mit Beatie war nicht einfach.

Anna und Charlie trafen sie beim Unkrautjäten in ihrem Gemüsegarten an, sie war noch im Schlafanzug.

Sobald Charlie über den Rasen zum Hühnerstall wanderte, kam Anna gleich auf den Punkt. »Ich muss dir etwas sagen. Ich bin nicht Charlies Mutter.«

»Ich weiß.« Beaties Stimme war tonlos und ließ sich nicht deuten. Sie schleuderte Unkraut auf den Rasen. »Macky hat es mir erzählt.«

»Aha.« Also hatte Charlie es Macky verraten. Und wahrscheinlich auch Claudy und Zeb.

»Ich habe sie von ihrer Mutter weggebracht, weil sie ständig geschlagen wurde.«

Beatie sah entsetzt aus. »Das hat mir Macky nicht erzählt. Wer hat sie geschlagen?« Sie drehte sich Charlie zu, die Blüten von dem Salbeibusch pflückte und den Nektar heraussaugte.

Beatie bombardierte Anna mit unzähligen Fragen dazu, was Charlie widerfahren war. Anna zwang sich zu einer detaillierten Schilderung, da ihr kein besserer Weg einfiel, um Beatie zu überzeugen, Stillschweigen zu bewahren. Nach der Beschreibung des Zigarettenbrandmals an Charlies Bauch hielt sie inne. »Die Mutter will sie nicht mehr. Sie hat der Polizei gesagt, sie habe keine Lust mehr, Mutter zu sein.«

Beatie riss die Augen auf. »Sie hat sie aufgegeben?«

»Ja.«

»Woher weißt du das?«

»Mein Dad hat mich bei Pat angerufen.«

Beatie sah zum Wald. »Verfluchte Scheiße.«

Anna fragte sich, ob Gabby eines Tages aufwachen und erkennen würde, was sie weggeworfen hatte. »Kannst du bitte Stillschweigen darüber bewahren, dass ich nicht ihre Mutter bin?«

»Ich werde es niemandem sagen. Es gibt sowieso niemanden.«

Nur Jo, dachte Anna. »Ist es zu viel verlangt, wenn ich dich bitte, Pat gegenüber nicht zu erwähnen, dass du weißt, dass wir auf der Hütte sind? Ich glaube, dann gerät er in Panik. Und vielleicht würde er wollen … dass wir auf der Stelle verschwinden.«

»Echt?«, fragte Beatie. »Wieso sollte er das wollen, bloß weil ich Bescheid weiß? Das ergibt keinen Sinn.«

»Na ja, bloß … wegen der Polizei, schätze ich.« Sabines Visumproblem konnte sie nicht zur Sprache bringen. »Je mehr Leute Bescheid wissen, desto wahrscheinlicher ist es, dass es sich herumspricht.«

Beatie lächelte flüchtig und schüttelte den Kopf. »Ich kann Pat nicht anlügen. Er ist mein ältester Freund auf der ganzen Welt.« Sie wischte die Hände an ihren Shorts ab. »Die Kinder haben es ihm gegenüber vielleicht sowieso schon erwähnt. Als ich ihnen gesagt habe, sie sollen es niemandem erzählen, haben sie bestimmt nicht gedacht, dass das auch für Pat gilt.«

»Sicher.« Anna schluckte. Sie schämte sich. Auch sie sollte Pat nicht anlügen. Pat hatte alles darangesetzt, ihnen zu helfen.

»Es tut mir leid, dass ich dir nicht gleich die Wahrheit gesagt habe, Beatie. Wirklich.«

Beatie nickte.

»Es ist bloß, dass ihre Sicherheit …«

»Ich weiß.« Beatie winkte ab. »Ich verstehe schon, Anna. Wirklich. Ich bin Mutter.«

Falls Pat Anna und Charlie fortschicken sollte, würden sie eben weiterziehen müssen. Es gab nichts, was Anna noch tun konnte.

29

Anna stocherte in den letzten glühenden Kohlestücken herum und erwog, noch einmal Tee in dem Kochgeschirr zu erhitzen. Es regte sich kein Lüftchen, und in den Bäumen und über dem großen Teich hing Rauch.

In der Nähe sammelten Charlie und Claudy armweise Blätter und bauten zwischen zwei großen Wurzelausläufern eines Feigenbaums ein Nest. Mit ernsten Mienen arbeiteten sie Seite an Seite und legten sich dann abwechselnd in das Nest. Das Mädchen im Nest rollte sich jeweils mit geschlossenen Augen zusammen, während das andere zerbröselte Blätter herunterrieseln ließ, als handelte es sich um Konfetti.

Während Anna und Charlie noch zu Besuch bei Beatie gewesen waren, kehrten Will und die Kinder aus der Stadt zurück und stürzten mit einem neuen Fußball ins Haus. Anna hatte schließlich in die Pläne der Kinder eingewilligt, hinunter zum Fluss zu gehen. Der Fluss war der einzige Ort, an dem sich Anna entspannen konnte. Sie hatte drei Holzlatten für Macky getragen. Er hatte vor, auf der Brücke eine Startrampe für die Luftmatratze zu bauen. Die beiden Mädchen waren vorangehüpft, Charlie in Claudys Ballettröckchen.

Während die Mädchen ihr Nest mit mehr Blättern auspolsterten, kniete Anna auf der Brücke und hielt ein Stück Holz für Macky, der einen Nagel hineinhämmerte. Zeb stand mit der Tüte voller Nägel daneben. Er war acht, so alt wie Anna, als ihre Mutter gestorben war. Seine Hände, mit denen er die Papiertüte umklammert hielt, hatten immer noch etwas Babyhaftes, Undefiniertes.

Wie hatte Annas Mutter es ertragen, Annas Hand zum letzten Mal zu berühren? Hatte sie gewusst, dass es das letzte Mal sein würde? Annas Vater hatte Annas kleinen Arm gepackt und sie nach draußen in den Krankenhausflur geführt. Anna hatte im Krankenhaus übernachten wollen, wie er es getan hatte, damit sie nachts aufwachen und ihre Mutter atmen hören könnte. War er wirklich so wütend gewesen, wie sie es in Erinnerung hatte? Was hatte sie damals falsch gemacht?

Also hatte sie zu Hause geschlafen, in ihrem eigenen Bett, ihre Tante in dem Klappbett im Wintergarten, Luke in seinem eigenen Zimmer, sämtliche Türen geschlossen. Und in der Nacht war Anna aufgestanden und durch den dunklen Gang ins Elternschlafzimmer geschlüpft, das große Bett erschreckend flach und leer, und sie war mit dem Gesicht an den Kleidern ihrer Mutter, die im Schrank hingen, entlanggestrichen. Sie hatte den Geruch ihrer Mutter eingeatmet, doch er war nicht tröstlich gewesen, wie sie gehofft hatte. Stattdessen hatte sie die Sehnsucht in ihrer Brust nur noch schmerzhafter gespürt.

Ein Kind schrie. Drüben beim Feigenbaum hatte Charlie Claudy an den Haaren gepackt und zog heftig. Claudy ruderte wild mit den Armen und schrie erneut: »Aufhören, aufhören, aufhören, aufhören!«

Anna lief auf sie zu, während Charlie Claudy an den Haaren zu Boden zerrte, sie heftig schubste und dann in die Bäume davonlief. Weinend lag Claudy zusammengerollt zu Annas Füßen auf dem Boden, die Hände beidseitig an den Kopf gepresst.

Anna kniete sich hin. »Claudy.«

Das Mädchen blickte zu Anna auf, einen Blutstriemen an

der Wange. Macky schlang die dünnen braunen Arme um seine Schwester, und sie brach erneut in Schluchzen aus.

»Ich habe nichts getan«, sagte sie. Macky flüsterte etwas in ihre Haare.

Anna eilte Charlie hinterher, die in fünfzig Metern Entfernung auf einem umgestürzten Baum saß.

»Was ist passiert?«, fragte Anna, als sie sich ihr näherte.

»Ich war dran.« Charlies Stimme klang hart, und sie atmete bebend.

»Du hast ihr wehgetan.« Anna versuchte, den Zorn in ihrer Stimme zu unterdrücken. »Du hast ihr richtig wehgetan. Was hast du dir dabei gedacht?«

Aus dem Augenwinkel sah sie, wie Macky Claudy hochhalf und mit ihr zum Fluss ging. Anna sollte zu ihnen gehen und sie trösten, sich entschuldigen. Eigentlich war sie die Erwachsene.

Charlie explodierte. »Verpiss dich!«

In Anna stieg jähe Wut hoch. »Wage es *ja* nicht, so mit mir zu sprechen!«, schrie sie. »Sprich nicht so mit mir und tu Claudy nie wieder weh! Sie wird jetzt nicht mehr mit dir spielen wollen.«

Charlie erwiderte ihren zornigen Blick, das Gesicht rot. »*Ich* war dran.«

»Aber man haut nicht, Charlie! Das macht man einfach nicht!«

Ihre Reaktion fiel zu heftig aus. *Beherrsch dich, Anna.* Zwar senkte sie die Stimme, doch ihr Tonfall war immer noch scharf. »Man tut einem anderen Menschen niemals weh.«

»Verpiss dich«, sagte Charlie ganz leise.

Anna drehte sich abrupt um und entfernte sich von dem Mädchen. Am liebsten hätte sie geschrien: *Wie kannst du es wagen? Wie kannst du es wagen, nach allem, was ich für dich getan habe?!*

Als sie ein leises Geräusch hinter sich vernahm, drehte sie sich um und sah, dass Charlie weinte. Seufzend ging Anna zu ihr und setzte sich neben sie. Sie legte den Arm um das Mädchen, doch Charlie rutschte außer Reichweite. Anna wusste nicht, ob sie versuchen sollte, sie zu trösten, oder sie besser in Ruhe ließ. Sie hatte nicht die leiseste Ahnung, was das Mädchen brauchte. Und es gab niemanden, den sie fragen konnte. Sie hätte nicht schreien sollen. Im Grunde war sie auch nicht viel besser als Gabby und Harlan.

Drüben am Fluss war Claudy in irgendein Spiel mit den anderen verwickelt, aber Anna spürte, dass die Geschwister ihnen die kalte Schulter zeigten. Charlie hatte eine der Ihren unangemessen verletzt. Ein paar Minuten später trieben sie flussabwärts außer Sicht. Über dem Plätschern des Wassers konnte Anna kaum noch ihre Stimmen ausmachen.

Eigentlich durfte es Anna nicht überraschen, wenn Charlie so brutal mit Claudy umsprang. Wahrscheinlich hatte jemand zuvor das Gleiche mit Charlie getan. Würde sie die Vernachlässigung und Gewalt immer in sich tragen? Wenn es unmöglich war, sie ganz zu tilgen, war es dann vielleicht auch zu spät, sie mit guten Erfahrungen zu überdecken? Welch Wunschdenken zu glauben, ein wenig Zeit fernab von der Gewalt könnte Jahre des Traumas heilen.

Anna wusste, dass sie überfordert war. Ihr blieb nur übrig, Charlie zu lieben und ihr zu helfen, sich sicher zu fühlen. Im Moment.

»Es tut mir leid, dass ich geschrien habe, Charlie.«

Das Mädchen zuckte leicht die Schultern. Nachdem Anna zur Feuerstelle gegangen war und ein Handtuch geholt hatte, legte sie es Charlie um die Schultern. Anna fragte sich, ob Charlie ebenfalls auf die Kinder lauschte, die sich immer weiter entfernten.

»Gehen wir zum Feuer zurück«, schlug sie vor. Charlie ging hinter ihr her und setzte sich auf den Stamm, den Macky mittags benutzt hatte.

Anna legte zwei Stöcke ins Feuer. »Möchtest du etwas von Beaties Zitronenkuchen?«

Charlie nickte. Anna schnitt ihr ein Stück ab. Der Kuchen war feucht und mit Mohnsamen gesprenkelt.

Der Tee hatte in dem Kochgeschirr vor sich hin geköchelt und würde bitter sein, aber Anna brauchte Koffein.

»Ich hole bloß eben die Milch aus dem Fluss«, sagte sie. Sie holte das kleine Glas Milch, das zwischen zwei Wurzeln eingeklemmt war, und sah flussabwärts. Der große Teich war leer. Die Kinder waren verschwunden. Sie hatten ein paar zerknüllte Kleidungsstücke am Sandufer zurückgelassen.

An der Feuerstelle saß Charlie mit dem Handtuch um die Schultern da und aß ein weiteres Stück Kuchen.

»Möchtest du Tic Tac Toe spielen?«, fragte Anna. Das spielten sie immer abends auf der Hütte. Charlie zuckte mit den Schultern, griff jedoch nach einem Stock und zeichnete ein Gitter in den Sand, während sie sich den restlichen Kuchen in den Mund schob.

Schweigend spielten sie eine Partie nach der anderen. Die Sonne fiel schräg durch die Bäume, was das Licht dunstig wirken ließ. Erneut wurde Anna von Reue gepackt, weil sie das Mädchen angeschrien hatte. In dem Moment, als sie sich vor Charlie aufgebaut hatte, hatte sie sich in ihrem Zorn so selbstgerecht gefühlt, das Gebrüll hatte so angemessen gewirkt. Es war unmöglich, das Ungleichgewicht in einer Erwachsenen-Kind-Beziehung zu ignorieren. Als Kind war Anna machtlos gewesen, das Verhalten ihres Vaters infrage zu stellen, als er sich weigerte, über ihre Mutter zu reden. Es war ihr nicht möglich gewesen, ihn herauszufordern. Er war alles gewesen, was sie gehabt hatte. Und Anna war alles, was Charlie hatte.

Es war an der Zeit, wieder den Berg hochzusteigen, doch Anna wartete noch ein Weilchen in der Hoffnung, die Kinder könnten zurückkehren.

Schließlich schüttete sie den Satz ihres Tees in den Sand.

»Gehen wir.«

Charlie wischte mit dem Fuß ihre letzte Partie Tic Tac Toe fort, während Anna neben dem Feuer kniete und die Kohlestücke auseinanderschob. Sie füllte das Kochgeschirr mit Flusswasser, stand einen Moment da und beobachtete, wie das Wasser über die Felsen glitt, die stillen Wirbel in dem großen Teich. Im schwindenden Licht sah der rauchige Dunst über dem Wasserloch besonders gespenstisch aus.

Sie goss das Wasser aus dem Kochgeschirr über dem Feuer aus, sodass Dampfwolken aufstiegen.

»Na schön. Gehen wir nach Hause und machen wir Abendessen.«

Charlie stand auf. »Es ist nicht mein Zuhause.«

30

An Weihnachten gingen sie zum Mittagessen zu Pat und Sabine. Pat schenkte Charlie zwei weitere Holzpuppen, und sie zog ihnen die winzigen Kleidungsstücke an, die Anna bei Kerzenschein genäht hatte. Auf dem Rasen spielten sie mit den Wurfringen, und Anna trank Sabines Bier und tranchierte das Hühnchen. Sie versuchte, nicht an ihren Dad und ihre Tante und ihre Cousinen und Cousins zu denken, die jetzt alle um den langen Tisch auf der Veranda hinter Lorraines Haus säßen. Sie wusste, dass Dave zum Mittagessen zu seiner Exfrau gehen würde. Anna fragte sich, ob er zu Weihnachten an sie gedacht hatte oder ob sie bereits in Vergessenheit geraten war. Sie war halb so lange fort, wie sie zusammen gewesen waren.

Sie spielten mit den Wurfringen, wobei Sabine von ihrem Stuhl im Schatten aus den Spielstand mitschrieb. Sie trank Wasser mit Eiswürfeln, legte immer wieder einmal die Hand auf den Bauch und sagte, sie sei überzeugt, dass das Baby früher kommen werde.

Pat hatte nicht erwähnt, dass Beatie Bescheid wusste, also hatte sie es ihm entweder nicht gesagt, oder er hatte beschlossen, die Sache trotzdem durchzuziehen. Er willigte ein, Anna Geld für einen Laptop zu leihen, und sagte, er kenne jemanden, der gebrauchte Apple-Macintosh-Computer verkaufte. Allmählich malte sich Anna ein langfristiges Leben dort aus.

Es würde ein seltsames Leben sein, aber immer noch besser als die Alternative: Charlie einem System auszuliefern, das bei ihrem Schutz versagt hatte.

Als sie gerade Pats Haus verlassen wollten, läutete das Telefon. Es war Annas Dad. Er rief von Lorraine aus an – Anna konnte das Geplapper ihrer Familie im Hintergrund hören – und sprach nur eine Minute lang. »Frohe Weihnachten, mein Schatz. Ich habe dich lieb.«

Sie verbrachten weiterhin jeden Tag unten am Fluss. Die Kinder waren am Tag nach dem Vorfall mit dem Haareziehen wieder aufgetaucht, als wäre nichts gewesen. Macky hatte die Startrampe für die Luftmatratze fertiggestellt, und ein paar Wochen lang fuhren die Kinder jeden Tag durch die Stromschnellen und maßen die Zeit mit einer alten Stoppuhr. Die Hündin Ralph tauchte gelegentlich vormittags auf und blieb in ihrer Nähe, lümmelte sich neben dem Fluss und ließ sich von den Kindern den Bauch kraulen. Dann verschwand sie einfach, trottete unvermittelt davon, mit gespitzten Ohren, als hätte sie Michael rufen hören.

Als im Februar der Regen einsetzte und der Fluss über die Ufer trat, ließ Anna die Kinder nicht mehr ins Wasser. Sie standen unter den Bäumen und beobachteten, wie das Wasser um die Felsblöcke strömte. Dann fing es zu regnen an. »Regenzeit!«, sagte Macky grinsend.

Anna und Charlie blieben in der Hütte, lasen Bücher, spielten mit den Puppen und warteten darauf, dass der Regen aufhörte. Beaties Kinder kamen alle paar Tage zu Besuch und brachten Monopoly mit. An den Abenden beschäftigte Anna sich damit, das Portfolio zu planen, das sie zusammenstellen würde, sobald sie den Laptop hätte.

Am ersten Sonnentag setzte Anna Charlie auf die Türschwelle und entwirrte ihr die Haare. Vorsichtig löste sie mit den Fingern jeweils ein paar feine Haare auf einmal aus den gewaltigen Knoten. Wie sich herausstellte, hatte sich jeder Knoten um ein kleines Stück Blatt oder eine Staubflocke gebildet. Anna reichte die winzigen Andenken an Charlie weiter, die sie neben sich auf der Türschwelle aufreihte.

Der letzte Knoten ließ sich einfach nicht entwirren. Anna würde Beatie um etwas Pflegespülung bitten. Es war ihr zur Gewohnheit geworden, an zwei Nachmittagen die Woche zu Beatie hinüberzugehen und mit Beatie und Will auf der Veranda ein Glas Wein zu trinken, während die Kinder spielten. Die Idee, sich eine Bleibe in einem anderen Tal zu suchen, hatte Anna fallen gelassen. Sie konnte Charlie nicht von den Kindern wegbringen, die mittlerweile eine so zentrale Rolle in ihrem Leben spielten. Charlie redete ständig von ihnen und erstattete haarklein Bericht über ihre Spiele. Nicht selten aßen Anna und Charlie bei Beatie früh zu Abend und wanderten dann durch den dämmrigen Wald nach Hause.

Manchmal hatte Anna das Gefühl, in einem Paralleluniversum gelandet zu sein, einem Leben, das sie vielleicht gehabt hätte, wenn Pat und sie seinerzeit die Sache durchgestanden hätten.

Sie hörte auf, Charlies Haare zu kämmen, und band sie zu einem kleinen Dutt zusammen. »Sollen wir jetzt zum Fluss hinuntergehen?«

Charlie schüttelte den Kopf. Ihre Stimme klang leise. »Ich will mich hinlegen.«

Sie legte sich auf die Matratze. Ihre Wangen waren gerötet, und die Stirn fühlte sich unter Annas Hand heiß an.

»Wie geht es dir?«

»Bäh. Meinst du, Ralph kommt vielleicht her?«

»Ich weiß es nicht. Das wäre schön, nicht wahr? Hier, trink einen Schluck Wasser.«

Charlie schlief auf der Seite, die Knie angezogen, während Anna den Abwasch machte und den Boden kehrte. Schlaf war wohl die beste Kur. Sie fühlte noch einmal Charlies Stirn. Das Mädchen glühte.

»Hier, setz dich auf und trink noch was.« Sie fächerte Charlie mit einem Buch Luft zu.

Charlie trank schläfrig einen Schluck und sank auf das Kissen zurück. Sie schlief noch einmal zwei Stunden, und Anna fragte sich, ob sie sie wecken sollte. Sie hatte keine Ahnung, wie man sich um ein krankes Kind kümmerte. Bei Kindern konnten sich Krankheiten doch gewiss schneller verschlimmern, weil ihre Körper so klein waren?

Sie fächerte Charlie weiter mit dem Buch Luft zu und summte ein Schlaflied, das ihre Tante früher immer gesungen hatte. Allerdings konnte sich Anna nicht mehr an die gesamte Melodie erinnern, weshalb sie nur immer wieder den Refrain summte, während das Buch ein rhythmisches Zischen dazu machte.

Hatte sich ihre Mutter um sie gekümmert, wenn sie krank gewesen war? Hatte sie, indem sie die Sehnsucht nach ihrer Mutter unterdrückte, vielleicht auch die Erinnerungen an sie unterdrückt? Doch wie hätte Anna weitermachen sollen, wenn sie sich gestattet hätte zu spüren, wie sehr sie ihre Mutter vermisste, wie sehr sie sie jeden Tag bei sich haben wollte? Es hätte sie gelähmt.

Mittlerweile redete Charlie viel weniger von ihrer Mutter. Spürte Charlie, dass Anna es vorzog, wenn sie Gabby nicht erwähnte? Genau wie Anna gewusst hatte, dass sie nicht über ihre Mutter sprechen sollte?

Am späten Nachmittag stieß Charlie ein Stöhnen aus und drehte sich um. Anna half ihr, sich aufzusetzen.

»Trink noch was, Charlie.«

Das Bettzeug war warm und feucht von Schweiß. Anna manövrierte Charlie auf die trockene Bettseite und holte frisches Bettzeug von der Wäscheleine. Als sie zurück in die Hütte kam, erblickte sie Charlie, die sich über den Matratzenrand übergab. Anna wischte dem Mädchen den Mund mit einem Waschlappen ab und bedeckte das Erbrochene mit einem Handtuch. Charlie plumpste auf das Kissen zurück. Anna betastete ihre Stirn. So heiß.

Anna halbierte eine Tablette Paracetamol und legte sie Charlie in den Mund. »Trink sie runter.«

Beim Schlucken öffnete das Mädchen weit die Augen. Nach einer Minute übergab es sich.

Anna wischte das Erbrochene auf. *Keine Panik. Keine Panik.*

Und wenn Charlie richtig krank war? Sie befanden sich ohne Telefon am Ende der Welt. War es etwas, das Anna getan hatte? Oder das sie unterlassen hatte? Flusswasser. Papaya. Irgendetwas. Es war schön und gut, so zu tun, als wäre sie Charlies Mutter, solange das Mädchen gesund war. Eine richtige Mutter würde ein Kind gar nicht erst so krank werden lassen.

Charlie legte sich zurück und fing an, die Beine hin- und herzubewegen. »Mir ist kalt«, sagte sie zitternd. Anna zog das Bettzeug und die Baumwollüberdecke hoch.

»Anna. Anna. Es tut weh.« Charlie packte die Überdecke.

»Ich bin hier. Was tut weh, Süße?«

»Mein Kopf. Aua. Aua.«

Sie drehte sich zur Seite und spie auf das Kissen, am ganzen Leib zitternd.

Anna trug Charlie den Berg hinunter. Es dämmerte, und der Pfad war streckenweise so dunkel, dass sie kaum etwas erkennen konnte. Alle paar Minuten musste sie eine Pause einlegen und ging auf dem Pfad in die Knie, das Mädchen in den Armen.

Charlie übergab sich über Annas Schulter. Die warme Flüssigkeit rann Anna den Rücken hinunter.

»Es ist schon gut, Süße. Wir sind gleich bei Pat.«

Sie stieg die Verandastufen hoch, und Pat öffnete die Tür. »Hierher aufs Sofa«, sagte er. »Was ist los?« Seine Haare waren nass, und er trug einen Sarong und ein T-Shirt.

»Sie übergibt sich und hat Fieber. Ich weiß nicht, was ich machen soll.« Anna ließ sie aufs Sofa sinken.

Charlie würgte erneut, dieses schreckliche Geräusch, und Anna fing den Faden gelber Gallenflüssigkeit in den hohlen Händen auf.

»Wie lange übergibt sie sich schon?« Pat legte ein Handtuch unter Charlies Kopf, während sich Anna am Spülbecken die Hände mit Seife wusch.

»Seit einer halben Stunde. Fieber hat sie seit heute Morgen.«

Charlie rollte sich stöhnend zusammen.

»Warum rufe ich nicht bei Beatie an?«, schlug Pat vor.

»Ruf Jo an!«, rief Sabine aus dem Schlafzimmer. Sie erschien in ihrem Morgenmantel im Türrahmen.

»Nein!«, widersprach Anna. Nicht Jo. Dann wüsste sie, dass sie immer noch da waren.

»Sie ist Krankenschwester«, sagte Pat.

»Okay.«

Pat verschwand im Schlafzimmer, um das Telefon zu holen. Anna machte ein Geschirrtuch nass und wischte Charlie das Gesicht ab. Die Haut des Mädchens war bleich, sein Mund schlaff. Sabine saß am Ende des Sofas und streichelte Charlies Fuß.

Jo kam eine halbe Stunde später angefahren, eine schwarze Tasche in der Hand. Sie kniete auf dem Boden neben dem Sofa und legte Charlie eine Hand auf die Stirn.

»Wie lange hat sie schon Fieber?« Sie zog ein elektronisches Thermometer aus der Tasche.

»Seit etwa neun Uhr morgens. Und sie hat Kopfweh.«

»Hi, Charlie, ich heiße Jo. Wo tut dein Kopf weh?«

Charlie öffnete die Augen nicht, sondern fuhr sich nur matt mit der Hand an die Stirn.

»Ich werde bloß eben Fieber bei dir messen.« Jo hielt Charlie das Thermometer ins Ohr, bis es piepte. Nachdem sie einen Blick daraufgeworfen hatte, zwickte sie die Haut an Charlies Handrücken.

Charlie würgte, und Jo wischte mit dem Handtuch Spucke vom Kinn des Mädchens.

»Hier.« Anna griff nach dem schmutzigen Handtuch und reichte Jo ein frisches von dem Stapel, den Pat ihr gegeben hatte.

Charlie blickte zu Anna auf, ohne zu blinzeln.

»Anna«, flüsterte sie.

Anna strich ihr über die Stirn. Ihre Stirn war so heiß und trocken. »Ich bin hier, ich bin bei dir.«

Jo drehte das Mädchen, um sich seinen Rücken ansehen zu können. »Wann hat sie das letzte Mal Pipi gemacht?«

»Ähm … heute Morgen um kurz vor neun Uhr, glaube ich.«

Jo ließ sich auf die Fersen zurückfallen und fuhr sich mit der Hand übers Gesicht. »Tja, an eurer Stelle … wenn Charlie *mein* Kind wäre«, sie sah Anna bedeutungsvoll an, »würde ich sie ins Krankenhaus bringen.«

»Wirklich?« Ins Krankenhaus.

Sie würden auffliegen. Anna sah zu Pat, der an der Arbeitsfläche lehnte. Mit leicht gerunzelter Stirn warf er Sabine einen Blick zu.

Jo ließ das Thermometer zurück in ihre Tasche gleiten und machte den Reißverschluss zu.

»Sie hat beinahe vierzig Grad Fieber. Sie ist dehydriert. Sie übergibt sich. Sie hat Kopfschmerzen.« Jo zuckte die Schultern. »Ihr könnt abwarten und sie beobachten, aber wenn es so etwas wie Hirnhautentzündung ist, und ihre Symptome erfüllen ein paar der Kriterien für Meningitis, dann ist Abwarten keine gute Idee. Ich wäre längst auf dem Weg ins Krankenhaus.«

Annas Mund war trocken. Sie wusste, wie es in einem Krankenhaus funktionierte. Man musste sich ausweisen, eine Versichertenkarte vorzeigen. War es denkbar, dass Jo ihnen diesen Rat nur gab, damit die Behörden auf sie aufmerksam würden?

»Mein Kopf tut weh«, schluchzte Charlie und bedeckte die Augen.

Anna sah Pat an. »Fahren wir los.«

Er nickte, und Anna bückte sich, um Charlie hochzuheben. Das Mädchen fühlte sich so leicht und so heiß an.

Hirnhautentzündung. Und wenn Anna zu lange gewartet hatte?

Draußen war es dunkel. Anna kletterte auf die Vorderbank des Pick-ups und legte sich Charlie auf den Schoß. In ein Gespräch mit Sabine vertieft, kam Pat auf den Pick-up zu.

Sie packte ihn am Arm. »Aber natürlich werden sie glauben, dass du beteiligt bist, Pat! Du könntest wirklich in Schwierigkeiten geraten.«

Er legte die Hand auf ihre. »Hey, ich fahre sie nur hin. Du hast doch gehört, was Jo gesagt hat: Charlie muss ins Krankenhaus. Alles wird gut. Ich rufe dich an.«

Sabine drehte sich zum Haus um. »Ich fasse es nicht, dass du das hier tust, Pat«, warf sie ihm mit erstickter Stimme vor.

Fahren wir, fahren wir!, hätte Anna am liebsten geschrien.

»Ich rufe dich an.« Pat stieg ein und schloss die Tür.

Er fuhr langsam, steuerte den Wagen vorsichtig durch Schlaglöcher und fuhr behutsam in die Kurven. Erneut wurde Anna von der Angst gepackt, sie habe vielleicht zu viel Zeit verstreichen lassen. Bei der Vorstellung, Charlie könnte in ihren Armen sterben, wurde ihr übel.

»Kannst du schneller fahren?«

Pat warf ihr einen Blick zu, das Gesicht ernst im grünen Licht des Armaturenbretts. »Nicht viel.«

Endlich erreichten sie die asphaltierte Straße, und er beschleunigte. In den Kurven hielt sie Charlie fest, damit sie nicht von einer Seite auf die andere schwankte. Anna war sich nicht sicher, ob das Mädchen schlief oder ohnmächtig war.

Am Stadtrand fragte Pat: »Wie hält sie sich?«

»Ich weiß es nicht.« Als sie an Straßenlaternen vorüberfuhren, konnte sie Charlies Gesicht besser sehen. Ihre Augen waren geschlossen und die Lippen leicht geöffnet. »Wie weit ist es noch bis zum Krankenhaus?«

»Noch ein, zwei Minuten.«

Sie steckten hinter ein paar Autos fest, Leute, die spät von der Arbeit nach Hause kamen oder abends ausgingen.

»Wenn sie ihre Versichertenkarte wollen, sage ich, ich habe meine Handtasche zu Hause gelassen«, schlug Anna vor. »Und ich gebe ihnen den Namen und Geburtstag eines Kindes, das ich in Sydney kenne.« Emilys Tochter, Chloe.

»Ist das klug? Warum keinen erfundenen Namen?«

»Oh. Meinst du, das ist besser?« Die Scheinwerfer strahlten das blaue Schild mit der Aufschrift *Krankenhaus* an, und er bog rechts ab.

»Ich glaube nicht, dass du mit reinkommen solltest, Anna«, sagte Pat. »Ich bringe sie rein. Zusammen seid ihr beide zu leicht zu erkennen.«

Charlie klammerte sich an Anna. Sie war also doch wach.

»Nein«, ächzte sie. »Ich will Anna.«

Anna schluckte. »Es ist besser, wenn Pat dich reinbringt, Charlie. Ich werde hier im Wagen sein und auf euch warten.« Könnte er sich als ihr Vater ausgeben? Vielleicht würde Charlie ihn verraten.

»Neiiin, ich will dich! Bitte, bitte.« Charlie barg den Kopf an Annas Bauch. »Bitte. Bitte.«

Anna konnte unmöglich im Wagen sitzen, während Charlie da drin im Krankenhaus war. Falls sie geschnappt werden sollten, musste Anna bei ihr sein.

»Okay. Es ist okay. Ich komme mit rein. Keine Sorge«, sagte Anna.

Pat parkte den Wagen und zog fest an der Handbremse. »Nein, Anna. Sei nicht dumm. Geh das Risiko nicht ein.«

»Sie will mich dort haben.«

»Nein.« Er legte das Gesicht in die Hände. »Das ist Wahnsinn. Tu's nicht. Sie braucht einen Arzt und nicht dich.«

Charlie wimmerte.

»Du musst nicht mit reinkommen, Pat«, sagte Anna.

»Du bleibst bei mir, nicht wahr, Anna?«, flüsterte Charlie. *»Bitte, bitte, bitte.«*

»Ich bleibe bei dir.« Anna streichelte Charlies Schulter.

Pat atmete scharf aus und fuhr sich ruckartig mit der Hand übers Gesicht. »Du denkst nicht klar.«

»Ich bleibe bei ihr.«

Er seufzte. »Okay. Gehen wir.«

Er kam um den Wagen und öffnete die Beifahrertür. »Du bist also ihre Mum«, erklärte er energisch. »Und ich bin ein Freund, und du hast deine Versichertenkarte zu Hause gelassen.«

»Wir tun so, als wäre ich deine Mum, okay, Charlie?«, fragte Anna.

Das Mädchen erwiderte nichts.

»Du heißt Annie«, sagte er. »Sie heißt Chay.«

Charlie klammerte sich an Annas Hals fest, als sie aus dem Pick-up stieg.

»Möchtest du, dass ich sie trage?«, bot Pat an.

Anna schüttelte den Kopf und sprach in das Ohr des Mädchens. »Wir gehen zu einem Arzt, der dir helfen wird, damit es dir wieder besser geht.«

Charlie schlang die Beine fester um Annas Taille.

»Wir tun so, als wäre ich deine Mum.«

Wollte Charlie immer noch, dass ihre Mum herkam und sie fand? Würde sie vielleicht diese Gelegenheit ergreifen, um den Leuten im Krankenhaus zu sagen, dass Anna nicht ihre Mutter war?

Annas Beine zitterten auf dem Weg über den schlecht erleuchteten Parkplatz. Sie musste jeden Schritt sehr bewusst tun. Auf den Bordstein steigen. Die Treppe hoch. Man würde sie beide nicht erkennen, oder doch? Charlie sah jetzt anders aus – voller und sonnengebräunt –, und Anna hatte kurze Haare. Pat hielt die gläserne Eingangstür auf, und sie gingen den Flur entlang, auf ein Schild zu, das auf die Notaufnahme verwies.

Eine Frau hinter einem Empfangsschalter rief ihnen zu: »Hallo! Sind Sie auf dem Weg in die Notaufnahme? Können Sie sie bitte zuerst hier anmelden?« Sie lächelte Anna zu.

»Ich mache das«, antwortete Pat. »Sie muss unserer Tochter Hilfe holen.«

»Ja, natürlich«, erwiderte die Frau.

Unserer Tochter? Verflucht noch mal. Das war nicht, was sie ausgemacht hatten, oder? Anna konnte keinen klaren Gedanken mehr fassen. Sie erinnerte sich nur noch an ihr Versprechen, bei Charlie zu bleiben. Auf dem Weg durch den breiten Korridor kam sie sich wie ein Roboter vor. Dieses Krankenhaus könnte ohne Weiteres der letzte Ort sein, an dem sie Charlie in den Armen hielte.

»Es ist okay«, murmelte sie in Charlies Ohr. »Wir werden dir helfen, damit es dir besser geht.«

Eine dunkelhaarige Krankenschwester in blauem Kittel begrüßte sie an der Tür zur Notaufnahme. »Hi. Was ist los?«

Anna musste schlucken, bevor sie sprechen konnte. »Fieber. Erbrechen. Und jetzt hat sie Kopfschmerzen.«

Charlie sah mit süßer, flehender Miene zu ihr auf, und Anna durchzuckte ein schreckliches Angstgefühl.

»Also schön. Bringen Sie sie hier herüber.« Die Krankenschwester war beruhigend gelassen. Anna nahm aus dem Augenwinkel zwei Menschen wahr, die im Wartezimmer hinter ihr saßen, während die Krankenschwester sie an einer weiteren Frau vorbeiführte, die an einem Computer tippte. Die Krankenschwester deutete auf eines der drei Betten in dem Behandlungsraum. »Am besten klettern Sie aufs Bett und halten Ihre Tochter auf dem Schoß.«

Im Nachbarbett lag ein alter Mann mit geschlossenen Augen unter der Decke.

Anna machte es sich auf dem weiß bezogenen Bett bequem, während sich Charlie mit dem Rücken an sie lehnte. Die Krankenschwester schob einen kleinen Wagen zu ihnen und legte eine Plastiktüte neben Anna aufs Bett.

»Für den Fall, dass sie sich übergeben muss. Wie lange hat sie schon Fieber?«

»Seit ungefähr neun Uhr morgens.«

Die Krankenschwester zog den Vorhang zwischen den beiden Betten zu und stellte das Kopfende des Bettes höher. »Okay, ich werde nur schnell bei ihr Fieber messen. Wie heißt sie, und wie alt ist sie?«

»Sie ist fünf.«

Welchen Namen, hatte Pat gesagt, sollten sie verwenden? O Gott.

»Ich steck dir bloß das hier an den Finger, Süße. Es tut nicht weh.« Die Krankenschwester steckte etwas an eine von Charlies Fingerspitzen. »Wie heißt du, Schätzchen?«

Charlie schloss die Augen, und Anna sagte: »Sie heißt Koala.«

»Koala?« Die Frau blinzelte sie an.

»Na ja, nein, aber das funktioniert am besten bei ihr. Wissen Sie ... das ist der Name, den sie sich in letzter Zeit zugelegt hat ...« *Beeilen Sie sich gefälligst und untersuchen Sie sie!*, hätte sie am liebsten geschrien.

Die Krankenschwester lächelte. »Okay, Koala, mach mal die Augen auf.«

Charlies Augen gingen flatternd auf.

»Ich heiße Sam. Ich werde bei dir Fieber messen, dafür werde ich das hier in dein Ohr stecken.« Sie zeigte Charlie das Thermometer und ließ es in ihr Ohr gleiten. Nach ein paar Sekunden piepte es.

»Oh, ja, sie ist heiß. Haben Sie ihr etwas gegen die Kopfschmerzen und das Fieber gegeben?«

»Ich habe versucht, ihr Paracetamol zu geben, aber sie hat es gleich wieder erbrochen.«

Die Krankenschwester notierte etwas auf einem Klemmbrett. »Und wie heißt die Frau Mama?«

»Annie.«

»Und ist Koala geimpft?«

Verdammt. Anna hatte keine Ahnung. Hatte Gabby sich die Mühe gemacht, sie impfen zu lassen?

»Ja.«

Die Krankenschwester nickte. »Ihre Impfungen sind also auf dem neuesten Stand?«

»Ja.«

»Wissen Sie, wie viel sie wiegt?«

»Nein.«

»Na, das schauen wir gleich.« Sie blickte von ihren Notizen auf. »Sie sagen, sie hat Kopfschmerzen?«

»Ja.«

Die Krankenschwester legte Charlie die Hand auf den Unterarm. »Tut der Kopf jetzt auch noch weh, Süße?«

Charlie nickte kaum merklich.

»Ist es ein bisschen Kopfweh oder schlimmes Kopfweh?«

»Ein bisschen«, flüsterte sie.

Mithilfe einer kleinen Lampe sah die Krankenschwester Charlie in den Hals und die Ohren, dann hob sie ihr T Shirt hoch, um Bauch und Rücken zu betrachten.

»Wann hat sie das letzte Mal Pipi gemacht?«

»Irgendwann vor neun Uhr heute Morgen.«

Anna warf einen Blick auf die Tür. Wo steckte Pat? Gab es am Empfang ein Problem? Sie sah sich nach Überwachungskameras um.

»Und wie viel hat sie in den letzten Stunden getrunken?«

»Ein paar Schlucke Wasser. Aber sie hat sich übergeben. Was könnte es Ihrer Meinung nach sein?«

»Mummy, Mummy«, flüsterte Charlie.

»Hey, Süße.« Anna streichelte ihre Haare. Charlies Kopf fühlte sich unter ihrer Hand so klein an.

»Tja ... so auf den ersten Blick lässt sich das schwer sagen.« Die Krankenschwester zog die Seite des Bettes hoch. »Die stelle ich hoch, damit Sie sich irgendwie dagegenlehnen können. Die Ärztin kommt in ein paar Minuten. Sie ist bald mit der Station durch. Aber fangen wir schon einmal an, uns um die Dehydrierung Ihrer Kleinen zu kümmern und ihr etwas Flüssigkeit zu verabreichen. Ich werde ihr einen Gastrolyte-Eiswürfel holen. Magst du Eiswürfel, Koala?«

Charlie nickte.

Die Krankenschwester kehrte mit einem orangefarbenen Eiswürfel und einem Papierhandtuch zurück.

»Bitte schön. Schauen wir mal, ob sie das bei sich behalten kann. Und wenn sie sich doch wieder erbricht, geben wir ihr etwas dagegen. Ich würde ihr auch gern Nurofen für den Kopf geben und um die Temperatur zu senken.« Sie machte Anstalten zu gehen.

»Glauben Sie, es ist eine Hirnhautentzündung?«

Die Krankenschwester wandte sich ihr wieder zu. »Die Ärztin wird bald hier sein. Sie wird sämtliche Möglichkeiten in Betracht ziehen, keine Sorge. Wahrscheinlich ist es ein Virus. Aber nur sie kann eine Meningitis ausschließen. Okay?«

Während die Krankenschwester in einem Vorratsraum verschwand, lutschte Charlie an dem Eiswürfel. Von dem Bett auf der anderen Seite des Vorhangs drang Geklapper, und Anna hörte, dass sich jemand mit dem alten Mann unterhielt. Sie versuchte, das Gespräch über Nierensteine auszublenden, und zog die Plastiktüte näher an Charlie heran, falls diese sich übergeben müsste.

»Schmeckt das?«

Charlie nickte. Anna legte die Hand auf die glühende Stirn des Mädchens. Die gelassene Art der Krankenschwester half Anna gegen ihre Angst, Charlie würde sterben. Dafür trieb sie jetzt die Angst um, jemand könnte herausfinden, wer sie waren.

Pat erschien im Türrahmen und kam auf sie zu. Er trug immer noch einen Sarong und ein T-Shirt. Bei ihnen angekommen, zog er den harten Plastikstuhl dicht ans Bett. »Wie läuft's?«

»Okay. Der Eiswürfel ist dazu da, um sie zu rehydrieren. Wie ist es bei dir gelaufen?«

Er sprach leise. »Es ist alles in Ordnung. Ich musste bloß ein Formular ausfüllen, das ist alles.« Er drückte ihren Unterarm. Seine Hand war so kühl im Vergleich zu Charlies. »Mach dir keine Sorgen.«

»Welchen Namen hast du angegeben?«, flüsterte sie. »Ich habe gesagt, ihr Spitzname sei Koala. Du hast doch nicht gesagt, dass du ihr Vater bist, oder?«

»Nein. Nein. Ihr seid Annie und Chay Patterson. Und ich habe eine erfundene örtliche Adresse und Telefonnummer angegeben.«

»Werden sie es nicht überprüfen?«

»Ich glaube nicht. Die Frau hat sehr entspannt gewirkt. Vergiss nicht, dass das hier ein kleines Krankenhaus auf dem Land ist.« Er lächelte, als die Krankenschwester auf das Bett zukam.

Sie trug eine Plastikspritze und ein Medikamentenfläschchen in der Hand. »Hi. Sind Sie der Vater?«

»Ein Freund.« Sein Lächeln wurde noch breiter.

Eine blonde Frau in Jeans erschien am Stationstisch und sprach mit der Krankenschwester. Ab und zu warfen die beiden einen Blick auf Charlies Bett. Die Ärztin – es musste die Ärztin sein, denn sie trug ein Stethoskop um den Hals – bückte sich über den Schreibtisch und tippte etwas in den Computer. Annas Brust zog sich zusammen.

»Einfach weiteratmen«, sagte Pat leise. »Es ist okay.«

Die Ärztin kam zielstrebig auf Charlies Bett zu. Anna war sich nicht sicher, ob sie dieses Spiel durchziehen konnte. Die Panik hatte sich mittlerweile wie ein Band um ihre Brust gelegt.

»Hi, ich heiße Clare und bin die diensthabende Ärztin heute Abend.«

Sie hatte einen blonden Bob, Sommersprossen und schien ungefähr im gleichen Alter wie Anna zu sein.

»Das hier ist also Koala? Ist das ihr richtiger Name?«

»Eigentlich heißt sie Chay«, sagte Anna.

Die Ärztin bückte sich und sah Charlie ins Gesicht. »Hi, Chay. Ich bin Clare, die Ärztin. Hast du im Moment Kopfschmerzen?«

Charlie nickte.

»Okay. Wir werden dir gleich etwas geben, das dir gegen die Kopfschmerzen helfen sollte. Und wie ich höre, fühlst du dich recht heiß an, was?«

Charlie nickte.

»Wie lange hat sie das Fieber schon?« Die Ärztin sah zwischen Anna und Pat hin und her.

»Seit fast zehn Stunden«, erwiderte Anna.

Anna sah, wie sich die Ärztin konzentrierte, während sie behutsam Charlies Bauch abtastete. Ihr kam in den Sinn, dass die Ärztin die Art Mensch war, wie sie selbst es früher einmal gewesen war – vernünftig und gesetzestreu. Indem Anna Charlie mitgenommen hatte, hatte sie die Welt dieser Menschen verlassen. Sie gehörte nicht mehr zu ihnen. Und sie hatte Angst davor, was diese Frauen mithilfe ihrer Klugheit und Intuition herausfinden könnten.

Die Ärztin sah sich Charlies Hals und Ohren an und tastete ihre Kieferpartie ab. Dann stand sie kurz da und beobachtete das Mädchen schweigsam. »Wie ist der Eiswürfel, Chay? Du bist fast fertig damit.«

»Ich heiße nicht Chay«, flüsterte Charlie.

Annas Haut kribbelte. »Also …«, setzte sie an.

»Wie heißt du denn dann?« Clare hielt den Blick unverwandt auf Charlie gerichtet, das Gesicht ausdruckslos.

Annas Gedanken überschlugen sich. Jetzt war alles aus.

»Ihr Spitzname ist Koala«, sagte Pat.

»Okay.«

Die Ärztin wirkte nicht überzeugt. Anna senkte den Blick auf die Bettdecke und zwang sich, das Baumwollgewebe zu mustern. Fäden oben und unten, oben und unten. Aus dem Augenwinkel sah sie einen Mann, der ein weinendes Kleinkind in den Raum trug. Ein Fuß des Kindes war in ein blaues Handtuch gewickelt.

Clare richtete das Stethoskop um ihren Hals. »Das Fieber ist ein Zeichen, dass da ein Infekt ist, entweder ein Virus oder bakteriell. Einen Entzündungsherd kann ich nicht finden. Nicht die Ohren, nicht der Hals, nicht die Brust, nichts im Unterleib, das sich feststellen ließe. Es könnte ein Harnwegsinfekt sein. Wir werden deshalb eine Urinprobe durchführen, wenn sie das nächste Mal auf die Toilette geht. Wenn sich ihr Zustand im Laufe der nächsten Stunde nicht bessert, müssen wir in Erwägung ziehen, sie ins Tweed Hospital zu verlegen.«

»In Ordnung.« Anna schluckte. Das Tweed Hospital. Die Wahrscheinlichkeit, geschnappt zu werden, wuchs weiter.

Die Ärztin legte den Kopf schräg, um Charlie in die Augen zu sehen. »Meinst du, du könntest jetzt etwas trinken?«

Charlie nickte.

»Okay. Wir werden dir etwas holen.«

Die Ärztin ging in ihren leisen Laufschuhen zum Stationstisch hinüber und sagte etwas zu der Krankenschwester. Sie sahen mit ernsten Mienen zu Charlies Bett herüber. Als die Ärztin nach dem Telefon griff, wäre Anna am liebsten vom Bett aufgestanden und weggelaufen, Charlie in den Armen. In nur drei Metern Entfernung befand sich ein Notausgang. Sie könnte innerhalb von ein paar Sekunden durch die Tür verschwinden.

Pat legte ihr die Hand auf den Arm. »Möchtest du etwas trinken, Anna?«

»Ja, bitte.«

Jetzt telefonierte die Ärztin.

»Was, meinst du, macht sie am Telefon? Sollen wir einfach gehen?«

»Ich denke, damit würden wir uns wirklich verdächtig machen.«

»Vielleicht schauen sie wegen uns gerade im Computer nach.« *Und stoßen auf die Fotos von Charlie und mir.* »Sie scheinen zu denken, dass es nichts Schlimmes ist. Wir sollten einfach gehen.«

»Wenn wir nervös sind, werden sie Verdacht schöpfen. Atme einfach ein paarmal tief durch, und ich hole dir etwas Wasser.« Er stand auf und verschwand durch die Tür.

Anna hörte, wie sich die Ärztin mit dem Mann mit dem Kleinkind unterhielt. Mittlerweile wimmerte das Kind. Sie atmete zweimal tief durch und konzentrierte sich auf Charlies Finger, die den Eiswürfel hielten. Kleine Finger und schmutzige kleine Fingernägel.

Die Krankenschwester brachte einen Becher mit Strohhalm, und Anna hielt den Becher, damit Charlie trinken konnte. »Hier ist ein Blatt Papier. Es wäre gut, wenn Ihr Freund aufschreibt, wie viel sie trinkt, und auch, wenn sie Pipi macht«, erklärte die Krankenschwester. »Wir sollten das zur Sicherheit festhalten.«

Sie legte Blatt und Stift auf Pats Stuhl. Sie wirkte völlig gelassen und freundlich, nicht wie jemand, der soeben eine Entführerin mit einem fremden Kind identifiziert hatte.

Anna räusperte sich. »Also diese Urinprobe, wann wird das gemacht?«

»Tja, wir müssen abwarten, bis etwas Flüssigkeit durch sie hindurchgegangen ist.« Sie warf einen Blick auf die Notizen und ihre Armbanduhr. »In einer Dreiviertelstunde wollen wir mal sehen, ob sie so weit ist, es zu probieren. Okay?«

Anna war nicht sicher, ob sie noch eine weitere Dreiviertelstunde in dieser Lage ertragen könnte.

»Okay.« Anna holte tief Luft und strich Charlie die Haare aus den Augen.

Charlie trank etwas und schob dann den Becher von sich. Sie rollte sich auf der Seite zusammen, den Körper zwischen Annas Beinen, und schloss die Augen. Bald waren ihre Atemzüge tief und regelmäßig.

Pat kehrte mit zwei Wasserflaschen und einem Schokoriegel zurück. »Ich kenne eine der Krankenschwestern. Diejenige, die sich um den kleinen Jungen zwei Betten weiter kümmert.«

»Geht es dem Jungen gut?«

»Viel Blut.«

Anna trank etwas Wasser. »Wir müssen noch eine Dreiviertelstunde warten, bis sie die Urinprobe machen können.«

»Alles gut. Bleib einfach ganz ruhig und benimm dich normal.«

Er riss die Verpackung des Riegels auf und reichte ihn ihr. Die Schokolade schmeckte süß und cremig, wie etwas aus einem anderen Leben.

»Vielen Dank, dass du uns hergebracht hast, besonders weil Sabine es nicht wollte …«

Er nickte und nahm den Schokoriegel wieder entgegen. »Ist schon gut. Ich gehe gleich raus und rufe sie an. Bloß um ihr Bescheid zu geben, was vor sich geht.«

Er aß den Riegel auf und strich die Verpackung auf dem Bett glatt. Seine Hände sahen auf dem weißen Baumwolllaken verwittert und rau aus. Pats Hände – ihre besondere Form – waren ihr vertrauter als die ihrer Mutter. Eigentlich sollte es nicht so sein.

»Weißt du, ich hatte gerade an dem Tag, an dem ihr aufgetaucht seid, an dich gedacht«, sagte Pat. »Deshalb war ich auch nicht allzu überrascht, als du angefahren kamst. Und als ich sie gesehen habe« – er nickte zu Charlie –, »war es ... Es war, als wäre sie ... Ich weiß auch nicht ...« Er schüttelte nachdenklich den Kopf. »... als wäre sie der Geist des Kindes, das wir nie hatten.« Er zuckte die Schultern in einer verlegen wirkenden Geste. »Es war ... sehr seltsam.«

Sie lächelte. »Das ist sehr übersinnlich von dir, Pat.« Doch auf ihren Armen bildete sich eine Gänsehaut. War Charlie für sie selbst auch irgendwie der Geist jenes Kindes? »Sie ist aber viel jünger, als unser Kind heute wäre.«

Unser Kind. Ein Kribbeln lief über ihren Körper. Sie senkte den Blick und blinzelte.

»Ja, es wäre jetzt siebzehn«, sagte Pat. Er faltete die Schokoladenverpackung ordentlich zur Hälfte. »Hast du es je bereut? Die Abtreibung?«

Sie betrachtete Charlies Hände, im Schlaf eingerollt, eine auf Annas Brust ruhend. »Ich habe mich gefragt, was passiert wäre, wenn wir tatsächlich ein offenes Gespräch darüber geführt hätten, anstatt bloß in diese Abtreibung hineinzustolpern. Ja, es hat Momente der Reue gegeben. Momente, in denen ich mir gewünscht habe, wir wären mutiger gewesen.«

»Welches ehrliche Gespräch hätte es denn zu führen gegeben?«

»Eigentlich alle möglichen. Findest du nicht, dass wir praktisch unfähig waren, über irgendetwas Schwieriges zu reden? Ich hatte das Gefühl, ständig um Fettnäpfchen herumzuschleichen ... und ...«

Wie ließ sich beschreiben, auf welche Weise sie sich verbogen hatte bei dem Versuch, das zu sein, wovon sie glaubte, dass er es wollte? Auch wenn sie nie dahintergekommen war, was er gewollt hatte, und er es ihr nie gesagt hatte. Sodass alles, was sie getan hatte, zu einer Qual geworden war.

»Wir sind beide Einzelgänger, das ist alles.«

»Ich bin es nicht mehr.«

Sie wollte keine Einzelgängerin sein. Und sie fühlte sich gewiss nicht wie eine Einzelgängerin, wie sie hier so saß und Charlie auf ihr schlief. Das Mädchen lag nun schon so lange auf Anna, dass sie das Gefühl hatte, sie wären längst eins geworden, als hätte sie die Körpertemperatur des Mädchens angenommen, ihr Gewicht und ihren Geruch. Sie konnte sich nicht vorstellen, sie von sich zu schälen.

»Es tut mir leid«, sagte Pat. »Ich glaube, wir haben das Beste getan, was wir zu der Zeit tun konnten. Wir wussten es nicht besser. Wir beide nicht.«

Sein Handy piepte in seiner Hosentasche. Er zog es hervor. »Das ist Sabine. Ich gehe raus und rufe sie an.«

Charlie stieß ein Seufzen aus und schmiegte sich fester an Anna. Anna strich mit den Fingern über die Stirn des Mädchens. Es fühlte sich nicht mehr ganz so heiß an.

Anna wollte ein Kind. Das wusste sie jetzt. Aber sie wollte nicht irgendein Kind, sie wollte kein abstraktes Kind, sie wollte noch nicht einmal das unbekannte Kind, das Pat und sie möglicherweise hätten haben können.

Sie wollte Charlie. Und sie hatte das Gefühl, dass sie die Familie war, die Charlie eigentlich hätte haben sollen. Und sie wusste ganz genau, dass die Polizei und die Gerichte anderer Meinung wären.

Pat blieb eine gefühlte Ewigkeit lang weg und kehrte zurück, als gerade eine andere Krankenschwester auf das Bett zukam.

»Hi. Ich messe bloß eben noch einmal Fieber bei Ihrem Mädchen.« Sie steckte die Klammer an Charlies Finger und ließ das Thermometer in ihr Ohr gleiten. Es piepte, und Charlie regte sich.

»Das ist schon viel besser«, erklärte die Krankenschwester, auf deren Namensschild *Mel* stand. »Wie geht es dir, Kleines?«

Charlie sah sich um. »Kann ich noch einen Eiswürfel haben?«

»Sicher. Meinst du, du könntest erst mal Pipi machen?«

»Ich weiß nicht«, erwiderte Charlie kleinlaut.

»Na, probieren wir's mal, und wenn es nicht geht, probieren wir es später wieder. Wir brauchen bloß ein paar Tropfen. Jetzt versuchst du erst mal, richtig wach zu werden. Und dann bringt dich deine Mum den Gang runter zur Toilette. Wahrscheinlich ist es am besten, wenn deine Mum dich trägt, und ich komme mit euch mit.«

Nach dem Toilettenbesuch war Charlie viel lebhafter. Auf dem Bett sah sie sich um und fragte erneut nach einem Eiswürfel. Ihr Gesicht war gelassen, als wäre jegliche Sorge abgewaschen worden.

Die neue Krankenschwester brachte ihnen eine warme Baumwolldecke und einen Eiswürfel. Charlie zog sich die Decke bis zur Brust hoch. Anna sah auf die Wanduhr. Es war halb neun. Sie waren nun schon seit anderthalb Stunden hier.

»Pat.«

Er blickte von der Zeitschrift auf, die er las.

»Es tut mir leid, dass ich dir nicht gesagt habe, dass Beatie schon die ganze Zeit von unserer Anwesenheit wusste.«

Er nickte. »Es wäre mir lieber gewesen, es von dir zu erfahren anstatt von ihr.«

»Ich weiß.«

Er faltete die Zeitschrift in der Hälfte und fuhr mit dem Finger die Falzkante entlang. »Ich konnte euch letzten Endes doch nicht fortschicken. Überlegt habe ich es schon.«

»Danke.«

Die Ärztin näherte sich. »Also die Urinprobe ist negativ ausgefallen. Da gibt es nichts, was uns Sorgen bereiten müsste.«

Sie las etwas von ihrem Klemmbrett ab und betrachtete dann Charlie auf eine Weise, die in Anna Panik aufzucken ließ.

Ich habe es gewusst. Wir hätten vorhin gehen sollen. Ich hätte vorhin die Gelegenheit ergreifen sollen.

»Ich würde sagen, dass es ein Virus ist und es von jetzt ab immer besser gehen wird«, sagte die Ärztin. »Wir haben in letzter Zeit ein paar Kinder mit etwas Ähnlichem hiergehabt.« Sie schrieb etwas auf und bedachte Charlie mit einem weiteren langen Blick.

Was zum Teufel ging hier vor sich?

»Wer ist Ihr Hausarzt?«, fragte die Ärztin.

»Oh. Wir ha-ha-haben eigentlich gar keinen«, erwiderte Anna.

Pat legte ihr die Hand auf den Arm. Er bedeutete ihr, sich zu entspannen.

»Aber Sie wohnen hier in der Gegend?« Die Ärztin sah auf das Klemmbrett.

»Ja. Jetzt schon. Ich muss erst einen Hausarzt finden. Können wir also gehen?«

»Wann sind Sie hergezogen?« Die Ärztin starrte Anna an.

»Erst vor ein paar Wochen.«

»Und woher kommen Sie? Aus Sydney?«

»Ja.«

Sie hatte Verdacht geschöpft, Anna wusste es. Hatte sie schon im Internet recherchiert? Hatte sie bei der Polizei angerufen und versuchte nun, sie dortzubehalten, bis die Cops eintrafen? Sie mussten verschwinden, und zwar sofort.

Sie hörte draußen ein Fahrzeug halten, es musste auf dem Parkplatz für Krankenwagen sein. Anna warf Pat einen Blick zu, doch der beobachtete die Ärztin. Eine Wagentür knallte zu.

Sie sollte jetzt einfach aufstehen und mit Charlie in den Armen gehen.

Die Ärztin runzelte die Stirn. »Hmm. Wie ich sehe, haben Sie Ihre Versichertenkarte verlegt.«

»Ich habe sie zu Hause gelassen.« Anna schob die Decke beiseite und schwang die Beine vom Bett.

»Ich verstehe. Haben Sie Paracetamol oder Nurofen zu Hause?«

»Paracetamol.«

»Tja, Sie können ohne Weiteres nach Hause gehen«, sagte die Ärztin. »Wenn ihr das Fieber Unbehagen bereiten oder sie davon abhalten sollte zu trinken und zu essen, dann geben Sie ihr Paracetamol. Befolgen Sie einfach die Anweisungen auf der Flasche. Das Wichtigste ist, dass sie genug Flüssigkeit zu sich nimmt …«

Noch während sie Anweisungen herunterleierte, die sie schon unzählige Male erteilt haben musste, beobachtete sie Anna aus schmalen Augen.

Anna stand auf und flüsterte Charlie zu: »Leg die Arme um meinen Hals.«

Sie könnten in zwei Minuten im Pick-up sein.

»Wir geben Ihnen diesen Zettel mit nach Hause, ich werde nur noch darauf notieren, wann sie das letzte Mal eine Dosis Nurofen bekommen hat. Und sorgen Sie vor allem dafür, dass die Kleine hydriert bleibt. Okay?« Die Ärztin kritzelte etwas auf das Papier.

»Danke.«

Einen langen Moment sah die Ärztin Anna an, dann reichte sie ihr den Zettel. Am anderen Ende der Station herrschte auf einmal rege Betriebsamkeit, und die Ärztin eilte davon.

Pat ging vor Anna her, durch das Wartezimmer und den Korridor entlang, nach draußen in die kühle Nachtluft.

Charlie lag auf der Bank des Pick-ups, den Kopf in Annas, die Füße auf Pats Schoß. Anna kurbelte das Fenster herunter, um die warme Brise hereinzulassen, und drehte sich zur Heckscheibe, um nachzusehen, ob sich hinter ihnen ein Streifenwagen befand. Doch wahrscheinlich kämen sie aus der anderen Richtung.

»Hattest du das Gefühl, dass die Ärztin misstrauisch war?«, fragte sie.

»Na ja. Du hast dich ein bisschen eigenartig benommen ... Und ja, sie hat tatsächlich ein bisschen übertrieben aufmerksam gewirkt.«

»Hast du bei der Anmeldung dein Kennzeichen angegeben?«, fragte sie.

»Nein.«

»Wenn wir erst einmal aus der Stadt sind, ist also alles in Ordnung.«

Die Straßen waren jetzt ruhiger, und Laternen erhellten kleine Straßenabschnitte mit Bäumen oder Schaufenstern. Keiner von beiden sagte etwas. Da waren nur das Geräusch von Reifen auf dem Asphalt und die warme Nachtluft. Sobald sie die Stadtgrenze erreicht hatten, rasten sie zwischen dunklen Feldern dahin, die gedrungene Gestalt der Bergkette undeutlich vor ihnen.

Als Anna nach unten sah, merkte sie, dass Charlie die Augen offen hatte und durchs Fenster zum Himmel blickte. Anna konnte jeden Atemzug spüren, der in den Körper des Mädchens drang und ihn wieder verließ, jenen zeitlosen Rhythmus. Sie dachte an all die Frauen, die Kinder seit Jahrhunderten, seit Urzeiten gehalten und geliebt hatten, und fragte sich, wie viele dieser Frauen nicht Mütter, sondern Tanten, Großmütter, Schwestern, Kindermädchen oder Ammen gewesen waren.

31

Zwei Tage später, an einem Vormittag, an dem es wie aus Kübeln schüttete, klopfte Michael an die Hüttentür. »Das Baby ist da.« Er grinste.

»Schon?«

Er nickte und griff unter seinen schwarzen Plastikponcho, um Anna drei Passionsfrüchte zu reichen.

»Es ist ein Junge. Pat hat gesagt, wenn ihr runterkommen wollt, seid ihr herzlich willkommen.«

Charlie hüpfte im Kreis durchs Wohnzimmer. »Das Baby ist da! Das Baby ist da! Er ist mein Cousin, nicht wahr?«

Anna nickte und wünschte sich, Sabine hätte einfach gesagt, *Nein, du bist nicht mit dem Baby verwandt,* anstatt etwas zu versprechen, das sie nicht so meinte.

Die Stimmung in Pats Haus war sehr leise und sanft. Anna und Charlie standen tropfend auf der Veranda, und Beatie brachte ihnen Handtücher. »Sabine schläft«, flüsterte sie.

Pat kam mit dem in seinen Armen schlafenden Baby aus dem Gästezimmer. Das Baby war in ein weißes Mulltuch gewickelt, mit einem kleinen zerknautschten Gesicht und einem dunklen Haarschopf. Pat sah müde und unrasiert aus, aber er hatte einen träumerischen Blick.

Anna griff unter ihr T-Shirt nach der weichen Puppe, die sie aus dem Stoff von einem von Charlies Secondhand-Kleidern genäht hatte.

»Möchtest du die hier dem Baby schenken?«, fragte sie Charlie.

»Kommt, setzen wir uns draußen auf die Bank«, flüsterte Pat. Anna setzte sich neben ihn, und Charlie kletterte auf ihren Schoß. Am Rand der Veranda fiel sanft nieselnd der Regen. Die Wäscheleine rechts von Anna war voller Frotteewindeln.

»Die hier ist für das Baby«, sagte Charlie und legte die Puppe behutsam auf das Mulltuch.

»Danke«, erwiderte Pat. »Wenn er wach ist, zeige ich sie ihm.«

Seine Hände sahen gewaltig und unbeholfen aus, wie sie so das Baby hielten. Anna versuchte, sich vorzustellen, wie ihr eigener Dad sie früher auf diese Weise gehalten hatte.

»Habt ihr schon einen Namen?«, erkundigte sie sich.

»Oscar.«

»Hallo, Oscar.« Anna berührte sanft eine der kleinen rosafarbenen Fäuste des Babys, die neben seinem Gesicht lagen. »Wie ist die Geburt verlaufen?«

»Sie war lang. Ziemlich heftig.« Pat versagte kurzzeitig die Stimme. »Sabine war unglaublich.«

Er schien den Tränen nahe.

Charlie legte den Kopf an Annas Schulter, um das Baby zu betrachten. »Er hat keine Augenbrauen«, stellte sie fest.

Pat nickte. »Das stimmt. Das ist mir gar nicht aufgefallen. Ich schätze mal, die wachsen noch.«

Er griff in seine Hemdtasche und reichte Charlie eine daumennagelgroße hölzerne Babypuppe. »Die ist für dich.«

Sie schloss die Hand darum und lächelte zu ihm empor.

Zärtlich streichelte Pat mit dem Finger den nackten Arm seines Sohns. Obwohl sich dieses Baby nicht daran erinnern würde, dass sein Vater es heute berührt hatte, würde diese Liebkosung irgendwo in ihm gespeichert bleiben. Genau wie jede einzelne Berührung von Annas Mutter irgendwo in ihr sein musste. Sie fuhr mit der Hand Charlies warmen Rücken hinunter, immer wieder, fest entschlossen, dass sich Charlie daran erinnern würde.

32

Am nächsten Tag war es sonnig, und Anna und Charlie brachen zum Fluss auf. Anna trug den Kuchen und das Geschenk in einer Tasche.

Charlie hüpfte vor ihr her und rief zurück: »Essen wir den Kuchen gleich?«

»Nein. Das machen wir nach dem Schwimmen.«

Sie hatten sich darauf geeinigt, dass heute Charlies sechster Geburtstag sein musste, da das Mädchen keine Ahnung hatte, wann sein Geburtstag war, und es Anna erzählt hatte, es habe noch nie eine Geburtstagsfeier oder einen Kuchen gehabt. Anna war bis spät dagesessen und hatte weitere Kleidungsstücke für die Holzpuppen genäht: einen Ballettrock aus Tüllresten, die Beatie ihr gegeben hatte, und ein weißes Kleid, von dem Anna befürchtete, es könnte zu sehr nach einem Hochzeitskleid aussehen.

Sie gingen durch den alten Wald, in dem es immer noch vom Regen tropfte. Der Fluss war zurückgegangen und hatte überall am Ufer und an der Brücke ein Gewirr aus Stöcken und Gras zurückgelassen.

»Alles Gute zum Geburtstag, Charlie!«, rief Macky, der durch die Bäume auf sie zukam, Zeb und Claudy ein Stück hinter ihm. Als er Charlie erreichte, gab er ihr ein rotes Päckchen, um das eine Schnur gebunden war.

Charlie grinste. »Kann ich es jetzt aufmachen?«

Er nickte.

Sie riss das Päckchen auf. Er hatte ihr zwei Holzboote gemacht, jeweils mit einem blauen Stoffsegel. »Dad und ich haben sie gestern im Regen ausprobiert, und sie segeln echt gut.«

Die Kinder standen auf der Brücke und ließen Charlies Boote in den Fluss fallen. Dann sausten sie das Ufer entlang, um zu sehen, welches Boot das Wasserloch zuerst erreichte.

Anna setzte den Kuchen auf einen Teller und verteilte mithilfe eines Messers Sahne darauf. Mit den kleinen Erdbeeren, die Beatie ihr gegeben hatte, schrieb sie eine Sechs in die Sahne und steckte dann die Kerzen hinein.

Charlie flitzte am Rand des Flusses entlang und sprang mit kräftigen Beinen von einem Felsblock zum nächsten, um das Wasserloch zu erreichen.

»Ja!«, krähte sie. »Mein Boot hat gewonnen!«

Sie trug das tropfende Boot zur Brücke zurück, und Anna fragte sich, ob Charlie eigentlich annahm, ihr Leben würde ewig so weitergehen.

Anna zündete die Kerzen an, und die nassen Kinder versammelten sich um sie, um die Flammen vor der Brise zu schützen. Sie sangen »Happy Birthday«, und Charlie sang auch mit, dann aßen sie, rund ums Feuer verteilt, Kuchen. Anna erhitzte einen Topf Kakao und reichte Charlie das Päckchen Puppenkleidung.

Charlie betrachtete jedes kleine Kleidungsstück. Dann sah sie auf und flüsterte: »Danke, Anna.« Sie legte die Kleider sorgfältig auf den Baumstamm neben sich, zu den beiden Holzbooten.

Mittags machte Anna Damper-Brot aus Mehl und Salz und Wasser. Die Kinder suchten sich je einen Stock, um ihren Teig darumzuwickeln, und hielten ihn dann über die glühende

Kohle. Da Charlie ihren Stock immer wieder in die Kohlen fallen ließ, bastelte Anna eine kleine Ablage dafür.

Anna holte Butter und Honig von Pats Bienen aus dem Rucksack. Sie entsann sich, wie er Charlie am Tag ihrer Ankunft Honig zu essen gegeben hatte. Es war kaum zu glauben, dass das erst drei Monate her war.

»Ich wünschte, wir hätten Würstchen«, sagte Zeb. »Eine Wurst würde perfekt in das Loch von dem Stock passen.«

»Mit Ketchup«, sagte Claudy.

Macky sah Anna an. »Jemand ist oben in meiner Höhle gewesen. Ein Mann.«

»Wer?«, fragte Zeb, während er eine verbrannte Stelle an seinem Stockbrot inspizierte.

»Kennst du ihn?«, erkundigte sich Anna. Sie versuchte, beiläufig zu klingen, hatte jedoch das Gefühl, als packte jemand ihre Eingeweide mit der Hand.

Macky schüttelte den Kopf. »Nö. Ich habe gedacht, vielleicht ist er auf der anderen Seite des Bergs eingezogen. Drüben in das Haus von Walt und Merry.«

»Wie hat er ausgesehen?«

Macky drehte sein Brot, um die andere Seite zu rösten. »Er hatte ein Fernglas.«

»Meines ist fertig«, sagte Zeb. »Gib mir den Honig, Charlie.«

»Da ist eine ertrinkte Biene im Honig!«, sagte Charlie und hielt das Glas in die Luft.

»Er hat bloß nach unten ins Tal geschaut«, sagte Macky. »Zu eurer Hütte.«

»Wann ist das gewesen?«, fragte Anna. Mittlerweile schrillten bei ihr sämtliche Alarmglocken. Sie sah zu der Stelle, wo der Pfad zwischen den Bäumen verschwand.

»Gestern.«

»Hat er dich gesehen?«

»Nö. Auf keinen Fall. Es hat geregnet. Er hat mich nicht gesehen.« Macky lachte unbeschwert.

»Wie lange war er dort?«

»Ich weiß es nicht. Er hatte so eine tolle Wasserflasche. Er hat das Wasser aus seinem Schlauch getrunken, und der Schlauch kam hier unten raus.« Macky griff nach hinten auf seinen Rücken.

»Warum?«, wollte Zeb wissen.

»Damit er keine Flasche in der Hand halten muss.« Macky zog die Augenbrauen hoch. »Total cool, oder?« Er holte sein Brot vom Feuer und probierte aus, ob sich der Teig abziehen ließ. »Meines ist fertig.«

Macky blickte zu Anna auf. »Er sah nicht aus, als wäre er aus der Gegend.«

Die Art, wie er ihr in die Augen sah, verriet ihr, dass er wusste, dass etwas nicht stimmte.

33

Anna brachte Charlie zu Bett und trat dann ins Freie, um den Berg hinauf in Richtung der Höhle zu blicken. Sie konnte sich nicht vorstellen, dass jemand aus der Gegend mit einem Fernglas und einem schicken Wasserrucksack herumwanderte. Vielleicht hatte die Ärztin im Krankenhaus die Polizei eingeschaltet. Oder vielleicht hatte Annas Dad ihnen schließlich doch verraten, wo sie sich aufhielt. Doch falls dieser Kerl in der Höhle ein Cop gewesen wäre, dann hätte das bedeutet, dass die Polizei wusste, wo Anna war – und dann wären sie doch bestimmt längst aufgetaucht? Anna spähte in den dunklen Wald. Dort könnte sich alles und jeder verstecken.

Sie wachte nachts auf, nicht sicher, ob sie gerade eben erst eingeschlafen war oder ob bereits Stunden verstrichen waren. War sie von einem Geräusch geweckt worden? Sie lag angestrengt lauschend da und starrte durchs Fenster zu den bleichen Flecken der Baumstämme. Charlie schlief auf dem Rücken ausgestreckt, die Arme über dem Kopf. Anna betrachtete das Gesicht des Mädchens im schwachen Mondschein, ihre gewölbte Stirn, die dunklen Wimpern und ihr kaum wahrnehmbares Atmen.

Am Morgen lasen sie im Bett liegend *Milly-Molly-Mandy*, danach machten sie Pfannkuchen. Siehst du, sagte sich Anna, alles ist gut. Der Mann auf dem Berg war bloß ein Nachbar oder ein Vogelliebhaber.

Charlie trug den Teller mit den Pfannkuchen nach draußen, und sie setzten sich im Halbschatten auf die Treppe.

»Warum ist das blaue Boot so viel schneller?«, fragte Charlie.

Anna trank von ihrem Tee. »Ich weiß es nicht. Vielleicht liegt es an der Form?«

Charlie legte den Kopf schräg. »Hörst du das Auto?«

»Nein. Wo?« Anna stand auf, die Ohren gespitzt.

Das Mädchen winkte in Richtung der anderen Seite des Hauses. »Da drüben.«

Anna hörte nichts außer dem Lärm des Vogelgeschreis. Dann erhaschte sie ein fremdes Geräusch, das von der versperrten Auffahrt herkam. Es war ein Auto. Sie atmete unwillkürlich lange aus. Entweder war es der verrückte Nachbar oder die Polizei. Jetzt vernahm sie es deutlich. Der Motor ackerte sich den letzten steilen Abschnitt hoch. Wer auch immer das Auto fuhr, würde nur bis zu dem Zaun und dem umgestürzten Baum kommen. Anna und Charlie blieben genau zwei Minuten, um von hier zu verschwinden.

Sie griff nach Charlies Hand. »Komm mit.«

»Ich muss mehr Honig auf die Pfannkuchen machen.« Charlie streckte die Hand nach dem Honigglas aus.

»Komm mit, Charlie. In dem Auto ist jemand, den wir nicht sehen wollen.«

Charlie schraubte den Deckel ab.

Anna bückte sich und packte Charlies Hand. »Schnell, Charlie. Komm jetzt. *Bitte*. Ich erkläre es gleich genauer.«

Charlie schnappte sich drei Pfannkuchen vom Teller, bevor Anna mit ihr am Rand der Lichtung entlangeilte. Jeder, der die Auffahrt hochkam, würde sie sehen können.

»Schnell, schnell«, drängte Anna. Nur noch ein paar Meter. Sie fand einen schmalen Filander-Pfad und zog Charlie in den Wald.

Wenn sie in die Hocke ging, konnte sie durch das Gebüsch zur Hütte sehen.

Charlie lehnte sich an sie. »Wer ist es?«, flüsterte sie. Ihre Finger an Annas Arm waren vom Honig klebrig.

»Ich bin mir nicht sicher.«

Sie konnte das Auto nicht mehr hören. War es möglich, dass die Familie, der das Haus gehörte, zurückgekehrt war, um ein paar Sachen abzuholen? Doch sie würden nicht über das Grundstück des verrückten Nachbarn fahren. Pat hatte gesagt, dass sie über sein Land kamen und gingen. Sie hielt den Blick starr auf das Haus gerichtet, ein verkrampftes Gefühl in der Magengegend. Alles war völlig reglos. Sie tat einen langsamen, tiefen Atemzug und versuchte, sich zu beruhigen.

»Da!«, sagte Charlie durch einen Mund voll Pfannkuchen.

Eine Frau und ein Mann bogen um die Ecke der Hütte. Sie waren ungefähr in Annas Alter, beide in dunklen Anzughosen und Jacketts. Es musste sich um Polizisten handeln.

Man hatte sie aufgespürt.

Anna packte Charlies Hand. Sie mussten sofort verschwinden.

»Was ist los?«, flüsterte Charlie.

»Das ist die Polizei.«

Charlie versteifte sich. Ihre einzigen Erfahrungen mit der Polizei waren wohl die paar Male, als Männer zu ihr nach Hause gekommen waren, um nach ihr zu sehen. Und sie dort gelassen hatten.

Die Frau klopfte an die Tür der Hütte, während der Mann durchs Fenster spähte. Ein weiterer uniformierter Polizist kam von hinten um das Haus herum, als die ersten beiden die Tür öffneten und hineingingen. Sie würden Annas und Charlies ungemachtes Bett vorfinden, die Pfannkuchenzutaten auf der Arbeitsfläche und Annas noch warme Teekanne.

Charlie drehte sich zu Anna. »Ich will nicht, dass sie meine Puppen anfassen.« Ihre Unterlippe bebte. »Und was ist mit Bunny?«

Der uniformierte Cop trat auf den gepflasterten Bereich und ließ den Blick durch den Wald schweifen. Einen Augenblick lang sah er direkt in ihre Richtung.

»Nicht bewegen«, flüsterte Anna.

Der Cop drehte sich zum Haus zurück und steckte den Kopf durch die Tür.

»Wir gehen jetzt zu Beatie. Schnell. Beeil dich!«

Um zu Pat zu gelangen, müssten sie die Lichtung überqueren, die von der Hütte aus klar zu überblicken war. Aber zu Beatie führte ein Pfad direkt durch den Busch, und wenn sie sich beeilten, könnten sie in einer Viertelstunde an ihrem Haus sein.

Charlie umklammerte Annas Hand, während sie sich einen Weg durch den dichten, verworrenen Busch bahnten. Jeder Schritt, den sie machten – über Blätter und Zweige knirschend –, war laut. Die Cops mussten sie hören können. Endlich erreichten sie den Pfad, der nach unten zu Beaties Haus führte.

»Lauf! Wir müssen laufen, Charlie!«

Der Pfad war stellenweise schlammig und rutschig, und Anna hielt Charlie fest, damit sie nicht hinfiel. Sie sah hinter sich, um festzustellen, ob ihnen jemand folgte. Und wenn die Polizei Spürhunde hatte? Wer hatte sie verraten? Die Ärztin? Jo? Ihr Dad? Bitte nicht ihr Dad.

Charlie rutschte aus und landete auf dem Po. »Ich will nicht, dass sie Bunny anfassen!«, rief sie.

Hand in Hand eilten sie über den Rasen vor Beaties Haus.

Will stand an der Küchenspüle, mit nacktem Oberkörper, Kaffeekanne in einer Hand. Er lächelte, als Anna und Charlie eintraten. »Guten Morgen.«

»Die Polizei ist uns auf den Fersen. Sie sind oben auf der Hütte.«

Wills Miene verfinsterte sich. »Ach, Scheiße.« Er stellte die Kaffeekanne ab und drehte sich um. »Beatie, die Polizei ist oben auf der Hütte!«, rief er ins Haus hinein. »Anna und Charlie sind hier.«

Beatie erschien mit düsterem Gesichtsausdruck. »Oh, Anna!« Sie umarmte Anna kurz. Sie roch nach Schlaf und Kaffee. »Wie viele Cops?«

»Gesehen hab ich drei.«

Anna setzte sich an den Tisch, ihre Beine zitterten. »Ich konnte nicht zu Pat, ohne dass sie uns gesehen hätten. Könnt ihr uns helfen abzuhauen?«

»Ich bringe euch hintenrum«, sagte Will. »Den Feuerpfad entlang.« Er wandte sich an Beatie. »Was ist mit Roger? Ich könnte sie zu Roger bringen, oder?«

»Ja. Gute Idee.«

»Danke, Will.« Anna versuchte, Charlie auf ihren Schoß zu ziehen, aber das Mädchen entwand sich ihr. »Wo ist Macky?«

»Auf seinem Zimmer«, antwortete Beatie. »Aber ihr werdet gleich losmüssen. Bleib hier.«

»Nein, ich will ihn sehen.«

»Dann aber schnell«, sagte Anna. »Mach einfach ganz schnell, okay? Komm gleich zurück.«

Will griff nach einem Schlüsselbund auf dem Regal neben der Tür. »Ich bringe den Land Cruiser her. Wie viel Benzin ist im Tank, Beatie?«

»Genug.«

Er schlüpfte in alte Freizeitschuhe, die neben der Tür standen. »Kannst du mir ein T-Shirt holen, Beat?« Er trabte über den Rasen zum Schuppen.

Anna stand auf. »Charlie!«, rief sie. »Komm her.«

Charlie lachte am anderen Ende des Hauses. Anna ging durch den Flur.

In ihrer hohen, süßen Stimme sang Charlie: »*Row, row, row your boat, gently down the stream, merrily, merrily, merrily, merrily, life is but a dream.*«

Anna sah ins Kinderzimmer. Charlie hielt das eine Ende einer Luftmatratze, und Macky hielt das andere. Zeb und Claudy ließen die Beine oben vom Stockbett baumeln.

Charlie grinste Anna zu. »Macky hat gesagt, wir gehen heute mit der Luftmatratze baden.«

»Ach ja?«

Anna stellte sich die Fahrt über den Berg vor und wie Will sie im Haus eines Fremden abliefern würde. Sie wären obdachlos, ohne einen Penny und von Fremden abhängig. Anna beobachtete, wie Charlie tat, als würde sie auf der Luftmatratze paddeln, und auf einmal machte sich Gelassenheit in ihr breit.

Es war vorbei. Hier war ihre Reise zu Ende. Sie konnte Charlie nicht schon wieder ins Ungewisse schleifen. Nein. Ihre geborgte Zeit war abgelaufen. Jetzt bestand ihre Aufgabe darin, Charlie auf das vorzubereiten, was als Nächstes auf sie zukäme.

Anna betrat das Zimmer. »Charlie! Komm her, Süße.« Anna musste das Mädchen in den Armen halten.

»Anna!«, schrie Will aus der Küche. »Wo bist du?«

»Hier.«

Will erschien im Türrahmen. »Wir sollten sofort losfahren. Hol Charlie.«

»Ich kann es nicht tun. Ich werde nicht weiter weglaufen.«

»Was?« Er runzelte die Stirn.

Row, row, row your boat, gently down the stream.

»Ich kann ihr das nicht antun«, sagte Anna.

Beatie tauchte hinter Will auf.

»Sie sagt, sie will nicht wegfahren«, erklärte Will über die Schulter. »Anna, ich kann euch in zwanzig Minuten über den Berg bringen. Jetzt komm. Wir bringen euch zum Haus eines Freundes. Wir werden euch helfen. Wir kriegen das hin.«

»Nein«, widersprach Anna. Sie hob beide Hände, die Handflächen Will zugewandt. »Das wird nicht passieren. Ich kann nicht weiter weglaufen. Das ist kein Leben für ein Kind.«

Merrily, merrily, merrily, merrily, life is but a dream.

Er schüttelte den Kopf.

Beatie ergriff Annas Arm. »Aber was ist mit dir, Anna, was bedeutet das für dich? Du könntest uns Charlie der Polizei übergeben lassen, dann kannst du weg.«

»Ich will keine Flüchtige sein«, sagte Anna.

»Ja, aber das bist du doch schon!«

»Ja, aber dabei ging es um ihre Sicherheit. Es ist die Sache nur wert, wenn ich bei ihr bin und für ihre Sicherheit sorge.«

Anna sah Will an. »Könntest du bitte bei Pat anrufen und herausfinden, ob sie schon bei ihm sind? Das ist der Ort, den sie logischerweise nach der Hütte aufsuchen würden. Und wenn sie dort sind, sag ihnen, wo wir sind. Sie sollen wissen, dass ich warte und kooperiere, damit es, wenn sie kommen, ruhig und nicht furchterregend für das Kind über die Bühne geht. Sie sollen dir zusagen, dass die Übergabe ruhig verlaufen wird, bevor du ihnen unseren Aufenthaltsort nennst.«

Will nickte.

Anna trat ins Kinderzimmer und kniete sich neben Charlie, die rücklings auf der Luftmatratze lag und Anna beobachtete.

»Charlie, komm einen Augenblick auf meinen Schoß.«

Das Mädchen drehte sich auf die Seite und kletterte dann auf Annas Schoß.

»Wir *werden* mit der Luftmatratze schwimmen gehen«, erklärte das Mädchen. »Und das da ist meine Luftmatratze, das hat Macky gesagt.«

Anna drückte die Nase in Charlies Nacken. Sie roch nach Flusswasser und der gelben Seife, mit der Anna ihre Kleidung wusch.

»Ich muss dir erklären, was vor sich geht. Gleich werden sich die Dinge ganz doll ändern.«

Charlie runzelte die Stirn. Sie hatte sich gestern am Fluss eine kleine Schramme an der Wange zugezogen. Die Schramme würde abheilen, während Anna nicht mehr jeden Tag neben ihr aufwachen, ihr nicht mehr Pfannkuchen zum Frühstück machen und ihre Kleidung nicht mehr waschen würde. Am Rande nahm Anna wahr, dass Beatie ihre Kinder in den Flur rief.

»Wie ändern?« Charlie steckte sich eine Haarsträhne hinters Ohr, und Anna sah, dass sie sich einen Ring auf den Finger gemalt hatte. Einen Ring mit einem großen ovalförmigen Juwel.

»Du weißt doch, dass es der Polizei nicht passt, dass ich dich von deiner Mum weggebracht habe. Ich bekomme deswegen ein bisschen Ärger, auch wenn ich es getan habe, um dich in Sicherheit zu bringen. Die Polizei war auf der Suche nach uns, und deswegen sind sie bei der Hütte aufgetaucht.«

Sie hörte Will im Flur telefonieren, und seine Stimme klang ernst.

»Und die Polizei wird jetzt bald hierherkommen, zu Macky nach Hause«, sagte Anna. »Und du und ich, wir werden mit ihnen mitgehen, aber ich glaube, dass sie uns wahrscheinlich voneinander trennen werden. Wir werden in verschiedenen Autos fahren und an verschiedene Orte gebracht werden.«

»Ich will nicht!« Charlie packte Annas T-Shirt.

»Ich weiß. Ich will es auch nicht.«

Heiße Tränen brannten unter Annas Lidern. Vor Charlie wollte sie nicht weinen. Sie hielt das liebe Gesicht des Mädchens zwischen den Händen. »Die Polizei will schauen, ob es dir gut geht. Also wirst du mit ihnen mitfahren.«

Charlies Stimme bebte. »Werde ich Mummy sehen?«

»Wahrscheinlich ... Aber heute nicht, glaube ich.« Was sollte sie sagen?

»Kannst du mit mir mitkommen, Anna? Bitte? Ich will nicht alleine dorthin.« Charlie fing zu weinen an. Dicke Tränen rollten ihre Wangen hinunter. »Ich will, dass du mit mir mitkommst.«

»Oh, ich wünschte, ich könnte mit dir mit, aber sie werden uns nicht zusammen lassen. Und sie haben das Sagen, fürchte ich.« Anna atmete zitternd ein. »Sie werden sich gut um dich kümmern. Ich liebe dich, und ich werde alles in meiner Macht Stehende tun, um dich wiedersehen zu können. Aber es wird vielleicht eine Weile dauern.«

Charlie ließ den Kopf auf Annas Schulter sinken und stieß ein leises Ächzen aus. Anna fuhr mit der Hand den Rücken des Mädchens hinab, immer wieder. »Alles wird gut. Alles wird gut.«

Will kam und ging mit ernster Miene neben Anna in die Hocke. »Sie brechen jetzt bei Pat auf. Sie werden in etwa sieben Minuten hier sein.«

»Okay. Danke.« Anna streichelte Charlies Rücken. »Wie hat Pat geklungen?«, fragte sie Will.

Will wackelte mit dem Kopf. »Er hat schon besser geklungen.«

Und die arme Sabine. Das hier war Sabines schlimmster Albtraum, und Anna hatte ihn über sie hereinbrechen lassen.

»Es tut mir leid, dass ich euch die Polizei nach Hause gehetzt habe, Will.«

Will zuckte mit den Schultern. »Wir haben nichts zu verbergen.«

»Ich will nicht, dass ihr euch mit uns Ärger einhandelt, Beatie. Sagt ihnen, ihr hättet gedacht, wir wären Mutter und Tochter. Sagt ihnen, dass ihr keine Ahnung hattet. Versprochen?«

Will nickte.

Anna stand auf und hob Charlie auf ihre Hüfte. »Wir werden gehen und draußen auf sie warten.«

Sie trug das Mädchen durch die Küche auf die Veranda, Charlies Beine eng um ihre Taille geschlungen. Sie ließ sich auf einen feuchten Rattanstuhl sinken. Das Herz schlug ihr bis zum Hals. Charlie rollte sich auf Annas Schoß zu einer kompakten Kugel zusammen, ihre nackten Beine warm auf Annas Oberschenkeln. Anna beugte sich über das Mädchen.

»Sie werden bald hier sein«, flüsterte sie. »Und sie werden sich um dich kümmern.« *Das sollten sie verdammt noch mal auch tun.* »Und weißt du, selbst wenn wir getrennt voneinander sind, wird es einen unsichtbaren Faden geben, der uns verbindet. Wenn du an mich denkst, denke ich *ganz bestimmt* an dich.« Tränen glitten von Annas Wangen auf Charlies T-Shirt. »Ich werde daran denken, wie viel Spaß es uns gemacht hat, im Fluss zu baden und Sandwiches über dem Feuer zu grillen …«

»Kommen sie *jetzt,* um mich zu holen?«, flüsterte Charlie.

»Sie sind auf dem Weg. Sie werden gleich hier sein.«

Hinter ihnen, in der Küche, hörte sie Beatie und Macky leise miteinander reden und das Geräusch von Luft, die aus einer Luftmatratze herausgelassen wurde. Die Morgenluft fühlte sich kühl und ruhig an, Hühner pickten im taunassen Gras, und ein Vogel stieß ein *Huuhuu* im Wald aus. So ein riesiger

Wald, und er hatte ihnen doch keine sichere Zuflucht bieten können.

»Ich werde die ganze Zeit über an dich denken, Charlie.«

Das Geräusch von Automotoren drang durch die Bäume. Beatie trat auf die Veranda, die Hand auf Mackys Schulter. »Macky möchte sich rasch von Charlie verabschieden.«

Macky stand neben Annas Stuhl und wiegte sich leicht hin und her.

»Tschüs, Charlie«, sagte er, die Stimme leise und angespannt.

Charlie blickte auf. »Tschüs«, flüsterte sie.

Er bückte sich und umarmte sie unbeholfen mit einem Arm. Ein blauer Geländewagen fuhr auf die Lichtung, die Räder knirschten laut auf dem Kies, gefolgt von zwei weißen Autos mit Allradantrieb. Anna hielt Charlie dicht an sich und wiegte sie sanft. Beatie brachte Macky zurück ins Haus.

Eine Frau stieg aus dem blauen Geländewagen und nickte dem Mann zu, der durch die Beifahrertür ausstieg. Es waren die beiden von der Hütte.

»Anna Pierce?«, erkundigte sich die Frau. Ihre Stimme war freundlicher, als Anna erwartet hatte. Sie hatte ein rundliches Gesicht und dunkle Haare, die zu einem straffen Pferdeschwanz zurückgebunden waren.

»Ja.«

Sie kamen auf die Veranda zu, so deplatziert mit ihren geputzten Schuhen, ordentlich gebügelten Hemden und dem Parfumduft. Sie waren Eindringlinge, verfügten aber über jegliche Entscheidungsgewalt.

Die Frau hob das Kinn, um durch das Fenster ins Haus zu sehen, dann stieg sie auf die Veranda und ging neben Annas Stuhl in die Knie.

Sie lächelte Charlie zu und sprach leise. »Heißt du Charlie Seybold?«

Charlie reagierte nicht, sondern umklammerte Annas T-Shirt.

Anna nickte. »Ja, das ist Charlie.«

Zwei uniformierte Polizisten stiegen aus einem der weißen Allradfahrzeuge und standen da, die Hände an den Hüften, den Blick auf das Haus gerichtet. Sie trugen blaue Westen, an denen alles mögliche Zubehör hing.

Die Frau legte die Hand auf Charlies Rücken.

»Charlie, ich heiße Karen. Ich bin Polizistin. Komm mit mir mit. Wir werden in einem Polizeiauto fahren.«

Charlie vergrub den Kopf unter Annas Arm. Sie hielt Annas T-Shirt so fest umklammert, dass der Stoff in Annas Rücken schnitt.

»Süße«, sagte Anna. »Uns bleibt keine andere Wahl, fürchte ich. Es ist besser, wenn du mit der Frau mitgehst, ansonsten heben sie dich hoch und nehmen dich einfach so mit.« Sie küsste Charlies Haare und versuchte, das Mädchen aufzusetzen. »Karen wird sich um dich kümmern.«

Anna sah die Frau direkt an, die ihr wiederum mit ausdrucksloser Miene einen Blick zuwarf.

Die Frau erhob sich. »Komm jetzt von ihrem Schoß runter, Charlie.«

Langsam kletterte Charlie von Annas Schoß, die Schultern bis zu den Ohren gezogen. Sie drückte Annas Hand fest.

Die Frau ergriff Charlies andere Hand. »Wir gehen jetzt zum Auto.« Sie nickte dem Mann zu.

Anna machte ihre Hand von Charlies los und sprach mit bemüht ruhiger Stimme. »Tschüs, Charlie. Ich werde die ganze Zeit an dich denken, Süße.«

Charlie ging mit der Frau auf das Auto zu. Sie sah so klein

aus in ihrem Schlafanzug-T-Shirt, wie sie barfuß über das Gras stapfte, die Hand in der Hand der Polizistin. Nach Anna sah sie sich nicht um.

Der Mann trat vor.

»Ich heiße Detective Sergeant Munro. Anna Pierce, hiermit verhafte ich Sie wegen der Entführung von Charlie Seybold. Ich möchte, dass Sie verstehen, dass Sie nicht dazu verpflichtet sind, etwas zu sagen, es sei denn, Sie wollen es, und dass alles, was Sie sagen, notiert oder aufgenommen und als Beweismaterial gegen Sie verwendet werden kann. Verstehen Sie das?«

»Ja, ich verstehe.«

Charlie war jetzt bei dem Geländewagen angelangt. Die Frau öffnete die Hintertür und half ihr hinein.

»Bitte stehen Sie auf, Ms. Pierce.« Sein Griff an ihrem Oberarm war fest.

»Wohin bringen Sie Charlie?«, fragte Anna.

»Man wird sich gut um sie kümmern.«

Er stieg mit Anna die Treppe hinunter und führte sie über den Rasen auf einen der staubigen Allradwagen zu. Anna konnte Charlie gerade einmal so auf der Rückbank des Geländewagens erkennen. Die Hintertür war noch offen, und Karen beugte sich hinein und redete mit Charlie.

»Was ist mit Charlies Kleidung und ihren Sachen?«, fragte Anna. »Sie hat bloß ein T-Shirt und eine Unterhose an.«

»Darum kümmern wir uns«, erwiderte der Mann.

»Werden Sie zur Hütte zurückfahren und ihre Sachen holen? Sie hat einen Stoffhasen und kleine Holzpuppen, die sie unbedingt bei sich haben muss.«

»Wir kümmern uns darum.«

»Anna!«, schrie Charlie aus dem Wagen. »Ich will mit dir mit!«

Anna versuchte zurückzurufen, aber Tränen schnürten ihr die Kehle zu. Sie wurde auf die Rückbank des Allradfahrzeugs geschoben, und der Wagen mit Charlie wendete und verschwand die Auffahrt hinunter.

34

Annas Dad riss das Rolltor auf und drehte sich zu ihr um. »Ich hätte weiter die Miete von deinem Haus bezahlen sollen. Tut mir leid, Liebes.«

»Ich bin mir nicht sicher, ob ich überhaupt dorthin hätte zurückkehren können, Dad.«

Anna trat in das Lagerabteil, in dem sich ihre Habseligkeiten türmten. Ihr altes blaues Sofa. Der Fernseher. Hüfthoch gestapelte Pappkartons. Während Charlie und sie oben im Wald gewesen waren, hatte ihr Dad ihren ganzen Kram zusammengepackt und in einem Truck über die Berge zu einem seiner eigenen Lager in Orange gefahren. Nachfragen wollte sie lieber nicht, doch sie ging davon aus, dass er die Topfpflanzen zurückgelassen hatte.

Mit einem Finger fuhr sie über einen Karton, den ihr Dad ordentlich mit Klebeband verschlossen hatte. *Küchengeschirr*.

»Vielen Dank, dass du dich darum gekümmert hast, Daddo. Es muss eine Heidenarbeit gewesen sein.«

Sie fing wieder zu weinen an, und er trat näher und umarmte sie. »Oh, Annie.«

Sie schluchzte in seine Schulter. »Ich will nur wissen, dass es ihr gut geht.«

Er tätschelte ihren Rücken. »Ich weiß. Wenigstens ist sie nicht bei ihrer Mutter und dem Freund.«

Sie machte einen Schritt zurück und wischte sich übers Gesicht. »Aber Gott weiß, wie die Großmutter ist.«

»Wir haben das jetzt nicht mehr in der Hand.« Er ließ den Blick durch das Lagerabteil schweifen. »Deinen Computer habe ich zu Hause. Und deine Kosmetika. Ich dachte, dass sie die Hitze nicht gut überstehen würden. Der Großteil deiner Kleidung befindet sich in den zwei Koffern da.«

Sie öffnete den Reißverschluss des grünen Koffers und kramte zwischen ordentlich zusammengerollter Kleidung herum, bis sie Shorts und ein T-Shirt fand. Sie rochen nach ihrem Haus, nach ihrem alten Leben. Sie dachte an die Kleider, die Sabine ihr gegeben hatte, die gefaltet auf dem Regal in der Hütte lagen, neben Charlies kleinen T-Shirts und Shorts und ihrem lilafarbenen Lieblingskleid. Sie hoffte, dass einer der Polizisten sie abgeholt hatte, und die Puppen und Bunny, der irgendwo in dem zerwühlten Bettzeug gewesen sein musste.

»Ich werde eben ein paar saubere Sachen anziehen«, sagte sie, während sie auf ein Bündel Unterhosen stieß.

»Im Büro gibt es einen Waschraum …« Er deutete auf die Schranke.

»Ist schon gut.«

Sie war zu erschöpft, um den nötigen Elan für Schamhaftigkeit aufzubringen. Ihr Dad machte sich am Wagen zu schaffen, während sie sich entkleidete und ihre alten weinroten Shorts und ein ärmelloses Hemd anzog. Die Shorts waren weit und saßen tief auf ihren Hüften. Sie hatte abgenommen. Sie ließ das Rolltor heruntergleiten und zog den Koffer an die Heckseite des Autos ihres Dads. Es war ihr egal, welche Kleidungsstücke sich in dem Koffer befanden, fürs Erste würden sie es auf jeden Fall tun.

»Gut.« Ihr Dad hievte den Koffer in den Kofferraum. »Du siehst wieder wie du selbst aus.«

Sie lächelte. »Du bist schon immer ein mieser Lügner gewesen.«

»In zehn Minuten sind wir zu Hause.«

Sie hatte einen Tag auf dem Polizeirevier in Byron Bay verbracht. Zuerst hatte man sie verhört und sie in allen Einzelheiten erzählen lassen, wie sie Charlie weggebracht hatte. Karen, bei der es sich um die ranghöchste Beamtin zu handeln schien, war freundlicher gewesen, als Anna erwartet hatte.

Dann brachte man sie in eine Zelle, wo sie auf der Plastikmatratze saß und auf ihre nackten, schlammverschmutzten Füße blickte, während ihre Gedanken ständig um die gleichen Fragen kreisten: Wo befand sich Charlie in diesem Moment? Ging es ihr gut? Würde Anna auf Kaution herauskommen? Wann würde ihr Dad eintreffen? Wer hatte sie verpfiffen?

Nachdem der Richter sie auf Kaution freigelassen hatte, wurde sie von ihrem Dad – der von Orange an die Gold Coast geflogen war – in dessen Mietwagen gepackt.

»Fahren wir nach Lismore, Annie«, sagte er. »Hotels hier in der Gegend werden zu teuer sein.«

Sie rief bei Dave an und hinterließ ihm eine Nachricht, dann stellte sie sich schlafend, während ihr Dad fuhr. Durch halb geschlossene Augen beobachtete sie, wie die Landschaft vorüberpeitschte, während ihre Gedanken so schnell kreisten, dass sie kaum einen einzelnen zu fassen bekam. Anna hatte sich seit der Zeit nach dem Tod ihrer Mutter, als sie Tag für Tag von der Schule in ein leeres Zuhause zurückgekehrt war, nicht mehr so elend gefühlt.

Sie wollte nur wissen, dass es Charlie gut ging. Nein, sie wollte Charlie halten. Sie hatte sich immer vorgestellt, die große Liebe ihres Lebens würde ein Mann sein, nicht ein fünfjähriges Mädchen, mit dem sie drei Monate verbracht hatte.

Dave rief zurück, während sie in dem Motel in Lismore unter der Dusche stand. Ihr Dad klopfte an die Badezimmertür und reichte ihr das Handy herein. Sie setzte sich nackt und triefend nass auf den Toilettendeckel.

»Hi«, sagte sie.

»Anna. Wie geht es dir?«

Oh, es war wunderbar, seine Stimme zu hören.

»Ich weiß nicht, wie es mir geht«, erwiderte sie. »Erschöpft, schätze ich mal … Ich kann nur an Charlie denken.« Die Dusche tropfte in die Badewanne neben ihr. »Ich gehe mal davon aus, dass sie bei ihrer Großmutter ist.«

»Ich denke schon, es sei denn, sie kommen zu der Einschätzung, dass man sie der Großmutter nicht anvertrauen kann.«

»Das wird also jemand überprüfen?«, fragte sie.

»Oh, das hoffe ich doch.«

An seinem Ende der Leitung erklang Frauengelächter. Er musste in der Arbeit sein.

»Irgendeine Ahnung, wie die Polizei euch gefunden hat?«, erkundigte sich Dave.

»Nein.« Sie hatte nicht den Mut aufgebracht, ihren Dad zu fragen, ob er es gewesen war. »Wir haben Charlie wegen eines Virus ins Krankenhaus gebracht, und vielleicht ist die Ärztin draufgekommen. Ich weiß es nicht.«

»Ich schätze mal, das ist jetzt auch nicht mehr so wichtig, oder?«, erwiderte er. »Wie geht es dir *wirklich?* Ich kann mir nur vorstellen, dass die Verhaftung ziemlich furchtbar gewesen sein muss.«

Sie fuhr mit einem Zeh durch den schlammigen Fußabdruck, den sie auf den weißen Bodenfliesen hinterlassen hatte. »Das Schlimmste war, mit anzusehen, wie sie mit Charlie davongefahren sind …«

»Dein Dad hat gesagt, du musst bei ihm wohnen.«

»Ja. Und es ist mir natürlich nicht gestattet, Charlie zu sehen …« Sie seufzte. »Selbst wenn ich wüsste, wo sie ist.«

Durch das kleine, hohe Fenster war jemand zu hören, der

die Motelveranda entlangging und dabei eine fröhliche Melodie pfiff.

»Dein Anwalt hat ganze Arbeit geleistet, dich auf Kaution herauszubekommen. Und hör mal, ich helfe dir, jemand Guten für den Prozess zu finden. Du bekennst dich schuldig, hat dein Dad gesagt.«

»Ja. Na ja, bin ich ja auch. Schuldig, meine ich.«

»Das ist ein guter Plan. Ich habe die eine oder andere Idee, was Strafverteidiger betrifft.«

»Danke.«

»Weißt du, Anna, die Leute vom Jugendamt werden sich gut um Charlie kümmern. Das machen sie tagaus, tagein, sich um Kinder kümmern.«

Sie lächelte. »Tja, da bin ich mir nicht so sicher.«

An seinem Ende herrschte Schweigen.

»Wie geht es deinen Kindern?« Ihre Stimme klang sogar noch matter, als Anna sich fühlte.

»Denen geht's gut. Die ersten Wochen an der Highschool sind ein bisschen aufregend.«

Im Motelzimmer schaltete ihr Dad den Fernseher ein. Das Gerät dröhnte, bis er es leiser stellte.

»Sieh mal, ich will dich unbedingt sehen, aber ich schaffe es die nächsten zwei Wochen nicht zu deinem Dad«, sagte Dave. »Ich ertrinke in Arbeit. Kannst du auf einen kurzen Besuch nach Sydney kommen?«

»Ich soll jede Nacht bei meinem Dad zu Hause schlafen. In Sydney habe ich keine Bleibe mehr. Dad hat alles für mich weggepackt.«

»Ja, ich weiß. Ich habe ihm geholfen.«

»Oh, tatsächlich? Danke.« Vor ihrem geistigen Auge sah sie, wie er ihre Habseligkeiten in Kartons stapelte. Jetzt kannte er sie besser als vorher, so viel war sicher.

»Ich habe deine Topfpflanzen mit zu mir genommen«, sagte er. »Sie sind hinten im Garten bei der Wäscheleine.«

»Oh, danke, Dave.« Sie begann zu weinen. »Danke.«

Anna und ihr Dad saßen auf ihren Einzelbetten vor dem Fernseher. Er blätterte durch die Speisekarte des Zimmerservice.

»Hamburger mit Pommes. Steak mit Pommes. Sie haben Spaghetti bolognese. Oder wir könnten uns etwas Chinesisches liefern lassen.«

»Hamburger mit Pommes sind perfekt, danke, Dad.«

Er griff nach dem Telefon und gab die Bestellung durch.

»Herzlichen Dank, junge Dame«, sagte er, bevor er auflegte. Er hatte schon immer überaus höfliche Telefonmanieren gehabt.

Nachdem er das Kissen in seinem Rücken aufgeschüttelt hatte, griff er nach der Fernbedienung. »Was möchtest du dir ansehen?« Die Nachrichten liefen ohne Ton, gerade wurden Aufnahmen eines Boots gezeigt, das irgendwo gekentert war.

»Danke, dass du hergekommen bist, Dad. Es tut mir leid, dass ich dich da mit reingezogen habe.« Sie versuchte ein Lächeln. »Tut mir leid, dass ich deinen guten Ruf beschmutze.«

»Du hast mich nicht mit reingezogen. Ich bin dein Dad. Du bist seit dem Moment deiner Geburt meine Angelegenheit.«

»Tja, danke.« Sie betrachtete die stummen Bilder von zwei Männern in Schwimmwesten, denen auf einen Anlegesteg geholfen wurde. »Das Leben hat Charlie so miese Karten ausgeteilt, aber sie war trotzdem so offen, weißt du, einfach sie selbst.«

»Du bist auch so gewesen.«

Sie schüttelte den Kopf. »Meine Karten sind nicht halb so mies gewesen. Und ich bin mir auch nicht offen oder sonderlich mutig vorgekommen.« Sie war zu müde und emotional, um sich die nächste Bemerkung zu verkneifen. »Nach Mums Tod habe ich immer die Stimmung sondiert, habe mit meinen Gefühlen hinter dem Berg gehalten. Charlie hält nicht hinter dem Berg.«

Nach der Erwähnung ihrer Mutter fühlte sie sich atemlos und konnte ihn nicht ansehen.

»Vielleicht hat sie gewusst, dass sie bei dir nicht hinter dem Berg halten muss.«

Wie ich es bei dir tun musste, hätte sie am liebsten gesagt.

»Sie wollte trotzdem ihre Mutter haben.« Sie warf ihm einen Blick zu.

Er lächelte. »Natürlich. Wir alle wollen unsere Mutter haben. Besonders, wenn sie tot ist.«

Seine Mutter war eine Farmersfrau gewesen, eine nüchterne, fromme Christin. Sie war ein Jahr vor Annas Mum an einem Schlaganfall gestorben.

»Du vermisst deine Mum immer noch?«, fragte sie.

»Natürlich.«

»Ich vermisse meine Mum auch immer noch.« Die Fernsehbilder verschwammen.

»Ich habe Luke gemailt und ihm Bescheid gegeben, was passiert ist.«

»Du kannst einfach nicht über sie reden, oder?«

»Über deine Mum?«

Sie nickte.

Er schüttelte den Kopf. »Aber was gibt es denn auch groß zu sagen, Annie?« Er klopfte sich auf die Brust. »Eigentlich ist alles hier drin.«

»Vielleicht hast *du* nicht über sie reden müssen, aber ich schon.«

»Na, das hättest du doch tun können.«

»Nein, konnte ich nicht! Du hast mir gesagt, ich solle aufhören, Fragen über sie zu stellen.« Sie fuhr sich mit den Händen übers Gesicht. Wenn sie sich nicht beruhigte, würde sie zu schreien anfangen.

»Ich habe dir gesagt, du sollst aufhören?« Er klang aufrichtig verwirrt.

»In der Garage.« Sie wandte sich ihm zu. »Du hast das Regal auf den Boden geschmissen und warst danach stundenlang verschwunden.«

»Verschwunden? Daran erinnere ich mich nicht mehr.«

»Daran erinnerst du dich nicht mehr?« Sie schluckte. »Dad, du hast dich benommen, als hätte es sie nie gegeben. Ich hatte das Gefühl, den Verstand zu verlieren.« Sie fing zu weinen an. »Es gab niemanden, mit dem ich über sie reden konnte, niemanden, der mir ins Gedächtnis rufen konnte, wie es früher war, und so sind die wenigen Erinnerungen, die ich hatte … jedenfalls, als sie verblasst sind, war's das. Ich hatte nichts mehr. Mir blieb nur dieses große schwarze Loch, wo früher einmal meine Mum gewesen war.«

Er trank einen gewaltigen Schluck aus seiner Bierdose. »Es *war* ein großes schwarzes Loch. Das ist wohl wahr.« Er wischte sich über den Mund. »Konntest du nicht mit Lorraine reden?«

»Ich wollte, dass wir drei darüber reden. *Wir* waren die drei Hinterbliebenen.«

»Es tut mir wirklich leid, Annie. Ich habe mein Bestes getan.« Er stand auf. »Möchtest du noch ein Bier?«

»Nein.« Sie wischte sich die Wangen mit der Bettdecke ab und drückte die Handballen in die Augen.

Leidtun reichte nicht. Es war genau wie immer.

Sie hörte, wie er den Getränkekühlschrank öffnete. »Ich werde Luke anrufen und ihm Bescheid geben, dass es dir gut geht.«

»Ach, ist schon gut. Ich werde ihm eine E-Mail schicken.«

Er öffnete die Bierdose. »Unsere oberste Priorität besteht jetzt darin, dir einen Spitzenanwalt zu suchen, mein Mädchen.«

»Ich weiß. Dave wird uns helfen.« Sie atmete ein. »Du warst das doch nicht, oder, der den Cops von unserem Versteck erzählt hat?«

Er starrte sie an und seufzte. »Nein.« Er schüttelte den Kopf. »Ehrlich gesagt habe ich ein paarmal mit dem Gedanken gespielt. Aber nein. Ich war's nicht. Allerdings war ich verdammt froh, als du mich von dem Polizeirevier aus angerufen hast.«

Es klopfte an der Tür. »Zimmerservice!«

Anna schlüpfte ins Badezimmer, während ihr Vater an die Tür ging. Im Moment konnte sie nicht mit Fremden umgehen. Sie stand vor dem Spiegel und betrachtete ihr Gesicht und lauschte darauf, wie ihr Dad mit dem Typen vom Zimmerservice über Kricket plauderte. Sie glaubte ihm, dass er sie nicht verpfiffen hatte. Es musste die Ärztin gewesen sein.

»Anna! Komm und hol dir deinen Hamburger!«

Sie steckte sich die Haare hinter die Ohren. Ihr Dad hatte ihre kurzen Haare nicht erwähnt. Sie wollte ihn fragen, ob sie damit ihrer Mutter tatsächlich so sehr ähnelte, wie sie dachte.

35

Sie kamen am späten Nachmittag bei ihrem Dad zu Hause an. Sobald Anna mit der Highschool fertig und von zu Hause ausgezogen war, hatte ihr Dad das Holzhaus in der Stadt verlassen und in einem Neubaugebiet am Stadtrand von Orange einen braunen Backsteinklotz gekauft.

Er zog ihren Koffer aus dem Kofferraum des Mietwagens. »Tja«, sagte er, »bringen wir dich mal rein.«

Sie stand auf der Veranda, während er die Haustür aufsperrte. Sein Rasen war ordentlich gemäht, und in der Mitte befand sich ein Rosenstrauch in einem runden, mit Backsteinen gesäumten Beet. Die Häuser in diesem Vorort wirkten auf Anna immer noch nichtssagend und farblos, selbst zwanzig Jahre nach ihrer Errichtung, selbst nachdem die Bäume gewachsen waren.

Er rollte ihren Koffer ins Gästezimmer. Gemeinsam richteten sie das Doppelbett mit der grünen Chenille-Tagesdecke her, die normalerweise auf dem Bett ihres Dads lag. Er schlug die Ecke der Bettdecke um, als wäre es ein Hotel.

»Bitte schön, Liebes. Ich gehe uns gleich eine Tasse Tee kochen. Dann bringe ich den Wagen zum Flughafen zurück und hole den Welpen von Lorraine ab.«

»Danke, Dad. Wie heißt der Welpe?«

Er lächelte verlegen. »Pup.«

Sie lachte. »Das kann ich mir merken. Darf ich bitte dein Telefon benützen?«

Er machte einen Schritt auf sie zu und legte sanft seine papiernen Hände an ihre Wangen. »Benütze alles, was du willst, Süße. Das hier ist dein Zuhause. Du brauchst nicht zu fragen.«

»Danke.«

Sie nahm das Telefon nach draußen in den Garten und stellte sich in den Schatten des Hauses. Die Luft diesseits der Great Dividing Range war so trocken und brachte eine dörrende Hitze mit sich, selbst Anfang März. Den langen rechteckigen Rasen ihres Dads säumte ein hoher Metallzaun. Seitlich entlang des Hauses war eine kurze Wäscheleine angebracht, und in der Mitte des Gartens stand ein Zitronenbaum, der sich unter dem Gewicht unreifer Früchte bog.

Dave ging sofort an den Apparat. »Anna?«

»Hi. Ich bin bei Dad zu Hause. Ich habe mich gefragt ... Kannst du herausfinden, wo Charlie ist?«

Er räusperte sich, und sie hörte, dass er auf und ab ging. »Nein. Kann ich nicht. Und ich kann nicht über den Fall sprechen. Höchstwahrscheinlich werde ich bei deinem Prozess als Zeuge vorgeladen.«

»Der Anwalt in Byron sagt, auch wenn ich auf Kaution freigekommen bin, besteht trotzdem die Möglichkeit, dass ich vielleicht ins Gefängnis komme. Siehst du das auch so? Ich weiß, dass du dich bei so was auskennst. Komme ich ins Gefängnis?«

Sie hoffte darauf, dass er ihr beruhigend zureden, dass alles wieder wie früher sein würde.

»Na ja, ich war noch nie Staatsanwalt bei einer Kindesentführung ....« Er hielt inne. »Also theoretisch, ja, möglicherweise kommst du ins Gefängnis.«

»Aber das ist verrückt! Ich habe sie beschützt.« Sie blickte zu den niedrigen Bergen in der Ferne. Sie wiesen einen verblichenen Grünton auf, als wäre die Farbe weggeschwemmt worden.

»Das Gesetz sieht das anders, Anna.«

»Aber Charlie hatte Schwierigkeiten. Ernsthafte Schwierigkeiten. Und alle Welt hat die Augen davor verschlossen, wie es immer ist, wenn jemand in Schwierigkeiten steckt. Ja, so ist es. Wir wollen uns nicht einmischen.« Sie wusste, dass sie schwafelte. »Wir überlassen es den ... den vermaledeiten Behörden. Aber wir sollten alle für die Kinder in unserem Umfeld verantwortlich sein. Wir alle.«

»Ich weiß, aber es geht nicht, dass ein Mensch mir nichts, dir nichts beschließt, ein Kind wegzuschaffen, Anna. Überleg doch mal! Irgendein x-beliebiger Mensch, der das Kind noch nicht einmal kennt, entscheidet, dass es seinen Eltern weggenommen werden sollte. Meinst du, bloß weil dieser x-beliebige Mensch glaubt, das Kind wäre gefährdet, geht die Sache in Ordnung? Die Gerichte werden das nicht stillschweigend hinnehmen, Anna. Und überhaupt, willst du das? Dass fremde Menschen einfach Kinder wegnehmen, weil *sie* glauben, dass die Kinder in Schwierigkeiten stecken oder in irgendeiner Gefahr schweben?«

»Denkst du das wirklich? Ich meine, du – Dave? Oder redet da der Staatsanwalt?«

»Du hast mich gefragt, ob ich denke, dass du vielleicht eine Haftstrafe bekommst. Und ich erkläre dir gerade, weshalb es nicht absolut unwahrscheinlich ist, dass das eintritt. Das habe ich dir von Anfang an gesagt, als du gerade erst ins Auto gestiegen warst. Trotzdem bist du mit ihr auf und davon gefahren. Du hast es die ganze Zeit über gewusst.«

Sie hörte ihm an, wie wütend er war, wütend, dass sie ihn in die Sache hineingezogen hatte. Und sie konnte es ihm nicht verübeln. Sie dachte an sämtliche Menschen, die sie mit hineingezogen hatte: Pat, Sabine, Beatie und Will, ihren Dad, Dave.

Er fuhr fort. »Ich hoffe, dass du keine Haftstrafe bekommst. Aber ich würde es verstehen, falls es passieren sollte. Und was den Staatsanwalt oder die Staatsanwältin angeht – wer auch immer das sein wird, und wie du dir vorstellen kannst, hält man die Sache von mir fern –, so besteht immerhin eine gewisse Chance, dass er oder sie in diesem besonderen Fall ebenfalls verständnisvoll sein wird. Aber die Sache hat größere Dimensionen, Anna. Denk an die ganzen Kinder, die ihren Eltern angeblich zu ihrem eigenen Besten entrissen worden sind.«

»Du meinst die Gestohlene Generation?«

»Ja. Unter anderem.«

»Das hier ist doch etwas ganz anderes! Charlies Zuhause war nicht sicher. Schmeiß nicht alles in einen Topf.«

»Aber sie hätte von Anfang an zu ihrer Großmutter gehen können, ohne dieses ganze Durcheinander und ohne, dass dir jetzt Gefängnis droht. Das Jugendamt hätte sie letztlich zu ihrer Großmutter gebracht.«

»Ist sie jetzt dort?«

Ihr Dad öffnete die Wettertür und reichte ihr eine Tasse mit starkem Tee. Er stellte pantomimisch dar, dass er den Hund abholen würde. Sie nickte.

»Herrgott, Anna! Ich kann nicht mehr weiter darüber reden. Ich bin ein verfluchter Zeuge. Du darfst doch nicht mit deinen Freunden im Norden reden, oder?«

»Nein.«

»Na, und mit mir darfst du überhaupt nur reden, weil wir eine Beziehung haben. Aber wir dürfen eigentlich nicht über den Fall reden. Du solltest wissen – und ich spreche hier im Allgemeinen –, dass Richter und Richterinnen nicht gerade begeistert sind, wenn Bürger das Gesetz in die eigene Hand nehmen. Ein Richter oder eine Richterin ist an das Gesetz gebunden und an die Gerichtsurteile, die in früheren Prozessen gefällt wurden. Er oder sie kann dich nicht davonkommen lassen, weil er oder sie Verständnis für dein Verhalten hat. Wie dem auch sei. Das reicht. Wir können uns jetzt nicht darüber unterhalten.« Er hielt inne. »Was wirst du jetzt tun, bei deinem Dad zu Hause? Arbeit suchen?«

»Ich werde Monica anrufen und sehen, ob sie was für mich hat. Ich werde herumtelefonieren.«

»Gute Idee. Ich habe sie einmal unten am Strand gesehen.« Er seufzte. »Schau mal, es tut mir leid, dich derart zu erschlagen, aber du solltest realistisch einschätzen, was du getan hast und was vor dir liegt. Ich werde dir die Nummer einer Strafverteidigerin simsen, von der ich glaube, dass sie am besten für dich wäre. Allerdings ist sie nicht billig. Hast du Ersparnisse?«

»Ja, habe ich. Ich schaff das schon. Es tut mir leid, dass ich die ganze Sache in dein Leben und an deinen Arbeitsplatz getragen habe. Ich bin mir sicher, das ist … nicht einfach.«

»Nein.« Einen Moment lang schwieg er. Als er erneut ansetzte, klang seine Stimme sanft. »Hast du darüber nachgedacht, zu Besuch nach Sydney zu kommen? Wie wäre es mit diesem Wochenende? Aber wir können nicht über deinen Fall reden, okay?«

»Ich glaube, dieses Wochenende muss ich hierbleiben. Danke. Bloß um … mich auszuruhen.«

Im Haus legte sie sich auf das Gästebett und sah aus dem Fenster. Dave behauptete zu Unrecht, sie befürworte es, wenn Bürger das Gesetz in die eigenen Hände nahmen, aber sie fand sehr wohl, dass die Leute sich abwandten, wenn ein Mitmensch Hilfe benötigte. Sie hatte es selbst schon getan.

Wir wollen bloß nicht an das Leid anderer Menschen erinnert werden, dachte Anna, *weil ihre Pein unsere eigene Verletzlichkeit zu dicht an die Oberfläche bringt.*

36

Der Polizist am Empfang des Reviers von Orange sah aus wie etwa neunzehn Jahre.

»Ich muss mich dreimal die Woche hier melden«, erklärte sie. »Das hier ist mein erster Tag.«

Es war das ehemalige Revier ihres Dads. In ihrer Kindheit war sie unzählige Male hier gewesen, aber jetzt kannte sie keinen einzigen der Mitarbeiter mehr.

»Bitte warten Sie einen Moment dort drüben.« Er deutete auf einen Stuhl und konsultierte ein Ringbuch aus dem Regal hinter sich.

Sie setzte sich auf den Hartplastiksitz und fragte sich erneut, wer sie verpfiffen haben mochte. Bei der Polizistin in Byron hatte sie sich zwar danach erkundigt, doch diese hatte nur den Kopf geschüttelt. »Das kann ich nicht verraten.«

»Aber es war eine Privatperson?«, hatte Anna gefragt.

»Ja. Das schon.«

»Haben Sie einen Mann mit Fernglas in die Nähe von meiner Hütte in die Berge geschickt? Am Tag davor?«

Die Polizistin lächelte flüchtig. »Ja. Es besteht kein Grund, weshalb ich Ihnen das nicht sagen sollte. Wir mussten sichergehen, dass Sie es waren.« Sie schien bemüht darum, nicht allzu sehr zu lächeln. »Sie haben ihn also bemerkt?«

»Ich nicht. Aber ein Kind aus der Nachbarschaft.«

Der junge Polizist auf dem Polizeirevier von Orange rief sie zu sich und wies auf ein kleines Gerät von der Größe ihres nagelneuen iPhones.

»Bitte drücken Sie da den Daumen drauf«, sagte er. Der Bildschirm war ein wenig fettig.

»Warten Sie kurz, dann gebe ich Ihnen einen Beleg.« Er reichte ihr einen dünnen Papierstreifen.

Ihr Dad wartete in seinem Stammcafé und hatte ihr einen überdimensionalen Muffin mit Schokostückchen und einen Latte bestellt. Als sich Anna setzte, kam gerade eine Frau mit einem Mädchen herein, das ungefähr in Charlies Alter war. Es hatte genau die gleiche hohe, gewölbte Stirn. Sorge packte Anna. Ging es Charlie gut?

»Wie ist es gelaufen?«, erkundigte sich ihr Dad und reichte ihr eine Serviette von dem Spender auf dem Tisch.

»Es war unkompliziert. Ich hinterlasse nur einen Daumenabdruck, und das war's.« Sie rührte ihren Kaffee um. »Dad, kannst du mir etwas erzählen, das Mum und ich früher gemeinsam gemacht haben? Als ich noch klein war.«

Er sah sie einen Moment lang ausdruckslos an. Um sie herum wogten Geplapper und Cafégeräusche. Anna war entschlossen, das Schweigen nicht zu brechen, doch als er den Blick auf seinen Cappuccino senkte, verspürte sie einen Stich. War es unfair, dass sie ihn zwang, an diese schmerzhaften Erinnerungen zu rühren? Nein, er sollte ihr nur dieses eine Mal etwas erzählen.

»Na ja, ich erinnere mich noch, wie du und deine Mum, wie ihr am Küchentisch Stunden damit verbracht habt, Elfen zu zeichnen, sie auszuschneiden und mit Tesafilm überall im Haus an versteckte Stellen zu kleben. Unter den Esstisch, unter dein Bett. In die Gefriertruhe.«

Anna hatte eine ganz vage, schemenhafte Erinnerung daran, wie sie unter ihrem Bett lag und etwas an die Holzlatten über sich klebte.

»Ich habe ein paar im Wäscheschrank gefunden, als ich aus dem Haus ausgezogen bin.«

»Echt? Du hast sie zehn Jahre später gefunden?«

»Ja. Sie waren total ausgeblichen, aber noch zu erkennen.«

Tränen traten Anna in die Augen. »Warum hast du sie nicht für mich aufgehoben?«

»Hättest du diese kleinen Papierfetzen denn wirklich haben wollen?«

»Ja.«

Der Welpe winselte laut in der Nacht. Ihr Dad rührte sich nicht, seine Hörgeräte lagen neben ihm auf dem Nachttisch. Nach einer halben Stunde stand Anna auf und setzte sich auf den Boden der dunklen Waschküche neben Pups Korb. Sie tätschelte seinen seidigen Kopf, und schon bald war er wieder eingeschlafen, leise schnüffelnd, die Beine kaum merklich zuckend. Sie öffnete die Hintertür in den Garten und sah zu den Sternen hinaus. Es war still da draußen, ohne den beruhigenden Lärm des Regenwalds.

In den letzten Tagen hatte sie gespürt, wie sich allmählich wieder ein vertrautes Gefühl in ihr breitmachte, etwas, das noch aus der Zeit vor Charlie stammte. Es war ein Gefühl, vor sich hinzutreiben und noch nicht einmal mit dem Gedanken zu spielen, gegen den Strom anzuschwimmen. Sie war fest entschlossen, das nicht zuzulassen.

An der Arbeitsfläche in der Küche klappte sie den Laptop auf und suchte im Telefonbuch nach *Seybold*. Natürlich könnte Gabbys Mutter einen anderen Nachnamen als Gabby haben. Sie könnte eine Smith oder eine Brown sein. In ganz Australien waren vier Seybolds aufgeführt. Anna tippte darauf, dass die Großmutter in einer weniger wohlhabenden Gegend leben würde, weshalb sie die Adressen in Sydney und

Perth ausschloss. Sie suchte bei Google Maps nach der südaustralischen Adresse, und Street View zeigte eine schön erhaltene Villa im Föderationsstil. Die Adresse an der Gold Coast zeigte eine Einfahrt in eine Sozialsiedlung, die aus kleinen weißen Backsteinreihenhäusern bestand.

37

Anna brauchte zwei Wochen, um den Elan aufzubringen, nach Sydney zu fahren und Dave zu besuchen. Sie verließ Orange um halb sechs am Samstagmorgen, fuhr über die Berge und durch den Stau bis nach Bondi. Ihr Dad hatte sich mit Pat in Verbindung gesetzt und organisiert, dass jemand ihren Wagen nach Orange brachte. Er sagte, Pat sei am Telefon absolut freundlich gewesen, habe jedoch müde geklungen, und im Hintergrund habe das Baby geschrien.

Der einzige Parkplatz, den Anna finden konnte, befand sich fünf Blocks von Daves Haus entfernt. Auf den Gehsteigen wimmelte es von Leuten auf dem Weg zum Frühstück in einem Café oder runter zum Strand, um eine Runde zu schwimmen. Jeder hatte es eilig, keiner sah den anderen an, und sie musste in den Rinnstein treten, um einem Kind auszuweichen, das auf einem Skateboard vorüberglitt. Und dann stand Dave direkt vor ihr. Sie hatte vergessen, wie groß er war und wie sanft er küsste.

Er zauste ihre Haare. »Ich mag deine neue Frisur.«

Sie lächelte. »Oh, danke. Du hättest sie sehen sollen, bevor ich einen Profi habe nachschneiden lassen.«

In seinem Apartment reichte er ihr ein Glas kalten Grapefruitsaft. »Ich mache Croissants mit Schinken und Käse. Warte, bis du diese Croissants probiert hast!«

»Okay.«

Sie telefonierten jeden zweiten Abend miteinander. Manchmal rief er sie erst um Mitternacht an. Dave und sie durften nicht über den Fall sprechen, also kam es, dass sie einander von ihrer Kindheit erzählten. Sie hatte ihm von ihrer Mutter erzählt und er ihr von der Scheidung seiner Eltern.

Jetzt saß sie an seiner Kücheninsel und beobachtete, wie er sich in seinen Badeshorts durch die Küche bewegte, und er wirkte nicht wie der Mensch, mit dem sie diese spätabendlichen Gespräche geführt hatte.

Während er die Kaffeebohnen mahlte, sah Anna nach hinten aus dem Fenster und erblickte in der Nähe des Zauns eine Ansammlung ihrer Terrakottatöpfe. Sie hatte vorgehabt, ein paar Töpfe mit nach Orange zu nehmen, entschied jedoch, sie hierzulassen. Offensichtlich hatte er die Pflanzen gegossen, und sie sahen grün und glücklich aus. Sie fand die Vorstellung, diese Pflanzen in den kahlen Garten ihres Dads zu verfrachten, unerträglich.

Sie saßen zum Essen auf seinem Balkon, und der Ozean glitzerte durch eine Häuserlücke.

»Hast du schon einen Termin bei Lindy?«, fragte Dave mit vollem Mund.

»Ja. Ich habe mit ihrer Kollegin gesprochen. Mit Lindy selbst werde ich mich treffen, sobald die Polizei die Beweisakte schickt.« Er war zusammen mit dieser Spitzenanwältin, die 7000 Dollar pro Prozesstag verlangte, auf die Uni gegangen.

Dave legte die Füße aufs Geländer. »Wie geht es dir? Du siehst ein bisschen dünn aus und ... traurig.«

»Ja. Ich fühle mich ziemlich ... verloren.«

Auf der Fahrt über die Berge hatte sie das Wort immer wieder vor sich hin gesagt. Die rollende Mitte und der sanfte, sich verlierende Auslaut des Worts vermittelten alles, was sie nicht auszudrücken vermochte. »Aber ich weiß, dass sie sich vielleicht nicht verloren fühlt, wegen mir, meine ich. Es ist in Ordnung, wenn es einseitig ist. Eigentlich ist es besser so, wenn sie abgesehen von ihrer Mutter nicht auch noch mich vermisst. Ich will nur wissen, dass es ihr bei ihrer Großmutter gut geht. Dass sie gut behandelt wird. Wenn ich bloß bei ihrer Großmutter zu Hause Mäuschen spielen könnte ... Ich habe nachgesehen, wo sie wohnt. Es ist ein ungewöhnlicher Nachname.« Sie spielte am Henkel ihrer Kaffeetasse herum.

Dave stellte seine Kaffeetasse ab. »Sei sehr vorsichtig. Tu nichts, was gegen deine Kautionsauflagen verstoßen könnte. Kein Kontakt bedeutet kein Kontakt.« Er sprach leise, und ihm war anzuhören, dass er sich zurückhielt.

»Ich weiß. Keine Sorge, ich werde nichts tun, was mich ins Gefängnis bringt. Sechs Stunden in einer Zelle haben mir gereicht.« Sie seufzte. »Ich will bloß wissen, dass es ihr gut geht. Ich vermisse sie nämlich wirklich.«

Er schenkte ihr ein kleines Lächeln. »Du liebst sie.«

»Ja.« Sie nickte. Dave saß still da, während sie weinte.

Sie liebten sich auf dem Sofa, und das Gefühl, als er in sie eindrang, war beinahe schmerzhaft in seiner Zartheit, und sie konnte die Befürchtung nicht unterdrücken, dass es ihr letztes gemeinsames Mal sein würde. Später schlief er auf ihr ein, und sie lag ein paar Minuten da, schob sich dann unter ihm hervor und ging ins Badezimmer. Anschließend goss sie sich Grapefruitsaft ein, stand da und sah ihm beim Schlafen zu.

Am Esstisch öffnete sie seinen Laptop und sah sich auf Google Maps erneut das Bild von dem Haus an, von dem sie mit Sicherheit annahm, dass es sich um das Zuhause von Charlies Großmutter handelte.

38

Anna und ihr Dad aßen vor dem Fernseher gegrillte Lammkoteletts mit Kartoffelbrei, und der Welpe lag eingerollt zu Füßen ihres Dads. Ihr Dad stieß mit der Gabel in Richtung Fernsehbildschirm. »Schau dir diesen Idioten an! Meine Stimme kriegt der nicht.«

»Nein, meine auch nicht. Wie viel Salz hast du in den Brei getan, Dad?«

»Ja, tut mir leid. Es ist ein bisschen schnell rausgekommen. Wenn du noch etwas nachpfefferst, kaschiert das ganz gut.«

Sie lachte. »Woher hast du denn den Einfall?«

»Ach, weißt du … langjährige Erfahrung.« Er lächelte und strich mit einem in einem Pantoffel steckenden Fuß über den Rücken des Welpen.

In der Küche klingelte das Telefon. Ihr Dad seufzte und nahm seinen Teller mit, um an den Apparat zu gehen. Anna stellte den Fernseher mithilfe der Fernbedienung auf stumm.

»Ja, selbstverständlich. Einen Augenblick, bitte.«

Mit gerunzelter Stirn reichte er Anna das Telefon. Er hasste Anrufe zur Abendessenszeit.

»Hallo?«, meldete sich Anna.

»Sie sind Anna Pierce?« Die Frau hatte eine raue Stimme.

»Ja. Am Apparat.«

»Ich bin Prue Seybold. Charlies Oma.«

O Gott.

»Hallo.« Sie stand auf und stellte den Teller auf das Sideboard, doch das Messer glitt zu Boden. »Woher haben Sie meine Nummer?« Sie hob das Messer auf. Würde das Gericht das hier als Kontaktaufnahme werten?

»Ich habe bei anderen Pierces in Orange angerufen, und die haben mir Ihre Nummer gegeben.«

»Oh.« Anna ging in die Küche. »Lebt sie bei Ihnen?«

»Ja. Ich dachte, das wissen Sie.«

»Wie geht es ihr?«

Die Frau atmete keuchend aus. »Ach, ich weiß nicht, was ich sagen soll. Gut ist sie nicht beieinander, nicht wahr?« Sie hielt inne. »Sie verlangt ständig nach Ihnen. Sie müssen herkommen.«

Anna schloss die Augen und ließ einen Moment lang die Vorstellung, Charlie zu sehen, in sich aufflackern.

»Ich darf sie nicht sehen. Das verstößt gegen meine Kautionsauflagen.«

Anna warf einen Blick ins Wohnzimmer. Ihr Dad hatte den Fernseher immer noch stumm geschaltet. Er hörte mit.

»Tja, Kautionsauflagen kümmern mich einen feuchten Kehricht. Sie müssen herkommen, meine Liebe.« Sie hustete. »Glauben Sie mir, ich werde keinem verraten, dass Sie hier waren. Denn dieses kleine Mädchen muss Sie unbedingt sehen.« Sie seufzte. »Gestern ist sie weggelaufen oder hat es zumindest versucht. Ich bin nicht … Es ist ein verdammtes Chaos, ehrlich. Dank ihrer verfluchten Mutter und diesem Freund.«

Anna wollte Charlie mehr als alles auf der Welt sehen, sicherstellen, dass es ihr gut ging, nachsehen, ob sich diese Großmutter – die sie mittlerweile seit drei Wochen bei sich hatte – um sie kümmerte, aber, *Mist,* sie wollte nicht im Gefängnis landen. Wie konnte sie darauf vertrauen, dass diese Frau sie nicht verpfeifen würde? Möglicherweise wollte sie Anna sogar eine Falle stellen.

»Wann können Sie herkommen?« Die Großmutter ließ den Satz nicht wie eine Frage klingen.

»Kann ich bitte mit Charlie sprechen?« Anna wollte nur ihre Stimme hören.

»Sie schläft.«

»Oh.« Es war erst sieben Uhr.

»Sie ist auf dem Sofa eingeschlafen. Sie ist nicht daran gewöhnt, in die Schule zu gehen.«

»Dann geht sie jetzt also in den Kindergarten?«

»Ja. Vorschule nennt sich das hier. Gleich die Straße runter. Nette kleine Einrichtung.«

»Wo sind Sie, Prue? Wo wohnen Sie?«

»Nerang.« Das war das Haus an der Gold Coast, das Anna auf Google Maps gesehen hatte.

»Könnte ich morgen früh zurückrufen und mit ihr sprechen? Vielleicht kann ich mit ihr reden und …« Sie versuchte, die Tränen hinunterzuschlucken, aber die Frau merkte bestimmt, dass sie weinte. »Ich kann nicht kommen und sie sehen. Ich will nicht ins Gefängnis.«

Prue flüsterte. »Ich werde es keinem verraten.«

»Geben Sie mir Ihre Nummer, und ich rufe morgen früh an.«

Anna notierte die Nummer auf dem Telefonblock ihres Dads und steckte sie, nachdem sie aufgelegt hatte, in die Tasche. Sie wischte sich die Augen mit einem Geschirrtuch ab. Es war Wahnsinn, mit dem Gedanken zu spielen, Charlie zu besuchen. Sie nur anzurufen war wahrscheinlich schon ein Verstoß.

Als sie sich wieder hinsetzte, richtete ihr Dad zwar die Fernbedienung auf den Fernseher, drückte aber nicht auf die Lautstärketaste. »Wer war das?«

Sie griff nach ihrer Gabel. »Das war Charlies Großmutter.«

Er sah sie mit verengten Augen an. »Was hat sie gewollt?«

»Klingt, als würde sie eine schwere Zeit durchmachen.«

Er nickte und ließ einen Daumen über die Tasten auf der Fernbedienung gleiten. »Mach keine Dummheiten, Annie.«

»Mach ich nicht.« Sie hielt den Blick auf die Nachrichten gerichtet und schob sich mit der Gabel den Kartoffelbrei in den Mund. *Gut ist sie nicht beieinander, nicht wahr? Sie müssen herkommen.* Und wenn die Großmutter Charlie wehtat und der Anruf ein Hilfeschrei war? Anna zwang sich, sich vorzustellen, wie das kleine Mädchen zusammengerollt dalag, sicher auf einem Sofa schlafend, irgendwo an der Gold Coast.

39

Am nächsten Morgen ging Charlie ans Telefon, ihre Stimme hoffnungsvoll. »Bist du's, Anna?«

»Ich bin's, Süße.« Anna stand hinten im Garten ihres Dads, in der Nähe des rückwärtigen Zauns. Zu ihren Füßen kaute der Welpe an einem Stock. »Wie geht es dir?«

»Kannst du herkommen? Oma hat gesagt, du kannst kommen.« Sie klang den Tränen nahe.

»Oh, ich darf dich nicht besuchen. Die Polizei sagt, dass ich es nicht darf.« Sie ließ den Blick zu den fernen Bergen schweifen. *Denk gar nicht erst darüber nach, Anna.*

»Ich will, dass du herkommst, Anna«, flüsterte Charlie. »Ich will, dass du mir Pfannkuchen machst.«

»Denkst du an den unsichtbaren Faden, der uns verbindet, selbst wenn wir voneinander getrennt sind?«

»Aber ich will dich in echt sehen.«

»Ich weiß.« Sie atmete tief aus und ließ den Blick auf den Bergen ruhen. »Deine Oma hat gesagt, dass du in die Vorschule gehst. Wie ist das?«

»Okay.«

»Hast du eine Schuluniform?«

»Ja.« Ihre Stimme klang eintönig.

»Wie ist es so, bei deiner Oma zu leben?« Natürlich könnte Prue gleich danebenstehen und zuhören. Anna wünschte, sie hätte die Frage nicht gestellt.

An Charlies Ende herrschte Schweigen, bloß das Lärmen eines Fernsehers. Dann flüsterte Charlie: »Bitte komm her. Bitte.«

Anna schloss die Augen.

Das Telefon gab ein dumpfes Geräusch von sich. »Anna?« Es war Prue.

»Hallo. Guten Morgen.« Der Welpe stupste Annas nackten Fuß mit der Schnauze an.

»Ich werde es keinem verraten, Anna.« An diesem Morgen war Prue schroffer. »Dieses Wochenende. Sie müssen dieses Wochenende herkommen.«

In der Nacht hatte sich Anna ausgerechnet, wie lange es dauern würde, nach Sydney zu fahren und nach Norden zu fliegen. »Ich komme morgen. Samstag. Rechnen Sie am späten Vormittag mit mir.«

Das Flugzeug war voller Familien auf dem Weg in den Urlaub. Die Kinder, die vor Anna saßen, kreischten, als es beim Landeanflug zu Turbulenzen kam, und jubelten nach der Landung.

Sie mietete den billigsten, kleinsten Wagen, den es gab. Zwar musste sie ihre Kreditkarte für eine Kaution herzeigen, bezahlte aber bar. Die Straßenkarte auf ihrem Handy verwies sie nach Norden, die Autobahn hoch und zu der kleinen Sozialsiedlung aus weißen, einstöckigen Backsteinhäusern, die sie auf Google Maps gesehen hatte. Die Siedlung sah älter und weniger gut gepflegt aus als im Internet.

Sie parkte ein Stück entfernt von Prues Hausnummer am Straßenrand, und als sie zurückging, ließ sie den Blick über die Autos schweifen. Auch wenn die Polizei wohl kaum direkt vor der Haustür parken würde, falls sie darauf wartete, Anna beim Verstoß gegen ihre Kautionsauflagen zu ertappen.

Zwei Jungen ungefähr in Mackys Alter, mit Handtüchern um den Nacken, fuhren auf Fahrrädern vorbei, und eine alte Frau mühte sich mit Plastikeinkaufstüten ab.

In der Einfahrt hielt Anna inne. Sie könnte ebenjetzt kehrtmachen, zum Flughafen fahren und das nächste Flugzeug zurück nach Sydney nehmen. Das wäre das Klügste. Allerdings rechnete Charlie mit ihr.

Sie ging den Weg entlang, an Gartenbeeten voller Rindenmulch vorüber, und musste über ein ausgeblichenes Plastikdreirad steigen. Sie erreichte Haus Nummer fünf, atmete zweimal tief durch und klopfte an die Tür. Aus dem Innern drang kein Geräusch. Während sie noch einmal klopfte, blickte sie sich um, ob jemand sie beobachtete. Halb erwartete sie, dass ein Polizist um die Ecke käme. Der Geruch von etwas Würzigem, das gerade gekocht wurde, drang aus einem der anderen Häuser, und sie hörte einen Fernseher.

Eine sehr dünne dunkelhaarige Frau schlug die Tür des Nachbarhauses zu. Sie schirmte die Augen vor der Sonne ab und spähte zu Anna herüber. »Ich habe gesehen, wie sie vorhin weggegangen ist. Keine Ahnung, wie lange sie weg sein wird.«

»Oh, okay.« Anna lächelte. »Dann schaue ich später noch mal vorbei.«

Die Frau sperrte ihre Tür zu. Sie trug ein geblümtes Sommerkleid und zog einen Einkaufstrolley hinter sich her. Anna wollte sich nach Charlie erkundigen und fragen, ob die Frau je Weinen oder Geschrei zu hören bekäme, doch sie nickte nur, als die Frau ihren Trolley vorbeizog und das Dreirad mit dem Fuß auf den ungepflegten Rasen schob.

Nachdem die Frau außer Sichtweite war, sah Anna durchs Küchenfenster. Gleich unterhalb des Fensters stand eine Packung Frühstückscerealien auf der Arbeitsfläche, und sie konnte bis in einen kleinen Wohnbereich hindurchsehen, der mit Sesseln und einer großen Schrankwand vollgestellt war. Der Fernseher war an, aber stumm geschaltet. An der Lehne eines Essstuhls hing eine pinkfarbene Kinderkapuzenjacke.

Auf dem Weg zurück zum Wagen erblickte Anna auf dem Gras große glänzende Blätter, die sorgfältig in Form eines Sonnenrads angeordnet waren. Sie ging in die Hocke und legte zwei Blätter zurecht, die verrutscht waren, und schob die kleine rosafarbene Lillypillybeere in die Mitte zurück.

Sie saß schwitzend in ihrem Wagen, mit heruntergelassenen Fenstern, und überlegte, ob sie zum Flughafen zurückfahren sollte. Es war das Vernünftigste. Nach zehn Minuten sah sie in der Ferne eine Frau und ein Kind näher kommen.

Charlie.

Tränen stiegen hoch und schnürten ihr schmerzhaft die Kehle zu. Sie würde die kleine Gestalt überall wiedererkennen, diese dürren Beine, dieser Gang. Sie stieg aus dem Wagen und holte tief Luft. Falls die Polizei auf sie lauerte, saß sie längst in der Klemme, also brachte ein Rückzieher jetzt sowieso nichts mehr.

Die beiden kamen langsam voran. Die Großmutter war übergewichtig und benutzte einen Rollator. Charlie trug in jeder Hand eine Einkaufstasche und hatte zu kurze pinkfarbene Shorts und ein violettes Top an.

Als Anna sich ihnen näherte, starrte Charlie sie an und senkte dann den Blick auf die Füße.

Anna nickte der Großmutter lächelnd zu, dann ging sie vor dem Mädchen in die Knie. Der Gehsteig war heiß unter ihren Knien.

»Hi, Charlie.«

Das Mädchen sah immer noch nach unten. »Du bist hergekommen«, sagte es leise.

»Ja, ich bin hergekommen. Kann ich dir die Taschen abnehmen?«

Charlie reichte Anna die Taschen. Sie hatte jetzt einen schiefen, kurzen Pony.

»Es ist wirklich schön, dich zu sehen«, sagte Anna in der Hoffnung, Charlie werde aufblicken, damit sie ihr in die Augen sehen könnte.

Anna erhob sich, die Taschen in einer Hand. »Hallo, Prue.«

Charlies Großmutter lehnte schwer auf dem Rollator. Ihr Gesicht war blass und verschwitzt, und sie nickte heftig in Annas Richtung, als fehle ihr die Kraft zu reden. Sie wedelte mit einer geschwollenen, krummen Hand herum.

»Gehen wir rein, meine Liebe. Bloß raus aus der Sonne.« Sie reichte Charlie einen Schlüsselbund, und Charlie lief den Weg zu ihrem Hauseingang vor.

Anna konnte etwas von Gabby in der Großmutter sehen, in den hohen Wangenknochen und dem spitzen Kinn. Sie hatte kurze, leicht ergraute Haare und trug ein langes violettes Kleid.

»Gehen Sie nur mit ihr vor, meine Liebe.« Prues Stimme wies den schroffen Tonfall eines Menschen auf, der Schmerzen litt.

Charlie wartete in der offenen Tür des Hauses und sah zu, wie Anna den Weg entlangkam. Das Mädchen hatte dunkle Schatten unter den Augen und sah dünner aus.

»Du trägst schicke Ohrringe«, sagte Charlie und verschwand im trüben Hausinnern.

Anna trat ein. Die Luft roch ein wenig säuerlich, aber es war kühler als im Freien. Der kleine Wohn- und Essbereich war mit zwei Sofas, einem Sessel und einem hölzernen Esstisch völlig überfrachtet. Auf einem Sofa stapelten sich Zeitungen, Zeitschriften und Schuhkartons, und die Wände waren mit gerahmten Bildern bedeckt, einschließlich zwei großen Fotos, bei denen es sich um Gabby als Teenager handeln musste. Ihr Gesicht war viel voller, und sie lächelte scheu.

Prue stellte den Rollator neben der Tür ab und ging an Anna vorbei in die kleine Küche. »Möchten Sie eine Tasse Tee?«

»Sehr gerne, danke.«

Charlie erschien mit zwei der Holzpuppen, die Pat ihr gemacht hatte. Anna verspürte geradezu rührselige Dankbarkeit gegenüber dem Polizisten, der zur Hütte zurückgekehrt sein und nach Charlies Sachen gesucht haben musste.

»Nehmen Sie Platz, Anna, auf der Couch«, sagte Prue, während sie den Wasserkocher anschaltete. »Charlie, hol doch die Milch aus dem Kühlschrank, ja?«

Anna setzte sich auf das Sofa. Charlie holte die Milch und setzte sich dann neben sie. Das Mädchen steckte sich die Puppen unter das T-Shirt, klemmte die Hände zwischen die Oberschenkel und richtete den Blick starr auf den tonlosen Fernseher.

Anna beugte sich zu Charlie und sprach leise. »Ich habe dich so sehr vermisst, Süße.«

Charlie blickte zu ihr auf und dann wieder zurück zum Fernseher. Sie spielte am Saum ihrer pinkfarbenen Shorts herum, die ihr in die Beine schnitten.

Aus der Küche ertönte das Rascheln einer Keksverpackung, die geöffnet wurde, und dann rief Prue: »Können Sie herkommen und die Teetassen holen, Anna?«

Anna trug die beiden Tassen ins Wohnzimmer und stellte Prues auf den Tisch neben dem großen verstellbaren Lehnstuhl. Am liebsten hätte sie Charlie auch etwas zu trinken angeboten, aber dazu hatte sie jetzt keine Befugnis mehr.

Prue stellte einen Teller mit Schokokeksen auf den Couchtisch und ließ sich in den Lehnstuhl sinken.

»Bedienen Sie sich, Anna. Ich soll keine essen. Und du kannst auch einen haben, Charlie, und dann geh spielen, Liebes.«

»Nein«, sagte Charlie in mürrischem Tonfall. »Sie ist gerade erst gekommen.«

Prue wies nachdrücklich mit dem Finger in den Flur. »Geh spielen!« Ihre Stimme war eisern. »Du hast mich gehört!«

Anna verspürte Sorge und rutschte auf dem Sofa dichter an Charlie heran. Das Mädchen hielt den Blick starr auf den Fernseher gerichtet, den Mund entschlossen verzogen.

Mit zu Schlitzen verengten Augen beugte sich Prue vor. »Zwing mich nicht dazu aufzustehen, Charlie. Geh auf dein Zimmer.«

»Also, vielleicht kann Charlie mir ja ihr Zimmer zeigen«, sagte Anna vorsichtig. »Und danach können wir uns unterhalten, Prue.«

Prue seufzte. »Schön.« Mit einer geschwollenen Hand griff sie nach ihrer Teetasse.

Ein dunkelblauer, durchscheinender Vorhang verlieh dem Zimmer ein eigenartiges Licht, und die abgestandene Luft roch nach Urin. Charlie ließ sich mit einem Keks in der Hand aufs Bett plumpsen. Bunny lehnte hinter ihr am Kopfkissen.

»Sie wird mir ein neues Schloss besorgen«, sagte Charlie. »Meins ist verloren gegangen …«

Anna konnte sich gut vorstellen, wie Gabby sich aus dem Staub gemacht und alles zurückgelassen hatte. »Oh, das ist gut. Hat die Polizei dir die Puppen gegeben?« Sie deutete auf die Wölbung unter Charlies T-Shirt.

Das Mädchen nickte. »Hast du Macky gesehen?«

»Nein.«

Charlie sprach mit vollem Keksmund. »Können wir zurückgehen?«

»Zu Pat? Auf die Hütte?« Anna setzte sich neben sie auf das durchhängende Bett.

Charlie nickte.

»Nein. Ich kann dich nicht dorthin bringen, tut mir leid. Ich soll dich eigentlich überhaupt nicht sehen. Du darfst niemandem verraten, dass ich heute hier bin. Okay? Du darfst es wirklich keinem sagen.« Sie war es leid, Charlie zum Lügen aufzufordern.

»Weil du sonst Ärger kriegst?«

»Stimmt.«

Sie nickte. »Das hat mir Oma gesagt. Wir dürfen der Frau vom Sozialamt nichts verraten.«

O Gott. »Wer ist die Frau vom Sozialamt?«

»Sie hat mich hergebringt.«

»Aha.«

Charlie wischte die Finger an der Tagesdecke ab. »Erinnert sich Macky noch an mich?«

»Ja. Da bin ich mir sicher. Genau wie ich es tue. Ich denke jeden Tag ganz oft an dich.«

»Mummy wollte kommen, aber sie hat ihren Flug verpasst.«

»Hast du deine Mummy denn gesehen?«

»Nein.« Sie nagte an ihrer Lippe. »Ich habe mit ihr telefoniert. Oma hat sie angeschrien.« Anna hörte, wie Prue im Wohnzimmer durch die Kanäle zappte.

Anna streckte die Hand aus und strich sanft Charlies büscheligen Pony aus ihrer Stirn. Sie sprach sehr leise. »Wie ist es, bei deiner Oma zu wohnen?«

Charlie zuckte die Schultern, aber ihr stiegen Tränen in die Augen. Sie senkte den Blick auf den Schoß.

»Vorhin hat sie ein bisschen sauer geklungen. Wird sie oft sauer auf dich?«

Charlie nickte, den Mund nach unten gezogen.

Anna schluckte und sprach ganz leise. »Schlägt sie dich manchmal?«

Charlie schniefte. »Sie … haut mich hinten auf die Beine.«

»Kannst du mir zeigen, wo?«

Charlie streckte das Bein aus und drehte sich zur Seite. Anna konnte keine Blutergüsse erkennen. »Hat sie dich noch woandershin geschlagen?«

Charlie schüttelte den Kopf. »Sie sagt, sie besorgt mir das Schloss nicht, wenn ich ungezogen bin.«

»Soll ich dich in den Arm nehmen?« Anna wollte Charlie unbedingt halten.

Charlie schüttelte den Kopf, ließ sich zu Boden gleiten und lehnte sich mit angezogenen Knien ans Bett. Anna ließ sich ebenfalls vom Bett gleiten, hielt aber etwas Abstand zwischen ihnen.

»Als wir uns das letzte Mal gesehen haben, ist die Polizei gekommen. Es tut mir leid, dass sie dich so ganz allein weggebracht haben. Ich wäre mitgekommen, wenn es möglich gewesen wäre.«

»Bleibst du heute Nacht hier?«

»Nein, ich muss nach Hause.«

»Ich wünschte, du könntest bleiben.« Sie drehte sich Anna zu, um sie anzusehen, die Augen feucht.

Anna streichelte ihr Gesicht. »Ich wünschte auch, dass es ginge.«

»Sind Sie eigentlich verheiratet?« Prue saß Anna gegenüber am Esstisch, die Hände auf der weißen Spitzentischdecke. Hinter ihr drehte sich ein Standventilator hin und her und brachte Prues kurzes Haar durcheinander und die Papiere auf dem Tisch, die mit kleinen Dosen Baked Beans beschwert waren, zum Rascheln.

»Nein, ich bin nicht verheiratet.«

Prue hatte zum Mittagessen Tomatenbrote gemacht, und Charlie hatte ihres vor dem Fernseher gegessen. Anna ließ der Gedanke nicht los, dass Prue Charlie auf die Beine schlug. Wenn Prue Charlie schlug, was konnte Anna tun? Nichts. Nichts.

»Und Ihr Dad wohnt in Orange«, sagte Prue. »Was ist mit Ihrer Mum?«

»Meine Mum ist gestorben, als ich acht war.«

Die durchdringenden, schrillen Stimmen der Cartoonfiguren gingen Anna an die Nerven, und sie fragte sich, ob es Charlie auch so erging. Allerdings hatte Charlie wahrscheinlich viele Hundert Stunden vor dem Fernseher gesessen, bevor sie Anna begegnet war. Die drei Monate bei Anna stellten lediglich einen kurzen Moment in Charlies Leben dar.

Prue griff nach einem Keks und drehte ihn herum. »Sie macht dauernd diese Kreisdinger. Sie benützt Blätter und solches Zeug und sogar Müll von der Straße. Für mich ist das Voodoo. Und sie weiß, dass ich das Zeug nicht mag, also versteckt sie es, unter ihrem Bett und draußen und so. Sie sagt, Sie hätten es ihr beigebracht.«

»Oh. Eigentlich war das ein kleiner Junge dort, wo wir gewohnt haben …« Anna musste sich räuspern. »Er hat sie immer gemacht. Aus Blättern und Beeren und Zeug. Eigentlich ist es … *Kunst.*«

»Kunst?« Prue lächelte. »Verstehe.« Sie legte den Keks auf den Teller zurück. »Sie hat im Park ein kleines Dickicht gefunden. Wenn ich es zulassen würde, würde sie den ganzen Tag dort hocken. Mit dem Rollator brauche ich eine Viertelstunde dorthin. Eines Tages sind ein paar Jungs gekommen und haben sie geärgert, und der Kerl ein paar Häuser weiter hat sie nach Hause gebracht. Aber sie will unbedingt zu diesem kleinen Flecken Grün.«

»Wir haben mitten im Wald gelebt.« Annas Tee war kalt geworden, aber sie nippte daran, um eine Beschäftigung zu haben.

»Ich bin früher mit Gabby im Busch zelten gewesen«, sagte Prue. »Wir hatten ein kleines Zelt, das mir eine Freundin gegeben hatte. Gab fand es toll. Aber dann wollte sie nicht mehr mitfahren.« Sie sah an Anna vorbei aus dem Fenster mit der Spitzengardine. »Eines Tages wird Gabby tot aufgefunden werden. Das sage ich mir, damit es ein bisschen leichter ist, wenn es dann passiert.«

Anna wollte sagen: *Nein, wird sie nicht.* Doch sie wusste, dass es möglich war. Charlie saß direkt hinter Prue und hörte alles mit an.

Prue starrte Anna an. »Sie wissen, dass sie Drogen nimmt?«

Anna nickte.

Prue schüttelte den Kopf und schob den Keksteller weg.

»Haben Sie das Sorgerecht für sie?«, erkundigte sich Anna.

»Noch nicht. Die Sache muss vor Gericht.« Sie sah über die Schulter zu Charlies Hinterkopf und stieß ein Seufzen aus. »Die Polizei ermittelt, was er ihr angetan hat. Wenn wir Glück haben, kommt er ins Gefängnis.«

»Woher wissen Sie, dass ermittelt wird?«

»Jane vom Sozialamt hat es mir erzählt. Sie ist unsere Sozialarbeiterin.«

»Aha.«

Könnte Gabby dann vielleicht auch ins Gefängnis kommen? Anna fragte lieber nicht nach. Wie merkwürdig es wäre, wenn Harlan, Gabby und Anna alle im Gefängnis landen würden.

»Wann kommt es denn vor Gericht?«, fragte Anna. »Ich meine, wann wird entschieden, ob Sie ihr Vormund oder was auch immer sein dürfen?«

»Elterliche Aufsichtspflicht nennt man es, glaube ich. Erst in ein oder zwei Monaten, heißt es. Sie sind hergekommen und haben mir alle möglichen Fragen gestellt, um sicherzugehen, dass ich für sie sorgen kann. Sie wissen schon, dass sie ihr eigenes Zimmer hat und so was. Aber bis es vor Gericht geht, kriege ich kein Geld für sie ...«

Anna suchte nach dem Kuvert in ihrer Handtasche und ließ es über die Tischdecke gleiten. »Das hier soll Ihnen bei den Kosten helfen.«

Prue fuhr mit ihren wund aussehenden Fingern über das Kuvert. »Danke, meine Liebe.« Sie sah über die Schulter zu Charlie und flüsterte: »Gabby hat mich neulich abends angerufen. Völlig weggetreten. Sie meinte, sie will herkommen und hier bei mir und Charlie wohnen.« Sie schniefte. »Sie wird nie herkommen.«

»Woher wissen Sie das?«

»Solange sie bei ihm bleibt, hat sie sämtliche Drogen, die sie sich nur wünschen kann. Darum. Das hat sie mir einmal sogar gesagt. Und überhaupt soll sie bloß unter Aufsicht Kontakt zu Charlie haben.« Sie presste die Lippen zusammen und senkte den Blick. »Zu dem Besuch, den wir organisiert hatten, ist sie nicht aufgekreuzt.«

»Ja, das hat Charlie erzählt. Wie oft kommt die Sozialarbeiterin?«

Prue zuckte mit den Schultern. »Oh, die ruft alle ... Ich weiß auch nicht ... alle paar Tage an. Sie war bloß zweimal hier ...« Sie steckte das Kuvert in ihre Handtasche. »Danke dafür, meine Liebe. Könnten Sie mir frischen Tee kochen? Er ist kalt geworden.« Sie verzog das Gesicht. »Ihnen fällt es leichter als mir.«

»Sicher.«

In der Küche schaltete Anna den Wasserkocher ein. Ein Dutzend Tablettenfläschchen stand in einer Reihe auf der Arbeitsfläche. Sie versuchte, Charlies Blick zu erhaschen, doch das Mädchen starrte auf den Fernsehbildschirm.

Anna musste in anderthalb Stunden am Flughafen sein, um vor Mitternacht wieder bei ihrem Dad einzutreffen. Er glaubte, sie wäre bei Freunden in Sydney zu Besuch und sähe sich nach Arbeitsmöglichkeiten um.

Sie öffnete den Kühlschrank, um Milch herauszuholen. Darin befanden sich ein großer Becher Erdbeerjoghurt, eine Packung Billigkäse, eine Packung Margarine und eine in Scheiben geschnittene Tomate vom Mittagessen.

Sie stellte die Tasse Tee vor Prue, die sich nahe zu Anna beugte und leise sagte: »Sie ist genau wie ihre Mutter, aber ihre Mutter ist erst als Teenager so geworden. Deshalb mache ich mir Sorgen.«

Anna ging neben Prues Stuhl in die Hocke. »Was meinen Sie damit, sie ist genau wie ihre Mutter?«

»Wutanfälle. Geschrei. Schläge. Neulich hat sie mich gebissen.« Prue ließ die Hand über die Innenseite ihres Unterarms gleiten. »Manchmal ist sie ein echter Teufelsbraten.«

»Ich denke mal, sie hat viel durchgemacht … Sie hat …«

»Ich weiß, meine Liebe. Das weiß ich.« Anna hörte Tränen in Prues Stimme. »Das müssen Sie mir nicht sagen.« Prue schniefte und rieb sich die Nase. »Ich wünschte nur, Sie hätten sich verdammt noch mal nicht schnappen lassen.«

»Was?«

Sie zuckte mit den Schultern. »Na ja, bei Ihnen hatte sie es besser als hier. Wenigstens können Sie sich richtig um sie kümmern.«

»Haben Sie irgendwelche Unterstützung?«

Sie zog die Augenbrauen hoch. »Von wem denn?«

»Ich weiß nicht. Ich weiß nicht, wie es funktioniert.«

Sie lächelte. »Nein. Sie sehen nicht aus, als würden Sie wissen, wie es funktioniert.« Prue presste die Hände aufs Tischtuch und stemmte sich hoch. »Bleiben Sie zum Abendessen?«

»Oh, ich hatte nicht …« Wenn sie den Flug verpasste, würde sie die Nacht nicht bei ihrem Dad verbringen.

»Bleiben Sie.« Prue sah ihr in die Augen.

Anna schluckte. »Okay. Danke.«

Anna mischte ein Glas Soße in den Nudeltopf. Sie aßen am Esstisch, und Prue erklärte Charlie, sie würde träumen, wenn sie sich einbildete, Prue würde ihr einen Hund kaufen.

»Ich brauch nicht noch was am Hals, worum ich mich kümmern muss.«

Charlie schob sich Nudeln in den Mund und warf Anna immer wieder Blicke zu. Sobald sie fertig gegessen hatten, führte Charlie Anna durch die Hintertür ins Freie und befahl ihr, sich auf die Treppe zu setzen. Charlie fuhr auf einem neonpinkfarbenen Fahrrad die Einfahrt der Siedlung hinauf und hinunter, die Lippen vor Konzentration zusammengepresst, fest in die Pedale tretend.

»Ist dein Fahrrad neu?«, rief Anna, während Charlie vorüberwackelte.

»Oma hat es mir gekauft.«

Ein magerer Mann schlenderte rauchend aus einem der Häuser. Er stand mitten auf der Einfahrt, sodass Charlie um ihn herumlenken musste.

»Also, Charlielein. Wann lässt du endlich die Stützräder sein? Bist du nicht schon fünf Jahre alt?«

Charlie achtete nicht auf ihn und fuhr zum anderen Ende der Einfahrt. Anna folgte Charlie und schenkte dem Mann ein mattes Lächeln, als er ihr zunickte. Charlie hatte am Ende der Einfahrt angehalten, neben einer verrosteten Waschmaschine, deren Schlauch auf dem Asphalt lag. Als Anna sich näherte, versuchte das Mädchen abzusteigen, blieb jedoch mit dem Fuß hängen und fiel hin. Sie stürzte, die Beine unter dem Fahrrad.

Anna rannte auf sie zu. »Alles in Ordnung?« Sie versuchte, ihr aufzuhelfen, aber das Mädchen schlug mit den Armen nach ihr und stieß sie von sich. Charlie rappelte sich auf und trat nach dem Fahrrad.

»Immer mit der Ruhe!«, rief der Mann.

»Verpiss dich«, sagte Charlie leise und marschierte auf die Hintertreppe von Prues Haus zu. Anna schob das Fahrrad zurück und setzte sich neben das Mädchen. Nach einer Minute deutete Anna auf einen kleinen Blätterkreis neben der Treppe.

»Das finde ich toll.«

Charlie nickte. »Es ist wie Mackys.«

»Ja. Genau wie Mackys.«

Im Haus lag Prue auf dem Bett ausgestreckt und schlief. Ihr Atem ging keuchend.

Anna sah auf die Küchenuhr. Sieben Uhr. »Wie wäre es mit einem Bad?«

»Bleibst du heute Nacht?«

Sie hatte den letzten Flug verpasst. Sie würde sich ein Motel suchen und ihren Dad mit einer Ausrede anrufen. »Nein. Aber ich werde bleiben, bis du eingeschlafen bist.«

Charlie lächelte zaghaft.

»Möchtest du baden oder duschen?«, fragte Anna.

»Duschen.«

Anna saß auf der Toilette, während Charlie duschte. Das Mädchen war definitiv abgemagert, innerhalb von nur drei Wochen. Viel essen konnte es nicht.

Anna fuhr behutsam mit einem Handtuch über Charlies vertrauten glatten Rücken und das kleine Gesäß.

In einem Becher auf der Konsole befand sich eine pinkfarbene Zahnbürste mit Disney-Prinzessin. »Hast du die von der Polizei?«

Charlie nickte. »Sie haben Oma im Krankenhaus eine Tüte mit Zeug gegeben.«

»Was ist im Krankenhaus passiert?«

»Eigentlich nichts. Sie haben mir dieses Dings ins Ohr gesteckt, und ich hatte einen Eiswürfel ...« Sie zuckte die Schultern. Anna ging davon aus, dass Charlie die beiden Krankenhausbesuche durcheinanderbrachte. »Und sie haben sich ewig mit mir unterhalten«, sagte Charlie. »Haben mir Fragen gestellt. Wegen dir und Macky und ...«, sie schluckte, »... ihm.«

War es möglich, dass das Gericht Charlie bei Annas Verhandlung als Zeugin aufrufen würde?

Mist. Daran hatte sie nicht gedacht. Wenn sie es täten, würde Charlie unvermeidlich enthüllen, dass Anna gegen ihre Kautionsauflagen verstoßen hatte.

Heilige Scheiße. Denk später darüber nach. Sei jetzt bei Charlie.

Sie drückte Zahnpasta auf die Bürste, und Charlie ließ sich von Anna die Zähne putzen. *Putz jetzt einfach nur ihre Zähne.* An ihren Zähnen waren braune Flecke, und das Zahnfleisch blutete ein wenig. Anna würde Prue zusätzliches Geld geben, damit sie mit ihr zum Zahnarzt gehen könnte.

Im Schlafzimmer suchte Charlie zwischen der Kleidung auf dem Boden ihren Schlafanzug heraus. Anna legte sich neben sie aufs Bett, unter ihr knisterte ein Plastiklaken. Mit einem Seufzen schloss Charlie die Augen.

»Es ist so schön, dich zu sehen«, sagte Anna.

Charlie rollte sich zur Seite und drückte den Rücken gegen Anna. »Ich wünschte, Mummy hätte ihr Flugzeug nicht verpasst.«

»Ja. Ich wünschte auch, dass sie ihren Flug nicht verpasst hätte.« Behutsam streichelte Anna Charlies Haare. »Ist es okay, wenn ich das mache?«

Charlie nickte. »Anna?«, flüsterte sie eine Minute später.

»Ja.«

»Ich vermisse dich.«

»Ich vermisse dich auch. Und ich habe dich lieb. So sehr. Ich werde dich morgen Abend anrufen, wenn das deiner Oma recht ist. Okay? Wir können am Telefon reden, und du kannst mir mehr von der Vorschule erzählen. Ich habe dich noch gar nicht nach deiner Erzieherin oder sonst was gefragt.«

»Okay.«

Anna schmiegte sich dicht hinter das Mädchen.

»Sie heißt Miss Blake«, flüsterte Charlie.

»Ah. Miss Blake.« Anna hoffte, dass Miss Blake nett war.

Charlie seufzte und zuckte nach ein paar Minuten auf vertraute Weise im Schlaf.

Anna hob die Kleidung vom Boden auf und legte sie gefaltet in die Regale des Einbauschranks. Sämtliche Anziehsachen von Charlie aus der Hütte waren da, sowie ein paar neue T-Shirts und Shorts. In der Ecke stieß Anna auf eine nasse, zusammengeknüllte Unterhose, spülte sie im Waschbecken im Badezimmer aus und hängte sie über die Duschstange. In der Küche machte sie den Abwasch und wischte die Arbeitsflächen sauber.

Sie würde dringend Arbeit finden müssen, um Prue Geld schicken zu können. Zwar hatte sie zwanzigtausend an Ersparnissen, aber die würden vermutlich größtenteils für die Anwältin draufgehen.

Sie kauerte gerade auf dem Boden und fegte mit Schaufel und Besen, als Prue aus dem Schlafzimmer rief. »Bist du das, Charlie?«

»Nein, ich bin's. Anna.«

Sie trat in den Türrahmen von Prues dunklem Schlafzimmer.

Prue schaltete die Nachttischlampe ein. »Ach, Gott sei Dank

sind Sie noch da!« Sie stemmte sich in eine sitzende Position und klopfte aufs Bett. »Kommen Sie herein, meine Liebe. Schläft sie?«

»Ja.« In dem Zimmer roch es nach Puder, und vor dem Fenster hing eine geblümte Tagesdecke. Anna stand am Fußende des Betts.

»Ich möchte, dass Sie sie nehmen«, sagte Prue.

»Was?« In Anna stieg Wut hoch. »Sie machen Witze, oder?«

Ungeduldig schüttelte Prue den Kopf. »Ich kann mich nicht um sie kümmern. Das sehen Sie doch, oder? Und ich habe noch andere gesundheitliche Probleme ...« Sie atmete heftig durch die Nase aus. »Das wollte ich aber der Tante vom Sozialamt nicht auf die Nase binden, weil Charlie dann in einer Pflegefamilie oder einem Heim für Mädchen oder so was landen würde. Ich war ein Pflegekind, und ich werde *auf keinen Fall* zulassen, dass ihr das passiert ...« Sie schüttelte den Kopf.

»Sie wollen also, dass ich einfach mit ihr *abhaue,* wie ich es beim letzten Mal getan habe? Das ist völlig verrückt.«

»Nein, nein. Ich meine, ich werde sie Ihnen geben. Ganz legal. Sobald ich ihr Vormund bin. Ich meine, ich möchte sie immer noch sehen, aber ich schaffe das Tagtägliche nicht ...«

»Sie begreifen doch, dass ich auf Kaution auf freiem Fuß bin, statt im Gefängnis? Und eine meiner Kautionsauflagen lautet, dass ich Charlie nicht *sehe,* geschweige denn, mich um sie kümmere.« Anna sprach langsam, um keinen Zweifel zu lassen. »Wenn die Polizei herausfindet, dass ich heute hier gewesen bin, lande ich direkt im Gefängnis. Das verstehen Sie doch, oder?«

Es war ein Fehler gewesen herzukommen.

»Wir müssen bloß mit dem Sozialamt darüber reden, das ist alles. Es ergibt doch nur Sinn, dass Sie sie haben.«

»Ich bin wegen ihrer Entführung angeklagt! Es ist egal, ob es Sinn ergibt.« Himmelherrgott, und wenn Prue beim Sozialamt anrief und ihnen erzählte, Anna sei zu Besuch gewesen? Ihre Stimme wurde lauter. »Reden Sie mit niemandem darüber, am allerwenigsten mit dem Sozialamt.«

Prue mühte sich ab, die Taschentücher auf ihrem Nachttisch zu erreichen. Anna reichte ihr die Schachtel, und Prue drückte sich eines an die Augen. »Vor allem habe ich Angst, dass ich sie auch verkorkse.«

»Was meinen Sie damit?«

»Wie ich ihre Mutter verkorkst habe. Gabby war so ein niedliches kleines Mädchen, und ich liebe sie mehr als sonst irgendwen auf der Welt, und ich habe sie verkorkst.« Sie bedeckte sich die Augen mit einer Hand. »Gehen Sie besser, meine Liebe.«

»Oh, Prue.« Anna setzte sich aufs Bett. »Ich möchte Ihnen helfen, und ich würde mich wahnsinnig gern um Charlie kümmern. Ich kann Ihnen gar nicht sagen, wie sehr ich sie vermisse, aber ...«

»Eigentlich hätten Sie sie zur Welt bringen sollen. Warum haben Sie keine Kinder?«

»Es hat sich nicht ergeben. Sie sagen, Sie haben noch mehr außer Arthritis, Asthma und Diabetes. Was noch?«

Sie schüttelte den Kopf. »Es laufen gerade Untersuchungen.«

»Okay. Was ist mit Charlies Vater? Wo ist der?«

Prue schüttelte den Kopf. »Gabby sagt, sie weiß nicht, wer er ist. Ich glaube, es war ein One-Night-Stand ... Und sie kannte seinen Namen nicht.«

»Ich kann Charlie nicht nehmen, aber es gibt Möglichkeiten, wie ich Ihnen unter die Arme greifen kann. Zuerst einmal kann ich Ihnen Geld geben. Vielleicht Geld für jemanden, der kommt und Ihnen hilft. Zum Babysitten oder Putzen oder was auch immer Sie brauchen.« Falls nötig, könnte sie sich Geld von ihrem Dad ausleihen.

Prue nickte und umklammerte die Taschentücher. »Und wenn ich sterbe? Sie würde vielleicht sogar zu Gabby zurückkommen, besonders wenn der Mann ins Gefängnis kommt. Das wäre eine Katastrophe.«

»Jetzt sind Sie am Leben, und Charlie ist hier bei Ihnen. Lassen Sie uns einen Schritt nach dem anderen tun.«

Annas Dad goss gerade seinen Rosenstrauch, als sie am späten Vormittag vor dem Haus hielt. Sie trat neben ihn. »Tut mir leid, Dad.«

Er warf ihr unter seinem alten Segeltuchhut einen Blick zu. »Kautionsauflagen sollte man nicht auf die leichte Schulter nehmen, Annie.«

Er entfernte sich von ihr und hielt den Schlauch über die Bodenvegetation neben der Haustür.

»Ich weiß. Ich werde es nicht noch einmal tun.«

»Tja, wenn doch, kann ich nicht dein Bürge bleiben.« Seine Stimme bebte.

»Ich weiß. Es wird nicht wieder vorkommen.« Der Welpe kam um die Ecke getapst. Die Ablenkung kam Anna gelegen. Sie ging in die Knie und kraulte ihm die Ohren.

Es war ihrem Dad gegenüber ungerecht. Er hatte sich dem Gericht gegenüber verpflichtet. Das zu tun, was sich für sie richtig anfühlte, schien den Menschen, die sie liebte, Probleme zu bescheren. Ihrem Dad, Pat, Dave. Sie war sich nicht sicher, wie die Dinge zwischen Dave und ihr standen. Seit ihrem Besuch bei ihm hatte er sie nur ein Mal angerufen. Sie hatte ihm zwei Nachrichten hinterlassen. Dass er auf Abstand ging, konnte sie ihm kaum verübeln, falls es das war, was er gerade tat. Er wollte keine tickende Zeitbombe in seinem Leben. Und war sie nicht genau das?

»Dad, glaubst du, sie werden Charlie bei meiner Verhandlung als Zeugin aufrufen?«

Er sah in die Ferne. »Ich weiß es nicht, Annie.«

40

Bridget, die Rechtsanwältin, hatte ein kleines Büro in einem Gebäude in der Nähe der Staatsbibliothek. Ihr gewaltiger Holzschreibtisch nahm beinahe die Hälfte des Zimmers in Anspruch. Sie schüttelte Anna die Hand und lächelte. »Ich weiß, dass der Schreibtisch lächerlich ist. Es ist nicht meiner, versprochen.« Sie wies auf einen Sessel vor dem Schreibtisch. »Nehmen Sie Platz.«

Nachdem sich Bridget hinter den Schreibtisch gesetzt hatte, schlug sie einen Leitz Ordner auf. Sie hatte schwarze Haare, die sogar noch kürzer als Annas waren, allerdings viel modischer frisiert. Bridget hielt den Blick lange Zeit auf den Ordner gerichtet.

»Obwohl Sie ein Schuldgeständnis abgelegt haben, haben Sie immer noch das Recht, vor dem Prozess auf unschuldig zu plädieren. Wenn Sie möchten.« Sie hielt inne. »Auch wenn ich aufgrund dessen, was ich im Polizeibericht gelesen habe, einschließlich des Protokolls Ihres Verhörs, denke, die beste Option wäre, an dem Schuldgeständnis festzuhalten.« Sie lächelte. »Durch das frühe Geständnis haben Sie Pluspunkte gemacht, was Ihre Chancen auf eine mildere Strafe verbessert. Möchten Sie an dem Schuldgeständnis festhalten?«

Anna nickte. »Auf jeden Fall.« Sich nicht schuldig zu bekennen wäre, als würde sie Charlie irgendwie für nichtig erklären.

»Tja, dann besteht unsere Aufgabe darin, uns alle möglichen Arten einfallen zu lassen, wie wir den Richter davon überzeugen können, dass Sie eine Bewährungsstrafe erhalten sollten. Eine offensichtliche Vorgehensweise wäre, ganz klar zu verdeutlichen, wie schwerwiegend die Misshandlungen waren, die das Mädchen zu Hause ertragen musste.« Sie warf einen Blick auf den Ordner vor sich. »Wer sonst könnte bezeugen, dass Charlies Zuhause unsicher war?«

»Na ja, ich habe beim Jugendamt angerufen, aber die sind nicht einmal gekommen, also bringt das wohl nicht viel«, sagte Anna. »Oh ... da hat es eine Frau namens Nella gegeben, eine Nachbarin in der Wohnwagensiedlung, in der die Mutter früher mit Charlie gewohnt hat. Mit ihr zu reden könnte etwas bringen.«

Bridget tippte in ihren Laptop. »In Ordnung, wir werden Einblick in die Akten des Jugendamts beantragen. In einer Minute erhalte ich mehr Einzelheiten darüber, an welchen Tagen und zu welchen Uhrzeiten Sie dort angerufen haben. Was wissen Sie über diese Nella?«

»Bloß dass sie sich immer mit Charlie durch die Wohnwagentür unterhalten hat, wenn Charlies Mum sie dort allein gelassen hat. Ich glaube, sie hat ihr auch zu essen gegeben. Ich weiß noch nicht einmal, wo diese Wohnwagensiedlung ist.«

»Hoffentlich lässt sich das herausfinden. Gibt es sonst noch jemanden?«

»Meinen ... Partner Dave. Er ist bei der Oberstaatsanwaltschaft. Er war eines Abends bei mir, als wir hörten, wie sie misshandelt wurde. Er hat bei der Polizei angerufen.« Sie war sich nicht sicher, ob sie ihn noch als ihren Partner bezeichnen durfte.

»Ja.« Bridget lächelte. »Mir ist aufgefallen, dass sich in der Akte ein Protokoll von einer Anhörung mit ihm befindet. Ich würde vermuten, dass die Oberstaatsanwaltschaft jemanden von außerhalb mit dem Fall betrauen wird, weil jeder Staatsanwalt in Sydney Dave kennen dürfte, und es bestünde ein Interessenkonflikt, oder es hätte zumindest den Anschein eines Konflikts.«

»Aha.« Anna hatte Dave also in etwas sehr Unschönes verstrickt.

»Und geht es in Ordnung, wenn ich mit Dave in Kontakt trete und schaue, ob er vor Gericht aussagt?«

»Ja. Ich glaube, damit rechnet er.«

»Seine Aussage könnte recht schwer für Sie ins Gewicht fallen«, erklärte Bridget. »Sonst noch jemand? Nachbarn? Verwandte des Mädchens? Ihre Verwandten?«

»Nein.«

»Die Polizei hat Zeugenaussagen von Leuten, die in Häusern in der Gegend wohnen, in die Sie das Mädchen gebracht haben. Ein Patrick Fenlan. Beatrice Stutchbury. Sabine Mannigel. Falls einer von ihnen vor Gericht aussagen und zu Ihrer Beziehung zu dem Mädchen befragt würde und dazu, wie gut Sie sich um die Kleine gekümmert haben, was würden sie sagen?«

»Na, sie haben mir *geholfen,* mich um sie zu kümmern. Sie wussten, dass sie gut versorgt war.«

»Das würden sie also aussagen?«

»Ja. Absolut.« Falls Pat, Beatie und Sabine als Zeugen aufträten, müssten sie vielleicht Meineid begehen, um nicht der Beihilfe angeklagt zu werden. Was für ein Schlamassel. »Wird man Charlie als Zeugin vorladen?«

Bridget senkte den Blick und blätterte durch den Ordner. »Nein, das würde mich sehr überraschen. Zumal es eine ausführliche Anhörung mit ihr in den Beweisakten gibt. Nein, glaube nicht. Die Gerichte versuchen es zu vermeiden, Kinder als Zeugen vorzuladen, es sei denn, es ist unvermeidlich.«

Anna versuchte, sich ihre Erleichterung nicht anmerken zu lassen. Sie hielt den Blick auf das Bücherregal hinter Bridget gerichtet. Vielleicht würde sie mit ihrem Besuch bei Charlie davonkommen.

Bridget blickte auf. »Ich werde Ihnen eine Kopie der Akte zukommen lassen, dann werden Sie selbst sehen, dass die Anhörung mit ihr sehr gründlich ist. Sie wurde am selben Tag, als man Sie entdeckte, von einer Spezialeinheit für Kindesmissbrauchsdelikte durchgeführt. Wenn wir wollen, können wir beantragen, die DVD dieser Anhörung anzusehen. Wir müssten ins Büro der Oberstaatsanwaltschaft, um sie uns anzuschauen.«

»Nein.« Anna wusste, dass sie sich das Video von Charlie an jenem Tag, so verletzlich und außerhalb von Annas Reichweite, auf keinen Fall ansehen könnte. »Gibt es irgendeine Möglichkeit, wie ich vor dem Prozess mit ihr in Kontakt treten könnte?«

Bridget blickte vor sich auf die Akte. »Eine Ihrer Kautionsauflagen besagt, dass Sie keinen Kontakt zu ihr haben dürfen.«

»Das ist richtig.«

»Und das Kind lebt, soweit Sie wissen, bei der Großmutter?«

»Soweit ich weiß.«

Bridget schüttelte leicht den Kopf. »Na ja, wir müssten eine Abänderung der Kautionsauflagen erreichen, und ich glaube nicht, dass sich das Gericht so ohne Weiteres dazu überreden ließe, Ihnen Kontakt zu dem Kind zu gewähren, angesichts der Tatsache, dass wir es mit Entführung und Versteckthalten in den Bergen zu tun haben …« Sie sah aus dem Fenster. »Wahrscheinlich würden wir vor dem Obersten Bundesgericht landen, und selbst dann … Ich glaube einfach nicht, dass es eine kluge Vorgehensweise wäre. Und wir würden nicht wollen, dass im Laufe dieses Antrags auch nur andeutungsweise herauskäme, dass Sie Kontakt zu dem Mädchen hatten und gegen Ihre Kautionsauflagen verstoßen haben.« Sie erhob sich. »Möchten Sie ein Glas Wasser?«

»Nein danke.«

Bridget goss sich aus einer Karaffe auf einem Beistelltisch ein Glas Wasser ein.

»Bedeutet Kontakt auch Telefonate?«, fragte Anna.

»Ja.«

Durch das Fenster hinter Bridget war ein winziger Streifen blauer Himmel zwischen zwei schlichten Glasgebäuden zu erkennen.

Bridget setzte sich wieder. »Die Anklageerhebung ist nächste Woche. Wir werden herausfinden, wann Ihr Prozess stattfindet. Wahrscheinlich wird das in etwa fünf oder sechs Wochen der Fall sein. Aus diesem Grund scheint es nicht sehr sinnvoll zu versuchen, etwas an Ihren Kautionsauflagen zu ändern, denn das dürfte ungefähr genauso lange dauern. Was halten Sie davon, wenn wir unsere Energie darauf verwenden, alles daranzusetzen, Ihnen eine Bewährungsstrafe zu verschaffen? Wir reden hier nur von sechs Wochen.«

Sechs Wochen. Doch wie würde es Charlie in sechs Wochen gehen?

»Wenn mein Prozess erst einmal vorüber ist, kann ich Charlie dann sehen?«

Bridget betrachtete sie einen Moment lang. »Wenn Sie nicht in Gewahrsam sind. Sie müssen begreifen, dass eine ernst zu nehmende Chance besteht, dass Sie eine Haftstrafe bekommen. In derlei Angelegenheiten wird die Staatsanwaltschaft gewöhnlich eine tatsächliche Gefängnisstrafe fordern. Darauf sollten Sie sich gefasst machen. Gerichte mögen es nicht, wenn

Leute das Gesetz selbst in die Hand nehmen, und Kindesentführung ist ein schwerwiegendes Verbrechen.«

»Aha.« Anna sah wieder zu dem Streifen Himmel hinaus und atmete ein paarmal bebend durch. »Wie lange? Ungefähr.«

»Schwer zu sagen. Theoretisch bis zu zehn Jahren, aber in Ihrem Fall gehe ich einmal von irgendetwas zwischen achtzehn Monaten und zwei Jahren aus. Aber Lindy wird beim Staatsanwalt anrufen und erfragen, was ihnen dort vorschwebt und was sie vielleicht als mildernde Umstände anerkennen würden.«

Achtzehn Monate im Gefängnis. Was würde in diesen achtzehn Monaten mit Charlie geschehen?

Bridget blätterte die Akte durch. »Angenommen, Sie erhalten eine Bewährungsstrafe, was würde die Oma Ihrer Meinung nach davon halten, dass Sie Kontakt zu dem Mädchen haben?«

»Meiner ... Meiner Meinung nach wäre sie damit einverstanden.«

»Okay. Ich werde sowieso mit ihr sprechen, also werde ich einmal bei ihr vorfühlen. Wie heißt sie?«

»Prue Seybold.« Sie buchstabierte den Namen. »Und ... Hier sind ihre Adresse und Telefonnummer.« Sie schrieb beides auf einen Zettel und schob ihn über den Schreibtisch. Bridget kommentierte den Umstand nicht, dass Anna Prues Kontaktdaten auswendig kannte.

»Würde sie Gutes darüber sagen, wie Sie das Mädchen behandelt haben?«, fragte Bridget.

»Ich denke schon.«

»Dann schlage ich vor, dass wir sie bitten, als Zeugin aufzutreten.«

»Es geht ihr gesundheitlich nicht sehr gut. Glaube ich.«

»Okay. Ich rede mit ihr. Wenn es ihr zu schlecht gehen sollte, könnten wir sie per Telefon oder über eine audiovisuelle Übertragung dazuschalten, damit sie aussagen kann, wie viel besser das Mädchen versorgt war, als es bei Ihnen war, und so weiter. Angenommen, sie sagt das, dann ist sie eine wertvolle Zeugin.«

Anna nickte in Richtung der Akte. »Steht da drin, wer uns verpfiffen hat?«

»Ja, ich habe es irgendwo gelesen.« Sie blätterte durch den Ordner. »Es hieß nur, die Polizei sei verständigt worden, nachdem Sie Charlie ins Krankenhaus gebracht haben. Es ist also jemand im Krankenhaus gewesen.« Sie blickte auf.

»Es muss die Ärztin oder die Krankenschwester gewesen sein.«

Bridget nickte und hob die Augenbrauen. »Haben nur ihre Arbeit getan.«

Auf der Heimfahrt zu ihrem Dad blieb Anna am Rand des Highways stehen, um Charlie anzurufen.

Die Stimme des Mädchens war leise. »Oma lässt mich nicht in den Park gehen.«

»Nein, nicht allein. Wie war es heute in der Vorschule?« Der Fernseher im Hintergrund war laut.

»Weiß nicht.«

»Was habt ihr gemacht?«

»Weiß nicht.«

»Bist du Fahrrad gefahren?«

»Wann kommst du her, Anna?«

41

Anna schlich auf Zehenspitzen an der offenen Schlafzimmertür ihres Dads vorbei. Sobald sie in der Küche war, knipste sie das Licht ein und schüttete ein paar Hundekuchen in die Schüssel des Welpen. Pup beschnupperte die Hundekuchen und sah dann zu ihr auf, als wollte er sagen: »Ist das alles?«

Sie schaltete den Wasserkocher ein. Draußen war es noch dunkel und kalt. Sie wusste, dass die Sonne erst in zweieinhalb Stunden aufgehen würde, wenn Anna längst die Berge hinunterfahren und sich in der Nähe von Penrith befinden würde. Ihr Flugzeug würde um halb zehn an der Gold Coast landen, und sie würde vor halb elf bei Prue sein.

Nach dem ersten Abstecher zur Gold Coast war Anna entschlossen gewesen, keinen weiteren Besuch bei Charlie zu riskieren. Sie sprach jeden Morgen mit dem Mädchen, während sie mit dem Welpen spazieren ging, und manchmal rief sie es auch abends an. Anfangs war Charlie nie sehr gesprächig und bat Anna einfach, ihr von Dingen zu erzählen, die sie auf der Hütte und am Fluss gemacht hatten.

Dann fing Charlie an, Anna an Einzelheiten zu erinnern. »Weißt du noch, wie die Luftmatratze an dem Felsblock hängen geblieben ist? Und was ist mit den Nestern, die Claudy und ich gebaut haben?«

Sie beendete jedes Telefonat damit, Anna anzuflehen, zu Besuch zu kommen.

Vor etwa drei Wochen hatte nachts um elf Uhr plötzlich Annas Handy auf dem Nachttisch geläutet, und Charlie war in der Leitung gewesen. Sie hatte geweint und Anna angefleht zu kommen. Nach etwa fünf Minuten war Prue an den Apparat gekommen und hatte gesagt, sie und Charlie hätten gestritten, und nun werde eine Tragödie daraus gemacht, und sie würde jetzt zu Bett gehen. Wenn Anna mit Charlie reden wolle, müsse sie zurückrufen, damit Prue nicht dafür bezahlen müsse. Anna hatte zurückgerufen und eine Stunde lang mit Charlie geredet und dabei erfahren, dass Prue Charlie ins Gesicht geschlagen hatte und dass es nicht das erste Mal gewesen war. Anna hatte aufgelegt und einen Flug für den nächsten Tag gebucht, einen Samstag. Seither war sie an jedem Wochenende für einen Tag hin- und hergeflogen und hatte ihrem Dad gesagt, sie besuche Dave.

Sie goss kochendes Wasser über den Teebeutel in ihren Thermobecher und steckte gerade zwei Kekse in eine Papiertüte, als ihr Dad in seinem Wollmorgenmantel und Hausschuhen erschien. Er schirmte die Augen vor dem Licht ab. »Ich kapiere noch immer nicht, warum du so früh losmusst.«

»Wann bist du das letzte Mal im Berufsverkehr nach Sydney gefahren? Es ist der reinste Wahnsinn, selbst an einem Samstag.«

Der Welpe ließ sich vor die Füße ihres Dads plumpsen, und er bückte sich, um ihm die Schlappohren zu kraulen. Dann holte er sich eine Tasse vom Abtropfgestell und ließ einen Teebeutel hineinfallen. »Du machst doch keine Dummheiten, oder?«

Anna sagte nichts. Sie brachte es nicht über sich, weitere Lügen zu erzählen.

Er ließ die Schultern hängen. »Scheiße, Annie. Bis zu deiner Verhandlung sind es nur noch drei Wochen. Versau es nicht jetzt noch.«

»Du hättest alles für uns getan – für mich und Luke –, wenn wir in Schwierigkeiten gesteckt hätten, oder etwa nicht?«

»Das würde ich immer noch tun.« Seine Stimme klang scharf. »Da musst du keine Vergangenheitsform verwenden.« Er goss heißes Wasser in seine Tasse. »Ich wünschte, deine Mutter wäre hier und könnte dich zur Vernunft bringen.«

Einen Moment stand Anna am geöffneten Kühlschrank. Sie fasste es nicht, dass er ihre Mutter erwähnte. Nachdem sie den Tetrapak mit der Milch herausgeholt hatte, schloss sie die Tür. »Ich glaube nicht, dass sie mehr Einfluss hätte als du.«

»Glaubst du nicht?« Er blickte auf den Welpen hinunter, der geräuschvoll an einem künstlichen Knochen herumkaute. »Vielleicht hätten wir beide zusammen dir mehr helfen können.«

»Was hätte sie deiner Meinung nach getan, wenn sie im Dezember an meiner Stelle gewesen wäre? Hätte sie Charlie weggebracht?«

Er seufzte. »Wenn sie, wie du, keine Kinder gehabt hätte, dann hätte sie es getan, glaube ich. Sie hatte ein gewaltiges Verlangen, sich um Kinder zu kümmern.« Er hielt inne. »Und eine … Eine gewisse Verachtung für das Gesetz.«

»Was meinst du?«

»Ach … deine Mutter hatte eine ziemliche Aversion gegen das Establishment. Ich glaube, das hatte sie von ihrem Dad. Hat auf Dinnerpartys und Grillfesten zu recht interessanten Gesprächen mit meinen Kollegen geführt.«

»Davon wusste ich gar nichts.« Anna stellte die Milch auf die Arbeitsfläche. »Ich werde nie wissen, wer sie gewesen ist. Nicht aus Erwachsenenperspektive. Und ich kann mich kaum daran erinnern, wie sie als Mutter war.«

»Nein. Aber du hattest etwas, das ich nicht hatte. Diese bedingungslose Liebe einer Mutter zu ihrem Kind.«

»Ich wünschte allerdings, ich könnte mich daran erinnern …« Sie öffnete den Schnabel an dem Milch-Tetrapak und schloss ihn wieder. »Dad, erinnerst du dich noch daran, wie du mich aus Mums Krankenhauszimmer gebracht hast, das allerletzte Mal, als ich sie gesehen habe?«

Er schüttelte den Kopf. »Was meinst du?«

Würde er jetzt so tun, als könnte er sich nicht mehr daran erinnern? Er war doch definitiv dort gewesen.

»Also …« Sie holte bebend Luft. »Ich habe diesen winzigen Erinnerungsfetzen, dass ich an ihrem Krankenhausbett gestanden habe und sie meine Hand streichelte …«, sie presste kurzzeitig die Lippen zusammen, um die Tränen zurückzuhalten, »… Und sie wollte, dass ich bleibe, und du … Du hast mich rausgebracht. Du hast mich von ihr weggebracht.«

Er sprach leise. »Na ja, als sie im Koma lag, habe ich gedacht, es wäre nicht gut für euch beide, sie so zu sehen.«

»Aber sie war wach, sie hat meine Hand gehalten, und du hast *so* wütend gewirkt. Es war, als wolltest du mich nicht dort haben. Du wolltest nur, dass ihr dort seid, sie und du.«

Er senkte den Blick. »Hm, ich schätze mal, das ist in gewisser Hinsicht wahr, wenn ich ehrlich bin. Ich erinnere mich nicht mehr an diesen besonderen Moment, von dem du da redest, aber im Grunde wollte ich ganz am Ende mit ihr allein sein, ich wollte, dass es genau so ist, wie es am Anfang gewesen war, nur wir beide.«

»Aber hat sie mich nicht dahaben wollen? Sie wollte, dass ich bleibe.«

»Wenn sie darum gebeten hätte, dass du bleibst, hätte ich dich nicht rausgebracht, es sei denn, es gab einen wirklich triftigen Grund.« Er goss Milch in seinen Tee und bewegte den Teebeutel hin und her.

Wenn Anna an ihre Mutter dachte, dachte sie an sie beide: Anna und ihre Mum. Es ging um sie beide, nicht um sie vier. Anscheinend war es bei ihrem Dad genauso. Es ging um ihn und Annas Mutter. Jeder von ihnen hatte zusammen mit ihr ein Paar gebildet, Luke zweifellos auch. Ihre Mum war für sie alle der Dreh- und Angelpunkt gewesen, und als sie verschwunden war, waren sie auseinandergebrochen.

Sie würde nie wissen, wer ihre Mutter gewesen war, und nie wissen, auf welche ihrer Erinnerungen Verlass war. Selbst wenn ihr Vater seine Erinnerungen geteilt hätte, wären sie niemals ein Ersatz für die mutterlosen Jahre gewesen. Und dennoch wusste Anna, dass es der Verlust ihrer Mutter war, der sie in so vielerlei Hinsicht dazu antrieb, Charlie zu retten. Und ganz gleich, was das Gericht sagte, ganz gleich, ob Anna im Gefängnis landen würde – wenn es sein musste, würde sie es wieder tun.

42

Anna streute geriebenen Käse über die oberste Lasagne-Platte.

»Aber da muss mehr hin«, sagte Charlie und zeigte auf eine freie Stelle Tomatensoße.

»Stimmt. Kannst du bitte noch mehr reiben?«

»Geht in Ordnung.« Charlie lächelte Anna an. Sie griff nach dem Cheddar und schob den Käse vorsichtig zweimal seitlich an der Reibe hinunter. Dann hob sie die Käsereibe hoch. »Reicht das?«

»Super, das geht ja ganz reibungslos, wie wir zwei hier so kochen«, sagte Anna.

»Reibungslos reiben!«, lachte Charlie und streute die paar Käsefäden über die Lasagne.

»Einen Schritt zurück, Süße«, sagte Anna. »Und rein in den Ofen damit.«

Charlie kauerte vor der Backofenscheibe, während Anna den Abwasch machte. Über Prues halbe Gardine hinweg sah Anna einen Hund vorbeitrotten, dessen Fell sich im Wind aufrichtete. Hinter ihr knabberte Charlie an rohen Lasagne-Platten.

»Wie schmeckt das?«, erkundigte sich Anna.

Charlie schüttelte den Kopf. »Gekocht ist es besser.«

»Du kriegst bald von den gekochten Platten.«

Der Fernseher in Prues Schlafzimmer lief dröhnend. Jeden

Samstag verschwand Prue in ihrem Zimmer, sobald Anna auftauchte, um den ganzen Tag dort zu verbringen und sich hinter geschlossener Tür auszuruhen. Im Laufe der Wochen hatten Anna und Charlie eine Routine entwickelt: Sobald Anna eintraf, stellten sie eine Wäscheladung an, gingen eine Stunde in den Park, kamen nach Hause, hängten die Wäsche auf und kochten dann Essen zum Einfrieren und für Charlies Lunchbox. Spinat-Käse-Teilchen, Lasagne, Bolognesesoße. Zitronenkuchen.

»Können wir das nächste Mal Bananenkuchen backen?«, fragte Charlie. »Ich mag den Zitronenkuchen eigentlich nicht mehr.«

»Sicher. Hör mal, Charlie. Du weißt doch, dass ich Schwierigkeiten mit der Polizei bekommen habe, weil ich dich von deiner Mum weggebracht habe?«

»Mhm.«

»Tja, ich werde wieder mit der Polizei reden müssen. Und es kann sein, dass ich richtig dolle Schwierigkeiten bekomme und eine Weile weg sein werde. Ich hoffe nicht. Aber wenn doch, kann ich dich eine Zeit lang nicht besuchen kommen. Ich kann dich manchmal anrufen, und ich werde viele Briefe schreiben, damit deine Oma sie dir vorlesen kann.«

»Wohin wirst du gehen?«

Anna hatte das Gefängnis nicht erwähnen wollen, aber wie sollte Charlie es sonst verstehen? »Ich muss vielleicht eine Weile ins Gefängnis.«

»Gefängnis?« Charlies Augen weiteten sich, und sie flüsterte: »Das ist unfair.«

Bevor Anna um fünf Uhr aufbrach, holten Charlie und sie die Wäsche von der Leine neben der Hintertür ins Haus. Anna nahm die Wäschestücke ab und reichte sie Charlie, die sie in den Korb fallen ließ. Anna hatte Charlie eine zweite Schuluniform und ein paar Baumwollkleider gekauft.

Der Kerl von nebenan ging mit seinem kleinen Hund vorbei. »Hi, Charlie!«, sagte er mit überfreundlicher Stimme.

Anna legte die restliche Kleidung in den Korb. »Gehen wir rein.«

In Charlies Zimmer falteten sie die Kleidung und räumten sie stapelweise ins Regal. Dann war es für Anna an der Zeit aufzubrechen.

Die einzige Zeit, wenn sie es zuließ, eine Gefängnisstrafe wirklich in Betracht zu ziehen, war auf dem Rückflug nach Sydney. Irgendwie war die Vorstellung vom Gefängnis weniger real, während sie sich von der Welt abgeschnitten hoch oben in der Luft befand. Sie hatte keine Ahnung, wie das Leben im Knast wäre, doch eines wusste sie: Sie würde sich nicht um Charlie kümmern können. Das Mädchen wäre wieder allein.

43

Im Gerichtssaal war es eiskalt. Anna saß erst seit einer Viertelstunde auf der Anklagebank, in ihrem neuen blauen Kleid, aber sie fror bereits bis auf die Knochen. Sie wollte die Arme nicht um sich schlingen für den Fall, dass es sie verängstigt oder defensiv wirken ließe. Bridget, die Rechtsanwältin, hatte ihr geraten, ruhig zu bleiben, gerade dazusitzen und auf nichts zu reagieren, was die Anklage oder ein Zeuge sagen würde.

Die Staatsanwältin – eine kleine Frau in einem schwarzen Kleid und sehr hohen Stöckelschuhen – saß dem Richter hinter der langen Anwaltsbank gegenüber. Als sie dem Richter etliche Dokumente aushändigte, klang ihre Stimme gewichtig, als wolle sie den Ernst dessen unterstreichen, was Anna getan hatte.

»Euer Ehren, die objektive Schwere dieser Straftat wird noch verstärkt durch das junge Alter des Kindes – fünf Jahre – und durch den Umstand, dass die Angeklagte das Kind *drei Monate lang* gefangen gehalten hat.«

Der Richter stützte das Kinn auf eine Hand, während er der Staatsanwältin lauschte, und schob sich gelegentlich die Brille die Nase hoch. Seine altmodische Perücke betonte in Annas Augen nur, wie weit dieser Ort vom richtigen Leben entfernt war. Der Gerichtssaal war wie ein Kerker, ohne Fenster ins Freie und in grelles Neonlicht getaucht.

»Hinzu kommt, dass die Angeklagte dem Kind nicht gut vertraut war – sie waren sich erst bei fünf Gelegenheiten begegnet.

Das Kind wurde also von jemandem, den es nur flüchtig kannte, aus seinem Zuhause weggeschafft und gefangen gehalten.

Die Angeklagte hat bei ihrer polizeilichen Vernehmung zugegeben, dass das Kind mehrmals nach seiner Mutter gefragt hat, besonders während der ersten beiden Wochen der Entführung. Zwar liegt keine offizielle Stellungnahme vonseiten der Mutter des Kindes vor, Euer Ehren«, die Staatsanwältin warf einen Blick auf ihre Notizen, »jedoch hat diese bei einer polizeilichen Anhörung – von der ich eine Abschrift jetzt als Beweis vorlege – angegeben, dass sie es schrecklich fand, beinahe drei Monate lang nicht zu wissen, wo ihr Kind war oder ob ihre Tochter überhaupt noch am Leben war.«

Genau dieser Punkt machte Anna in den gelegentlichen Momenten, wenn sie den Gedanken daran zuließ, am meisten zu schaffen: Selbst wenn Gabby eine schreckliche Mutter war, hatte Anna Gabby ihr kleines Mädchen weggenommen.

Die Staatsanwältin wartete, während eine Frau in blauer Uniform dem Richter das Dokument reichte. Er las es durch und nickte der Staatsanwältin dann zu.

Sie fuhr fort. »Diese Aussage gilt ungeachtet der Tatsache, Euer Ehren, dass sich die Mutter – im Laufe dieses dreimonatigen Zeitraums – entschieden hat, das Sorgerecht der Großmutter des Kindes zu übertragen.«

Eine Maschine summte irgendwo in der Nähe, ein gnadenloses Dröhnen, das die Enge in Annas Brust nur verstärkte. In dem kahlen Raum zu sitzen gab ihr das Gefühl, in Flüssigkeit zu treiben. Sie trieb in einem Fluss und hatte aufgehört, nach etwas zu greifen, um an der Oberfläche zu bleiben. Stattdessen konzentrierte sie sich darauf, nur den Mund über Wasser zu halten, um jeden dürftigen Atemzug einsaugen zu können.

»Was die moralische Schuldfähigkeit der Angeklagten betrifft … Euer Ehren, sie hat eine bewusste und reiflich überlegte Entscheidung getroffen, das Kind wegzuschaffen und gefangen zu halten. Die Angeklagte führte ein Telefonat mit ihrem Partner, David Wilkins, während sie vom Zuhause des Kindes wegfuhr, mit dem Mädchen im Wagen. Bei dem Telefonat hat Mr. Wilkins, der Staatsanwalt bei der Oberstaatsanwaltschaft in Sydney ist, der Angeklagten die Schwere der Straftat, die sie gerade beging, sehr deutlich gemacht und hat sie dringend aufgefordert, das Kind sofort zurückzubringen. Die Angeklagte mag Charlie Seybold nicht vorsätzlich *weggebracht* haben, aber das Kind *gefangen zu halten* war kein kurzzeitiger Aussetzer seitens der Angeklagten. Es war eine bewusste und überlegte Entscheidung. Es hat einen Tag gedauert, bis sie das Kind nach Norden gebracht hatte, und bei ihrer polizeilichen Vernehmung hat sie ausgesagt, sie habe alle möglichen Maßnahmen ergriffen, um nicht entdeckt zu werden: Sie hat Benzinkanister bei einer Tankstelle im Westen von Sydney gekauft und Hauptstraßen gemieden. Und am schwersten fällt ins Gewicht, dass sie sich entschieden hat, das Kind zwölf Wochen lang gefangen zu halten.«

Die Staatsanwältin fuhr mit den Händen seitlich an ihrem Rednerpult hoch. »Die moralische Schuld der Angeklagten ist allerdings vermindert, weil sie Charlie Seybold in der Absicht mitgenommen hat, dem Mädchen zu helfen, das Kind vor etwas zu schützen, was sie als mögliche Körperverletzung einschätzte. In den beiden Wochen vor der Straftat hat die Angeklagte dreimal beim telefonischen Beratungsdienst des Jugendamts angerufen, um ihre Besorgnis um die Sicherheit und das Wohlergehen des Kindes zu melden, und bei der Polizei hat sie einmal angerufen.

Die Angeklagte sagte der Polizei, sie habe am Tag der Entführung mit angesehen, wie der Stiefvater des Kindes das Kind angegriffen habe, und sie selbst sei vom Stiefvater bedroht worden. Sie rief erneut beim Telefonberatungsdienst des Jugendamts an, um die Körperverletzung zu melden, und als man ihr erklärte, man werde der Sache nicht sofort nachgehen können, und sie ermutigte, die Polizei einzuschalten, entführte die Angeklagte das Kind. Als Beweismittel lege ich einen Bericht des Jugendamts über die drei Telefonanrufe der Angeklagten beim Jugendamt vor.

Ihre moralische Schuld wird weiter durch Zeugenaussagen gemildert, laut denen sie sich während der dreimonatigen Gefangennahme gut um das Kind gekümmert hat. Euer Ehren, die Angeklagte hat keinerlei Vorstrafen. Seit ihrer Verhaftung am zweiten März dieses Jahres befindet sie sich gegen Kaution auf freiem Fuß, lebt bei ihrem Vater in Orange, New South Wales, und meldet sich dreimal die Woche bei der Polizei.

Die Höchststrafe für eine Straftat laut Sektion 87 beläuft sich auf zehn Jahre, ohne Mindesthaftzeit. Sie hat ein sehr frühes Schuldbekenntnis abgelegt, am ersten Tag ihrer Verhaftung, und ihre Aussage gegenüber der Polizei verlief vollständig und offen. Ungeachtet jeglicher mildernder Umstände, die meine verehrte Kollegin sonst noch geltend machen mag«, sie winkte elegant in Lindys Richtung, »gibt die Oberstaatsanwaltschaft zu bedenken, dass angesichts der Schwere der Straftat und im Interesse allgemeiner Abschreckung eine Haftstrafe angemessen ist.«

Haftstrafe. *Gefängnis.* Die Zellen befanden sich gleich durch die Tür links von Anna und die Treppe hinunter. Sie würden kühl und hell erleuchtet sein, und sie ging davon aus, dass sie nach Putzmittel stinken würden wie die Zelle auf dem Revier in Byron Bay. Wie viele Hunderte Menschen, die im Laufe der Jahre auf ebendieser Anklagebank gesessen hatten, waren im Gefängnis gelandet? Sie schluckte den Speichel, der ihr in den Mund geschossen war. Falls sie die zwei Jahre bekäme, von denen Bridget gesprochen hatte, dann würde Charlie bei Annas Entlassung fast acht sein.

Der Richter kramte in Unterlagen auf dem Tisch. Das Geräusch hallte, verstärkt durch sein Mikrofon, im Gerichtssaal wider. Er blickte auf. »Danke, Frau Oberstaatsanwältin. Sonst noch etwas?«

»Nicht zu diesem Zeitpunkt, Euer Ehren.«

Die Staatsanwältin setzte sich und sah zum ersten Mal zur Anklagebank herüber. Unwillkürlich lächelte Anna, ein zuckendes, verkniffenes Lächeln. Die Staatsanwältin senkte den Blick und kritzelte etwas auf einen Notizblock.

Der Richter schob sich die Brille die Nase hoch. »Ms. Allen?«

Lindy erhob sich. Sie befand sich am selben Tisch wie die Staatsanwältin, allerdings näher bei Anna. Ihre langen dunklen Haare waren unter ihrer Perücke zu einem tiefen Dutt zusammengebunden. Anna konzentrierte sich auf ihr gelassenes, ovales Gesicht.

Lindy legte die Hände auf ihr Rednerpult. »Euer Ehren, wie meine werte Kollegin hier angedeutet hat, hat meine Mandantin der Polizei gegenüber eine vollständige und offene Aussage gemacht. Die ermittelnde Beamtin hat festgehalten, dass meine Mandantin Reue bekundete. Meine Mandantin begreift voll und ganz, dass das, was sie getan hat, falsch gewesen ist.

Die Umstände, unter denen sie die Entscheidung traf, Charlie Seybold mitzunehmen, sollten gut verstanden werden. Nicht als Entschuldigung, sondern als Erklärung und als mildernder Umstand bezüglich ihrer moralischen Schuld. Um Charlie Seybold zu helfen, unternahm meine Mandantin zuerst mehrere Versuche auf legalem Wege, und erst als sie große Angst um das Leben des Kindes verspürte, unternahm sie den unklugen Schritt, das Kind wegzuschaffen. Ihre Handlungsweise hatte positive Beweggründe, war jedoch zutiefst fehlgeleitet. Ich beziehe mich auf bereits eingereichtes Beweismaterial, die Abschrift von Charlie Seybolds Anhörung durch Beamte der Spezialeinheit für Kindesmissbrauchsdelikte, in der das Kind die Information preisgab, es werde manchmal von seiner Mutter gebissen. Euer Ehren, ich schlage vor, die Angeklagte, Ms. Pierce, anzuhören. Sie möchte Ihnen aus erster Hand von ihren Beobachtungen bezüglich der Gefährdung des Kindes berichten, einschließlich ihrer Beobachtungen bezüglich der Bissverletzung. Ich rufe Anna Pierce in den Zeugenstand.«

Eine Gerichtsdienerin tauchte neben Anna auf und öffnete die niedrige Holzpforte der Anklagebank. Die Frau führte Anna über den Teppich auf den Richter zu. Alle Blicke waren auf sie gerichtet. Ihre Beine waren vor Kälte steif, und ihr kam der schreckliche Gedanke, sie könnte auf den Stufen, die zum Zeugenstand führten, stolpern.

Die Beamtin sagte: »Schwören Sie feierlich und aufrichtig und bestätigen Sie, dass Ihre Aussage der Wahrheit entspricht, der ganzen Wahrheit und nichts als der Wahrheit? Wenn ja, sagen Sie bitte: ›Ja, ich schwöre.‹«

»Ja, ich schwöre.«

Anna hörte den Richter, als er sich auf seinem Platz zurechtsetzte, das Rascheln seiner schwarz-purpurroten Robe. Befand sich der Zeugenstand so dicht beim Richter, um die Zeugen nervös zu machen?

Lindys Blick ruhte auf ihr. War Anna anzusehen, wie durcheinander sie war?

»Wie lautet Ihr vollständiger Name?«

»Anna Rose Pierce.«

»Ms. Pierce, was ist Ihnen an Charlie Seybold als Erstes aufgefallen, das bei Ihnen Sorge um die Sicherheit und das Wohlergehen des Mädchens auslöste?«

Anna schluckte. »Ich habe einen Biss an ihrem Bein gesehen. Er sah wie ein Biss von einem Menschen aus.«

Lindy nickte. »Könnten Sie den Biss bitte beschreiben?«

»Er war wie ... ein sehr dunkler Bluterguss in Form von zwei Halbkreisen ... Ich konnte die Zahnabdrücke erkennen, und da war ein wenig getrocknetes Blut.«

»Euer Ehren, als Beweismittel lege ich ein Foto vor, das meine Mandantin von dem Biss gemacht hat, vier Tage, nachdem sie ihn das erste Mal gesehen hatte. Der Bluterguss war bis dahin etwas zurückgegangen.«

Der Richter nahm das Foto und betrachtete es eingehend.

Lindy bat Anna, den Moment zu beschreiben, als sie den Biss zum ersten Mal an Charlies Bein bemerkt hatte, und während Anna redete, war es, als würde sie sich selbst zusehen, wie sie vor all den Monaten auf dem Boden neben dem Sofa kniete, völlig ahnungslos, auf welche Weise dieser Moment ihr Leben verändern würde. Ahnungslos, dass sie von dem Zeitpunkt an auf Charlie eingestellt sein würde. Selbst jetzt, hier im Zeugenstand, wusste sie, dass Charlie in der Vorschule war und ihre Uniform mit den weiten Shorts trug und dass sich in der pinkfarbenen Lunchbox des Mädchens die Mais-und-Feta-Teilchen befanden, die sie am Wochenende gemeinsam gemacht hatten.

Als Anna beschrieb, wie Harlan Charlie im Garten verkehrt herum gehalten hatte, überraschte es sie, wie sehr es sie aus der Fassung brachte, ihn heraufzubeschwören, selbst in dem sterilen Gerichtssaal. Doch sie wusste, dass sie den Vorfall in allen Einzelheiten wiedergeben musste, um den Richter von der Gefahr zu überzeugen, in der Charlie geschwebt hatte.

»Und wie hat die Kleine auf den Angriff reagiert?«, fragte Lindy.

»Sie wirkte völlig verängstigt. Sie ist durch ein Loch im Zaun auf meine Seite gekrochen und hat sich unter einem Busch versteckt …« Anna sprach mit festerer Stimme. »Sie hat sich ganz eng zu einer Kugel zusammengerollt, und als ich sie endlich dazu überreden konnte hervorzukommen, habe ich gesehen, dass sie … in die Hose gemacht hatte.«

»Warum haben Sie nicht abgewartet, bis die Mutter des Kindes nach Hause kam, und haben das Kind wieder in die Obhut der Mutter übergeben?«

»Weil Charlie mir, sobald wir im Haus waren, erzählt hat, dass ihre Mutter danebengestanden und zugesehen hatte, wie ihr Stiefvater ihren Kopf in die Toilette gesteckt und die Spülung betätigt hatte. Danach hatte ich kein Vertrauen mehr in die Fähigkeit der Mutter, ihr Kind zu beschützen. Und später, als wir bei meinem Freund Pat eintrafen, hat sie mir erzählt, dass ihre Mutter sie am Arm verletzt hatte.«

»Euer Ehren, so weit die erste Zeugenvernehmung von Ms. Pierce, doch bevor Ms. Carson sie ins Kreuzverhör nimmt, darf ich bitte ein Foto als Beweis vorlegen, das meine Mandantin vom Arm des Kindes gemacht hat, am Abend, bevor sie das Kind mit sich genommen hat. In der Abschrift der Anhörung von Charlie Seybold durch die Spezialeinheit für Kindesmissbrauchsdelikte heißt es, das Mädchen habe gesagt, sein Arm habe zu dem Zeitpunkt, als Anna Pierce es mitnahm, eine Verletzung aufgewiesen und dass die Verletzung erfolgt sei, als seine Mutter es bei ihnen zu Hause eine Treppe hinuntergestoßen habe. Danke.« Sie setzte sich und sortierte ihre Unterlagen.

Anna warf dem Richter einen Blick zu und merkte, dass er sie ansah. Er hatte ein gütiges Gesicht, trotz der eigenartigen Perücke, und er sah müde aus.

Die Oberstaatsanwältin räusperte sich. »Ms. Pierce, an dem Tag, an dem Sie Charlie Seybold entführt haben, warum haben Sie da nicht bei der Polizei angerufen, wie Ihnen die Frau vom telefonischen Beratungsdienst vorgeschlagen hatte?«

»Weil die Polizei schon einmal da gewesen war und Charlie mir erzählt hatte, sie habe nach deren Auftauchen viel Ärger bekommen. Nach dem Vorfall im Garten nur eine halbe Stunde vorher hatte ich Angst, dass Charlie, falls sie wieder Ärger bekäme, vielleicht schwer verletzt werden würde – oder Schlimmeres.«

»Hatten Sie Sorge, dass Ihre Handlungsweise, das Kind mitzunehmen und gefangen zu halten, seiner mentalen und emotionalen Verfassung abträglich sein würde?«

Anna holte Luft. Sie würde die Wahrheit sagen, als könnte das all die anderen Lügen wettmachen, die hier heute erzählt werden würden und die sie selbst die ganze Zeit über erzählt hatte.

»Anfangs nicht, aber als wir erst einmal bei meinem Freund Pat eingetroffen waren, schon, da habe ich mir Sorgen gemacht. Im Laufe der Zeit dann habe ich mir deswegen weniger Sorgen gemacht.«

»Warum haben Sie sich weniger Sorgen gemacht?«

»Weil sie glücklich wirkte und nicht sonderlich aus der Fassung zu sein schien, weil sie von ihrer Mutter getrennt war.«

»Sie sagen *nicht sonderlich aus der Fassung*. War sie also schon noch ein wenig aus der Fassung?«

»Sie hat davon geredet, sie wünschte, ihre Mutter würde kommen und bei uns wohnen, aber sie hat nicht darum gebeten, zu ihrer Mutter zurückzukehren.«

»Hat sie Sie denn anfangs darum gebeten, sie zu ihrer Mutter zurückzubringen?«

»Sie wollte ihre Mutter sehen, aber sie hat gesagt, sie wolle nicht zurück, wenn er dort sei. Harlan, meine ich.«

»Wie oft hat sie gesagt, sie wolle ihre Mutter sehen?«

Anna dachte an den Abend zurück, als Charlie in die Dunkelheit gelaufen war. »Vielleicht drei- oder viermal.«

»Hat Ihnen das Sorge bereitet, ihr ausdrücklicher Wunsch, bei ihrer Mutter zu sein und nicht bei Ihnen?«

»Ja, ich war besorgt, aber ich entschied, dass es das kleinere Übel war, sie von ihrer Mutter zu trennen.«

Die Staatsanwältin hielt inne und verschränkte die Arme. »Wären Sie auf unbestimmte Zeit auf der Hütte in der Nähe von Patrick Fenlans Grundstück geblieben, wenn Sie nicht am zweiten März verhaftet worden wären?«

»Ich wusste, dass wir letzten Endes geschnappt werden würden.«

»Wären Sie auf unbestimmte Zeit dort geblieben, wenn Sie nicht verhaftet worden wären?«

»Ich hätte es mir durch den Kopf gehen lassen. Ja.«

»Danke. Keine weiteren Fragen.«

Anna fühlte sich ausgelaugt und zittrig. War es ein Fehler gewesen zu sagen, sie wäre auf unbestimmte Zeit dort geblieben? Das zeigte nicht viel Reue, oder? Sie musste aufs Klo, und sie brauchte eine Jacke. Sie versuchte, so zu tun, als würde sie zuhören, als Lindy einen Bericht von der Psychologin vorlegte, die Anna besucht hatte, und einen Bericht darüber, wie unterfinanziert das Jugendamt war. Dann sagte Lindy etwas über Dave, die Tür des Gerichtssaals schwang auf, und Dave verneigte sich vor der Richterbank und überquerte dann in seinem dunklen Anzug den Teppich. Dieser schlaksige Gang war Anna so vertraut, so lieb. Bei ihrem letzten Telefonat, eine Woche vor der Verhandlung, hatte sie ihn gefragt, ob Schluss sei. »Ich muss nur bis zum Prozess auf Pause drücken«, hatte seine Antwort gelautet.

Im Zeugenstand erklärte er, dass er die Wahrheit sagen werde, und sah Lindy erwartungsvoll an. Anna wünschte, er würde zu ihr herüberschauen, wenn auch nur für einen Moment.

»Sie sind Anna Pierce's Partner?«

»Ähm, ja. Zu dem Zeitpunkt ja.« Es war also Schluss. Sie hatte keinen Anspruch mehr auf ihn.

Lindy nickte leicht, und falls sie überrascht war, ließ sie es sich nicht anmerken. Sie ging mit ihm die Ereignisse des Abends durch, als sie zu Charlies Haus hinübergegangen waren, und fragte dann: »Und hat Ms. Pierce Ihnen von anderen Gelegenheiten erzählt, an denen sie sich Sorgen um die Sicherheit des Kindes machte?«

»Ja, da hat es mehrere Gelegenheiten gegeben. Am Abend, bevor sie das Kind mitnahm, hat sie bei mir angerufen und erzählt, Charlie sei um elf Uhr abends aus dem Haus ausgesperrt worden. Anna hat mir ein Foto von einer Verletzung am Arm des Mädchens gesimst, die ihr an dem Abend zum ersten Mal aufgefallen war.«

Endlich sah Dave zu Anna, ein flüchtiger, zärtlicher Blick.

»Mr. Wilkins, als Sie mit Ms. Pierce telefoniert haben, während sie Sydney mit dem Kind am 5. Dezember 2015 verlassen hat, haben Sie ihr gesagt, dass sie das Kind nicht mitnehmen solle und dass Kindesentführung eine sehr schwerwiegende Straftat sei, stimmt das?«

»Ja. Das stimmt.«

»Was hat Ms. Pierce Ihnen während dieses Telefonats über den tätlichen Angriff erzählt, den sie am Morgen des 5. Dezembers mit angesehen hatte?«

»Sie sagte«, er räusperte sich, »sie sagte, sie habe gesehen, wie der Stiefvater das Kind an den Füßen in der Luft gehalten und heftig hin und her geschüttelt habe und dass der Kopf des Mädchens herumgewackelt habe. Und dass er das Kind angeschrien und erst aufgehört habe, als Anna ihm zugerufen habe, damit aufzuhören.«

»Und als Sie Ms. Pierce während dieses Telefonats dazu

drängten, das Kind zurück nach Hause zu bringen, was hat sie da gesagt?«

»Sie sagte, sie befürchte, das Kind würde umgebracht werden.«

»Hatten Sie irgendwelche Zweifel daran, dass ihre Sorge aufrichtig war?«

»Nicht den geringsten Zweifel.«

»Nach allem, was Sie am Abend des 1. Dezember 2015 gehört und gesehen hatten, und was Ms. Pierce Ihnen in der Folge erzählt hat, haben Sie sich Sorgen um Charlie Seybolds Sicherheit gemacht?«

»Ja.«

Auf dem Weg aus dem Gericht blieb Dave in der öffentlichen Galerie stehen und schüttelte Annas Dad die Hand. Sie hatte ihrem Dad erzählt, sie würde jeden Samstag zu Dave fahren. Jetzt hatte er aus Daves Mund vernommen, dass sie nicht mehr zusammen waren.

Anna war das Lügen leid. Und schon bald würde Prue vorne stehen und ebenfalls Meineid begehen. Und wenn sich Prue verplapperte? Es könnte ohne Weiteres geschehen, dass Prue preisgab, Anna zu kennen, oder etwas erwähnte, das Anna ihr erzählt hatte. Anna verspürte ein dumpfes Gefühl der Unvermeidlichkeit, als wäre die Haftstrafe bereits im Anrollen, und sie hätte keine Möglichkeit, etwas am Lauf der Dinge zu ändern.

Lindy gab dem Richter Dokumente, die sie beim Jugendamt beantragt hatte, und bezog sich dann auf Charlies polizeiliche Anhörung und den Bericht des Mädchens von Harlans Misshandlungen. Anna versuchte, nicht hinzuhören. Es war schwer, sich Charlies kindliche Worte, mit denen sie die Brutalität beschrieben hatte, an diesem Ort anzuhören, wo vielleicht die Entscheidung fiele, die Anna daran hindern würde, Charlie zu helfen. Anna wusste, dass Prue unsanft mit dem Mädchen umging. Was würde geschehen, wenn Anna als Vermittlerin fehlte?

Drüben in der öffentlichen Galerie saßen zwei Männer, die aussahen, als könnten sie Cops sein, und hinten die Polizistin. Karen.

Annas Dad saß in seinem guten Anzug in der ersten Reihe und machte sich Notizen. Er und Anna waren am Tag zuvor von Orange hergefahren und in einem Hotel in Darling Harbour abgestiegen. Er sah klein und gebrechlich aus, oder vielleicht wirkte er nur so neben den unverbrauchten, stämmigen Anzugtypen in seiner Nähe.

Sie hatte niemals Zweifel an der Liebe ihres Dads gehegt, doch vor ihrer Zeit mit Charlie hatte sie nie einen Gedanken an die vielen praktischen Handgriffe verschwendet, mit denen er in ihrer Kindheit für sie gesorgt hatte: Pausenbrote vorzubereiten, Kleidung zu kaufen, sie zu Basketballspielen zu fahren. Anna beobachtete ihn, während er über seinen Notizblock gebeugt dasaß und aufmerksam mitkritzelte.

Anna schlug ein Bein über das andere. Ihr war so kalt, dass ihre Füße schon ganz taub waren.

Lindy hatte Nella, Charlies Nachbarin aus der Wohnwagensiedlung, aufgespürt. Sie sah um die siebzig aus und war dünn und gedrungen mit pechschwarzem Haar. Beim Sprechen rang Nella die Hände.

»Gabby hat sie dauernd angeschrien. Und ich habe oft gesehen, wie sie sie geschlagen hat.«

»Hat Gabby Charlie je allein gelassen?« Lindys Stimme klang freundlich.

»Ja. Oft. Und ich habe der Kleinen dann zu essen gegeben und sie überredet, in meinen Wagen rüberzukommen.«

»Wie lange hat die Mutter das Mädchen allein gelassen?«

»Das Schlimmste waren zwei ganze Nächte. Damals war sie gerade erst vier Jahre alt geworden.« Sie schüttelte den Kopf.

»Haben Sie beim Jugendamt angerufen, Mrs. Alberti?«

»Ja. Meine Tochter hat mir geholfen.« Sie sah zur Galerie und lächelte dort jemandem zu.

»Wie oft haben Sie aus Sorge um Charlie beim Jugendamt angerufen?«

»Ein Mal.« Ihre Stimme war leise.

»Danke, Mrs. Alberti.«

Anna war froh, in der Pause die Anklagebank verlassen zu können. Sie ließ sich von Lindy durch die Flügeltür in den Wartebereich führen. Dort bemerkte sie Prue, die zusammengesackt auf einem Stuhl saß, den Rollator vor sich. Lindy führte Anna in ein kleines karges Büro in der Nähe des Wartesaals, wo Annas Vater schon auf sie wartete.

»Das haben Sie gut gemacht, Anna«, sagte Lindy, während sie die Perücke abnahm und auf den Schreibtisch legte. »Und Nella war auch gut. Sie war nervös, aber sie hat ihre Sache wirklich gut gemacht.«

»Können Sie ein bisschen besser einschätzen, ob ich eine Bewährungsstrafe bekommen werde?«, fragte Anna. Lindy musste doch jetzt, da die Sache in Gang gekommen war, eine genauere Vorstellung haben.

»Tja, wir haben gewusst, dass die Staatsanwaltschaft eine Haftstrafe fordern würde. Wie ich schon sagte, ist sie dazu mehr oder weniger verpflichtet. Wir werden sehen müssen, wie sich die Dinge entwickeln. Wie Sie ja wissen, handelt es sich hierbei um einen ungewöhnlichen Fall. Der Richter hat keine anderen Fälle, mit denen er Ihren vergleichen kann.« Sie lächelte. »Wir tun unser Bestes. Ich bin optimistisch.« Sie trank aus der metallenen Wasserflasche auf dem Schreibtisch.

»Ich sollte mich der Großmutter vorstellen gehen. Ich bin gleich wieder da.«

Annas Dad reichte ihr einen Styroporbecher mit Tee. »Bitte schön, Liebes.«

»Danke, Dad.« Er hatte löffelweise Zucker in den Tee gegeben. Sie sah durch die halb geöffnete Tür und fragte sich, ob Dave schon fort war. Er wusste doch bestimmt auch, wo sie sich während der Pause aufhalten würde.

Lindy kehrte mit sich bauschender Robe ins Zimmer zurück.

»Verflucht noch mal, die Oma ist ja wirklich alles andere als gesund! Die Ärmste. Ich hoffe, sie schafft das. Carly ist los, ihr etwas süßes Gebäck holen.«

»Aber sie ist Diabetikerin«, sagte Anna.

Einen langen Moment betrachtete Lindy Anna unverwandt. »Ach ja?«

Anna nickte, den Kiefer angespannt. »Angeblich.«

Lindy wusste Bescheid. Sie musste Bescheid wissen.

»Da drinnen ist es zu kalt«, sagte Anna. »Ich habe meine Jacke im Hotel gelassen.«

Ihr Dad zog sein Anzugjackett aus. »Hier, nimm das, Liebling.«

»Nein.« Lindy schüttelte den Kopf. »Das wird sackartig und seltsam aussehen. Es ist heute wirklich besonders kalt da drinnen. Nehmen Sie die hier, Anna.« Sie zog eine graue Strickjacke aus der Tasche.

»Danke.« Die Strickjacke duftete nach einem blumigen Parfum.

Auf dem Rückweg ins Gericht kamen sie an Prue vorbei, die sich umgesetzt hatte. Sie blickte zu Anna auf und lächelte. Anna erwiderte das Lächeln und sah dann weg. Eigentlich sollte sie überhaupt nicht wissen, wie Prue aussah.

Das summende Gefühl in ihrer Brust nahm zu, als sie durch die Flügeltür trat. Sie musste jeden Atemzug bewusst tun, als wäre ihr Körper nicht mehr sicher, wie es ging.

»Bitte erheben Sie sich.«

Der Richter trat durch eine Seitentür neben der Richterbank ein und setzte sich. Anna nahm auf der Anklagebank Platz.

Eine Polizistin hielt Prue die Tür auf. Prue stützte sich auf dem Weg durch die öffentliche Galerie schwer auf ihren Rollator. Sie sah sich nicht um, sondern schlurfte unbeirrt vorwärts, mühsam atmend. Sie trug ein rosafarbenes Kleid und hatte sich die Haare legen lassen.

»Madam«, sagte der Richter, »falls es Ihnen schwerfallen sollte, die Stufen in den Zeugenstand hochzusteigen, können wir es so einrichten, dass Sie Ihre Aussage dort unten machen.«

Prue schüttelte den Kopf. »Nein, es geht schon.«

Langsam stieg sie die Stufen in den Zeugenstand hoch und setzte sich umständlich hin. Sie sah auf, direkt zu Anna, und sie hielten einen Moment Blickkontakt, sodass es der ganze Gerichtssaal sehen konnte. Anna setzte eine ausdruckslose Miene auf.

Wegschauen, Prue.

Die Gerichtsdienerin erschien an Prues Seite, und Prue leistete ihren Eid, mit zu lauter Stimme, als sei ihr nicht aufgefallen, dass sich vor ihr ein Mikrofon befand. Meineid war wahrscheinlich an sich schon eine Straftat, die eine Gefängnisstrafe nach sich ziehen konnte, dachte Anna. Begriff Prue die Schwere dessen, was sie gleich tun würde?

Bitte nicht verplappern.

Lindy erhob sich. »Wie lautet Ihr voller Name?«

»Prudence Ann Seybold.«

»Und in welchem Verhältnis stehen Sie zu Charlie Seybold?«

»Ich bin ihre Großmutter. Großmutter mütterlicherseits.«

»Und Ihre Enkelin wohnt derzeit bei Ihnen, ist das richtig?«

»Ja.«

»Wann haben Sie das Mädchen das letzte Mal gesehen, bevor es am zweiten März bei Ihnen eingezogen ist?«

Keuchend räusperte sich Prue. »Eine Weile nicht. Ungefähr anderthalb Jahre lang nicht. Meine Tochter und ich hatten ein Zerwürfnis.« Sie richtete eine Manschette ihres rosafarbenen Kleids.

»Und als Sie Ihre Enkelin vor dem Zerwürfnis gesehen haben, was jetzt beinahe zwei Jahre her sein muss, hatte es da den Anschein, als würde sich Ihre Tochter gut um sie kümmern?«

»Nein.«

»Was ist Ihnen an Ihrer Enkelin aufgefallen, Mrs. Seybold?«

»Sie war zu dünn. Ein echt dürres kleines Ding.« Prue starrte Lindy an. »Und …«, sie bewegte den Kopf, als wäre ihr Hals eingeschnürt, »Und sie hat einfach … kränklich ausgesehen. Leidend. Sie hatte hier eine Entzündung«, Prue tippte sich auf den Unterarm, »um die sich Gabby kein bisschen gekümmert hat. Ich habe mir deswegen Sorgen gemacht. Die Stelle war echt scheußlich.«

»Ihre Enkelin hatte eine Entzündung am Arm?«

»Ja. Scheußliche Furunkel.«

Anna waren ein paar Pockennarben an Charlies rechtem Unterarm aufgefallen.

»Worum ging es bei dem Zerwürfnis mit Ihrer Tochter?«

»Geld. Sie hat sich bei mir Geld für die Miete geliehen, hat es aber nicht dafür hergenommen und ist aus der Wohnung geworfen worden, in der sie lebte. Und hat es nicht zurückgezahlt.«

Allmählich klang Prue selbstsicher. Anna wusste, dass Bridget, die Rechtsanwältin, recht ausgiebig mit ihr telefoniert hatte.

»Und wie hat Ihre Enkelin auf Sie gewirkt, als sie am zweiten März diesen Jahres zu Ihnen in Obhut kam?«

»Sie hat viel gesünder gewirkt als beim letzten Mal, als ich sie gesehen hatte. Sie hatte zugenommen. Bessere Farbe in den Wangen. Einfach gesünder.«

»Und wie würden Sie ihre emotionale Verfassung beschreiben, als sie im März zu Ihnen kam?«

»Durcheinander. Sie hat mich immer wieder gefragt, warum die Polizei sie abgeholt hat, und sie wollte, dass ich Anna anrufe.« Prue senkte die Stimme. »Sie hat sich nicht daran erinnert, mir je begegnet zu sein ... Ich meine, sie wusste, dass ich ihre Oma bin ...« Sie sah nach unten. »Aber sie wollte nicht bei mir sein.« Sie warf Anna einen Blick zu. »Sie hat mich dauernd gebeten, ihre Mutter und Anna anzurufen und ihnen zu sagen, dass sie kommen sollen. Sie hat einfach nicht aufhören wollen.«

Anna schluckte.

»Was haben Sie getan?«

Warum fragte Lindy sie das? Annas Kehle war wie zugeschnürt.

Prue sah von Lindy zu Anna und wieder zurück. »Meine Tochter geht nicht ans Telefon, und von der Polizistin war mir gesagt worden, dass ich nicht versuchen soll, mit Anna in Kontakt zu treten. Aber ich hatte ihre Nummer ja sowieso nicht.«

Lindy nickte. »Was hat Charlie sonst noch über Anna gesagt und darüber, wie Anna sie behandelt hat, als sie auf der Flucht waren?«

»Sie hat mir davon erzählt, dass sie auf einer Hütte gewohnt haben und sie mit den anderen Kindern aus der Gegend gespielt hat. Sie wollte dorthin zurück. Sie redet immer noch davon. Sie hat gesagt, dass Anna ihr jeden Morgen Pfannkuchen zum Frühstück gemacht hat und dass sie Kakao getrunken haben und dass ich ihr das machen muss.« Prues Stimme zitterte. »Und sie hat gesagt, Anna habe ihr ein Buch über Koalas vorgelesen. Sie wollte, dass ich das Buch für sie finde. Und ich bin nicht dahintergekommen, welches Buch es gewesen ist … Versucht hab ich's.« Prue griff nach dem Glas Wasser auf dem Regal vor ihr.

Lindy wartete ab, während Prue trank und das Glas wieder abstellte. »Sagte Ihre Enkelin, dass sie ihre Mutter vermisst?«

»Ja. Aber eher am Anfang, als sie zu mir gekommen ist, jetzt nicht so sehr.« Prues Lippen waren zusammengepresst. Sie gab ein leises, keuchendes Husten von sich. »Sie wollte zurück in den Wohnwagen, in dem sie mit ihrer Mutter gelebt hat.«

Anna wünschte, Lindy käme zum Ende.

»Hat Ihre Enkelin Kontakt zu ihrer Mutter?«

»Na ja, eigentlich sollte Gabby zu Besuch kommen, zu einem Besuch unter Aufsicht.« Prue schüttelte den Kopf. »Sie ist einfach nicht aufgetaucht. Wir haben gewartet. Es war schrecklich.«

»Ist Ihre Tochter, soweit Sie wissen, drogenabhängig?«

»Sie hat Drogen genommen, als ich sie in der Wohnwagensiedlung besucht habe, damals vor unserem Streit.« Prue klang immer atemloser.

Anna hoffte, dass sie ihren Inhalator bei sich hatte.

»Ich habe die Pfeife und das Zeug neben ihrem Bett gesehen.«

»Das war vor ungefähr zwei Jahren?«

»Ja.«

»Wissen Sie, welche Drogen sie damals genommen hat?«

»Nein.« Prue verzog das Gesicht. Sie senkte den Blick. Über die Lautsprecher hörte Anna sie bebend einatmen.

Der Richter sagte: »Brauchen Sie eine kurze Pause, Madam?« Seine Stimme war freundlich.

Anna fragte sich, ob ihm – wie ihr selbst – in den Sinn gekommen war, dass Prue und er ungefähr im gleichen Alter waren.

Prue blickte auf. »Nein. Es geht schon. Danke.« Ihr Gesicht war aschfahl.

Lindy sagte: »Zwei abschließende Fragen, Mrs. Seybold. Ich werde Sie nicht viel länger belästigen. Ist Ihre Tochter mit Ihnen in Kontakt getreten, um Ihnen zu sagen, dass Sie sich fortan um Ihre Enkelin kümmern sollen?«

»Nein. Jemand hat angerufen. Ich weiß nicht, ob es jemand vom Sozialamt oder von der Polizei gewesen ist. Und ich habe versucht, Gabby anzurufen, aber sie ist nicht ans Telefon gegangen. Ein paar Tage, nachdem die Frauen vom Sozialamt Charlie zu mir nach Hause gebracht haben, rief Gabby mich endlich zurück.«

»Und als Sie mit Ihrer Tochter sprachen, hat Ihre Tochter gesagt, warum sie wollte, dass Sie sich um Ihre Enkelin kümmern?«

»Sie hat gesagt«, Prue blickte zu Anna auf, »sie hat gesagt, sie hat die Nase voll davon, Mutter zu sein, und dass es zu schwierig ist.«

Im Gerichtssaal herrschte Schweigen, nur die entfernte summende Maschine und Prues keuchender Atem waren zu hören.

Anna warf Lindy einen Blick zu. Legte Lindy eine Kunstpause ein?

»Danke, Mrs. Seybold«, sagte Lindy. »Keine weiteren Fragen, Euer Ehren. Aber ich möchte Ihre Aufmerksamkeit auf bereits vorgelegtes Beweismaterial richten, eine Abschrift einer polizeilichen Anhörung mit der Kindsmutter, in der sie auf das Sorgerecht für das Kind verzichtet.«

Der Richter nickte. »Danke, Ms. Allen.«

Er hob das Kinn in Richtung der Staatsanwältin. »Verehrte Oberstaatsanwältin?«

»Danke, Euer Ehren.« Sie stand auf.

Anna hatte nicht damit gerechnet, dass die Staatsanwältin Prue befragen würde. O Mist. Würde sie versuchen, sie dazu zu bringen, sich zu verplappern?

»Mrs. Seybold, geht Ihre Enkelin jetzt zur Schule?«

»Ja. Sie geht in die Vorschulklasse an der Nerang Public.«

»Und wie macht sie sich dort?«

Worauf wollte die Staatsanwältin hinaus? Hatte sie bemerkt, wie Anna und Prue sich im Wartebereich zugelächelt hatten, oder etwas in die Art interpretiert, wie Prue Anna im Gerichtssaal ansah?

»Ganz gut. Die Lehrerin sagt, sie ist dabei, sich einzugewöhnen. Allmählich geht es schon besser.«

Sie sah zu Anna, und Anna senkte den Blick auf den Schoß.

»Hat Ihre Enkelin irgendetwas Negatives über die drei Monate gesagt, die sie mit der Angeklagten in der Nähe von Mullumbimby verbracht hat?«

»Bei Anna?«

»Ja. Bei Anna.« Die Staatsanwältin sah zu Anna. Sie hatte das verhärmte Gesicht eines Menschen, der zu wenig aß oder zu viel Sport trieb.

Prue schüttelte leicht den Kopf. »Nein.«

Anna fragte sich, ob Charlie Prue irgendetwas darüber gesagt hatte, wie Anna sie das eine Mal angeschrien hatte.

»Sie hat Ihnen gegenüber also nichts Negatives angedeutet?«

»Nein.«

»Sie haben gesagt, das Mädchen habe ursprünglich nicht zu Ihnen gewollt. Wie lebt es sich mittlerweile bei Ihnen ein?«

»Es geht so.«

Die Staatsanwältin nickte. »Danke, Mrs. Seybold. Keine weiteren Fragen, Euer Ehren.«

Anna beobachtete, wie Prue den Gerichtssaal verließ, das

Gesicht der alten Frau grimmig, während sie sich darauf konzentrierte, ihren Rollator vor sich herzuschieben. Sie musste erschöpft sein. Es war bestimmt eine Qual für sie gewesen, heute hierherzukommen, selbst mit der Hilfe der jungen Rechtsanwältin, die Lindy abbestellt hatte, damit jemand sie in Sydney vom Flughafen abholte. Anna hoffte, dass sich ihr Gesundheitszustand nicht verschlimmern würde.

Und wenn Prue zu krank wäre, um sich um Charlie zu kümmern? Wenn Anna im Gefängnis war, käme Charlie in eine Pflegefamilie, oder vielleicht würde Gabby wieder auf der Bildfläche erscheinen und Charlie haben wollen. Vielleicht würde Charlie verschwunden sein, wenn Anna aus dem Gefängnis käme.

»Das Mädchen hat bei seiner Ankunft sehr durcheinander gewirkt. Es war bleich und hatte dunkle Ringe unter den Augen.« Pat fuhr sich mit einem Finger unters Auge. In diesem Umfeld sah er schmuddelig aus, selbst in seinem grauen Anzug und mit gekämmtem Haar. »Es war dünn und recht ... nervös.«

»Ist Ihnen ein Bluterguss an Charlies Unterarm aufgefallen?«, fragte Lindy.

»Ja. Bei ihrer Ankunft. Es war ein dunkler, großer Bluterguss. Offensichtlich sehr schmerzhaft.«

»Benötigte das Mädchen Schmerzmittel wegen des Blutergusses?«

Er nickte. »Anna hat ihr eine halbe Paracetamoltablette gegeben – zweimal in meinem Beisein.«

»Wie hat sich Ms. Pierce Ihrer Meinung nach um das Kind gekümmert?«

»Sehr gut. Sehr aufmerksam. Sie hat das Kind niemals allein gelassen. Sie hat die Kleine gut ernährt, und zwar mit gesundem

Essen. Sie hat ihr Bücher vorgelesen und mit ihr gespielt. Charlie hat viel gespielt, sie hat viel Zeit im Freien verbracht. Beim Schwimmen und … Spielen.«

Anna spürte unvermittelt Dankbarkeit und Liebe für Pat in sich aufsteigen. Sie hatte ihm so viel abverlangt, und er hatte sie nie im Stich gelassen. Und sie wusste noch immer nicht, ob die Polizei Sabine auf die Schliche gekommen war. Egal wie diese Sache ausgehen würde, wenn sie erst einmal vorüber wäre, würde sie endlich mit ihm reden und ihm erneut danken können.

»Haben Sie Ms. Pierce und Charlie ins Krankenhaus begleitet, als das Kind Fieber hatte und sich erbrach, am sechsundzwanzigsten Februar dieses Jahres?«

»Ja.«

»Mr. Fenlan, wie kam es zu der Entscheidung, das Kind ins Krankenhaus zu bringen?«

»Anna hat sich große Sorgen gemacht. Sie hat sich Sorgen gemacht, Charlie könnte etwas richtig Schlimmes haben, also sind wir losgefahren.«

»Wie würden Sie Charlies körperliche und emotionale Verfassung zum Zeitpunkt von Ms. Pierce's Verhaftung am zweiten März beschreiben?«

»Ich habe Charlie am Tag zuvor gesehen, und sie machte mir einen gesunden und glücklichen Eindruck, wie sie es schon viele Wochen lang getan hatte, abgesehen von der einen kurzen Erkrankung. Anna hat sich sehr gut um sie gekümmert, und ich habe beträchtliche wechselseitige Achtung und Liebe miterlebt.«

»Danke, Mr. Fenlan. Keine weiteren Fragen.«

»Ms. Allen, Ihre Mandantin hat sich große Mühe wegen dieses Kindes gemacht«, sagte der Richter. »Sie hat, wie man hört, eine enge Beziehung zu dem Mädchen entwickelt. Wie lauten die Absichten Ihrer Mandantin, was einen zukünftigen Kontakt zu dem Kind betrifft?«

Lindy sah auf Bridget hinunter und sagte dann: »Ich werde mich diesbezüglich informieren, Euer Ehren.«

Bridget eilte zu Anna auf der Anklagebank und flüsterte mit kaum vernehmbarer Stimme: »Er will wissen, ob Sie Charlie in Zukunft sehen möchten.«

»Was sage ich am besten?«, flüsterte Anna zurück.

»Na ja, am besten die Wahrheit, aber wahrscheinlich wäre es am besten, wenn die Wahrheit lauten würde, dass Sie *keinerlei* Kontakt beabsichtigen.«

Anna sah zu ihrem Dad hinüber, der sie beobachtete.

»Die Wahrheit lautet, dass ich gern Kontakt hätte, solange es der Großmutter recht ist.«

Bridget nickte, kehrte zu Lindy zurück und flüsterte ihr kurz etwas ins Ohr.

Lindy richtete sich auf. »Euer Ehren, meine Mandantin hätte in Zukunft gern Kontakt zu dem Kind, allerdings nur, falls das der Großmutter des Kindes und natürlich dem Kind selbst recht sein sollte.«

Der Richter nickte und notierte sich etwas. Wahrscheinlich hätte Anna sagen sollen, was Bridget vorgeschlagen hatte, aber es hätte doch gewiss nicht plausibel geklungen, dass sie Charlie nach allem den Rücken zukehren würde. Der Richter hätte das gewusst.

Und jetzt wusste auch das Jugendamt, dass Anna Kontakt haben wollte. Lindy hatte gesagt, vielleicht sei jemand vom Jugendamt in der Galerie. Anna sah hinüber. War es die junge Frau mit dem braunen Pferdeschwanz? Oder der dünne Mann in der letzten Reihe?

Hier im Gerichtssaal hatten sich so viele Menschen versammelt, um Anna abzukanzeln. Wie viel kostete das alles den

Staat? Und wo waren diese Menschen gewesen, als Charlie sie brauchte? Anna ließ ihre Gedanken abschweifen, während die Staatsanwältin redete. Ob sie zuhörte oder nicht, würde jetzt keinen Unterschied mehr machen.

»Verehrte Oberstaatsanwältin, sind Sie der Ansicht, dass eine Bewährungsstrafe ein Fehler wäre?« Die Stimme des Richters war laut.

»Nicht im Sinne eines berufungsfähigen Fehlers, Euer Ehren, aber ich erhalte meinen Antrag aufrecht.«

Lindy lächelte, zwar ein leichtes Lächeln, aber es genügte, um Anna Hoffnung zu machen, dass eine Bewährungsstrafe wahrscheinlich war.

»Danke, Ms. Allen«, sagte der Richter. »Danke, verehrte Oberstaatsanwältin. Ich beabsichtige jetzt, nachzudenken und das Urteil über die Angeklagte heute Nachmittag zu verkünden. Bitte entfernen Sie sich nicht vom Gerichtsgelände.«

»Bitte erheben Sie sich!«, rief jemand. Der Richter verließ die Richterbank und verschwand.

Lindy ging zu Anna. »Das ist eine Überraschung, dass er das Urteil schon so bald verkündet. Ich hätte nicht vor ein oder zwei Wochen damit gerechnet.« Sie legte die Hand auf den Rand der Anklagebank. »Wie geht es Ihnen?«

»Ist es ein gutes Zeichen, dass er das Urteil heute Nachmittag verkündet?« Anna hatte nicht die nötige Kraft aufzustehen. Vielleicht könnte sie sich auf dem Boden vor der Anklagebank zusammenrollen.

»Ich bin mir nicht sicher«, sagte Lindy. »Aber es ist ein gutes Zeichen, dass er der Staatsanwaltschaft gegenüber die Möglichkeit einer Bewährungsstrafe angesprochen hat und dass die Staatsanwaltschaft nicht denkt, dass es sich um einen berufungsfähigen Fehler handeln würde.«

»Demnach ist eine Bewährungsstrafe möglich.«

»Ja, auf jeden Fall möglich.«

»Aber es ist auch möglich, dass ich heute Nachmittag ins Gefängnis komme.«

»Ja. Auch möglich.«

44

Sie dachte an den Fluss, an die glitzernde Sonne auf seiner Oberfläche und den starken Strom des Wassers um ihre Knie, während sie hinauswatete. Genau in diesem Augenblick, während der Richter sprach, strömte der Fluss auf Pats Grundstück um die Felsblöcke und in das Wasserloch. Anna ließ sich von den Worten des Richters umspülen. Er hatte eine angenehme Stimme, doch Anna versuchte nicht zu verstehen, was er sagte. Er redete über sie, aber nicht in ihrer Sprache.

Anna sah zu Lindy hinüber, die den Blick auf die Richterbank gerichtet hielt. Lindy saß entspannt da, die Hände locker im Schoß, doch ihr Gesicht war konzentriert. Anna musste sich ein wenig vorbeugen, um ihren Dad sehen zu können, weil jemand vor ihm saß. In der öffentlichen Galerie befanden sich jetzt mehr Menschen. Medienleute, schätzte sie. Oder Neugierige. Ihr Dad beobachtete den Richter gespannt. Notizen machte er sich jetzt nicht mehr.

Falls der Richter sie zu einer Gefängnisstrafe verurteilen würde, würde sie an den Fluss denken. Sie würde sich jeden Tag an den Fluss versetzen und sich vorstellen, wie Charlie herumplanschte, und auch Macky, inmitten der sie umgebenden Berge.

»... ist es den Menschen nicht gestattet, das Gesetz in die eigenen Hände zu nehmen, und wenn sie es doch tun, betrachten die Gerichte diese Straftaten als etwas sehr Schwerwiegendes.

Wir haben in diesem Staat ein System zum Schutz von Kindern, und Fachleute die ein Kind sowie den Grad der Gefährdung kompetent beurteilen können.

Allerdings gibt es zahlreiche mildernde Umstände: Das Kind war gefährdet, und die Angeklagte hatte den Versuch unternommen, Hilfe durch professionelle Kanäle zu suchen, und es gibt Beweise, dass deren Reaktion in diesem Fall alles andere als ideal gewesen ist. Ein ganz besonders zwingender mildernder Umstand ist die Art, wie das Kind in der Obhut der Angeklagten aufgeblüht ist.«

Lindy hatte Anna erklärt, im Falle einer Bewährungsstrafe müsse sie damit rechnen, vom Jugendamt zu hören, nachdem sie ihren Wunsch nach Kontakt zu Charlie geäußert habe. »Prue ist ihr gesetzlicher Vormund und kann von daher entscheiden, wer babysittet oder mit Charlie spielt. Aber es auf diese Weise vor Gericht zur Sprache zu bringen bedeutet, dass das Jugendamt oder das dementsprechende Pendant in Queensland dazu verpflichtet sein wird zu überprüfen, ob Sie dazu geeignet sind, Zeit mit Charlie zu verbringen. Vielleicht hat der Richter deshalb danach gefragt, ich weiß es nicht.«

Der Richter hustete seitlich vom Mikrofon weg. »Es besteht kein Grund für eine spezifische oder persönliche Abschreckung. Ich sehe in Anbetracht der ungewöhnlichen Umstände, unter denen die Straftat begangen wurde, keinen Grund zur Sorge, dass die Angeklagte erneut straffällig werden würde. Allerdings ist es angebracht, eine Strafe zu verhängen, die zur allgemeinen Abschreckung dient.

Die Angeklagte ist hiermit schuldig gesprochen. Die Strafe wäre zwei Jahre Gefängnis gewesen, allerdings ist sie aufgrund ihres frühen Schuldgeständnisses und ihrer Zusammenarbeit mit den Behörden zu einem Nachlass von fünfundzwanzig

Prozent berechtigt, sodass es sich um eine Strafe von achtzehn Monaten Gefängnis handelt.«

Annas Blut rauschte unter ihrer Haut. Sie würde ins Gefängnis kommen. O Gott. Sie sah zu Lindy, die immer noch den Richter beobachtete.

»Unter Abschnitt 12 des *Crime Sentencing Procedure Act* wird die achtzehnmonatige Haftstrafe unter der Bedingung, dass die Angeklagte sich zu guter Führung verpflichtet, auf Bewährung ausgesetzt.«

Anna schloss die Augen. Die meisten Menschen im Gerichtssaal würden sie in diesem Moment beobachten. Doch sie konnte an nichts anderes denken als an Charlie, die hoch oben auf einem Felsblock in dem Fluss stand, die Arme ausgestreckt, und Anna angrinste.

45

Anna umgab die Helikonienzwiebel mit sandiger Erde und malte sich aus, wie die Pflanze wachsen würde, bis die paddelförmigen Blätter über ihren Kopf reichten. Während sie Wasser aus dem Schlauch auf die Reihe neuer Pflanzen tröpfeln ließ, spürte sie die Sonne auf ihren Nacken niederbrennen. Hier war selbst die Wintersonne heiß.

Sie wusch sich die Hände an der Küchenspüle. Auf die Uhr musste sie nicht noch einmal sehen, um zu wissen, dass die Sozialarbeiterin spät dran war.

Das System könnte Anna immer noch von Charlie fernhalten. Und diesmal gäbe es nichts, was sie tun könnte.

Vor einer Woche, am Tag, an dem sie in dieses Reihenhaus gezogen war, hatte Gabby bei Prue angerufen, um mit Charlie zu sprechen – ihr erster Versuch, mit ihr zu reden, seitdem sie nicht zu dem Besuch erschienen war. Anna und Prue saßen im Wohnzimmer und konnten hören, wie sich Charlie in ihrem Zimmer mit ihrer Mutter unterhielt, ab und zu nervös lachend. Nach ein paar Minuten erschien sie wieder und reichte Anna das Telefon.

Anna schüttelte den Kopf, doch Charlie hielt ihr das Telefon hin. »Sie will mit dir sprechen.«

Anna schluckte. »Hallo? Gabby?«

»Spricht da Anna?«

Anna hatte vergessen, wie heiser ihre Stimme war. »Ja. Ich bin's.«

»Ich bin immer noch ihre Mutter, wissen Sie? Daran können Sie nichts ändern.« Ihr Tonfall war monoton. Sie stand unter Drogen.

»Ich weiß. Sie werden immer ihre Mutter sein.«

Charlie stand am Kühlschrank, den Blick unverwandt auf Anna gerichtet.

»Gabby, es tut mir leid, dass ich sie Ihnen auf diese Weise weggenommen habe.«

Es herrschte Schweigen. Dann flüsterte Gabby: »Sie haben ja keine Ahnung.«

Prue setzte sich in ihrem Sessel zurecht. Am liebsten hätte Anna aufgelegt, doch sie hörte Gabby am anderen Ende atmen. Es stimmte natürlich. Sie hatte keine Ahnung, wie Gabbys Leben aussah oder von den Umständen, die dazu geführt hatten, dass Gabby ihre Tochter auf diese Weise verraten hatte.

»Anna?«

»Ich bin noch dran.«

»Sie gehört immer noch mir. Sie wird immer mir gehören.«

»Ich weiß.«

Gabby legte auf.

Die Sozialarbeiterin war jünger, als Anna erwartet hatte. Sie sah um die fünfundzwanzig aus. Anna bat sie herein und wies auf das blaue Sofa. Dann ließ sie sich gegenüber nieder, in dem neuen IKEA-Sessel, den Charlie aus dem Katalog ausgesucht hatte. Der Stoff war mit großen grünen Blättern übersät.

Anna lächelte die junge Frau an und goss ihr ein Glas Wasser aus dem Krug ein.

Die Sozialarbeiterin trank einen Schluck Wasser. Sie wirkte nervös. »Wie Sie wissen, hat Mrs. Seybold jetzt die elterliche Aufsichtspflicht für ihre Enkeltochter. Allerdings hat das Amt laufendes Interesse an Charlies Wohlergehen, und deshalb führen wir heute angesichts der Tatsache, dass Sie und Mrs. Seybold möchten, dass Sie Kontakt zu Charlie haben, diese Beurteilung durch.«

»Ja, ich verstehe.«

»Wie häufig wäre Ihrer Meinung nach Ihr Kontakt zu Charlie?«

Anna wusste, dass sie bereits mit Prue und Charlie gesprochen hatten und dass Lindy der Behörde eine Kopie des Berichts gegeben hatte, den die Psychologin über Anna verfasst hatte. »Na ja, ich würde sie gern ein paarmal in der Woche sehen. Vielleicht viermal. Ich würde dabei helfen, Charlie zur Schule zu bringen und abzuholen, denn Prue ist ja, wie Sie wissen, nicht sonderlich gut zu Fuß. Und ich ... würde nachmittags vielleicht mit Charlie in den Park oder ins Schwimmbad gehen. Und manchmal könnte sie hier übernachten.«

Die Frau nickte und machte sich ein paar Notizen. Ihre dunklen Haare lösten sich allmählich aus ihrem Dutt. Anna fragte sich, ob sie selbst Kinder hatte.

»Wohnen Sie in diesem Haus zur Miete?« Sie sah sich im Wohnzimmer um.

Annas Möbel passten überraschend gut hinein, obwohl das Haus so klein war. Allerdings hasste sie die weißen Kachelböden und hatte zu viel Geld für zwei wollene Läufer ausgegeben.

»Ja, ich miete es.«

»Auf welchen Zeitraum ist der Mietvertrag befristet?«

»Ein Jahr.«

Die Sozialarbeiterin kritzelte weitere Notizen aufs Papier. Anna war dieser Frau mit ihrem Klemmbrett auf Gedeih und Verderb ausgeliefert.

»Und arbeiten Sie?«

»Ja. Ich bin freiberufliche Designerin. Im Moment entwerfe ich ein Buch.«

»Und sind Sie in einer Beziehung?«

»Nein.«

Genau genommen stimmte das. Selbst wenn Dave sie zwei Abende zuvor angerufen hatte und sie sich eine Stunde lang unterhalten hatten. Er hatte angeboten, mit ihren Topfpflanzen die zehnstündige Fahrt die Küste hinauf anzutreten.

»Charlie und ihre Großmutter haben uns beide gesagt, wie wichtig Sie in ihrem Leben sind, und Mrs. Seybold sagt, Sie seien ihr eine echte Stütze gewesen.« Sie betrachtete Anna einen Moment. »Wie würden Sie Ihre Beziehung zu Charlie beschreiben?«

»Oh ... sehr gut.« *Ich liebe sie.*

»Und was sind Ihre Beweggründe dafür, Sydney zu verlassen und hierherzuziehen?« Die Frau wirkte jetzt nicht mehr so nervös. Sie betrachtete Anna unverwandt.

»Ich möchte alles in meiner Macht Stehende tun, damit dieses kleine Mädchen sicher und glücklich ist.«

Die Frau nickte. »Darf ich mir bitte Charlies Zimmer ansehen?«

Anna erhob sich. »Und wenn Sie zu der Einschätzung kommen, dass ich nicht geeignet bin, was dann? Können Sie mich daran hindern, sie zu sehen?«

»Na ja, theoretisch schon.« Die Frau lächelte. »Aber ich sehe nicht, warum wir das tun sollten.«

Leichten Herzens führte sie die Frau durch den kurzen Flur zu Charlies Zimmer. Sie standen nebeneinander im Türrahmen und betrachteten das Einzelbett mit der hellblauen Meerjungfrauen-Tagesdecke. Auf dem Boden neben dem Bett befanden sich ein Schaffell und ein pinkfarbenes Plastikschloss mit sechs violetten Türmen.

46

Anna erwachte, als ihr der Hund die Hand ableckte, was kein unangenehmes Gefühl war. Charlie stand neben Annas Bett und grinste. »Jetzt brauchst du dir nicht mehr die Hände waschen!«

Anna zog die Hand unter die Bettdecke und lächelte. »Eigentlich bin ich nicht so scharf auf Hunde-Händewaschen.«

Charlie hatte sich ein pinkfarbenes Balletträckchen über den Schlafanzug gezogen und am Hundehalsband ein grünes Glitzerband befestigt. Das Ende des Bands hielt sie in der einen Hand und ihren Feenstab in der anderen.

»Tja, guten Morgen«, sagte Anna. »Wie spät ist es?« Sie griff nach dem Handy.

»Guten Morgen, es ist definitiv Pfannkuchenzeit«, sagte Charlie und führte den Hund aus dem Zimmer.

Während Anna löffelweise Teig in die Pfanne gab, stand Charlie am Küchentisch und zog sorgfältig ihre Schuluniform an, ein Kleidungsstück nach dem anderen. Die marineblauen Shorts waren eine Nummer zu groß, aber das schien Charlie nicht zu stören. Während sie sich einen weißen Strumpf anzog, hielt sie inne.

»Wenn Tallys Schnauze wirklich so gut riechen kann, merkt Tally dann, wer von uns beiden diesen Stuhl angefasst hat?« Sie berührte die Rückenlehne eines der hölzernen Küchenstühle mit dem Finger.

Anna ließ die Pfannkuchen auf den Teller gleiten. »Ich glaube schon, dass sie es könnte. Hunde können genau sagen, wo jemand vorbeigegangen ist, selbst wenn die Person schon eine Ewigkeit weg ist. Sie laufen mit der Schnauze auf dem Boden herum.«

Charlie bückte sich, um dem Hund in die Augen zu sehen und ihm etwas zuzuflüstern. Der Hund – eigentlich immer noch ein Welpe – sprang vorwärts und schleckte ihr das Gesicht ab. Sie hatten Tally in einem Tierheim für entlaufene Hunde an der Gold Coast bekommen, wo die Frau den Welpen lächelnd als eine echte Promenadenmischung bezeichnet hatte. Tally hatte kurzes, gestromtes Fell und große Spitzohren, von denen Charlie sagte, sie würden sie an Ralph erinnern. Anna hoffte nur, der Hund würde nicht zu groß werden.

Charlie fand den anderen Strumpf und balancierte auf einem Bein, um ihn anzuziehen. »Wird Ralph sich an meinen Geruch erinnern, wenn sie mich sieht?«

»Hunde erinnern sich an jeden. Sie wird dich ganz sicher wiedererkennen.«

»Weißt du, wie ich rieche?«

»Ja.«

Charlie nickte zufrieden.

Zum Frühstück saßen sie an einem Tisch hinten im Garten. Die Teetasse in der Hand, stand Anna auf und zupfte Unkraut aus dem Kies. Anna war erst vor sechs Wochen eingezogen und hatte den Garten bepflanzt, aber er wirkte jetzt schon kühler und grüner. Pflanzen wuchsen hier so schnell.

Charlie tätschelte Tallys Rücken mit einem bestrumpften Fuß und sprach mit vollem Pfannkuchenmund. »Ich will nicht wieder dieses Hummuszeug in meiner Lunchbox. Kann ich lieber Pfannkuchen haben?«

»Du kannst zum Mittagessen zwei Pfannkuchen haben. Wie wäre es mit einem Salatsandwich?«

»Aber keine Karotten. Die schmecken nicht mit Käse.« Charlie gab dem Hund einen Pfannkuchen.

»Okay.«

»Ich glaube, ich habe mein Federmäppchen bei Oma gelassen.«

»Wir holen es auf dem Schulweg ab. Lass mich den einen Zopf noch richten. Da hat sich was gelöst. Halt kurz still.«

Charlies Haare waren gerade einmal lang genug für zwei kurze Rattenschwänze, die seitlich von ihrem Kopf abstanden. »Wo ist dein Schulhut?«

»Bei Oma?«

Als sie das Haus verließen, hielt Charlie Tally an der Leine. Der Hund zerrte vorwärts und zog Charlie den Gehweg entlang, um die Ecke und an den Läden vorbei zu Prues Haus. Prue saß auf ihrem Rollator vor ihrem Haus in der Sonne und winkte, als sie herankamen. Charlie ließ Tallys Leine los, und der Hund stürzte auf Prue zu und sprang an ihrem Rollator hoch.

»Runter! Runter mit dir, du dummer Hund!« Prue schlug nach dem Tier.

Anna zog Tally zurück.

»Ich habe mein Federmäppchen und meinen Hut hiergelassen, Oma.« Charlie hüpfte auf einem Bein das Himmel-und-Hölle-Spiel entlang, das sie mit Kreide vor Prues Haus aufgezeichnet hatte.

»Na, dann geh rein und such danach.« Prue deutete über die Schulter. Charlie schlenderte ins Haus.

Anna ging neben Prues Rollator in die Hocke, den Hund am Halsband gepackt. »Wie geht es dir? Wie hast du geschlafen?«

»Nicht schlecht.« Prue tätschelte Annas Schulter. »Ich bin früh aufgestanden und habe ihr Müsliriegel für die Lunchbox gemacht«, sagte Prue. »Auf der Arbeitsfläche. Geh und hol sie dir, Liebes.«

»Danke.«

Auf der Arbeitsfläche in der Küche befand sich ein Blech voll klebrig aussehender Müsliriegel.

»Gib ihr einen für ihre Brotzeit heute mit und nimm den Rest mit nach Hause!«, rief Prue. »Für ihren Besuch nächste Woche habe ich welche zur Seite gelegt. Kann sie übrigens lieber Dienstag- und nicht Montagabend zu mir kommen? Ich muss am Dienstagmorgen zum Arzt ...«

Anna steckte den Kopf aus der Tür. Prue hielt den Hund an der Leine und murmelte ihm zu, sich hinzusetzen.

»Sicher«, antwortete Anna. »Dienstag passt gut.«

»Danke, Liebes.«

Anna legte einen Müsliriegel in die pinkfarbene Plastiklunchbox mit dem riesigen CHARLIE-SEYBOLD-Etikett. Die Etiketten hatte Anna im Internet bestellt, versehentlich in einer Riesengröße. Charlie liebte es jedoch, auf allem ihren Namen zu haben. Anna fand die Aufkleber auf Charlies Bettzeug, an den Äpfeln in der Obstschale und am Hundehalsband.

Charlie erschien mit ihrem Federmäppchen. »Hier ist es!« Sie setzte ihren breitkrempigen Schulhut auf den Kopf und stellte den Knebelverschluss unter dem Kinn fester.

»Was ist das?« Sie berührte den klebrigen Riegel mit dem Finger.

»Ein Müsliriegel, den Oma für dich gemacht hat. Ich nehme den Rest mit nach Hause.«

»Ich habe eine Idee!«, sagte Charlie mit einem breiten Grinsen. »Nehmen wir sie mit zu Macky. Werden wir rechtzeitig zum Abendessen dort sein?«

»Ja, eigentlich schon. Wenn wir gleich nach der Schule wegkommen.«

»Dann können wir noch vor dem Abendessen an den Fluss gehen!«

»Nein. Zum Fluss runter schaffen wir es erst morgen Vormittag. Vielleicht, nachdem wir Pat und Sabine und Baby Oscar besucht haben.«

»Baby Oscar.« Charlie lächelte.

Anna rief zur Tür hinaus: »Hast du das gehört, Prue, wir nehmen die Riegel mit zu Macky! Als Nachspeise.«

»Gut, Liebes. Das ist gut.«

Charlie hüpfte an Anna vorbei aus dem Haus und den Weg entlang. Die Krempe ihres Huts flatterte. Der Hund stürzte ihr nach, die Leine hinter sich herschleifend.

Danksagung

Wie immer bedanke ich mich herzlich bei meinen Agentinnen bei Curtis Brown, Pippa Masson, Grace Heifetz Kate Cooper. Großen Dank allen Mitarbeitern bei Pan Macmillan, aber ganz besonders Alex Craig, Mathilda Imlah und Foong Ling Kong für ihr scharfsinniges Feedback und ihre Beratung. Auch bei Britta Hansen und Anna Baubin vom Diana Verlag und bei meiner Übersetzerin Ute Brammertz möchte ich mich herzlich bedanken.

Für Rat in medizinischen Fragen bedanke ich mich bei Brony Virtue RN, Dr. Blake Eddington, Dr. Ian Lennon und Michelle Daly. Für Rat in Rechtsangelegenheiten bedanke ich mich bei Dr. Kerri Mellifont, Richter David Heilpern, Dr. Jacoba Brasch und Lindsay Wootten. Für Gespräche über Polizeiangelegenheiten bedanke ich mich bei Shaunagh Cassidy, Warren Dick und dem Referat für Öffentlichkeitsarbeit der New South Wales Police. Mein Dank geht an Rhonda Sherrington, Mim Weber, Lindy Ellis, Jen Bond, Marion Armstrong und Helena Bernard, die mich an ihrem Wissen über Jugendschutz und kindliche Entwicklung teilhaben ließen. Etliche andere haben mir sehr bei meiner Recherche geholfen, ziehen es allerdings vor, an dieser Stelle unerwähnt zu bleiben. Ihr wisst, wer ihr seid. Euch gilt mein tiefster Dank. Selbstverständlich gehen jegliche Fehler auf mein Konto.

Für schriftstellerisches Feedback geht mein Dank wie immer an meine langjährige Schreibgruppe und meine guten

Freundinnen: Emma Ashmere, Jesse Blackadder, Hayley Katzen und Amanda Skelton. Vielen Dank Kathryn Heyman, Marele Day und meinem Bruder Steve Armstrong für das kluge Feedback.

Vielen Dank Catherine Bateson für die freundliche Genehmigung, Zeilen aus ihrer bewegenden Lyriksammlung *The Vigilant Heart* – als Motto – zu verwenden. Ich bedanke mich bei meiner Mum, Marion Armstrong, und bei Suze Daily für die vielen Stunden, die sie auf Amelia aufgepasst haben, während ich geschrieben habe. Bei Amelia bedanke ich mich dafür, dass sie Gedanken über das Mutterdasein angeregt hat.

Mein Dank gilt Philip Griffin, der einen Vertrag auf Lebenszeit als Herpetologie- und Vogelkundeberater hat.

Ich bedanke mich zutiefst beim Australia Council for the Arts für finanzielle Unterstützung und beim Byron Bay Writers Festival dafür, dass es Autoren in dieser Region fördert und feiert.

Schließlich bedanke ich mich von ganzem Herzen bei meinem Partner Alan Close, weil er sowohl Küchengott wie auch Quell kluger redaktioneller Ratschläge und unerschütterlicher Aufmunterung ist.